U0126666

西方視域下的——
字源語文與文學文化

張雙英 著

臺灣學生書局 印行

自 序

　　筆者自國內的中國文學系、中國文學研究所畢業後，為了擴大視野，增長見聞，並學習較有系統的研究方法而到美國留學。取得學位之後，回國教書，再經歷赴美國、加拿大講學，以及到目前的教學崗位上繼續服務，這一長達三十多年的路途，如今回想請來，竟然像是一瞬般快速！

　　在這段漫長的歲月中，筆者一直慶幸能夠以興趣與職志──探討「文學的意義」──為工作主軸。但因了解自己缺少過人的才分，所以經常懷抱著「勤能補拙」的理念自勉，且時時自我詢問：一個學術研究者如果未能在各個階段都留下一點認真的研究心得，豈不有虧職守？而這些心得是否真能讓自己即時地反省每一履步的行跡，並獲得同好的熱心指正呢？因此之故，這本論文集除了收有多年來比較符合學術要求的論文十多篇外，也收入了若干筆者歷年來討論「文」的篇章中尚具可讀性者以饗讀者。

　　回想三十多年前，筆者到美國威斯康辛大學註完冊後，便向指導教授報告我往後的研究計畫；但還沒有報告完，就立刻接到一陣威力巨大的震撼教育：原來，我在台灣的中文研究所完成的碩士論文（「經學」中的「禮學」）並不屬於「中國文學」的領域！指導教授當下立斷，馬上以我的興趣與想法為基礎，建議我將研究重心從「經學」的「制度與思想」轉到「文學批評」，並要求我深化該論

文中所使用的文字學與社會學研究法。於是，在選修與旁聽許多必要的課程後，我將原來熟悉的「文字學」方法逐漸系統化為「字源學」（philology），並同時強化與這一學門緊密相關的「語言學」（linguistics）知識。至於論文中僅觸及皮毛的「社會學」方法，則漸聚焦於「文化人類學」（anthropology）與「神話學」（myth）兩種學門。這一段學習過程雖然艱辛，卻也讓我在從事教學工作後，有能力以它們為基而寫出一些屬於不同學術領域的文章。

在這本集子裡，下列四篇即是運用「字源學」、「語言學」與「文化學」的方法所寫的學術論文：

〈論《詩經·大雅·生民》詩的一些問題〉一文，對出現於《詩經·大雅·生民》詩首章裡的「履」、「帝」、「武」、「敏」、「歆」等五個字，以「字源學」、「文化人類學」與「神話學」等方法分別詳加考證。最後，綜合其內涵指出：歷代對這句詩或整首作品的許多解釋，其實各有所偏；而若以「履帝武敏歆」這一句的原本意涵為據，則比較合乎現代學術中有關古文化的研究成果，同時也應屬更為周延的解釋應該是：〈生民〉詩是一首充滿神話和傳說內涵的作品，它是遠古時期的某一族人刻意將其始祖的遭遇加以神化的頌揚式謳歌。

〈大陸推行漢字簡化運動的省思〉一文則兼用「字源學」與「文化學」兩種方法，先指出歷朝歷代其實都有兩套文字系統同時並行著：一套是官方頒布或認可的文字系統，屬於這系統中的「字」都兼具了形體統一與涵意明確的特色。另一套系統則是人民為了能夠方便與快速的溝通，乃將某些官方文字簡化；然後會隨著時空的改變而逐漸形成流行於民間的簡便文字系統。至於這兩套文

字系統間的關係則是互動的：當流行於民間的文字與官方文字已成
為兩套差異甚大的系統時，官方為了維持溝通工具的統一，便會再
頒布一套新的官方文字系統。換言之，文字的改變其實是一種必然
的趨勢。至於文字的改變規律則可大抵可歸納出兩大原則：為了
「容易辨認」，文字會趨向「繁筆畫」；但為了「方便書寫」，則
文字反而會走向「簡筆畫」。因此，若以這種論述為據，則大陸推
行的漢字簡化運動應該也可以作如是觀。

　　〈析論「天下為公」的境界──以《禮記·禮運》篇中「大
同」與「小康」兩章為解釋基礎〉一文，則是以儒家學說中的最高
境界為依據，再以語言學為基，透過精細解讀文字與句子的方法，
先分析〈禮運〉篇中的「小康」章：「大道既隱，天下為家，各親
其親，……貨力為己。」的句法，指出其關鍵句子為「天下為
家」，而其意涵為：當君臣、父子、兄弟、夫婦等倫理關係都能以
「禮制」為綱紀時，所有的人民都會「為」（意思為「替」）自己的
「家」（家庭、家人與家族）努力付出。接著，再以此說為參照面，
指出〈禮運·大同〉章的主旨為：大同世界是一個全天下人都生活
在互相照顧的體系中，並以此章中「貨惡其棄於地也，不必藏於
己；力惡其不出於身也，不必為己。」這段在句法與意涵上都與
〈禮運·小康〉章形成對比的關係為據，指出其末句中的「為己」
兩字既然是「不應只『為自己（的家）』設想、服務而已」，那麼
「天下為公」中的「為公」兩字，當然也應該解釋為「為天下設
想、服務」了。換言之，「天下為公」的意涵應該是：全天下人都
要替天下人設想，為天下人服務，而非孫中山先生所解釋的：天下
是大家的天下。

〈從比較中、英文字詞在詞句中的先後次序看中國國語（Mandarin）的特色───一個文化觀點的考察〉一文，係筆者到美國密西根州的大山谷大學擔任交換教授時，對中文課裡的大學生以西方觀點對中文（Mandarin）提出的諸多問題所做的整體性回應。由於他們的問題幾集中於：表達完整意思的「中文句子」是如何組成的？筆者把回答的基礎立在「中國傳統文化」上，然後將討論的對象壓縮到組成中文句子的字與詞。由於詢問者的母語是英語，所以選擇了對中、英文的表達方式──即：字、詞在詞、句中的先後次序──進行比較的方式。筆者先凸顯中文單字異於英文之處，譬如：中文「字」的形體含有與其密切相關的聲音與意涵，而且形體也不會隨著數量與時態的不同而改動；接著說明「複合詞」中「單字」之組成規律，實隱含著中國傳統文化的因素；最後再以「詞語」在「句子」中的排列順序係以文化傳統為根本所反映出來的結果做結。綜合言之，若以「字」與「詞」為組成意思完整的「句子」之基礎，則這些「字、詞」在「句子」中的「順序」顯然是由兩大文化因素所主控：其一是「時間」，由它們出現的「先」與「後」來排列在句中的前、後次序；其二是「空間」，由它們所涵蓋範圍的「大」與「小」來排列在句中的前、後次序。

取得碩士學位之後，筆者到亞利桑那大學繼續攻讀博士學位，並將學習重心集中到兩個領域上。其一是古典詩歌與詩論；因指導教授的專攻領域為魏晉到唐朝的詩歌，所以他建議我選擇唐朝之後論詩材料豐富的「宋朝詩話」為學位論文的焦點，因這不僅是一塊尚待開發的學術處女地，裡面更充滿著中國古典詩論的珍貴資料。於是我乃選了中國詩論史上第一本詩話《六一詩話》為我的博士論

文題目，也使詩歌批評成為我任教以後的研究重心之一。這本論文集裡便收有下列六篇與詩歌有關的學術論文：

〈情意山水──試論孟浩然山水詩的特色之一〉一文，係針對某些學者完全接受西方文學理論中的「美學觀」，認為好的「（山水詩）必定都是未曾經過詩人知性介入或情緒干擾的山水，也就是山水詩必須保持其原來面目。」而發。在筆者的認知上，分析中國古典詩歌應該要回到中國古典詩歌的傳統上，也就是先掌握「言志」、「詠懷」、「緣情」等這些將詩人與其詩歌作品緊緊相連的觀念。然後以「現象學」為批評方法，分析孟浩然的「山水詩」之所以讓人「感動」，感覺很「美」，絕非因為符合了西方那種「美學觀」，也就是詩人將詩人自己的主觀完全與身外的景物隔絕，而採取完全客觀、深入而細膩的將山水描摹出來的寫法所致。相反的，孟浩然的「山水詩」之所以能感人至深，正是因為他已將自己心中那複雜而豐富的「情意」融入到「山水」之中，感受到眼前的山水樣態含有其心中的各種情與意，因而將它們抒寫出來所致。換言之，山水詩呈現在讀者眼前的各種山水的外在形貌與樣態，其實正是詩人心中的各種不同情意的外現。

〈論「宋詩」的特色及其形成的主要背景──以詩人的時間與空間為基點的考察〉一文，則是有感於不少學者以「一代有一代的文學」之觀點來說明「中國文學史」，而使「楚騷、漢賦、六朝駢文、唐詩、宋詞、元曲、明清小說」等這種過於空泛的說法甚為流行，所以想提出不同的看法供大家思考。論文先指出，學者用來說明「宋詩」特色的主流方法，係建基於「宋詩」「與唐詩的特色有何差異」上，然後將「宋詩的特色」歸納為「以筋骨思理取勝」、

「貴在深析透闢」、「氣骨美而瘦勁」等數項文字簡略而涵義空泛的描述語。然而，當一個朝代像宋朝一般，擁有超過數百年的歷史時，它在詩歌上的特色果真如此單薄而膚淺？這種作法不但認為「宋詩」在數百年中一直沒變，以至於僵化了其活潑性，甚至也窄化了它的豐富內涵。因此，本文乃以周延性為觀照面，從「宋朝詩人對詩的態度」出發，指出「宋詩」最突出的四大特色應該是：㈠宋人認為詩歌的性質是輕鬆與休閒的，㈡宋詩的內容與日常生活密不可分，㈢詩人的集團性活動甚為風行，㈣即使都屬於宋朝，不同時期與不同地方的詩都有其獨有的特色。

〈論胡仔《苕溪漁隱叢話》的編纂方法及其寓義〉一文，首先肯定篇幅多達一百卷的《苕溪漁隱叢話》因保存了大量珍貴的「詩話」資料，所以在文獻上具有重要的地位。接著以此書中竟然出現了比例甚高的「苕溪漁隱曰」的論詩文字為據（前集佔有百分之二十，後集甚至高達百分之五十六），指出編纂者胡仔本人不但也是一位頗有見解的詩論家，而且也有透過「如何編纂」這部「詩話叢書」的方式來表達自己詩歌觀點的用意。論文從這部「叢書」的結構切入，先分析組成全書「結構」的「基本因素」為「則」，並說明這些「則」裡的主要內涵。接著，爬梳「則」與「則」之間的「連結方式」，並推論何以如此連結的可能原因。最後再提出本論文研究的結果：胡仔係以歷代詩論家對「詩歌形體」的論述為選擇對象點，選出心中認可的論述，然後依照時代的先後為序，將它們排列成自己心中的「詩論史」。

〈胡仔詩歌批評析論〉一文指出，胡仔雖然是宋朝著名的詩話叢書《苕溪漁隱叢話》的編纂者，然若細分析他在此一叢書中對詩

歌與詩論的分析文字——「苕溪漁隱曰」中的文字，應該會同意他的詩論確實含有不少傑出的觀點。而根據此書中所載，胡仔的主要詩觀大約包括了：㈠他所討論的主要對象為唐朝的「近體詩」；㈡他的論詩方式近似西方的「實際批評」，而其評斷詩歌好壞的標準則以是否符合「聲調格律」為主，如「換頭」、「黏對」、「落韻」等；㈢在更為細緻的批評上，他大抵服膺「黃山谷」的詩觀，如「奪胎、換骨」、「點石成金」等練字法；㈣他在評論詩歌整體時，最主要的特色為提出「變體」，認為這類詩體可以活化與增加在數量上其實非常有限的「近體詩」的「正體」格式。

〈王夫之詩論體系試探〉一文指出，王夫之的詩學著述豐富，並深受論者推崇。但論者在肯定王氏的詩論時，卻往往提出不同的看法，例如：郭紹虞認為，因為王氏是站在「讀者」的立場，所以才會用「讀者各以其情而自得」的角度來解釋孔子的「興、觀、群、怨」之說。但黃兆傑卻認為，王氏的詩論實以「作者」為最主要的觀照點，所以才會提出以詩人心中的「情」與外界的「景」融合為一的「情景交融」為詩歌的最完美境界。有見於此種矛盾，本文乃從全面觀照為出發點，指出王氏整個詩學體系應可理解為：㈠以哲學觀為基，將「人」、「情」、「詩」三者視為不可分離的「整體」；㈡詩人以「詩」說自己的「情」，並以「詩」教導讀者的「情」；㈢「詩」中含有「法、意、勢」等三層深刻的內涵；㈣「詩」係由「情」與「景」密切無間地融合而成。

〈試探商禽詩的「心象」與「意象」〉一文指出，商禽的新詩作品數量雖少，但卻因其內含有一種與眾種不同的特色而受推崇。本文的目的在挖掘形成商禽新詩這種特色的具體內涵，而歸納出以

下數點結論：㈠商禽認為「詩」和「詩人的性格、出身、經歷」及「其生活的世界」密切相關，㈡但他明白反對「詩是述懷與載道的工具」，㈢他所主張的是「詩的內容」是「意象與心象」的結合，㈣因常取材於身邊的人、事、景、物，所以詩歌的格局不大，㈤以隱微而富有象徵意涵的修辭和精心設計的形體寫詩，而將他的內心活動與外面的世界融合成一幅文字畫。

　　筆者在亞利桑那大學的另一個學習重心為西洋現、當代文學批評。本論文集裡所收的這類學術論文有下列數篇：

　　〈戰後台灣文學界的第一波西方文藝思潮──現代主義與新批評〉一文，希望能說明二十世紀的五○到七○年代時，台灣的現代文學界何以會漂浮著一層濃濃的西洋風──尤其是西洋文學批評中的「現代主義」（Modernism）與「新批評」（New Criticism）。論文首先指出，這一現象與當時的政治背景──戒嚴時期──息息相關。當時的政府一方面透過威權取締所有違背政策的言論與思想，禁絕一切揭示社會黑暗與懷念過去溫情的文藝活動，另一方面則大力獎助符合反共政策與戰鬥精神的文學創作，致使當時的文壇充斥著內容充滿虛偽的濫情，而主題幾乎千篇一律的愛國與戰鬥作品。這種在政治主導下而使作品的內容趨向單調與枯燥的情形，終於逼使不少具有自由精神的文學創作者與研究者轉向外國文壇去取經。由於西洋文學批評中的「現代主義」與「新批評」中的「現代」與「新」都有「進步」的含意，並且因來自西方而可避免被扣上違反政策的帽子，所以乃適時被引介進來。這一引進的動作，後來對台灣文學界產生了兩大影響：其一是許多作家以「現代主義」的寫作技巧為圭臬，在作品中細膩刻劃人物心中的變動不居的心理，致使

這類作品與愛國作品大異其趣；其二是以「新批評」的細部分析方法來解剖文學作品，而使較具系統性的文學研究方法逐漸取代了抽象式的文學評論。

〈「寓言」也能說服人──《莊子‧秋水篇》的結構設計析論〉一文指出，《莊子‧秋水篇》雖是一篇闡述道家思想的文章，卻也是一篇傑出的文學作品，因它具有吸引人的故事、鮮活的人物與生動的對話。但筆者認為這篇文章最突出之處，應該是在讓人閱讀之後，不僅可立即明白它的內容，並能於自然而然中接受它的觀點；而這種效果，則是因為它具有非常高明的「文章結構」所致。本文因此以這篇文章裡的第一個部分，也就是「河伯」與「北海若」的互動為例，酌參西方「結構主義」和「修辭學」中的「論辯術」觀點來分析這一結構。最後指出，這篇文章包括有三個要項：其一是文章的內容與主旨以含有深意的寓言故事來呈現，而其目的在希望透過這種方式來吸引人。其二是虛構出兩個進行對話的人物，透過他們之間生動的「問」與「答」，使文章的主旨在「回答」的部分裡表達出來。其三是這些「問答」之間隱含著非常嚴謹的邏輯關係，亦即以層層遞進的方式將這篇文章安排成七組先後有序的「問答」，而形成一篇組織嚴密的文章。

〈論關漢卿「單刀會」中的衝突〉一文指出，「單刀會」作為保留最完整的元朝雜劇，大多數的現代學者對它提出的兩大論點為：㈠它的主題在刻劃主角「關公」的英雄形象，㈡只擔任使關公出場時顯得較為自然的伏筆地位的第一、二折，其實沒有必要，甚至可刪除。這兩項論點，筆者認為都有值得再斟酌之處。筆者以元雜劇的「結構」必含「四折」，以及戲劇的最主要元素為「衝突」

出發，分析組成此一戲劇的四折結構其實頗為緊密，因它們係以東吳的魯肅為串聯者，讓他在每一折裡都代表著衝突雙方中的一方，即在第一到第四折中分別象徵「個人名譽」、「愚妄淺識」、「不誠」、「個人德行」等意涵，而逐項與喬公所象徵的反戰爭的「天道」、司馬徽所象徵的「具體事實」、關公所象徵的「才能德行」、蜀漢所象徵的「歷史正統」等形成「衝突」的狀態。因此，將它的主題視為在刻劃關公一人的英雄形象，實有以偏概全之失；而認為此劇的前二折可有可無，也有忽略元雜劇的完整結構與戲劇的衝突要素的缺點。

〈試從「社會批評」的觀點論落華生「春桃」中的諷刺手法及寓意〉一文，是希望在以「文學作品」為唯一重點的「形式批評」、「新批評」等風潮中，凸顯還有其他同樣深具意義的文學批評可用來分析「作品」，因此乃選擇了主張文學與社會具有密切關係的「社會批評」為方法，來析論落華生（即許地山）的小說〈春桃〉中所隱含的諷刺手法及寓意。論文以三位主角為分析對象，認為悲劇人物李茂的身上實含有品格雖忠誠，但仍被傳統觀念中的夫妻名分所束縛；劉向高雖是三個主角中唯一受過教育的人，卻不僅為人虛偽，自己還正扮演著傳統觀念中的典型女性角色而不自知，竟然還死愛面子，跟女主角春桃要夫妻的名分；至於女主角春桃的寓意則更為深刻，她在小說中被安排為三人中唯一能自主賺錢，同時還養活前面兩個男人的女性，因此，顯然含有顛覆「女主內，男主外」的傳統觀念的寓意。這些深層寓意，只要將小說放到它被創作的時代環境裡，便可十分清楚的呈現出來。

〈論《迷園》的敘事結構及其歷史記憶〉一文，係基於不少學

者運用西方「後殖民主義」與「女性主義」文學批評的觀念，將李昂的小說《迷園》解釋成「悲情台灣」的「歷史記憶」，以及小說作者在接受訪問時也親口說，她「要來替台灣建構一個歷史」，並有成為定論的傾向，所以筆者乃希望從「小說」的「虛構」本質出發，也借用不同的西方文學批評來析論前述說法是否可信。本文先指出這本小說的主要結構為：將女主角的「當前經歷」與「回想過去」分為「實」與「虛」兩條軸線，然後藉著其間因缺少關聯性所產生的「空白」，在讀者心裡引發西方「接受美學」中的「召喚」效果，讓不同的讀者可以提出自己的解釋。其次則深入分析小說內容裡以「建構台灣歷史」為重心的「虛」的「回想」部分，指出其建構方法與「新歷史主義」若合符節，即在理論上將「歷史」視同「虛構的小說」，以至於造成小說裡的主角所抱持的態度為：寧願採信「傳說」而捨棄「祖譜」，寧願接受「盜賊」而不願承認「受朝廷封賜者」為祖先。對於以虛構為本質的小說作品而言，作者如此寫當然並無不可；但若評論者想要由此而將其申論為「建構台灣歷史」，那只能說是無稽之談了！

〈試探凌煙《失聲畫眉》的深層意涵〉一文指出，《失聲畫眉》在得到百萬小說獎後，並未受到學界的重視；但在「台灣文學」隨著政治與社會情勢的轉變而成為顯學之後，小說中所觸及的：台灣歌仔戲文化的沉淪、社會底層民眾的卑微生活、女同性戀者的情慾、本土和國族的認同等議題，都成為熱切討論的話題。本文也同意這部小說確實包含了豐富的議題，但仍希望能以「小說美學」的角度為立足點，指出其更具深刻意義的數項特色：㈠採取近距離的全知敘事觀點來敘述，使小說的故事能兼有生動的人物與寬

闊的視野等優點;㈡清楚點出歌仔戲班是為了能在現實社會中繼續生存,才將忠孝節義的表演內容改為迎合觀眾低俗口味的色情表演,因而使小說含有傳統文化正在沉淪的象徵涵意;㈢藉著細膩的刻劃女同性戀者的極端態度與異常言行,來凸顯社會底層人民在現實的生活環境限制下,只能以違反倫理道德的言行來取得基本的人性需求。

〈西洋人眼中的現代中國文學──以〈現代中國文學裡的國家主義〉一文為例〉一文,是筆者於二十五年前奉派到美國任教時,因讀到珍妮特·法羅特(Jeannette L. Faurot)的〈現代中國文學裡的國家主義〉(Nationalism in Modern Chinese Literature),因有感於外國學者對我國現代文學的了解頗有偏失而寫的論文。筆者認為該文值得再討論之處不少,諸如:㈠以「文學中所含的國家主義」為研究焦點,卻將「國家主義」粗略的區分為「以知識分子為主」的「文化」,和「以農民為主或包括全民」的「政治」,如此的區辨不僅理論依據薄弱,且說法粗疏空泛。㈡將「現代中國」劃分為 1912-1949 與 1950-1980 的大陸,以及 1949-1980 的台灣等三區塊。前二者的年代因未曾中斷,故如此區分並無不可;但台灣在 1949 之前的文學史裡,難道完全沒有「國家主義」的文學作品?㈢在舉實際作品為例的析論上,該文所用之作品並非中文原作,而是經過個別學者的挑選,然後再翻譯成英文作品的選集,亦即屬於的二手資料。以此為據的論述是否能擁有十足的公信力?㈣論述時,也未見引述任何有關此一領域的學術研究成果!筆者因有見於此,乃撰此文呼籲國內中文學界應重視現代文學的研究。

在學術性論文之外,筆者也從過去泛談文化與文學的文章中,

選入若干尚具可讀性者，供讀者閒暇時瀏覽。不過，在此要特別說明的是〈上古中國人對文、道和兩者之關係的看法〉一文，係筆者剛到美國留學時的指導教授周策縱先生的英文論文，因其研究方法對筆者的研究進路影響甚鉅，所以筆者在回國任教不久，即邀請後來曾任中央研究院文哲研究所副所長的好友林慶彰教授與筆者合作，將其譯為中文。譯文完成後曾寄給周教授，請其訂正，但卻於郵件數度往返途中遺失。周教授已與於前年辭世，現將其編為附錄，既以永懷師恩，並向好友致謝。

　　這些文章能夠以「書」的形式出版，筆者必須致謝的對象很多，首先是好友兼同事陳仕華教授，因他的督促，才使筆者動手收集與整理散落各處已久的舊作。其次是學生書局的慨允支持，因它使筆者在進行這件事的過程中，不僅有機會積極的回顧過去，也擁有策勵將來的收穫。此外，筆者也要對淡江大學中文系博士班的賴靜玫同學表示感謝，因她在筆者舊作上的整理、排序，並將它們繕打成初稿，本「書」終於能在預訂的時間內呈現於讀者面前。當然，面對這樣一本帶有懷念色彩的論文集，筆者心中最為感念的，就是一直在背後全力支持的妻子，因為她的愛心與付出，才能免除我的後顧之憂，讓我擁有平靜的心來兼顧做父親、老師與研究者的角色；若這本書能有一些成果，願這些成果能夠顯現她的辛勞於萬一。

　　　　　　　　　　淡江大學中文系教授張雙英 謹誌於台北
　　　　　　　　　　二〇一三年二月

西方視域下的——
字源語文與文學文化

目　次

論《詩經·大雅·生民》詩
的一些問題

一、前言

　　《詩經·大雅》中的〈生民〉詩是我國詩史上少見的傑作。它以《詩經》中罕有的長篇巨幅，用組織嚴整、層次分明的敘述方式，一方面精彩的將周朝始祖后稷的出生過程、特殊專長和貢獻等詳加描述，另方面也表達出做為后稷子孫的人內心中對他的景仰。也正因為這種頗為寫實的特性，它被許多學者推崇為我國最早的寶貴史詩。[1]

　　然而，歷來的學者在這首詩的解釋上卻有不少爭議，[2]其中，爭議較多的兩個問題應當屬詩的首章中「履帝武敏歆」句和整首詩的分章方式了。當然，這兩個問題其實是相互牽涉的。本文即想在歷來的解釋基礎上，嘗試從神話傳說與史實的觀點，提出另一種也具有一些可能性的看法，以就教於方家學者。

1　裴普賢、糜文開《詩經欣賞與研究》（台北：三民書局，1968 年），頁 382。

2　成瓘〈讀詩偶事〉，見於于省吾〈詩「履帝武敏歆」解〉，收於《文學研究叢編》（台北：木鐸出版社）第 1 輯，頁 13。

二、「履帝武敏歆」試解

　　《詩經·大雅》的〈生民〉詩共有八章，「履帝武敏歆」句則出現在首章。為使討論易於進行，茲將其原文抄錄如下：

> 厥初生民，時維姜嫄。生民如何？克禋克祀，以弗無子。
> 履帝武敏歆，攸介攸止。載震載夙，載生載育，時維后稷。

　　「履帝武敏歆」這一句的解釋，自古以來，可說眾說紛紜，各有論據。不過，依近人于省吾的研究，似可大致歸納為以下兩種：[3]

　　第一種以《毛傳》為代表。《毛傳》說：

> 履，踐也。帝，高辛氏之帝也。武，跡，敏，疾也。從於帝而見於天，將事齊敏也。[4]

　　這段話的前半段為對四個關鍵字「履」、「帝」、「武」、「敏」的字義訓詁，後半段則為對全句意思的解釋。不過，這段解釋並非十分周延，譬如它就沒有觸及到「歆」字的意思。

　　到了唐代孔穎達對它則有更進一步的解說。他說：

> （《毛傳》）解姜嫄得踐帝跡所由，以高辛之帝親行禋祀，姜

3　于省吾〈詩「履帝武敏歆」解〉。見註 2，頁 13-16。
4　《毛詩正義》（台北：廣文書局，1971 年）卷 17，頁 263。

> 嫄從於帝而往見天，故行在後而見帝之跡。從帝見天，即
> 上，《毛傳》所云：后妃率九嬪御是也。踐跡者，直謂隨後
> 行耳；然必以足躡其踐地之處也。將事齊敏者，將，行也，
> 謂行祀天之事，齊敬而疾速也。鬼神食氣謂之歆，故以歆為
> 饗，謂祭而神饗之也。[5]

孔穎達的《疏》把《毛傳》原本精簡的文字解釋得比較清楚。他認
為，這段的意思是：高辛之帝親自從事禋祀，而姜嫄（他的后）乃
跟隨在後，踏著他的步子，與他共同完成禋祀的儀式。又因這是在
進行祀天之事，所以必須齊敬而快速；接著，神也接受他們的祭
祀，饗用了他們的祀氣。

　　換句話說，《毛傳》和《孔疏》認為：姜嫄是追隨其丈夫高辛
帝之後，踏著他的步印參與祭祀，然後懷孕，而生下了后稷。可
是，《史記》和注《毛傳》的《鄭箋》則提出了不同的解釋。《史
記·周本紀》說：

> 姜嫄出野，見巨人跡，心忻然說，欲踐之。踐之而身動如孕
> 者，居期而生子。[6]

司馬遷認為，后稷的母親姜嫄是因為有一天在野外時，看到了巨人
所留下來的大腳印，乃高興的踩上去；踩上之後，立即感到懷了

5　同前註，頁 263-264。
6　《新校史記三家註》（台北：世界書局，1978 年），第 1 冊，頁 12。

孕；經過一年，便生下兒子（即后稷）。東漢的鄭玄在箋注《毛傳》時，也說：

> 祀交禖之時，時則有大神之跡，姜嫄履之，足不能滿履其拇指之處，體歆歆然，其左右所止住，如有人道感已者也。於是遂有身，而肅戒不復御。[7]

顯然，鄭玄大致同意司馬遷的看法。認為姜嫄是在參加祭祀交禖的時候，看到了大神的足印而踩了上去，因自己的腳無法踩滿神的巨大腳印，所以就踩它的拇指處，因而感覺到好想有東西跑入自己體內，使身體左右搖擺。後來果然懷了孕，並且不再受召進御。

由此可見，司馬遷和鄭玄都認為，姜嫄所踩的是原來即出現於地上的巨大腳印，而非高辛帝的足跡。只不過，司馬遷認為姜嫄是自己到郊外去，而鄭玄仍依《毛傳》，主張她是在祭祀時懷孕的。

上述那兩種主張，除了少部分被稍做更動外，可說是後代學者中最普遍的看法。然而，于省吾則指出，這兩種說法大都只以古代典籍為資料和依據，故乃產生不少窒礙難解的地方，而如果能夠用「古代社會精神生活的實際情況」來探討的話，應可對上述的主張有所補益。他明白指出，若將《史記》和《鄭箋》的說法再予以補充下面二點，便比《毛傳》更為可信。于氏補充的兩點為：「原始人們對於婦女復孕的理解」和「巨跡的由來」。前者的大要為，因原始時代係母權制度。人們只知有母而無父。故當時的婦女們普遍

7　同註4。

認為女性會因感受到圖騰的童胎進入體內而妊娠、生子；後者則舉實例說明，無論中外，原始人都有相信「巨跡」即「聖跡」的習俗。[8]

于氏的論說固然也可做為「履帝武敏歆」的一種解釋，但如果我們將觀察點擴大為整首〈生民〉詩的話，不難發現于氏之說也會產生不少難以解決的問題，譬如說，若「巨跡」真如于氏之說，在當時是一種被公認為具有神靈性質的「聖跡」，那麼姜嫄因感受「聖跡」而生的「后稷」，又為何會在一生下時，便遭到在〈生民〉詩中所描這的不幸遭遇：一出生，即被認為「不祥」，而丟棄到「隘巷」之中、「平林」之內、與「寒冰」之上呢？另外，于氏的補證除了使姜嫄踩巨跡而生子的傳統說法擁有了現代神話學的學理基礎外，是否也在表示，于氏同意原始時代的婦女只要踩上巨跡即可生子？

有關後面這一點，近人聞一多在其〈姜嫄履大人跡考〉中曾提出解釋；不過他所解釋的對象則包括了「履帝武敏歆，攸介攸止」兩句。他說：

> 履跡乃祭祀儀式之一部分，疑即一種象徵的舞蹈。所謂「帝」實即代表上帝之神尸。神尸舞於前，姜嫄為隨其後，踐神尸之跡而舞，其事可樂。故曰：「履帝武敏歆」，猶言與神尸舞而心甚悅喜也。『攸介攸止』。介，林義光讀為愒，

息也。至確。蓋舞畢而相攜止息於闇之處，而有孕也。[9]

聞氏又進一步說：

> ……「武敏」……為連語，……。履跡為祭祀中一種象徵的
> 舞蹈，其所象者殆亦即耕種之事矣。古耕以足踏耜，其更早
> 為耜時，當直以足踐土，所謂畯是也。……履帝基於畎畝
> 中，蓋即象徵畯田之舞。帝（神尸）導於前，姜嫄從於後，
> 相與踐踏於畎畝之中，以象耕田也。……以意逆之，當時實
> 情，祇是耕時與人野合而有身，後人諱言野合，則曰履人之
> 跡，更欲神其事，乃曰履帝跡耳。[10]

聞氏之說雖頗新穎，但「神尸」與女野合之說似也缺少確證可支
持，而且，到底姜嫄生后稷時的那次「履跡」是祭祀或耕作？或者
為祭祀時踏著象徵耕作的舞蹈？聞氏似乎也未能提自己確切的結
論。筆者以為，我們或可從「古史」和「傳說與神話」兼顧的觀
點，來提出另一種看法。

　　上古時期因距今久遠，其社會實況到底如何已很難從文獻資料
上加以考徵。本世紀初期大量出土的甲骨文。固然可以為殷商時期
的歷史稍顯輪廓，但殷商之前的種種，則仍無法正確知曉。今〈生
民〉詩既為周期初年時周人頌揚其先祖后稷的作品，而據一般研究

9　聞一多〈姜嫄履大人跡考〉，收於《神話與詩》，頁73。
10　同前註。

古史者所稱，后稷與殷商的始祖契又屬於同時期的人，[11]也就是都為殷商之前的人物，那麼，當時的社會情況，我們今日更無法確知了。不過，如果從古代的文獻資料來考察，我們或許可以稍微做一些推論。我們先看看下列幾段文字：

一、《詩經·商頌·玄鳥》：「天命玄鳥，降而生商，宅殷土芒芒。」[12]

二、《史記·殷本紀》：「契母簡狄，……見玄鳥墮其卵，簡狄取吞之，因孕生契。」[13]

三、《詩經·大雅·生民》：「厥初生民，時維姜嫄……載生載育，時維后稷。」

四、《史記·周本紀》：「姜嫄出野，見巨人跡……踐之而身動如孕者，居期而生子（后稷）。」[14]

五、王充《論衡·姞術》：「古者，因生以賜姓，因其所生以賜姓也。……商吞燕子而生，則姓為子氏；周履大人跡而生，則姓為姬氏。」[15]

這類資料有很多。事實上，除上列的契和棄之外，其他傳說中的我國古代帝王，如夏禹、虞舜、唐堯、甚至顓頊、少昊、黃帝、神農

11　有關我國古代的為族始祖感應傳說甚多，譬如印順法師《中國古代民族神話與文化之研究》（台北：華岡出版社，1975 年）即收羅頗詳，頁 248、252。

12　同註 4，頁 355。

13　同註 6，頁 91。

14　同註 6。

15　《詳注王充論衡》（台北：文化圖書公司，1956 年）卷 25，頁 3。

氏、伏羲氏等等，古籍上也都有關於他們係由其母直接感受於各種神奇的現象，如彩虹、神龍、星星……等而生的記載。[16]從事實觀點而言，這些說法當然都屬於不可盡信的神話和傳說之範疇，然而，它們顯然具有一個共同的特色──無父而生。

這種無父而生的觀念，古史研究者將其定位為母權社會時代的產物。《呂氏春秋‧恃君》有下面一段話：

> 昔太古常無君矣！其民聚生群處，知母不知父，無親戚兄弟夫妻男女之別。無上下長幼之道，無進退揖讓之禮。……[17]

這種「知母不知父」的母權社會型態，根本上與明顯姓氏和父業子承的父權社會型態完全不同。這種社會的基本特色，包括：嗣系與親屬完全以母系來決定；其組織若被稱為團族，則此團族中的男女都相信彼此具有母系上的血統關係；同團族的人不通婚；結婚後，男子仍多居母家，只偶爾與妻會面，而若居住於妻家，則必受妻家團族的支配；母親的產業及職位，由舅傳甥或甥女，或由兄弟姊妹相繼承。[18]

---

16 類似這種資料不少，請參見王治心《中國宗教思想史》（台北：彙文堂出版社，1988 年），頁 17-18。宋兆麟《生育神與性巫術研究》（北京：文物出版社），頁 15-17 等。

17 《呂氏春秋》，收於《叢書集成新編》（台北：心風出版社，1985 年），冊 20，頁 580。

18 以上情參見李宗侗《中國古代社會史》（台北：中華文化事業出版委員會，1954 年），頁 66-69。

換言之。在這種組織型態中，男性的地位可說很低，而其原因大致有二，其一是女性負責所有的工作，如採集、飼養、炊事、紡織等，都具有地點固定、生產量也穩定的特色；相反的，男性所從事的主要工作，如捕魚、打獵等，不但地點游移不定，而且收入也很難穩定，因此，在兩兩相較之下，女性的重要性便自然高於男性了。其二，尤其更重要的，就是有關能使人類繁衍不斷的本事——懷孕、生產、哺養、教育等能力，在當時也都被認為屬於女性所獨有，而與男性無關。據此，則男性在當時的群體生活中的影響力實在並不大。[19]

〈生民〉詩如前所述，既是周初人民對其始祖后稷的謳歌，其內容顯然也會含有推崇與神化后稷的傾向。不過，即使如此，它也必須以當時人所能接受的程度為準繩，才可能獲得人們的認同。因此，依據這個認知，則「履帝武敏歆」句似也可以容納下面一個假設性的解釋：

這句話中的「帝」字，《毛傳》系列的說法將它解釋為傳說中的君王「帝嚳」，也是姜嫄的丈夫，后稷的父親。然而，若以前面所述的母權社會型態來衡量的話，這種說法的可靠性實在不高。至於《史記》系列的說法，則將它視為「大人」、或者是「巨人」，這種說法固然擁有符合古史傳說的佐證，但也未必就是惟一的結論。而聞一多將它解釋為「神尸」的說法，證據也嫌薄弱，更難說是定論了。

在甲骨文中，「帝」字多被認為是「蒂」的初文，象「花蒂」

的形狀，並含有花所從生的根本之意。[20]在比較早的時期，它也多用來指稱無所不在的「天」或「上帝」；它被用來做為王天下的稱號之「帝王」，已是較後的引申義了。[21]但是，他更常被假借為「禘祭」的「禘」，譬如：

> 《禮記・曲禮・下》：「措之廟、立之主，曰：帝。」[22]

不過，值得注意的是這種「禘祭」，並非可祭拜所有的神鬼，而是有特定對象——祖先的，如：

> 《說文解字》：「禘，禘祭也。」段注：「大傳、小記皆曰：王者禘其祖之，所自出。」[23]

換言之，「禘」不僅為一種祭祀之名，而且祭拜的對象須限定在民族本源的祖神才可。[24]這種演變頗可理解，因「帝」本來即指花的根蒂，是花的基本。因而當它被人借用來祭拜和「人的起源」有關的對象時，當然就被限定在祭拜者的始祖了。譬如：

> 《禮記・祭法》：「有虞氏禘黃帝而郊嚳，祖顓頊而宗堯；

20　李孝定《甲骨文集釋》冊 1，0025-0031 條引郭若沬之說。

21　同前註，引胡厚宣說。

22　《宋本禮記鄭註》上冊（台北：鼎文書局，1972 年），頁 420-430。

23　《說文解字註》（台北：藝文印書館，1972 年），頁 50。

24　印順法師，見註 11，頁 128。

夏后氏亦禘黃帝而郊鯀，祖顓頊而宗禹；殷人禘嚳而郊冥，
祖契而宗湯；周人禘嚳而郊稷，祖文王而宗武王。」[25]

這說明了古人在祭天地神祇時，有以祖先神配祀的情形；而依上段
引文所述，周人以文王、武王為直接的祖先外，並以帝嚳和后稷為
遠祖。

至於「禘」這種祭拜的儀式，其詳細內容為何已無法詳考，但
我們仍可由一些文獻資料上獲得一些找們需要的訊息。譬如：

《左傳·襄公十年》：「魯有禘樂，賓祭用之。……舞師提
以旌夏。……」[26]

魯國是周公的後代，也是后稷的子孫，屬姬周的血統，故而上段文
字中的「禘樂」，顯然不能說與周朝廷的禘祭無關；也因此，我們
似可由此進一步推測周朝廷的禘祭特色於一、二。魯國既然在有關
宗廟和賓客的祭拜上所使用的「禘樂」中含有「舞師」，這不禁使
我們聯想到所謂的「帝」，極可能是一種與「本源」有關的祭拜儀
式，而且，其內容則包含「樂」和「舞」。

至於「禘祭」的時間，在《禮記·王制》的「天子犆礿，祫
禘、祫嘗、祫烝。」之下，〈注〉說：

---

25 同註 22 下冊，頁 587。
26 《春秋左傳杜林合註》下冊（台北：學海出版社），卷 26，頁 15 上。

周改夏祭為礿，以禘為殷祭也。魯禮，三年喪畢而祫於太
祖，明年春，禘於群廟。[27]

〈注〉文中所謂的「殷」者，即「盛」的意思，殷祭也就是一種盛
大的祭祀，為合群廟之主而祭於太祖之廟的大典。而由魯國的禮來
看，禘祭的時間應在春天。事實上，在《禮·大傳》的「不王不
禘，王者禘其祖之所自出。」之下，〈注〉說：

凡大祭曰：帝。自，由也：大祭其先祖所由生，謂郊祭天
也；王者之先祖，皆感大微五帝之精以生，……皆用正歲之
正月郊祭之，蓋特尊焉。[28]

這種在春天舉行祭拜天地先祖的傳統，固然可視為後代子孫對始祖
表示感恩和懷念的行為，但與子孫乃始祖所繁衍而來的追遠觀念應
也有關聯。《周禮·地官·媒氏》中即說：

媒氏掌萬民之判。……仲春之月，令會男女：于是時，奔者
不禁；若無故不用令者，罰之。司男女之無夫家者而會之。[29]

據此，仲春之月乃是聚合男女使相會的時期，在這時節，男女即使

27　同註2，上冊，頁159-160。
28　同前註，頁437。
29　《校宋周禮鄭註》上冊（台北：鼎文書局），頁234-236。

「私奔」也不去禁止。或許，《詩經・鄭風》中的〈溱洧〉之詩可為證明。其第一章為：

> 溱與洧，方渙渙兮。士與女，方秉蕑兮。女曰：「觀乎？」士曰「既且！」「且往觀乎？洧之外，洵訏且樂！」維士與女，伊其相謔，贈之以勺藥。[30]

這是描寫在春天時節，鄭國的溱水和洧水附近的青年男女相邀同遊的情形。女的因不喜水邊與水上人太多，所以向男子建議到人比較少的地方去遊玩。宋儒朱熹的《詩集傳》即明白的將它解釋為「淫奔者自敘之辭。」[31]而我們也可由此看到古時的春天，男女共同遊玩是可以的。事實上，我們甚至可推測，如今仍在我國的許多地方保有的「上巳節」習俗，因其於古代即為一種在春天祭拜高禖以祓禊，祈求除災避邪和生子的活動，故而或許即與「禘祭」有關。

至於「武」字也可以有如下的解釋。

在甲骨文中，據葉玉森引俞樾之說，「武」和「舞」古本同字。[32]馬敘倫也說：「武，象一個人背著戈在那裡跳舞。」[33]這種說法的爭論固然不少，但「武」字含有腳「步」的內蘊則可說是一種共識。于省吾即說：

---

30 同註4，頁82。

31 《詩集傳》冊1（台北：台灣學生書局，1970年），頁224。

32 同註20，冊22，3782條。

33 同前註。李孝定雖反對此說，但也未必即為定論。

> 武，從止從戈，……有行止、有武器。[34]

因此。「武」字中的「止」字，不但有「止」之意。也有動態的「行」止之意。據《周禮·春官·大宗伯》[35]可知春天有祭拜先王的儀典。而所謂「祠祭」，其實為夏朝和殷朝舊名，（《禮·大傳》之注）在周朝則被改稱為「禘」祭。而這種「祠祭」的儀式中，依《山海經·中山經·中次九經》所載，乃包含了「羞酒」和「干舞」。[36]也就是說，這種祭典中包含了一種持荷武器而跳舞的項目；這也可由《周禮·春官》中有「干舞」獲得輔證。

事實上，在周朝時，也有以「武」來稱詩和樂的，如：

> 《左傳·宣公十二年》：「楚子曰：『武王克商，作頌，曰：……又作「武」，其卒章曰：耆定爾功；……。故使子孫無忘其章。』」[37]

這裡的「武」明白的被稱為「頌」。故似可被當作「詩」的一種。事實上，《詩經·周頌》中的「臣工之什」部分，最後一首即名為「武」。可惜今存本只剩一章。但「耆定爾功」四個字，則為此二首作品共有之句，因此，說「武」是詩應無不可。而如果我們再依

34　同前註。

35　同註29，上冊，頁314。

36　袁珂《山海經校注》（成都：巴蜀書社，1993年），頁195。

37　同註26，上冊，卷19，頁19上。

據《詩序》：「武，奏大武也。」和其下的《孔疏》：「武詩者，奏大武之樂歌也。」[38]兩段文字的話，那麼，「武」不但可當做詩，也可做為樂的名稱了。如此，說它是一種樂舞似乎也並非沒有任何根據。

因此，「帝」「武」兩字若合起來看，我們似乎可以將它解釋為一種有關祈求「生育」時的樂舞。而「履帝武敏歆」句則可解釋為：姜嫄跳著祈求生子的祭舞，而很快的，其祈求的儀式被神所接受（神饗食其氣）。如果更擴大來解釋的話，〈生民〉詩的第一章似可用白話簡譯如下：

生下我們姬姓族人的最早祖先，就是姜嫄。她到底經過了何種過程才生下我們這一族呢？首先，她舉行了祭拜的儀式，以除去各種不利於生子的可能災禍；然後，她跳起了象徵生育的舞蹈，很快的，她的心願被神所接受了，於是她停止了跳舞，因為她懷孕了。後來，她生下一個孩子，就是后稷。

三、〈生民〉詩三、四章文句的分合 與后稷被棄之因

〈生民〉詩的章句分法，自從宋儒朱熹的《詩集傳》後，便以全詩為八章，一、三、五、七章都為十句，二、四、六、八章都為八句的型態為定式。然而，《毛傳》和《鄭箋》的本來面貌則是第三章八句；第四章十句；換言之，朱熹《詩集傳》本第三章的後面兩句「實覃實訏，厥聲載路。」到底應屬於第三章的最後，或是第

---

38 同註4，頁331。

四章的最前呢？依全詩的大意來看，八章的提要應為：（依《朱傳》）

　　第一章：「厥初生民」到「時維后稷」十句──描述姜嫄經由何種過程而生了后稷。

　　第二章：「誕彌厥月」到「居然生子」八句──描述后稷出生時受上帝庇陰的情形。

　　第三章：「誕寘之隘巷」到「厥聲載路」十句──描這后稷被棄而終於獲救的情形。

　　第四章：「誕實葡萄」到「瓜瓞唪唪」八句──讚譽后稷幼年即具許多藝能。

　　第五章：「誕后稷之穡」到「即有邰家室」十句──敘述后稷因種植方面之成就而在有邰成家之事。

　　第六章：「誕降嘉種」到「以歸肇祀」八句──描述后稷以其豐富的收穫創立祭祀儀式。

　　第七章：「誕我祀如何」到「以興嗣歲」十句──描述后稷所創祀之內容可使長年豐收的情形。

　　第八章：「卬盛于豆」到「以迄于今」八句──頌揚上帝接受后稷之祭祀而保護其子孫至今。

　　這種分章的方式，自《詩集傳》後即普遍被各家所採行。從文句上看，這種讀法不僅使中間六章均以「誕」字起頭而顯得排列非常整齊，而且全詩的八章更呈現出十句、八句輪流更換的方式。使組織上也顯得甚為勻稱。不過，它既將《毛傳》第四章的首兩句移為第三章的末兩句，在文意上似乎認為此兩句「實覃實訏，厥聲載路。」在描述后稷剛開始呱呱啼哭的聲音，大到連路人都聽得到。

可是，若依前八章的主題來觀察的話。第三章既然主要在描述后稷出生時被棄而獲救的情形，則將此兩句放入第三章的意義便不大；相反的，第四章的主題既然在強調后稷幼年時的特殊處，則將此兩句放入第四章實比較適宜。

此外，司馬遷在《史記·周本紀》中解釋后稷初生後即被姜嫄拋棄的原因為：

> 姜嫄出野，見巨人跡，……踐之身動如孕者。居期而生子，以為不祥。棄之隘巷，……

司馬遷以為后稷被姜嫄丟棄的原因是「居期而生子」，一般都將它解釋為姜嫄既沒有丈夫，卻在踩巨跡後懷孕，時間滿了也生下兒子后稷，因此認為他「不祥」，所以才將他丟棄。這種解釋，顯然和詩的第一段「厥初生民，時維姜嫄。生民如何？克禋克祀，以弗無子。」的「以弗無子」嚴重矛盾。難以令人滿意。袁珂另一種解釋：「達」乃羊胞胎；即如同小羊初生時一般，被包在胎衣之內，等胞胎落地後始破胎而出。因此，后稷出生時與一般人不同，是一團肉球，所以才會認為「不祥」，也才會引來鳥的覆翼和孵育。[39]

袁氏的說法也有一些問題待解，譬如：「達」是否即為「羊胞胎」？又如果真是肉球的話，則牛羊又如何來腓字乳養呢？又樵夫看了會來撿拾嗎？同時，能以翼護之的鳥又是何種大鳥呢？筆者以為〈生民〉不但是一首詩，是一首充滿了想像力的文學作品，它的

---

[39] 袁珂《中國神話史》（台北：時報文化出版社，1991 年），頁 80。

年代也很早早，是屬於人們腦海中充滿神話和傳說的時期的作品，更加上它是某一族的後人刻意神化其始祖遭遇的頌揚性謳歌，因此，似乎不必要硬性地以「合乎真實」為基本來解釋它。第三章的主題其實是延續第二章而來的，它主要在強調后稷「初生」時，曾遭到多少難以想像的困境，而都因獲得「上天」的庇護而安然無恙的情形。換言之，它並不一定非符合事實不可，因為，它是一首周人用來神化和頌揚自己的祖先——后稷是如何受到上天的眷顧和庇佑的作品。

收於「第一屆經學學術討論會論文集」，民國 83 年 5 月 1 日

大陸推行漢字簡化運動的省思

一、前言

　　一九五五年，中國大陸的中國文字改革委員會發表「漢字簡化方案草案」，次年，國務院公佈「漢字簡化方案」，一共簡化了五百一十五個漢字和五十五個偏旁。一九五八年，「漢語拼音方案」也通過決議實施；一九六四年，文字改革委員會編印了「簡化字總表」，共簡化了二千二百三十六個漢字及十四個偏旁。一九八〇年，對一九七七年發表的「第二次漢字簡化方案草案」提出修正案，旋因進度太快，弊端也逐漸顯現，而遭到頗強的反對聲浪，最後在一九八六年十月明令廢止。

　　為何中國大陸要費這麼大的力氣來推動這項工作呢？一般以為其理論基礎如下：

　　1.民國二十九年，毛澤東在其「新民主主義論」中說了：「文字必須在一定條件下加以改革」之後，這句話便成為大陸推動漢字簡化的最高指示了。

　　2.中國共產黨認為要使國家國際化——共產化，在文字上也必須走世界文字的共同趨勢——拼音路線。而中國文字並無法發展成為拼音文字，因此必須採取國際化的拉丁字母來替代；而簡化漢字乃是到達拼音化的中間過程。

3.文字的改革乃是文化革命的基礎，要施行文化改革，文字改革乃是必要的條件。[1]

本文即是要站在純學術的立場，從以下兩個觀點來檢視上列說法是否平穩：㈠歷史經驗；㈡文字的功能。

二、從歷史經驗來觀察

漢字，從紀錄它的材料上看，自古以來，依時間先後大致有陶器、龜甲、獸骨、銅製鐘鼎彝器、石碑、石鼓、玉敦、珠盤、竹簡、繒帛、紙張……等，也因此，便有從材料上取名的：陶文、甲骨文（又稱「占卜文」）、金文（又稱鐘鼎文、銘文）、石刻文、繒書、帛書……等。不過，如果以「字體」為著眼點來看，則與字型變化較有關係的則是陶文與甲骨文、古文與籀文、大篆與小篆、隸書和楷書了。這些文字的字體當然各有不同，但其演變的軌跡則仍有可考察者。茲以兩種為一組，將這些文字在形體上的演變略做探討，藉以了解漢字在古代變化的基本原因及方式：

㈠陶文與甲骨文

據考古研究顯示，中國最古老的文字應為「陶文」——刻在陶器上的文字符號。他們出土的區域大約在山東、陝西、河南一帶，而其年代則在西元前四千年到西元前八百年之間。這種陶片出土的雖多，但可以辨識的文字符號之總數則不過七十左右，其中，以有

1　有關這方面的研究，請參閱楊廣達《中共文字改革之研究》，台北：政治作戰學校政治研究所碩士論文，1985 年 6 月。

關「數字」者居多。若將它們拿來與甲骨文相比對的話，我們可看出部分數字幾乎與河南小屯出土的數字相同，如：｜（一）、｝｜（二）、川（三）、川（四）、ㄚ（草）、（見）等。[2]

至於甲骨文，則是指刻在龜甲、獸骨上的文字，其出土地區則在河南、山西、陝西一帶。到目前為止，被發現的甲骨文字雖已有五千字左右，但可以辨認出的則不到一千字。綜觀起來，甲骨文字所記錄的內涵主要為西元前三千年左右的商朝事蹟，如祭祀、畋獵、征伐、氣象、吉凶、災異……等，而以「占卜」為主。至於甲骨文的表達方式，據高明先生的研究，其句子具備有：主詞→動詞→賓詞的詞序。[3]

由於陶文與甲骨文仍不斷地出土，故而有關這方面的研究雖也頗有可觀，但仍有許多推測尚未成為定論。不過，如從其文字的形體來看，陶文與甲骨文主要是「單字」的形式——而且極有可能是單音的。可惜，由於資料有限，故無法再做進一步的蠡測。

㈡古文與籀文

陶文與甲骨文的基本資料是出土的實物，可信度雖很高，可惜因資料太少，故存有許多尚待證明的地方。現在，我們就側重文獻的記載來加以考察。

---

[2] 關於陶文是否為文字，請參閱李孝定〈從幾種史前和有史早期陶文的觀察蠡測中國文字的起源〉及〈再論史前陶文和漢字的起原問題〉二文，分別收於李氏之《漢字的起源與演變論叢》（台北：聯經出版社，1985 年）一書中的頁 43-74、185-228。

[3] 參高明《中國古文字通論》（北京：文物出版社，1983 年），頁 294。

《荀子·解蔽》篇說：

　　好書者眾矣，而倉頡獨傳者，壹也。[4]

倉頡此人到底是何許人？而其生卒年代為何等等，目前並無法考知，但依據可見的各種文獻來推測的話，應在殷商以前。[5]荀子這段話的意思，隱含了下面的深意，即在倉頡之前，由於文字缺少固定的形體，（譬如：甲骨文的「四」有「川」與「三」的寫法、車也有「⊞」、「⊞」等）人人都可能有自己的書寫方式，也就是說，一字多形的現象頗為普遍，所以有名叫倉頡的人出來加以訂正、統一，並獲得大多數人的使用，而流傳了下來。[6]

　　另外，東漢時許慎的《說文解字·敘》也有下一段話：

　　及宣王，太史籀著大篆十五篇，與古文或異。[7]

宣王是西周的中興之主，他的太史官名為籀。我們據《漢書·藝文志》中的「史籀十五篇」之下，班固自注所說的「周宣王太史作大篆十五篇」，可知班固認為「史籀篇」的文字即為「大篆」，又

4　《荀子》（台北：新興書局，1955 年），頁 55。
5　李孝定〈從中國文字的結構和演變過程泛論漢字的整理〉，同註 2，頁 79。
6　李孝定〈中國文字的原始與演變〉，同前註，頁 98。
7　《說文解字注》（台北：黎明書局，1975 年），頁 764。

《漢志》並載有：「史籀篇者，周時史官教學童書也。」[8]因此，史籀篇——也就是大篆字體，便是周宣王以後用來教導學童們學習的文字了。至於《說文·敘》裡所提到的「古文」，其實原為由「甲骨文」→「金文」等一系列的文字，後來因時代的推移，文字使用日久，而引起各地的變異形體，使得字體成為多形，於是才有太史籀在宣王時從「古文」中定出一種名為「大篆」的官定文字系統；當然，仍流行於各地的便稱為「古文」了。

(三)大篆與小篆

《說文解字·敘》說：

> ……其後，諸侯力政，不統於王，惡禮樂之害己，而皆去其典籍。分為七國，田疇異畝，車塗異軌，律令異法，衣冠異制，言語異聲，文字異形；秦始皇帝出兼天下，丞相李斯奏同之，罷其不與秦合者，斯作「倉頡篇」、中車府令趙高作「爰歷篇」；太史胡毋敬作「博學篇」皆取史籀大篆，或頗省改，所謂小篆也。[9]

筆者之所以不憚其煩地引了這一大段文字，乃因它是一段有關秦始皇統一文字的記載中比較詳盡的資料。而在這段記載中，則突顯出下列四個特色：

8　《漢書》（台北：鼎文書局，1983 年五版），第 2 冊，頁 1719。
9　同註 7，頁 765。

1.秦始皇統一文字的國家有七個，他們原本是在大一統之下的諸侯，後因中央朝廷勢衰，於是各諸侯國乃各自為政，並訂定、實施自己的制度。在文字上，也造成了大家各有大家的形體──聲音也因而有異的現象。

2.秦始皇統一文字的原因，當然是為使天下書同文字，語同音──是具有政治目的的。

3.他所統一的文字名為「小篆」，是一種以秦國文字（秦位於宗周之地，所使用的文字應為大篆）為主，再參考其他字體而加以省、改而成的文字，當然不是拋棄原有文字而另創新字。

4.將「大篆」改成「小篆」的方法為「省」或「改」。「省」當是減省筆劃，也就是「簡化」。至於「改」或許是將一些怪異的俗體字加以「改正」。

㈣隸書與楷書

《說文解字·敘》說：

> 秦……官獄職務繁，均有隸書，出以趨約易，而古文由此絕矣。[10]

「隸書」，有認為是秦朝程邈所造的；然而，根據史實的通則，每一種文字都是經過長久時間的塑造、成形、再通行的，絕不可能由某人在一時一地以獨力所創造而成。「隸書」也應作如是觀，易言

10　同前註，頁765。

之，它可能是秦朝時和官方的「小篆」同時，而被許多民間人士所採用的文字，因此當屬於「古文」系統。據清代段玉裁在前引《說文‧敘》下的注：「按：小篆既省改古文、大篆，隸書又為小篆之省。」[11]的說法，程邈很可能是以當時頗為通行的「古文」為基，而把形體轉為繁複的「小篆」加以簡省而成的。加上秦朝官獄多，以「小篆」來書寫有費時費力的困擾，於是比較簡易的「隸書」便在官定的「小篆」之外成為獄書通行的文字了。

又秦朝國祚短暫，隨著秦朝的消失，「小篆」便也失卻了官定的優勢，譬如漢朝初年的今文經書便是以「隸書」來書寫的；此更可由許慎曾說當代士人競相以「隸書」說解經文，但卻都「不合孔氏古文，謬於史籀。」[12]的說法作為輔證。為此，蔡邕在漢靈帝的熹平四年乃奏請由官方推動「定正文字」的工作，而以標準「隸書」將六經文字鐫刻於石碑上，立於大學門外，以作為官定的標準文字。[13]這也就是有名的「熹平石經」。

到了晉朝，又有所謂的「正隸」，這是因為當時的「隸書」體文字也已經產生了許多俗字、簡體等異文，於是有呂忱著《字林》一書，在不乖離篆意的前提之下，將「隸書」再加以改變而成，藉以糾正當時流行而不經的隸書俗字。不過，六朝的文字也同樣混亂不一，一直到唐朝時，才引起不少識者意會到文字的重要性而競相撰著「字樣」類的專門著作——大多是將同一個字的各種形體並列

11　同前註，頁 766。

12　同前註，頁 770。

13　《新校後漢書》（台北：世界書局，1972 年），第 3 冊，頁 1990。

相參。這類「字樣」專著，最著名的即為官方的《開元文字音義》，其序中即有「首定隸書，次存篆字」的句子。[14]而這裡所稱的「隸書」，其實就是「正隸」，也就是「隸楷」、「楷書」。大致說來，漢字自此之後便定型了，唐以後雖偶而也有因字體發生譌變的情形，但各朝代均有「石經」加以穩定，故變化甚小。

綜上所述，漢字的形體在歷史上已改變過多次，而演變的情形大多是某種文字系統在許多人（含私人或官方）的長時間努力下，好不容易才定形，但隨著時間的進行，使用地域的擴展，俗字、簡體等譌異形體便逐漸出現，因而再發生一次文字訂正的運動。這種文字的「訂正」，都是以現有的文字做為依據，並非另外創造出一套嶄新的文字系統，這是必須強調的地方。

三、從文字的功能來觀察

語言，原是人們內心的感覺和思想的直接顯現，但當它成為一個訊息的系統後，便成了同樣使用這個系統的群體間的溝通工具了。文字系統基本上乃是語言的記錄符號，但隨著時日久，文字也逐漸形成自己獨立的生命而自行發展，因而與語言形成該語文系統的二大表達方式：「語言」以聲音為主，是面對面溝通的主要工具，而「文字」則可突破當面溝通的時間與空間的限制。

漢語和漢字的關係也應作如是觀。而當漢字被視為一種自我表達和與別人溝通的符號系統後，則如何學會「書寫」它們以傳達自

---

14 《叢書集成三編》之六——「學術叢編」（二）（台北：藝文印書館），
　　頁1。

己的內心世界，以及如何「辨認」它們以了解外在次世界，進而與人作溝通往來，便成為它的兩大功能了。

李孝定先生曾指出，漢字的「文字化過程」有四：㈠抽象化、㈡簡化、㈢繁化、㈣聲化。[15]但事實上，這四個項目常因「簡化」與「繁化」同時並進而不必有如此的先後順序。不過，它們確實指出了漢字的形體乃是常有變動的；更確切的說，漢字的形體是隨著不同時代、不同地方的需要而在改變的。可是，其中的「簡化」與「繁化」顯然是截然相反的兩條路線，為何會同時被採用呢？筆者認為這即是源於「書寫」的方便和「辨認」的清楚之故。底下即以這兩種情形稍作探討。

㈠從「書寫」的觀點來討論──簡化

早期的漢字多為象形文，這種文字的形體是將物的形貌繪畫出大致的輪廓和特徵，因此筆劃有圓、有直，且為了逼真而顯得非常繁複。後來，因文字所要傳達的內容越來越豐富，而這種形體的文字書寫起來卻費時而不便，所以乃逐漸減化，於是字的形體便由圖形而抽象化為較簡單的符號了。通常，由「圖形」演變成「符號」的過程中，有下列四種方式：

　　1.減省筆劃，如「車」字：🜚 → ⊕⊕ → 車 → 車
　　2.減省偏旁，如「靃」字：🜚 → 🜚 → 🜚 → 靃[16]

15　李孝定〈從金文中的圖畫文字看漢字文字化過程〉，同註 2，頁 229-242。

16　以上 1、2 兩例見註 3，頁 181-185。

3. 同化偏旁，如：馬（馬）、魚（魚）、鳥（鳥）、燕（燕）四字，本來偏旁各異，後來卻都被同化為「灬」。

4. 為求快速而產生的俗字形體，如「寶」字：圖 → 圖 → 圖 → 寶，這類的例子甚多，譬如：「断」為「斷」的俗字（《玉篇》）、「関」為「關」的俗字（《集韻》）、「恋」為「戀」的俗字（《字彙》）、「尽」為「盡」的俗字（《正字通》）等。17

事實上，這些簡化過的字體，雖非所謂的「正字」，但其字已達約定俗成，無人不用的程度，而我們也可由此同意：字體可不必太在意其為俗、正、簡或繁，原則上，只要大家都了解這些字的意思，並普遍地使用它們，方便書寫的簡體字顯然也有其存在的客觀需要——但，「簡化」並不是文字演變歷史的唯一路線，也不是絕無壞處的。前者可從下節的「繁化」來證明；後者的事實可以大陸推行的簡字運動來說明，如：將「餘」簡化為「余」，則「餘音嫋嫋」便成了「余音嫋嫋」，那麼這到底是音樂的「餘音」？抑或是「我」的「余音」呢？又如將「警」簡為「井」，那麼「水上警察」的「水警」和汲水之處的「水井」到底要如何分辨？18其他如：「熟」簡為「孰」、「導」簡為「道」、「婚」簡為「昏」、「捧」簡為「奉」……等，都有產生語義混淆的不良後果。

---

17 以上 3、4 兩例，請參考黃沛榮〈漢字的簡化與繁化〉，《國文天地》，5 卷 2 期（1989 年 7 月），頁 25-26。

18 參簡宗梧〈漢字簡化之商榷〉，《中華學苑》，41 期，1991 年 6 月，頁 4-5。

㈡從「辨認」的觀點來討論——繁化

前面提到過，漢字的演化在歷史上來看並非是一直在簡化的。這是因為文字的功能除了書寫表達之外，還有辨認的作用，而為了達到此一目的，漢字也有繁化的情形。繁化，基本上是因社會事物與狀況越來越複雜，人們的思想和感覺也越來越豐富，使得語文必須與其配合，致使不斷增加詞彙、文字便是自然的趨勢了。漢字為了達成此一任務，除了有另創新字之外，也有一種是在原有的文字上增加某些筆劃或部分，以與原字的形體和字義做區分的，我們可用下面的例子為證：

1. 「采」字，原是「採取」的意思，後來才加上偏旁「手」而成採，以維持原意，而原「采」則轉變成「風采」、「采地」之義了。

2. 「耆」字，原是「老」的意思，唸成「ㄑㄧˊ」，後來被借做「慾望」而唸成「ㄕˋ」。其後，為了區別這兩個意義，便在原字加上偏旁「口」為「嗜」，而專指「嗜慾」。[19]

這類的例子事實上很多，如須→鬚、求→裘、莫→暮、暴→曝、……等，都是在原字加上某些成分而成另一新字。[20]因此，它們可說都是為了區別原字的一字多義現象，而在原字上增加某些成分而成為新字，使得原字和新字的意蘊各有所屬，便於大家辨認的「繁化」現象。

19　同註 17，頁 27。

20　同註 18，頁 1。

四、結論

漢字形體之所以產生變化，如上所述都是應各時代之需要而產生的自然現象，有些是為了書寫能方便快速，於是有「簡化」的情形，有些則是為了易於辨認其形體和意義，因而也有「繁化」的事實。但歷史的規則似乎是每隔一段時間，便有官方或民間的私人出來，對越來越散亂的字體做訂正統一的工作，以避免造成溝通滯礙的現象。

據此，武斷的廢棄原來正使用中的文字系統，而改創另一無人使用過的新文字系統，並通令全國使用，在我國歷史上尚未見過。即自理論上來說，這也是一種費力、曠時，負面影響又遠過於正面效果的舉措，因此「拼音化」是一種得不償失的理想，實不值得貿然採行。至於漢字的「簡化」，據前所論，在「書寫」方面因具有方便快速的效果而曾為漢字演變的方式之一，但卻必須以不在「辨認」上會產生混淆的情形為其限度。

事實上，由於中文電腦的使用已日見普遍，「書寫」的速度已不再限於手寫的一筆一劃而日漸快速，據精通中文電腦的漢字專家表示，漢字當前最需要的工作是使其具有「統一性」和「標準化」，使漢字與電腦能緊密地結合，易言之，簡化漢字之是否必要也值得研究了。[21]

> 本論文於 1991 年 11 月，於韓國漢城舉行的「漢字文化圈內的漢字生活問題國際學術研討會」上宣讀

21　參陳郁夫〈「文字簡化面面觀座談會」紀錄〉，《國文天地》，同註
　　17，頁 13、18。

從比較中、英文字詞在詞句中的先後次序看中國國語（*Mandarin*）的特色——一個文化觀點的考察

一、緒論

一般英文書籍在談到中國語文時，下列數項常被認為是主要的特色：

㈠人稱上不分男女性別，如：

「他」可用來指男的 "he"，也可用來指女的 "she"。

㈡普通名詞沒有單數、複數之分，如：

「蘋果」可以是 "apple" 或 "apples"；「國家」也可以是 "nation" 或 "nations"。

㈢普通名詞也不因主詞或受詞的不同而改變，如：

「我」可表示 "I" 或 "me"；「他們」可指 "they" 或 "them"。

㈣動詞的外形也不隨主詞的不同而改變，如：

我打他——I "hit" him，他打我——He "hits" me。

㈤動詞不因不同的時態而改變外形，如：

「他給我一本書」這一個句子可以有下面兩種意思：

a. He gives me a book.

b. He gave me a book.[1]

上面的描述當然是舉例性的,所以並未概括這類特性的全部。不過,在這裡必須強調的是這些描述顯然是以英文為立足點的立論,因此看起來似乎是中國語文「缺少」了些什麼。但事實上,這種比較性的描述,其目的只在突顯被拿來比較的語言之個別特色而已,所以並不宜由此去做更進一步的價值優劣的判斷,甚至認為中國語文有結構鬆散、意指不明的缺點。因為從務實的觀點而言,任何一套語文系統都具有讓該語族的人們在某一個時期的特定環境內完全表達、溝通和記載的功能,因此不同的語言系統只能說是各具有自己的「邏輯」;任何想將這些語言的某一部分自其系統抽出,藉以論其優劣的作法,即使以為自己再客觀,也都將沒有實際的意義。前列以英文為立足點而對中國語法做的描述即應做如是觀。

本文想與前引例子不同,以中文為基,透過中、英文語法上的比較來對中國語法的特色進行文化方面的探討。

二、「形意」和「拼音」系統之差別

當中國人說下列兩句話時:

㈠我「看」過那本小說。

㈡我現在要到圖書館去「看」報。

1　參 R. A. D. Forrest 的 *The Chinese Language* 一書中的第四章:"General Description of the Chinese Language". Londin: Faber and Faber LTD., pp.58-78.

我想，沒有中國人會將這兩句話中的「看」字視為看一看那本小說的「封面」和報紙的「形狀」、「字體」等，因此處的「看」應是「閱讀」的意思，亦即英文的 "read"：閱讀小說和報紙的內容。於是，為何中國文字會有這種現象便值得讓人更進一步地探討了。

從文化背景而言，中國文字的理解過程基本上是由外表的「形象」到內在的「含義」的──看到外形而了解其意思。也許有人會說中國文字中，「形聲字」之數目要比「象形字」、「指事字」、或「會意字」都多；不過，當我們在辨認這些「形聲字」的意義時，「象」仍然是其基本的組成要素──因「形聲」中即含有「形」。故對於有外形可見的「物」，我們都說「看」，如：「看風景」、「看書報」、「看電影」……等。事實上，即使是抽象的「事」，也有許多用「看」的，如「看病」、「看情況」、「我看，你一定會成功的。」……等。這一現象，或可說明中國人的體認過程是由「眼睛看」→到腦、心的「了解」與「感動」的；而這情形和英文的拼音系統的由「耳朵聽」→到腦和心的認知路線顯然不同：因前者的起步在「形」，而後者的起步則在「音」──雖然兩者的最後目的都是「意」。

或許正因為英文重在「音」，所以前述在人稱上的性別：he、she、甚至於 it 等，其聲音是絕不相同的；當然，以此拼合而成的字之「外形」也就有別了。而相反的，中國文字是由形而到意的，所以在民國初年時，有人倡議、且在今天仍頗受採行的三個第三人稱單數之代名詞：他、她、它等，即顯然注重這些字在外形上的差異，以便能依習慣：自其形上去辨認──而這三個字的聲音則仍然完全相同，都讀成 "ta"（雖然有少數人把「她」字讀成 "i"，把「它」字讀

為 "tuo"，但畢竟未能被普遍採用）。譬如當有人說：「他很英俊」時，中國人聽了之後絕不會把這句話的主詞「他」當做另外兩個聲音相同的「她」或「它」。同樣的，當有人說：「她很漂亮。」時，中國人也不會將這句話中的「她」當作是另兩個聲音相同的「他」或「它」。易言之，這三個字的分別主要是便於中國人在用眼睛看時，可在「形」及「意」上做區分，而與聲音無涉。然而，由於英文系統如上所述，其認知過程乃起始於耳朵的「聽」，因此，前述兩句話聽在英、美人士耳裡，由於聲音相同之故，他們是很難辨認出到底「英俊」的 "ta" 是男性或女性？「漂亮」的 "ta" 是女性或男性的。正因為這個原因，釐清聲音上的分際便是英文系統中極為重要的工作；也因此，這三個意指不同的第三人稱單數之名詞在英文中便有："he"、"she" 及 "it" 等截然不同的聲音，更由於其系統為拼音文字，所以最後拼成的三個字之外形也就自然不一樣了。

至於英文普通名詞具有單數、複數、的變化，如前所舉的 "apple" 及 "apples" 之類的，也應做如是觀，即藉聲音之不同來表示出「含意」之有別。但在中國語文裡，這些普通名詞在外形上是可以不隨數量含義的多寡而產生變化的，其原因可歸入下面有關語文結構的問題來討論。

三、中、英文句結構上之差別

如前所述，認為中文語法「缺少」：時式、主詞與動詞、主動與被動、動詞需配合主詞等變化之看法，其實乃源自以「英文系統為標準結構」的假設而得的推斷；事實上，中文語法中也有許多特色是英文系統所「缺少」的，如以「詞」為例，中文中最常見的：

「一個人」、「兩本書」、「五匹馬」、「十頭牛」、「三百棵樹」、「八千幢房子」……等，其中之「個、本、匹、頭、棵、幢」等「量」詞，[2]英文中即找不到；至於「句子」上的例子，如「這本書是你的嗎？」、「他到底上那兒去了呢？」等問句，其語尾虛字的「嗎」和「呢」在英文裡也付諸闕如。然而，我們也不會因此即斷定：英文的結構有缺陷。

另外，中文的普通名詞雖然在外形上沒有單數、複數的區別，但若將其放入較完整的詞中，如「百萬雄兵」，或整個句子裡，如「我有五百萬元」等，沒有中國人會不知道其內的「兵」和「元」是複雜的。至於在有關時式的問題上，如「他昨天晚上在家裡做功課。」及「他今天在家裡做功課。」兩句，前句為「過去式」（past tense），後句為「現在式」（present tense），但動詞都用「做」，而沒有外形上的差別，但在中文裡並不會造成語意上的混淆現象，這是因為在這兩句中各有另外的詞：「昨天晚上」、「今天」等來清楚地表示其時式為現在式或過去式，所以動詞的外形不變動也沒有關係。

至於英文的普通名詞會因其扮演的角色為主詞與受詞的不同而改變其外形、以及第三稱單數之動詞也須配合其主詞而改變其外形上，也都與中文不同，如：

　　I hit him （我打他）

2　見劉蘭英、孫全洲編《語法與修辭（上）》（台北：新知識文教出版中心，1990 年），頁 53-55：量詞是表示人、事物或動作、行為的單位，如：一「雙」筷子、走六「趟」等。

He hits me　（他打我）

故頗值得比較說明。在上列兩句例子中，三組意思相當的兩個英文詞 "I" 及 "me"、"He" 及 "him"、"hit" 及 "hits" 等，其外形上皆有差別，原因便是英文重「音」之故，因為聲音不同，所以能顯現出其意思上的不同。但在中文句子裡，「我」、「打」、「他」三個字在兩句中的形、音、義卻都完全相同，此即因在中文句子裡，其語意既能清楚地表達出來，（原因詳後語序部分）其形體當然不須再做任何改變。

在有關主動句及被動句之差別上，中、英文都同樣，將主詞與受詞之位置互換，（英文的主、受詞之外形當然也因聲音不同而改變外形）但在同時，英文還得更動其動詞的形體（即聲音）為過去分詞（psat participle）的形式，並在其前加上一個具有連綴性質的 "be" 動詞──其形式也須配合其主詞的人稱和單數、複數才行，如此才算完全表現出被動之含義。這些改變，中文句裡當然沒有，但中文也有表現被動語氣的方法，亦即在被動句的主詞與受詞之間加上一個含有「被動」內涵的字，如：「被」、「受」等。

上述中，英文語法上的差別都清晰可見，但均屬於「局部的表象」。要完全明瞭中文語法的真正特色，筆者認為，當從「全面」的「深層結構」去探討才有意義──而這便涉及到語言背後的文化問題了。

語言習慣是一種表達的方式，這種表達方式的定型則更反映了一個該文化中非常重要的現象──思考的習慣。[3]而從比較的觀點

3　有關語文和思想的關係，參：Chu, Yu-Kuang: "The Chinese Language"，收

來看，中文和英文最大的差別乃在其句子的結構上，也就是每個單詞（word）在句子裡的前後次序之關係上。這種特色，尤其在中文上，更含有文化上的淵源。現在即分別以「詞」和「句」兩部分來做探討：

㈠詞：以複合詞為例

中國人在稱呼別人時，最常見的說法是：

a. 王志強先生　　　　b. 李美麗小姐
(1)(2)　(3)　　　　　(1)(2)　(3)

c. 林秉良經理　　　　d. 孫湘怡博士
(1)(2)　(3)　　　　　(1)(2)　(3)

若將這些譯成英文，則分別是：

a. Mr. Chih-chiang Wang　　b. Miss Mei-li Li
(3)　　(2)　　(1)　　　　(3)　(2)　(1)

c. Manager Ping-liang Lin　　d. Dr. Hsiang-i Sun
(3)　　(2)　　(1)　　　　(3)　(2)　(1)

這些複合詞都各包含有三個單詞：(1)是「姓」、(2)是「名」、而(3)是「尊稱」或「職銜」。然而，在中文的稱呼例子中，每個複合詞的三個單詞之次序顯然都一樣，依(1)→(2)→(3)先後排列，亦即是依：姓→名→尊稱或職銜之順序排列；相反的，在英文的稱呼例子中，所有的複合詞之三個單詞卻都以(3)→(2)→(1)的次序先後排列而

於 John Meskill edit: *An Introduction to Chinese Civilization*, Columbia University press, 1973, pp.598-605.

成，也就是先尊稱或職銜，而後是名，最後才是姓。易言之，中、英文在稱呼上，單詞的次序恰好完全顛倒；筆者不擬據此即武斷地推定英語系的人之觀念是先自我、而後才是家庭；但卻願在此強調中文稱呼上這些單詞的排列順序，實含有深刻的文化內涵。

語言最初的功用即在使聚集於某一地區的人群間能夠彼此溝通和了解，[4]故其始並未有所謂完密的結構問題，而是由人與人之間的約定而成俗，然後再因時間之日久而成為習慣、傳統。其原始的功用之一——以聲音來辨識對方上，當然是稱其姓名；然後在中、英（世界各國）文同樣都有「名」和「姓」的情況下，中國為何是先姓而後名？而與英文系統則先名而後姓呢？筆者以為這當然是牽涉到這一語族的文化淵源。

中國人是一個非常講究「傳承」的民族，重視「前有所承」、「後有所繼」；易言之，「先後關係」對中國人而言是特別有意義的。用比較具體的話來說，「傳承」當是一屬於時間的系統，在中國幾千年的歷史上，或者說在中國那綿延不絕的時間傳承巨流中，每個「個人」所扮演的角色固然各有不同，但最終則都可用「前、後代間的橋樑」一詞來概括；這種現象，以「民族」而言，就是「傳統」，但若縮小其範圍來看，便是「家」了。每個人都是「民族」裡的一分子，更同時是家庭、家族中不可或缺的成員。這種現象，我們或許可用下面的情形來解釋：譬如說，對他國人而言，中國最大的特色之一即在於擁有數千年沉潛包容、且自成體系的文化和一直綿延不斷的歷史；但若我們將這個「歷史」縮小成二十多個

4　參黃六平編《讀語文言語法綱要》（台北：華正書局，1981 年），頁 4。

「朝代」的話，則不難看出這種連續不斷的改朝換代並沒有在「政治」或「社會」結構上做真正而全盤的改變，而是只換了統治者的家族──亦即指更改王室的「姓」而已。由此可見，代表「家庭、家族」的「姓」在中國文化裡可說具有獨特的地位，而「個人」和「家」的關係也可說非常密切了。

因此，為何中國人在稱呼上會把代表「家」的「姓」冠在「個人」的「名字」之前，或許即因下面這個觀念：沒有家，焉有個人？個人是無法離家而存在的；從時間長短的觀點而言，「姓」是恆常不變的、代代相傳的，而「名」充其量也只不過能涵蓋到一個人的一生而已，終究會隨個人生命的終止而消失；從此類推，一個人的一生中，隨著時間（年齡）的改變，個人的「職銜」，如：「小朋友」長大了便成為「先生」或「小姐」，「職員」會升成「課長」或「經理」，「教師」也可能被選為「校長」……等等，可謂時常在改變，所以在其一生中必會擁有許多職銜；因此之故，前曾提及的中國人因重視「傳承」而反映出重視「先後次序」的觀念，可說是依時間的恆常性為基而形成的，亦即：恆常不變的「姓」居先，代表個人一生的「名」居次，而隨時會更動的「職銜」殿後。據此，說這種排列順序是以文化內涵為背景而形成的應當不為過。

除上面討論的「時間長短」為複合詞中各個單詞的順序原則外，組成有關「範圍」及「數量」類的複合詞之單詞也有其順序的組成原則，譬如：

a. 那幢大樓只是這個「都市的一角」。

(1)　　(2)

英文中，此詞當寫做 "a corner of the city"。

(2)　　　　(1)

b. 「今年的冬天」將會很冷。

(1)　　(2)

英文的這一個詞當寫為 "the winter of this year"。

(2)　　　　(1)

c. 他把「十分之一」的薪水捐給孤兒院。

(1)　　(2)

英文此詞為 " one tenth"。

(2)　(1)

上列三個中文句子裡，每個括號中的複合詞都含有兩個單詞(1)及(2)，(1)都是該複合詞中範圍或數量上較大的單詞，(2)則是較小的單詞；但若將中、英文相對照，則可立刻看出其順序恰好完全相反，英文的順序為(2)→(1)，即「小」的在「大」的之前。一般的解釋是「小」的事物乃是說話者想確切指名的對象；易言之，英文這種排列是以「準確」為最高的目的。但在中文則恰好相反，而以(1)→(2)的順序出現，亦即是「大」的在「小」的之前。筆者以為，這樣排列的原因乃在於「小」的包含於「大」的之內，也就是該「大」的內容除包含「小」的之外，還有其他事物；因此，這一個「大」的範圍如果不先存在的話，該「小」的即無法出現──當然，這裡的「大」和「小」是相關的，而非沒有關聯性的兩個事物。於是，上列中的「都市的一角」，中文的涵義應為：若無此「都市」，則該「一角」將無從存在；又如：「今年的冬天」之例，此一「冬天」乃「今年」的冬天，是今年的一部分，所以若沒有「今年」的話，

又怎麼會有「今年的冬天」呢？同樣的，在「十分之一」的例子中，該「一」的大小數量為何乃依該「十」之多少及大小才能決定。因此，該「一」的存在，顯然是預先有該「十」存在才能成立。據此，我們可做出以下的推論：中文複合詞中，有大小關係的單詞之排列次序為「先大而後小」。

㈡普通句

句子是由許多單詞和複合詞組成的。在中文裡，這些詞在句子中的先後關係更能顯現出中國文化內涵的特色，或者說：詞在句中的先後次序是文化內涵的另一種呈現方式。我們可用下面的句子為例來說明：

我和喬治／昨天晚上在圖書館研究數學。

(1)　(2)　　　(3)　　　　(4)　(5)　(6)

我們依其順序給予每個詞一個號碼如上；同時，與此句意思相當的英文句則如下：

George and I / studied mathematics at the library last night.

　(2)　　(1)　　(5)　　　(6)　　　　(4)　　　(3)

我們也把這句英文裡與前面中文句內意思相當的詞設定為相同的號碼如上。兩相對照之下，顯然的，除連接詞（和、and）外，兩句中各詞的順序可說完全不同。這情形當然值得深究。

以文法的觀念來看，上列的中、英文兩句之(1)和(2)是各句的「主語部分」（subject），其後各詞則統稱為「術語部分」（predicate）。下面即依此來分別討論：

a. 主語部分

上列中、英文兩句在這一部分中都包含了兩個名詞（noun）：「我」（I）及「喬治」（George），以及一個連接詞（conjunction）：「和」（and）。這兩個名詞本可各自獨立，且其地位也是相等的；但在這裡因有一個連接詞被放於兩者之間，而把它們結合成一個含有兩個對等地位的複合主詞。不過，現在的問題是：這兩個名詞在中文和英文句子裡的前後次序卻正好相反。英文的主語部分之所以排成(2)→(1)的次序（即「喬治和我」），一般的說法為「基於尊重別人」和「自我謙虛」的表現。這種說法誠然有理，但我們卻不可因此便推論出：與此種須序剛好相反的中文的主語部分：(1)→(2)（即「我和喬治」）乃一種「自我為中心」，「不尊重別人」的結論。

前面已經說過，中國是一個重視歷史傳承、注重時間長短、範圍大小的先後次序關係之民族，因此，其語言便也受有此種影響：先出現的詞便被放置於後出現的詞之前。這也就是上面中文例句裡會把「我」放在「喬治」前面的原因，即：在這一個複合主詞中，若沒有「我」先存在的話，其他事物（包括「喬治」）又怎麼可能出現在眼前、活躍在心中呢？故而「喬治」乃被安排在「我」之後當然會是自然的結果了。

當然，中文也可以有「喬治和我」的說法，但這種排列順序對中國人而言，並非是「自然」的，而是一種「刻意」安排的形式，其用意可能在「強調」或「凸顯」「喬治」的地位或重要性，因此，應另當別論。

b. 術語部分

在這一部分的中、英文也都包含了四個詞：(3)表示時間、(4)表示地點、(5)表示動作、(6)表示接受動作之事、物。

　　首先是在這兩個中、英文句子裡都有一組順序相同的詞：(5)研究→(6)數學：前者為動作、後者為接受動作之物。顯然的，若按照我們前面討論過的「依出現的時間先後為前後排列順序」的中文之詞序來看，既然「數學」是接受「研究」動作的事物，當然在這個特定的「研究」動作還沒有產生之前，這個特定的接受動作之事物「數學」是不存在的。因此，「研究」在「數學」之前仍然是基於時間出現的先後而排定的。其實，以文法觀念來說，不論是中文或英文，「及物動詞」（transitive verb）之後接「受詞」（object）都是共通的規則。

　　不過，這裡的術語部分仍有兩個問題必須解釋：一、何以中文句子的(3)→(4)兩詞之次序會與英文句子的(4)→(3)之次序顛倒？二、為何中文句子中的(3)→(4)一組被安排在(2)和(5)間的位置上，而與英文句中的(4)→(3)一組被排在(6)之後的情形不同？在此，筆者仍然希望以中文特有的「時間先後」及「範圍大小」之觀點來做解釋。

　　任何文句，在其主語（如：此例中的「我和喬治」）出現後，都應有一（些）描述語來使這個主語擁有生命內涵而活範起來，（如：昨天晚上在圖書館研究數學。）而其中最主要者通常是「動作」，即「研究」。然而，對中國人而言，若要使一個動作具體化，則該動作之產生便必須被納入某一特定的時間和空間之內，以避免抽象和空洞的現象；換句話說，任何「具體」的動作均是發生於一個固定的「時間」之內，而該「時間」即是為了讓此動作具有實際意義的先決條件，而早於該動作便存在。如此看來，則代表「時間」和「地點」的兩個詞在句中的位置必須被排在該動詞之前乃毫無疑義。至於有關「時間」和「空間」兩者在句子裡的先、後次序問題，筆者

以為，不僅因前面已討論過的中國人特重時間先後的觀念，更由於中國人常認為「地點」之範圍也被涵蓋在「時間」之內，地點是隨著時間的流動而改變在其上面所發生的事情的。因此，在中文句子裡面的詞中，時間的詞便被制定在地點之詞的前面了，於是才有：「昨天晚上→在圖書館→研究→數學」的次序。

　　至於英文，也如前面所述，因特重「確切事物」之表達，所以代表時間和地點的詞便被放到句末；同時也因時間的涵義在範圍上比地點廣泛，所以時間的詞通常是在句子最後的。

　　另外，在中文和英文的術語部分裡也值得一提的差異是在「有、無動詞」上。在英文句子的術語部分裡，最重要的元素即為代表動作的「動詞」——不論是靜態或動態。但中文則不必如此，譬如說：

　　　　a. 王先生已經醉了。

　　　　b. 李小姐非常漂亮。

　　　　c. 張小弟很聰明。

這些句子裡都沒有代表動作的動詞，但卻都是具有完整意思的句子。仔細看來，上面這些例句的術語部分主要是含有一個描述主語之狀態的詞，如：醉、漂亮、聰明等，以及一個副詞，如：已經、非常、很等。由此推論，中文句子在結構上是有其獨自而完整的系統的。當然，這些描述語既然是用來描述主詞的，其位置自然必須安排在主詞之後。

㈢特殊句：以問句和住址為例

　　上述中文普通句裡的「詞序」，其重要性也可用到一些特殊句

上。

　　在問句上，我們先以下面三句為例來討論：

　　　a. 王先生是老師嗎？

　　　b. 令尊要吃水果嗎？

　　　c. 你好嗎？

在 a 例中，除了最後一個字「嗎」外，句中各詞的次序和普通的肯
定句中各詞的次序完全一樣；換句話說，問句是在肯定句的尾端加
上一個疑問詞「嗎」而形成的。這類問句，被問者通常只能以二選
一的方式來回答，如：「是／不是」、「要／不要」、「對／不
對」、「好／不好」……等，而其原因即在問話者早就在他的問題
中將被問者可能提出的答案縮小到兩個截然相反的是非範圍之內
了。也因此，這類問句（即以「嗎」字為結尾的）若以上列三句為例，
可改為下列的問句：

　　　a. 王先生是不是老師？——答案為「是」或「不是」。

　　　b. 令尊要不要吃水果？——答案為「要」或「不要」。

　　　c. 你好不好？——答案為「好」或「不好」。

　　另一種問句則是不限定回答者回答的範圍，通常以「呢」字結
尾，而且大都以「獨立的（複合）詞」為問句，如：

　　　a. 你的書呢？

　　　b. 我們的團隊精神呢？

上面這兩個問句也是在肯定式的詞之後加上一個疑問詞而形成的，
顯然，疑問詞之前各字詞的順序和原來的肯定式完全一樣。它們和
「嗎」作結尾的問句最大的差別在於此類問句並未預先設定被問者
回答的範圍，所以答案便可以有許多種。如以上面的 a 句為例，答

案可以是：

    a1. 不知道。

    a2. 丟掉了。

    a3. 忘了帶。

    a4. 被借走了。

    ……

上面的 b 句也可以有許多種不同方式的回答。不過，在這裡筆者想強調的乃在：這兩種問句都是在不改動原句子及複合詞中各詞的原來位置之情況下，於最末的位置加上一個疑問詞而形成的——這也可用來說明「詞序」在中文句子的結構上所扮演的重要性——不像英文之必須更動原句中詞的次序。

    此外，我們更可用現今中文住址的寫法為例，來說明中文句子中各詞的先後位置之所以如此之故。目前，中文住址的標準寫法是：（以台北國立政治大學住址為例）

    中華民國（台灣省）台北市文山區指南路二段六十四號

這段有關住址的文字，其各詞的先後順序顯然即基於其所包含範圍的大小，而「由大至小」先後列成：先國家、次為省或市，其次為區，然後是路，最後才是號碼。換言之，從大小和關係的觀點來看，後者都是被包含於前者之內——而這恰巧與英文住址的寫法相反：由小而大，前者包含於後者之內。這也可看出中文句子中各詞何以如此排列的文化淵源了。

四、結語

    從比較的立場來看，中、英文的語法中有不少相同之處，如句

子都是：主詞→動詞→受詞，而與日文的：主詞→受詞→動詞等不
同。但兩者間的相異處也不少，因限於篇幅和題目的關係，本文無
法在此一一評論。不過，依上述的比較、說明，我們了解了中文的
最大特色除在「字」上為各個「字」都兼攝形、音、義外，更值得
注意的是其認知路線乃以「形」為起點而到「意」。同時，在詞、
句的語法結構上，則以「詞序」為最大的特徵：範圍的由大至小，
或時間的由前至後；尤其，這種詞序現象的背後，似都含有中國深
厚的傳統文化為其內涵。換句話說，中國語文的表達方式實蘊含了
根深蒂固的中國傳統文化在內。

本文刊載於《中華學苑》40 期，民國 79 年 8 月

「寓言」也能說服人——
《莊子·秋水篇》的結構設計析論

一、前言

　　《莊子》一書吸引人的原因很多，諸如文字精準、用詞貼切、文氣縱橫恣肆、思想曠達玄妙、以及想像如天馬行空等。不過，它最令人好奇的，應在於為何會採取將故事性與寄託性融攝為一體的「寓言式」論述架構了。

　　「寓言」這種文類的性質，大抵是先藉著動人的故事來吸引人，然後再經由「以此喻彼」的設計，期使於無形之中，一方面婉轉而技巧地透露作者的主要見解，另一方面也讓讀者樂意去自行體悟某些心得。[1]然而，《莊子》既然是先秦諸書之一，其基本性質應屬於那種講究極力去闡述作者意見，以「說服」讀者的著作：因

---

[1]　《莊子》書中的「雜篇」有〈寓言〉篇，一般以為乃後人述《莊子》書的體例之作。不過，篇中並未對「寓言」一詞的含意詳加解說。顏崑陽曾將「寓言」的條件歸納為五種。請見顏崑陽《莊子的寓言世界》（台北：尚友出版社，1982 年），頁 121。
　　至於有關「寓言」的定義和文體上的特色，請參考陳蒲清《寓言文學理論·歷史與應用》（台北：駱駝出版社，1992 年）的第一編之第一、二章，頁 1-45。

此，按理說，《莊子》書中各篇文章的表達架構應當是雄辯滔滔、以理服人的論述方式才對。

　　一般說來，不論中外古今，凡是有人與人往返交流之時，就不免會有「說服」（persuade）的情況產生。其中，尤以屬於文學範疇的「修辭學」與外交上的「論辯術」最具系統，而呈現出許多各成體系的理論。所謂「說服」，其主要內涵大抵是說話者為了達到自己的特定目的，便先去設法了解他想說服的對象，包括其性別、年齡、個性、地位、經驗、學識、嗜好等，以及他將進行說服動作的特定時、空背景，然後，經過審慎的評估與精心的設計，乃選擇自己認為最有效的方式，如直接的面對面談話或間接的書面傳達、私下的接觸或公開的論辯等，將自己的意思傳給對象，使其了解、相信、甚至同意的過程。換言之，說服過程的基本架構可以用表列顯示如後：說者（作者）→內容→言辭（文辭、作品）→聽者（讀者）。2

　　然而，當我們檢視《莊子》一書，卻發現其主要架構竟然是「寓言」式的「對話」而令人深覺突兀。筆者以為，想了解此現象的原因，便須探討下面兩個問題：「寓言」式的架構可以做為一種說服人的有效論述方式嗎？又若其答案為是，那麼其具體方法又是什麼呢？

2　有關「說服」的觀念和其基本架構，請參拙作〈從「說服」的觀點論諷諭性漢賦之特色——以司馬相如之賦為例〉，收於拙著《中國文學批評的理論與實踐》（台北：國文天地雜誌社，1990 年），頁 161-172。

二、〈秋水〉篇的論述架構與方式

《莊子》一書含內篇、外篇和雜篇，一般論者以為，書中不但文字真偽夾雜，連篇目的順序也頗有爭議。[3]本文因受篇幅所限，故而將只討論其中的〈秋水〉篇；[4]又因〈秋水〉篇中含有多則各自獨立的「寓言」，所以本文將只以第一則「河伯」與「北海若」的寓言為範圍，來討論上面提出的兩個問題。

由於本文的重點在〈秋水〉篇的結構，以下即將藉由三個層面的分析，來尋求其答案。

㈠頗具故事性的「寓言」架構

一般論辯和說理的文章，通常都是論述者以滔滔雄肆的文詞，依嚴謹而縝密的推理過程，針對聽者和讀者的心理，脈絡分明的提出自己的論點，希望讀者和聽者能了解、相信他的說明，甚至進而接受、支持他的見解。[5]但是，〈秋水〉篇的結構顯然與此迥不相

---

3 今常見之《莊子》書多含內篇七、外篇十五、雜篇十一，計三十三篇。而舉凡書中篇目的名稱，內篇、外篇、雜篇的分類，以及其順序等，歷來的爭議甚多。請參葉國慶《莊子研究論集》（台北：木鐸出版社，1982年），頁10-25。

4 〈秋水〉篇為《莊子》書外篇的第七篇。

5 有關雄辯術與修辭學的關係之實際例子，當以柏拉圖的《對話錄》中之〈斐德若篇〉最早，最完整與最著名。而朱光潛的詳注更可參閱。見朱光潛譯《柏臘圖文藝對話集》，頁 141-236（台北：蒲公英出版社，1983年）。英文版請見 *Plato: The Man and His Work*, A. E. Taylor pp.301-319, "Pheadrus", New York: Meridian Books, 1956.

同：因為，它的架構是「寓言」式的，也就是有一個故事在客觀的自我呈現。

事實上，〈秋水〉篇第一則的結構，除了前面有一段關於「河伯」（即河神）的敘述文字外，全文是由「河伯」和「北海若」（即北海之神）兩者間的七段「對話」所組成的。我們可以舉其前頭的敘述文字，以及「河伯」和「北海若」間的第一、二段「對話」為例，一則來窺知其內容與方式，二則，可藉之稍加析論。然因篇幅有限，故僅將其大意摘要如下：

〈前敘〉：當秋天來臨時，眾川流之水都匯集到「河伯」身上，使其自以為乃「天下最美」者。

〈對話一〉：「河伯」順水東流到北海，發現了北海之大後，乃向「北海若」說：我原自以為乃「天下之最美者」；可是，現在因看到了你無邊無際的範圍，才明白自己實在是非常渺小。

「北海若」聽了之後，卻回答說：其實，我也不敢自認為有多大。因為，我只不過是東、西、南、北等四個海之一而已；同時，如果再與範圍更大的「中國」、或者「天地」來相比的話，那將更為渺小了。因此，如果以只不過是「萬物」之一的「人」類之思想為基，而想去評量、斷定事物而得到正確的答案，又怎麼可能呢？

〈對話二〉：「河伯」聽了「北海若」的話後，便又問：那麼，我們可不可以說「天地」很大而「毫末」最小呢？

「北海若」回答說：也不行！因為如果從「大知」的觀點來看，數量是無法限制的、也非固定不變的。總之，以「人」類知識的有限，去和所未了解的廣大範圍相比較，那實在太渺小了。因此，我們又將依據什麼來判斷「天地」便是大、而「毫髮末梢」便是小呢？

當我們在閱讀上述的一段敘言和「河伯」與「北海若」的兩段
對話時，浮現在我們眼前的，其實是一連串的動態畫面：「河伯」
在秋天時，因匯集了許多川流的水而表現出一種顧盼自雄的神態。
接著，他順水東流到北海，而在發現北海的廣大時，便神情卑屈地
向「北海若」請益；而相對的，亦引出「北海若」一長串的教訓和
盛氣凌人的神態。在這裡最值得注意的是，有二項極大的效果已於
自然而然之間隱然形成了：其一，因我們讀者並未看到有任何論述
者在對我們說理、或跟我們爭論，所以絲毫不會覺得有任何心理壓
力和不愉快的感覺；其二，我們讀者也已於不知不覺間興味十足
的、毫無反駁意識的、而且是在一種比較冷靜和客觀的心態中，明
白了論述者的全盤觀點了。仔細推敲起來，其原因乃是我們讀者被
這種「寓言」式的結構設計，巧妙地推出事件之外，而以站在旁觀
立場的身分，津津有味地欣賞畫面中當事者的表演之故。或許，我
們可將此種設計稱為「欲擒故縱」之法吧！

(二)精心設計的對話方式——問答

一般說來，在面對面的對話中，不用說那種毫無主題交會的
「閒聊」，必然會產生事先難以預料的過程和結果。事實上，即使
是雙方的「論辯」——雖然有共同的論辯題目，也都各有周詳的準
備、並希望自己能獲得勝利；不過，可以推斷的是，縱令論辯的進
行仍有時時扣緊主題的規範，但卻也因無法避免經常出現突發狀
況，而產生不易達到預期目標的結果。而這種面對面的口頭論辯，
我們雖然將其改為文字，但若所採取的仍是現場直錄的方式，則其
結果也必然是相同的——常會逸出論辯的主題而難有結論。

　　〈秋水〉篇的「寓言」式架構雖也由「對話」組成，但它的性質顯然與前述的「閒聊」不同，因為，文中的對話雙方——即「河伯」與「北海若」並非在毫無目的下對談；同時，它也與「論辯」有別，因為，雙方並非站在相等的地位，勢均力敵地針鋒相對。在〈秋水〉篇中，「河伯」與「北海若」在對話時所呈現出來的關係，其實為一小一大、一問一答的態勢。質言之，「河伯」所扮演的角色，實有如一個幾近無知的學生，而「北海若」則像是一位博學多聞的教師。因此，我們所看到的景象，便每每是「河伯」以卑微的口吻向「北海若」的請教；而相對的，「北海若」所表現出來的，則往往是權威的架勢，不僅身段擺得頗高，同時，他對「河伯」的回答，也常帶有訓誡的口氣。這種安排與設計，在文章結構上所呈現的最大特色，無疑是一段段「北海若」的高談闊論了。為了證明上述的觀察為真，我們不妨舉其中的第三、四兩段「對話」為例來加以說明。茲將其大意摘要如下：

　　〈對話三〉：「河伯」在聽了在〈對話二〉裡「北海若」說的，「人」並無足夠的能力去判斷所謂的「大」與「小」後，接著又問：那麼，一般所謂最精微的叫做「無形」，而最大叫做「無法圍住」之說法，到底是否正確呢？「北海若」回答：那也不見得！因為，語文所能描述的，只不過是事物中的粗略部分：凡是真正「精微」的，則惟有以「心」去體悟。至於所謂的「無法圍住」，則更屬超越「有形」的範圍之外了，根本無法用「精」、「粗」等名詞來涵括。因此，真正的「大」、「小」，根本就沒有一定的標準可言。

　　〈對話四〉：「河伯」接著又問：那麼，到底要依據什麼才能

衡量出事物的外在大小和內在貴賤呢？

「北海若」回答：從「道」的觀點來衡量，則萬物並無所謂的貴和賤。自「物」的立場來看，則除了它自己之外，其他的物都是賤的。再依「世俗」的看法來說，則沒有任何人可決定自己是貴或賤。至於在「差別」上，則凡是只看事物的大的一面，那它必定大；而若只看它的小的一面，那它也就必定會是小的，而也正是因此之故，「天地」也可算是小，而「毫髮的末梢」也可算是大了。若我們再以「實用性」來看，則任何事物都必定有其功能；不過，也必定會有不足之處。相同的，如果是從所站的「立場」來觀察，則任何事物也都會有正確的一面，也會有錯誤的一面。……總之，萬物的大小和貴賤並非我們所能夠率爾加以斷定的。

上面兩段「對話」，顯然發問的都是「河伯」，而回答的都是「北海若」。同時，如上所列，「北海若」的回答內容，顯然都是針對「河伯」的問題而提出的。譬如在〈對話三〉裡，「北海若」之所以會提出關於「有形」、「精微」、「無形」、「不可圍」等論述，即為回答「河伯」所問的「無形是否即叫做精微？」和「不可圍者是否為最大？」等問題。相同的，「北海若」在〈對話四〉裡之所以會從「道」、「物」、「世俗」、「差別」、「實用性」和「立場」等諸多角度來論述「事物」的種種特質，也是為了回答「河伯」所問的「如何判斷事物的大小和貴賤？」而提出的。這種一問一答、前後緊緊相扣的方式，一方面可以在自然而然中，技巧的避免了因面對面聊天或談話時可能發生的歧出主題、隨興言談的情況，同時也高明的排除了「辯論」時雙方各執立場，不答對方的問題而只顧闡述自己觀點的現象。換言之，對一個想要有效地提出

自己見解的作者而言，我們實在有理由去推測，如果他能事先將自己的意見陳述完整、然後再設計出一個能使他的陳述自然呈現出來的問題，那麼，毫無疑問的，他絕對可以利用一組經過嚴密設計的「問」與「答」之方式，在自然而然中，依計畫把自己的論述完全表達出來的。

(三)層層遞進的問答結構

如前所述，「聊天」因缺少主題而不可能有結果；「辯論」也常會因沒有交集而形成各說各話的情況。但「問答」的方式則不同，因為所答者必須針對問者的問題來答覆，所以乃使它擁有了可以扣緊主題、使不致離題的優點。這也就是說，每一組的「問」與「答」之間，其前後關係乃是因果性的，彼此互為依存，非常緊密。不過，由於每一組「問」與「答」的實際容量和性質都有其限制，頂多只能討論一、兩個問題，而無法表達一套完整而周延的複雜見解，故而〈秋水〉篇的作者，為了想將其整套見解完整表達出來，便只有藉著「一敘和七問答」的組合來達到其目的了。底下，就讓我們來看看〈秋水〉篇中的七組問答式「對話」，其前後關係到底如何？

據前所論，「北海若」的回答都是因「河伯」的問題而提出的，所以我們便先從「河伯」在七個「對話」中的「一頌揚六發問」之關係入手，來探究〈秋水〉篇為何採取這種結合一串「問答」為其基本架構的原因。

「河伯」的「一敘六問」大意如下：

一、頌揚「北海若」的範圍之廣大。

二、問「北海若」：可否以「天地」為大，而「毫末」為小？

三、問「北海若」：是否「無形」乃「至精」之稱？而「不可圍」
　　「即大」之名？

四、問「北海若」：如何才能判斷物之大小與貴賤？

五、問「北海若」：「可為」與「不可為」之準則何在？

六、問「北海若」：「道」是否值得遵循和珍惜？

七、問「北海若」：「天」和「人」的差別何在？

　　在上列七組問話式的「對話」中，除了第一個「頌揚」是用來
引出「北海若」的反應，也就是整篇「對話」組的開端外，其餘六
個「對話」都屬標準的「發問句式」。雖然，我們在上列「河伯」
的「一頌揚、六發問」中仍看不出其間有必然的次序關係，但如果
將「北海若」針對它們而提出的「一反應、六答覆」列出，再將它
們合觀的話，就不難尋究出其間的邏輯關係了。「北海若」的「一
反應、六答覆」之大意順序如下：

一、「我」只不過是萬物之一而已：任何「萬物之一」，包括人
　　類，都不可、也無能力自以為大。

二、「我們」所知道的其實非常有限；而以有限的理解來定出的標
　　準，豈能據以為憑，來論斷「天地」與「毫末」的大或小？

三、凡是「有形」可見、或可言說者，必然是屬於有限的；而「無
　　形」者則超出此範圍之外，它們並無法用言語去描述與限制。

四、衡量「物」的角度無數，也都將有各自的結果，因此，並沒有
　　任何確切的標準可拿來定「物」的大小與貴賤。

五、「可為」與「不可為」的觀念，也是以「人為的價值」來做標
　　準的，所以並不可做為惟一的依據。事實上，萬物皆有生滅，只

有「道」才是沒有終始的；因此，凡事只要「順其自然」即可。

六、「道」乃知所變遷、了解安危，安於禍福、順乎自然之謂。換言之，也就是一種「天在人心之中，而人依天言行」的道理。

七、「自然而然便是天」、違反「天性」即「人為」，因此必須祛除後者，才能「返樸歸真」。

依據上面「河伯」與「北海若」的七組「對話」，我們可明確的了解到〈秋水〉篇的主題，乃在闡明「自然即道」與「天人合一」觀念。不過，若從「結構」的角度來看：這七組「對話」是否已經可算是有條有理的將此觀念完全表達出來了呢？我們認為是的。因為，這七組「對話」其實是層層相因與先後呼應的。我們可條解如下：

「第一對話」乃是從有智能者的「身分」來立論，而提出我們「有智能者」只不過是萬物之一而已。

「第二對話」則在緊接著前頭已說明的「身分渺小」後，進而指出我們的「所知」也十分有限，可說遠少於我們所未能知悉者。

「第三對話」則又進而以「形體」和「語文」為例，說明我們所知的範圍實僅止於有形體與可言說者：至於「無形」、「至精」與「不可圍」等，則都只能以「心」去體悟。

「第四對話」再進而指出人們對「物」的態度所常犯的錯誤，即不但常常以人為的標準為依據，且往往是從自己的角度出發，同時又每每只看「物」的一面，便草率的加以評斷，因此便都是錯的。

「第五對話」則將論點轉移到人們對「事」的衡量上，並說明一般人所謂的「可為」與「不可為」，其實也是兩種人們依自己的狹隘認知所定出來的僵化標準；因此，當然是錯誤的。我們所要依

循的,應該是「順乎自然」的「道」。

　　「第六對話」又進而指出所謂「順乎自然」的「道」,在「人」而言,即是做到知安危、順禍福,也就是人們應該使自己「內心長存有天,且須依天以言行」。

　　「第七對話」乃接其後說明,如果我們能夠不以「人為」去違反「天性」,那麼便可達到「返樸歸真」的境界。

　　由上可知,這七組「對話」的順序乃是經過精心設計的。首先是在前三組「對話」中,作者先從提醒人們的「身分」只不過是萬物之一來入手;接著再強調我們身為萬物之一者,「所知」實十分有限;然後再舉實例說明「有限」與「無限」的關係:前者遠比後者為小。因此,這三段層層遞進、一氣呵成的「對話」組,作者的用意顯然是要為本文奠定哲理上的基礎──人在宇宙間的真正地位。

　　其次,在前三組「對話」中說明了本文的哲理基礎後,作者再利用第四和第五兩組「對話」,分別選擇了「物」與「事」為討論對象,進一步指出人們所共有的錯誤觀念:即都是以既偏狹、且主觀的「人為價值標準」做為衡量一切的依據。這兩組實證式的「對話」,顯然替作者為何要寫〈秋水〉篇提供了一個堅實的理由──想糾正人們常有的錯誤觀念。而〈秋水〉篇的寫作目的,便也在此彰顯出來了。

　　最後,作者再以第六和第七兩段「對話」具體指出:渺小的人們若真想要返樸歸真,惟一可行的路便是放棄「人為」,一切都遵循「順其自然」的「道」;而尤其值得一提的是,作者在此並更進一步提供了人們可嚮往的一種理想境界、以及如何去達成它的具體方法──於是本文因而有了完滿的結果。

三、結語

綜上所論，如果我們再進一步從「說服」的角度來分析，則前頭所論述的三個層面：故事性的寓言架構、精心設計的問答式對話、以及層層遞進的問答結構，其實也就是使〈秋水〉篇能夠有「說服力」的動力。其理由非常明顯：首先，作者選擇了「具有故事性的寓言」為架構，而成功地營造出三種效力：

1. 技巧地避免了讀者討厭聽訓和不耐嘮叨的心理。
2. 以故事性為吸引力，激發讀者想閱讀〈秋水〉篇的興味。
3. 營造出讓讀者在毫無心防之中，即可自然接受該故事中所暗含的哲理之情境。

其次，作者再以「精心設計的問答式對話」，使〈秋水〉篇中的每一組「對話」，都能以「問」和「答」的方式扣緊主題，既排除了一般對話中時常免不了的離題現象，同時也讓讀者能夠從生動而易解的文字中，明確的了解每一段「對話」的主旨。

最後，作者更利用「層層遞進的多組問答式架構」，藉著綿密的邏輯推理方法，將篇中的各段「對話」依序串聯起來，使〈秋水〉篇所涵攝的內容大為擴增；而作者也就在這種精心的設計之下，完整而詳盡的闡明其所有的見解了。

上面的推論和闡述，應可具體說明《莊子‧秋水》篇第一則寓言式論述，的確可稱為一篇具有說服力的作品；而其根本原因，便是在於它採用了「寓言式」的架構了。

本文收於《古典文學》14 期，1997 年 5 月

情意山水——試論
孟浩然山水詩的特色之一

一、前言

　　自「文學類型」（literary genre）的角度而言，「山水詩」係指以「山水」為作品題材的詩歌類別。對中國山水詩甚有研究的王國瓔教授即以此為基礎，從文學美學的層次將「山水詩」一詞中的「山水」解釋為：「必定都是未曾經過詩人知性介入或情緒干擾的山水，也就是山水必須保持其原來面目。」[1]問題是當我們綜覽歷代詩人所寫的「山水詩」時，卻深深覺得這類詩歌不僅內涵豐富，而且性質也頗為複雜。譬如從「山水詩」中「山水」的類別來看，有的是屬於遠離塵囂的偏僻山水，有的則是萬眾遊覽的名山勝水。又如以這類詩歌中「山水」的外形而言，有的係詩人自遠處所描摹出的全景，而有的則只突顯了山水的一部分。再如依寫作目的來區分的話，有些詩中的山水是詩人以客觀呈現為目標所描繪出來的，但也有些詩中的山水是詩人想透過對它們的描寫，來婉轉地抒發個人的懷抱、表達自己的志向或詠歎其感受的。其中的最後一種，不僅清楚地顯示了有為數不少的「山水詩」含有詩人心中的情或意，同

1　王國瓔《中國山水詩研究》（台北：聯經出版社，1986 年），頁 1。

時也證明了王國瓔「未曾經過詩人知性介入或情緒干擾的山水」的說法其實並不具有普遍性！換言之，「山水詩」顯然不宜用王氏所說的：其內所描寫的「山水必須保持其原來面目」來定義。

王國瓔自己明確地表示，她這一詩歌美學觀係以朱光潛的「美感經驗」論為據。[2]事實上，朱光潛的美學論述乃源自法國美學家克羅齊（Benedetto Croce, 1866-1952）的「直覺」（intuition）說，而因克羅齊這一美學觀點在強調：只有擺脫現實世界的功利或實用觀的影響，真正的「美學」（aesthetics）才能出現，所以他的說法曾對後來的藝術欣賞觀與文學欣賞觀產生甚大的影響。不過，當我們以「人」的內心本質，以及人與「實際世界」的互動情形為依據來思考這一觀點，將會發現這兩者之間實在還有頗大的空間可供討論。

事實上，如果「山水詩」只是客觀地將現實世界中的山水之原貌呈現出來，那麼這種「詩歌」與一般「攝影」又有何不同？更何況即使是攝影，尤其是講究藝術性的攝影，也都是在「攝影家」融入了他自己獨特的觀點、情感和技巧之後才創造出來的！「文學作品」既是「作家」用來探討人生的，而作為「文學」的一種「次文類」的「詩歌」，其創作者——「詩人」在進行創作時又豈能免除他個人的「知性介入或情緒干擾」？而拘謹地以「保持山水的原來面目」為創作的唯一目標？何況即使是真的守住了這樣的要求，其結果豈不將因祛除了其創作者「詩人」的特色，因而失去「詩歌」

2　王國瓔曾明白指出，其美學論述係依據朱光潛的《文藝心理學》中的「美感經驗的分析」。（收於《朱光潛美學文學論文選集》。長沙：人民文學出版社，1980 年，頁 43-121。）請參前註，頁 392。

之所以能夠感動人的最重要因素？

　　在創作過程上，「山水詩」係以詩人的眼睛為起點，而以他心中已有的理解（即「現象學」中所稱的「前理解」）為基礎，將自己當下的感受、思考與想像投射到呈現於眼前的山水中。此時，他眼前的山水已被他敷染上一層象徵的意涵（即所謂「言外之意」），然後，他再以技巧的文字將眼前的山水依照詩歌的形式創造出來。而與這一情況相似，讀者在讀到這樣的「山水詩」後，也會被引發出他們自己的聯想、理解和感受；有人甚至還將這些內心的迴響寫成評論或解釋文字。據此，我們應該可以同意「山水詩」能感動讀者的原因，主要是詩中寓含了詩人的內在情意與高明的創作技巧；或者更具體地說，是因為詩人內心世界的難以捉摸，以及詩歌所隱含的高明表現技巧，使他的山水詩充滿能夠讓讀者去自行理解、感受和解讀的吸引力。

　　因此，本文將選取若干孟浩然的「山水詩」為討論對象，藉著劉勰《文心雕龍·神思》：「登山則情滿於山，觀海則意溢於海。」兩句為出發點，再引述西方「現象學文學批評」中的若干觀點為理論基礎，一方面說明孟浩然與山水的關係，同時也勾勒出孟浩然「山水詩」的主要特色之一：充滿他個人內心情意的山水。

二、山水詩

　　在中國詩歌歷史上，「山水詩」可以說是一種源遠流長的詩歌種類。從文化史的角度來看，這一種詩歌類型會出現，主要是因為古代詩人感受到人與自然界有緊密的關係，進而對其中的山水產生了敬畏或喜歡的心理與態度。譬如先秦時代的儒家有「知者樂水，

仁者樂山，知者動，仁者靜。」（《論語‧雍也篇》）的見解；而道家也有「藐姑射之山，有神人居焉。」（《莊子‧逍遙遊》）的說法等。

到了漢朝（尤其是武帝），不但君臣之間常有遊宴，王公貴族也常召集才子文人赴其宴會而一起遊賞，因而造成了王公貴族與文人在宴遊時賦詩酬酢與誦詩唱和大為流行的風氣。這情形呈現在詩歌上的特色之一，便是出現了不少描寫宮苑山水的詩篇。

六朝時，與這一風氣相關的詩歌類別，如侍宴、應令、奉和等詩歌作品，數量可說有增無減。[3] 但因受到將佛經翻譯成漢文的影響，有關漢字聲音的知識大為提升；而當這一知識被運用到創作上時，不僅出現了嶄新的文章體裁——以駢四儷六的句式為規範的「駢文」，也形成了如何運用文字的聲音來創作詩歌的「聲律說」。只不過因為這一時期的詩歌在描寫對象上多以外在景物為主，所以形成了「綺麗與輕靡」的詩歌風尚，也就是側重對外物細膩、逼真的刻畫，而較少表現出詩人的生命情思。

由於這一時期的政治鬥爭非常激烈，朝代更迭快速頻繁，致使許多詩人在朝不保夕的憂慮下，為了躲避政治而走向山林，希望能藉著遠離現實的行動來避開災禍，或求得心安。當這一情況表現在詩歌上時，就是出現了田園詩、山水詩、遊仙詩與玄言詩等新的詩歌類型，以及陶潛、謝靈運、謝朓、葛洪、支盾等傑出詩人。這些詩歌類型的題材雖有不同，但卻具有兩項共同特色：一是這些詩人

3　譬如收集六朝詩歌的《全宋詩》（此指南朝時期的宋代）、《全齊詩》等詩集中即大量充斥這類詩歌作品。

並不隨波逐流，也就是在創作詩歌時捨棄了當時占有詩壇主流地位的「綺麗」文字和「輕靡」風格。二是將詩歌的題材從詩壇主流的侍宴、應令、奉和等，轉到實際的大自然山水和抽象的無拘想像上。換言之，這些為數並不多的詩人所採用的是清新自然的文詞，而描寫的對象則是大自然的山水與田園。但更重要的是他們在這些詩歌作品中所表達的內涵，即希望能藉著與「自然山水」的親近，來求得自己心靈的安頓。也就是說，這些詩歌的文字層面雖然是在描寫大自然的山水，但其內涵卻充滿了詩人的生命情懷。

梁、陳、隋等三朝不僅詩風仍以「綺麗與輕靡」為主，詩歌內容更只集中在宮廷宴遊、君臣應令與朋友唱和上。到了初唐時期，這一主流詩風雖仍有上官儀的「上官體」在繼承，但已有王勃、楊炯和陳子昂等人發出強烈的批判聲音。同時，沈佺期、宋之問等人也透過他們的影響力，嘗試將詩歌創作的重心由綺麗的文辭轉到文字的聲韻格律和對仗的講究上。不過，此一時期在詩史上最受矚目的應該是出現了一批傑出詩人，他們在詩歌題材上成功地把以宮廷為中心的狀況扭轉到自然山水上，而且是以「自己和山水的關係」為描寫的重心。由於這類詩歌不但水準高，也受到許多詩人的青睞，因而促使了當時的「綺麗與輕靡」詩風轉向「清新自然」；而創作這類詩歌最早，也可算是最重要的詩人，就是孟浩然。

三、孟浩然的「山水詩」

㈠孟浩然創作的詩類及其「山水詩」

1.孟浩然詩歌的分類

　　孟浩然是湖北襄陽人，生於武后永昌元年（西元 689 年），卒於開元二十八年（西元 740 年），享年五十二歲。有關他的生平，正史上的記載非常簡略。不過，據現代學者的研究，他早年時，於家鄉的鹿門山隱居讀書，並頗有詩名。年齡漸長後，曾到許多地方遊歷，也結交了不少知名之士。三十多歲後，大臣張說曾引薦他給朝廷，他也曾兩度赴京城長安應考，但都沒有結果，而在外地漫遊一段時間，後來便還鄉隱居。四十九歲時，曾應荊州長史張九齡之邀擔任從事一職，兩年後因背疽病發而辭職返鄉。隔年，因背疽病復發而辭世。從孟浩然遊歷過西蜀、湘桂、荊楚、吳越等地，[4]並寫下大量的應酬與送別詩來說，[5]「漫游」和「隱居」在孟浩然的一生中實佔有同等重要的地位，而這兩者也正是他創作山水詩的基礎。

　　孟浩然留存至今的詩大約有二百六十多首。在孟詩的分類上，自從稍後於孟浩然的王士源在他收集、編訂成的《孟浩然集》中，以題材為主而將它們區分為：游覽、贈答、旅行、送別、宴樂、懷思、田園等七類後，南宋的劉辰翁也在他的《王孟詩評》中將孟浩然的詩區分為：游覽、贈答、旅行、送別、宴樂、懷思、田園、美人、時節、拾遺等十類。[6]令人感到意外的是，在這兩部具有代表

4　請參楊冬梅〈孟浩然浙江山水詩綜論〉，載於《齊魯學刊》，2006 年 4
　　期，總 193 期。頁 69。

5　據王英霞在〈孟浩然詩歌分類問題研究〉一文中的統計，孟浩然的酬別詩
　　計有 109 首，幾乎佔有孟詩全數的一半。王文是她於 2008 年 11 月在東北
　　師範大學所提的碩士學位論文。

6　顧道洪、毛晉、朱警、傅增湘等輯校或刊刻的本子，都依照劉辰翁的分類。

性的孟浩然詩集的分類中，竟然沒有「山水詩」類！一直要等到現
代，才先有王輝斌在其《孟浩然研究》中將孟浩然的「山水詩」與
「田園詩」結合成一類，而把孟詩歸納為：山水田園、交往贈答、
懷思興嘆等三類；[7]然後再有王英霞在〈孟浩然詩歌分類問題研
究〉中將孟浩然的詩歸納為：山水、田園、酬別、興嘆等四類。[8]
換言之，孟浩然的「山水詩」至此才算被獨立為一種詩類。由於對
孟浩然的全部詩歌進行題材的分類可以將孟浩然的詩歌及其生平的
關係顯現出來，所以後兩種分類不但重要，且對本論文也甚有助
益。

　　雖然「山水」與「田園」都是屬於大自然的景物，而且孟浩然
的詩中同時兼寫「山水」與「田園」的作品也不少，不過，為了使
包含了靜觀與游覽兩種性質的「山水詩」與以靜態為主的「田園
詩」能有些區別，也為了使研究範圍不致過大，論述焦點也可較為
集中，再加上孟浩然是唐朝最早的「山水詩人」之一，以孟浩然的
「山水詩」作為研究範疇應該具有意義。

　　大自然的「山水」既然不會無故即驟改其外貌，但為何對同一
個山、河、湖、海等對象的描寫，不同的詩人常會有不同的結果
呢？這種情況的出現，原因實頗為複雜，本文也將於下一節借用西
方的「現象學」來說明。而宋代大文豪蘇東坡雖曾以「橫看成嶺側
成峰，遠近高低各不同。」來說明：因看山的角度和距離有異，所

7　王輝斌教授另有〈孟浩然詩分類敘論〉一文，詳述其如此分類的論據。該
　　文載於《襄樊學院學報》，23 卷 6 期（2002 年 11 月），頁 86-92。
8　此文為王英霞於 2008 年 11 月在東北師範大學所提的碩士學位論文。

以看到的山勢形貌當然會有差別，但這兩句話所觸及的範圍其實僅只是山的外在形貌而已。由於一般都認為，「山水詩」所以能獲得歷代詩評家的肯定與推崇，主要是因為這類詩歌的內涵寓含了詩人心中足以感動讀者的情思與懷抱，所以孟浩然的「山水詩」與他心中的情意之間有何關係，實值得深入研究。

2.孟浩然「山水詩」內涵上的特色

在中國古代的文學理論上，有關作家如何面對外在世界的心態，早在南朝·梁的劉勰（467-522）便已提出如下的見解：

> 夫神思方運，萬塗競萌。……登山則情滿於山，觀海則意溢
> 於海。9

文中的「登山則情滿於山，觀海則意溢於海。」兩句乃是互文，意指啟動神思的「人」不論是「登山或觀海」，他內心之中的「情與意」都會「滿溢」於山中或海上。值得注意的是，劉勰這一倍受後代詩評家稱道的觀點有兩項特點，一是針對寫作的「文人」而言，二是指文人在「構思如何創作」時的情形。換言之，這兩句話乃是指文人從動念想創作，一直到創作的過程中，他心中的情意是充滿於他所面臨的山與海之上的。

由於劉勰這一觀點在適用範圍上既未能擴大到「所有的人」，也非「隨時隨地」可發生，所以並不屬於「普遍性」的文學理論。

9　劉勰著，王更生注釋《文心雕龍讀本》，下冊（台北：文史哲出版社。
　　1988 年 3 版），頁 4。

不過，我們似可在西方文學批評論述中找到有關「人」如何「認識」「外在的事物」的普遍性學說，例如「現象學」（phenomenology），來支持並擴大劉勰的觀點。

「現象學」所論述的對象是「每一個人」，而不只「文人」。根據「現象學」的創始者胡塞爾（Edmund Gustav Albrecht Husserl, 1859-1938，也有譯為「胡賽爾」）的說法，「人」的內心之中必都含有「意識」（consciousness，即「知覺」），而當「人」想了解某「對象」（或稱為「意識對象」〔noeme / noema〕，也就是「外在世界」或「外在的事物」）時，也必有他「當時的特定目的」，譬如是想了解該對象的外貌、內涵？或是想因此而和該對象接近或遠離等。於是在這一特定目的（intention，即「意向性」）引導下，人的「意識」與「對象」先接觸，再產生初步理解，接著因為「意識」與「對象」間不停地產生互動，因而使初步理解不停改變，最後才產生結果——也就是「人」在那一次對該「對象」所產生的認識與感受。這一認識過程，後來被扼要地勾勒為「意識的意向性流動」，並由此導出兩種結果：同一個「人」每一次對同一個「對象」的「認識」必會有所差異，以及不同的「人」對同一個「對象」的「認識」也絕不可能相同。

從「意識」的發射者「人」來說，這一論述指出：只要「人一看（接觸）到」外在世界，就會把他內心的想法與情意覆蓋到外在世界上。也就是說，「每個人」所看到的（或「理解的」、「意識的」）外在世界，其實是一個「已經完全被他個人的意識所敷染過的主觀世界」，而不再是那個外在世界的原來面貌了。這樣的說法當然可推出如此的結果：雖然是同一個外在世界，但看在每個人的

眼中，這個世界的外貌和內涵是不可能完全相同的。

　　這一論述也對「意識」的接受者──「外在世界及事物」（或稱作「意識對象」）提出解釋：這個「對象」並非一個靜態的人或物，而是一個「範圍」或「界域」（horizon），因此並不單純。根據「現象學」理論，這個「界域」從內到外含有三個部分：一是位於最裡面的「意識」所投射的「對象」（object，或可稱為「核心」或「主軸」）。二是包圍此「對象」的一團變動不停的「意識的對象群」（noemata）；它們使此一「對象」不易被認識清楚，但因此「對象」擁有不變的「自我認同」（self-identical）性，所以可保持它原來意涵的穩定性。三是包圍著「意識的對象群」的「界域」。

　　至於這個「界域」的內涵，這一論述有將它細分為三個層面：其一是「時間界域」（temporal horizon），也就是人們的「意識」所接觸的「對象」會隨著「時間」不停的流走而不斷變動，因而形成「意識對象」的「時間界域」。其二是「空間界域」（spatial horizon），因人們所「意識的對象」只是「意識範圍」的中心部分而已，在它的四周仍有許多「其他事物」圍繞著；而且每個「其他事物」之外也都有圍繞著「它們」的「其他事物」，因而形成了意識對象的「空間界域」。其三是「意義界域」（context of meaning），即人們對「意識對象」的了解，都是將「它」放到某個自己所熟悉的「意義系統」中（或稱為「意識網羅」）中去進行的；這個意義系統就是「意義界域」。[10]

10　這些論點係摘自蔡美麗教授的《現象學》（台北：東大圖書公司，1990
　　年）。另外也請參考 K. M. Newton, *Twentieth-Century Literary Theory*, New

　　根據此一論述，身為「意識」發射者的「人」，其心中既有各種不同的目的與隨時累積的知識內涵，而他所要了解的「意識對象」又是如此複雜多變，那麼當這兩者在某一特定的時間與地點，經過接觸、互動、到融合，它們最後所形成的結果當然不可能與另外一次的結果相同。因此，若把孟浩然視為「意識」的發射者，而他所見到的山水為「意識對象」，則他所創作出來的每一首「山水詩」，因必以他的主觀體認為基，所以當然也會擁有獨一無二的特性。而根據現代學者的研究，孟浩然「山水詩」的主要特色，乃是以平實而清新的用詞，流暢的敘述文句，依照逐漸形成中的唐詩新格式，來描寫他所目見、耳聞的山水景物。如此的過程與結果，所造成的當然是蘊含了他個人的經驗和感受而成的孟浩然式的「山水詩」。[11]

　　有關文學作品中的「世界」，宋朝陳應行的《吟窗雜錄》曾引用到唐朝王昌齡《詩格》裡的下一段話：

> 詩有三境。一曰物境：欲為山水，則張泉石雲峰之境，極麗絕秀者，神之於心，處身於境，視境於心，瑩然掌中，然後用思，了然境象，故得形似。二曰情境，娛樂愁怨，皆張於意而處於身，然後馳思，深得其情。三曰意境，亦張於意而

York: St. Martin s Press, 1997, pp.210-232.

11　張梅〈孟浩然、王維山水詩的比較〉，載於《徐州教育學院學報》，第
　　18 卷第 4 期（2003 年 12 月），頁 71。

思之於心，則其真矣。[12]

這段引文中的「物境」是指：詩人在創作山水詩的時候，把當前的山水風景盡收眼底，並特別注意其中最秀麗的景緻，而在心中形成了一個與這一山水風景的外貌相符的境地。然後以此為基，詩人將自己心裡的愉悅、愁怨等情緒敷染到山水風景上，使被詩人收入眼中的這一「物境」變成與自己的情緒緊密相關的「情境」。同樣的，若詩人把眼前的「物境」和自己心中的所思相結合，則其結果就成為「意境」了。也就是說，「物境」、「情境」與「意境」等三個境界應該可以理解為：以「物境」為出發點，而因有兩種不同途徑可供選擇，所以乃形成了「情境」與「意境」兩種結果。

不過，這裡有兩個要點值得一提。首先是後兩種「境界」的差別，乃是因「情境」的基本元素係屬於比較感性和主觀的「情」，而「意境」則是以比較理性和客觀的「意」為基本元素所致，因此，這兩種「境界」只是性質和達成途徑的不同，而未涉及評價的高低。其次是「情」與「意」既然都是組成內心世界的元素，則「情境」與「意境」兩者其實並不容易判然劃分。而若以孟浩然的「山水詩」為觀察對象，我們應該可以發現孟浩然這類詩歌同時兼括了「情」與「意」兩種內涵，是「情意兼具」的「山水詩」。

---

12 請見明朝嘉靖年棠文書堂刊本，卷 4，頁 23-24。一般以為，王昌齡著作中並沒有《詩格》，此應是另有作者的偽書。

㈡孟浩然的詩人性情：敏感而喜好山水

1.性情敏感

詩歌中既然含有詩人心中的情意，那麼我們可否就孟浩然的詩歌作品來了解他的性情呢？請看底下這首〈晚春絕句〉：

> 春眠不覺曉，處處聞啼鳥。
> 夜來風雨聲，花落知多少。[13]

這是孟浩然描寫自己心裡感覺的一首詩，內容為：在某個春天的早晨，自己仍在睡覺而不知天已破曉時，竟被四處傳來的鳥啼聲所吵醒。於是，心中突然憶起：昨夜充斥四周的，是風雨交加的聲音；而那陣風雨，不知打落了多少好花！

這首明白易懂的詩值得注意之處不少。首先，它只是對事實的直接敘述，並未含有太多尚待挖掘的深意。其次，它的文字白描淺顯，與六朝迄初唐的「綺麗」文風大異其趣。其三，它所敘述的內容很平常，是人人都可遇到的情形，而非孟氏的特殊遭遇。其四，從當下的鳥啼聲立即回想到昨夜的風雨之聲，再從從風雨之聲聯想到不知有多少花已被那陣風雨打落，既表現出孟浩然擁有豐富的「聯想力」，使他的「內在心情」很容易與「現實情況」結合，也透露出他的「性情是敏感而傾向消極」，所以才會寫出「夜來風雨

---

13 此一詩題係依佟培基的《孟浩然詩集箋注》（上海：上海古籍出版社，2000 年 5 月），頁 84。不過，有許多不同的版本都將此詩題為〈春曉〉。

聲，花落知多少」的詩句，而讓這首詩憑添了一股凄清的氛圍。

2. 喜好山水

僅只是聽到某一種「並無形象可見的聲音」，就可以引發如此豐富聯想的孟浩然，令人更好奇的是當他用眼睛看到有「具體形貌的山水景物」時，又會有什麼反應呢？

孟浩然在自己的若干詩歌中曾透露他具有重視「儒風」的家世，天生也帶有俠義精神，但最引人注意的是他從年輕時期便非常仰慕高風亮節的隱士。例如：東漢末年婉拒荊州牧劉表的延請，而攜帶自己的妻子隱居於襄陽鹿門山的龐德公便是他欣羨的人物之一。他在〈題鹿門山〉詩中即清楚地將這樣的心理表現出來。這首詩的全文如下：

> 清曉因興來，乘流越江峴。沙禽近初識，浦樹遙莫辨。
> 漸到鹿門山，山明翠微淺。巖潭多屈曲，舟楫屢回轉。
> 昔聞龐德公，采藥遂不返。金澗餌芝朮，石牀臥苔蘚。
> 紛吾感耆舊，結纜事攀踐。隱跡今尚存，高風邈已遠。
> 白雲何時去，丹桂空偃蹇。探討意未窮，迴艇夕陽晚。[14]

對於自己家鄉的鹿門山中竟然遠在東漢時便曾有如此高尚節操的人隱居於其間，孟浩然心中顯然充滿著慶幸與仰慕，所以才會使他年輕時也想學習龐德公的高風亮節而隱居於此一山中，並因此有機會

---

14 請見佟培基的《孟浩然詩集箋注》（上海：上海古籍出版社，2000 年 5 月），頁 52。

與同樣隱居於這一山中的張子容結為至交好友。但更重要的是孟浩然此一行為，也表現出他喜歡與山水親近的情性。而這樣的情性情，可以從他的〈題鹿門山〉一首詩中清楚地表現出來。

到了唐朝，東漢時代的龐德公當然已經遠去；但他留在鹿門山中的足跡與各種傳說，卻仍深深的吸引著孟浩然。因此，在本詩的起頭，孟浩然所敘寫的是自己因仰慕龐德公的風範，所以在某日一大早，便興緻勃勃地乘坐小舟，越過江峴，想去鹿門山尋訪龐德公留在山中的足跡。在尋訪的途中，他的心情不停地隨著出現眼前的各種景象而起伏，如：鳥禽因離他很近，使他感受到初識牠們的愉悅；而在遠處的水邊，也浮現著讓他無法看清的朦朧樹形。快到鹿門山時，浮現眼前的是青翠明媚的山，以及淡抹於其間的飄渺煙嵐；而曲曲折折的巖潭，也逼使他乘坐的小舟必須時常迴轉。這些景象引起他產生如此的想像：東漢的龐德公為了不再和劉表見面，故而藉著採藥為名而隱遁於山中之後，他在這座山裡的生活應該是以「芝木」為食、以「苔蘚之石」為牀吧？於是，為了能真正踏上龐德公所留下的足跡，孟浩然還親自結繩，以助攀爬。當到了目的地後，孟浩然乃陷入沉思，「思索」這些「隱遁的足跡」所寓含的「高風」意義，包括：山中的白雲靈動飄逸，它們為何能來去無蹤呢？生長於其間的紅豔桂樹如此偉岸挺拔，但似乎沒有要突出自己的意思！

這首詩當然還蘊含許多深意，不過，它至少可讓我們做如此的推論：孟浩然因仰慕古往今來隱居於山中的高人雅士，所以常常親自去山中尋訪古代隱士留下的遺跡，或拜訪當代隱居其間的隱士，甚至於連他自己也到山中隱居了。這些行動在使他擁有豐富的與山

水為伍的經驗之時，應該很容易在他心中培養出喜歡山水的性情。以這首〈題鹿門山〉為例來看，孟浩然因景仰龐德公的高風，所以到鹿門<u>山</u>去尋訪他的遺跡。途中，出現於他眼前的沙禽、浦樹、小溪及巖壁等景物，無不牽引著他的想像與情緒。因此，這首詩至少透露了孟浩然「山水詩」的兩項特色：一是出現於孟浩然尋訪途中的山水景物，常滿載著他的情感與想像；二是詩歌前半所展現的艱辛尋訪過程，乃是為了強調詩歌後半的美好結果實得來不易所做的安排。

㈢孟浩然「山水詩」中的情意

1.祈求與期待

以孟浩然的「山水詩」為觀察範圍，則「仰慕高風亮節的隱士」確實是他這類詩歌的主要內容。但若從他所留下的二百多首詩中即有五十首清楚地表達出他的「求仕」願望來看，則「仕進思想」更是他最主要的思想。[15]孟浩然的這類詩歌的特色，我們可用〈望洞庭湖贈張丞相〉為例來說明。此詩的全文如下：

八月湖水平，含虛混太清；氣蒸雲夢澤，波動岳陽城。

欲濟無舟楫，端居恥聖明；坐觀垂釣者，徒有羨魚情。[16]

15　請參寧松夫〈孟浩然仕進思想新論〉一文，載於《武漢大學學報·人文科學版》，56卷5期（2003年9月），頁603-5。

16　此詩文字引自佟培基《孟浩然詩集箋注》（上海：上海古籍出版社，2000年5月，頁105-6），但其詩題卻作〈岳陽樓〉。本文則根據王輝斌教授的考訂，以〈望洞庭湖贈張丞相〉（也有版本題作〈臨洞庭湖贈張丞

唐玄宗先天元年，與孟浩然同時隱居於鹿門山的張子容在離開襄陽，赴京考進士，而於先天二年（此年十二月改元，而為開元元年，即西元 712 年）題名進士榜。[17]孟浩然也大約在開元四年（西元 715 年）或五年離開家鄉，出游洞庭湖，並作這首〈望洞庭湖贈張丞相〉干謁岳州刺史張說。

這首〈望洞庭湖贈張丞相〉在內容題材上雖屬於「山水詩」，但若以它的主題來論，則應可歸納為「求仕」類的作品。這一情況說明了即使孟浩然的真正目的在「求仕」，但為了達成這一目的，他所採取的手段卻是對山水的描寫。因此，孟浩然如何經由對山水的描寫來表達他的「仕進思想」，實值得深入探究！

在寫作方式上，這首詩的前四句屬「描寫」式寫法。它們描寫了洞庭湖水、雲夢澤上、岳陽城等三項景觀對象。由於描寫的重心在誇大與喧染，因而呈現出的景象便是湖面的無窮遼闊與水浪的極度洶湧，前者以天空的一切景象都被收入湖面來呈現，而後者則用撼動[18]了整個岳陽城來形容。雖然它們只佔了詩歌篇幅的一半，但這已足以使這首詩被稱為描寫式的山水詩了。

因孟浩然的真正目的為表達求仕的心意，所以到了詩的後四

相〉）為詩題，而此處之張丞相則認為是張說（有些注釋將張丞相解釋為張九齡），因他於景雲二年為相，開元三年貶岳州。請參王輝斌教授〈孟浩然三游湖湘始末〉一文，載於《襄樊學院學報》，21 卷 1 期（2000 年 1 月），頁 84-85。

17 依王輝斌教授所考訂。見氏著〈孟浩然生平事迹考辨〉一文，載於《山西大學學報‧哲學社會科學版》，25 卷 1 期（2002 年 2 月），頁 41。

18 第四句「波動岳陽城」中的「動」字，有些版本作「撼」。

句,寫法便從「描寫式」改為「表達式」,也就是從「對外物的描寫」轉成「表達內心的願望」;這一情況可由第五句的「欲」字和第八句的「羨」字呈現出來。至於他表達心願的手法,則採用了兩個間接的比喻,前後夾著它們中間的一個自己的感受:中間的感受表達的是自己在這般承平的盛世時代,卻無官職可施展抱負,因而心中甚感羞愧;而在此感受之前的比喻,則是以能夠幫自己渡過湖面遼闊且波浪洶湧的洞庭湖的「船和槳」,來隱喻「張丞相」;感受後面的比喻,則分別以「對被釣到的魚感到羨慕的人」和「被釣到的魚」,以及「垂釣者」來隱喻「自己」和「張丞相」。總的來說,就是把自己和可幫助自己達成心願的對象分別比喻為「想要渡湖的人」與「船和槳」、以及「魚」與「垂釣者」,而藉由他們之間的關係來凸顯自己對張丞相的殷切期待。

若把前後各四句的「描寫」和「表達」結合起來,這首詩頓時成為「景」與「意」交融的作品。至於它的前四句會把洞庭湖描寫得如此遼闊,並且波濤洶湧,其原因應該正如前面所述,就是想用來呈現孟浩然所期待的張說之巨大影響力。因此,如果我們以「情景交融」的角度來分析這首詩,則應該可以將這首詩中的洞庭湖所呈現的景況,視為孟浩然此時心情的反映。

2.失落與迷惘

前曾述及,孟浩然有「與山水為伍」的豐富經驗;而他以此為基所創作的「山水詩」,則以「隱逸和脫俗」為主調。會出現這一情況,應該與他未能達成出仕的願望有關。譬如說:唐玄宗開元十四年時,儲光羲、崔國輔、綦毋潛等都進士及第;開元十五年,王昌齡也考上進士。因他們都是孟浩然的好友,所以這些消息可能激

勵了孟浩然的出仕之心,而使他於開元十五年冬天赴京,準備應隔年的進士科考。然而在那次考試中,孟浩然因未被錄取,所以在開元十七年自洛赴吳越之地漫游,並在途中寫下許多山水詩,吐露不少心聲。〈雲門寺六七里聞符公蘭若最幽與薛八同往〉即是他在此時所寫的作品。此詩全文如下:

> 謂余獨迷方,逢子亦在野。結交指松柏,問法尋蘭若。
> 小溪劣容舟,怪石屢驚馬。所居最幽絕,所住皆靜者。
> 密筱夾路旁,清泉流舍下。上人亦何閒,塵念俱已捨。
> 四禪合真如,一切是虛假。願承甘露潤,喜得惠風灑。
> 依止此山門,誰能效丘也。[19]

在此詩中,孟浩然會把自內心中的迷惑感擺在詩的頭一句,一方面顯現出他對應考落第的大失所望,同時也凸顯了孟浩然「求仕」之心的強烈。這兩種心理也可由詩的最後兩句得到證明:從此之後,他的人生將轉向依託佛家的因能捨而得閒的生活情境,不再繼續效法一生奔波,期望說服諸侯以實現治世理想的孔子。

從內容所表達的意思來看,這首詩應可分為四部分。前四句採直述法,直接說明孟浩然此時的心中是迷惘的,因而和同樣是在野

---

19 本詩文字依楊冬梅〈孟浩然浙江山水詩綜論〉,載於《齊魯學刊》,2006年 4 期,總 193 期,頁 71。但佟培基的《孟浩然詩集箋注》將此詩題為〈雲門蘭若與友人同游〉(上海:上海古籍出版社,2000 年 5 月),頁 8。

的朋友薛八相約，一起去探訪位於浙江紹興的名寺——雲門寺，希望能向寺中的高僧請益佛法。

緊接其後的六句則以描寫法為主，描寫沿路的溪水不寬，只能容許小舟划行；而從四處突然出現的各種怪石，屢屢使兩人乘坐的馬兒驚嘶。當接近目的地時，四周的環境所呈現出的雅致靜謐，果然非常適合智者或高人居住。到了目的地，映入眼裡的不僅是屋舍之下有清澈的泉水流過，舍前小路的兩旁，也種滿了較矮的筱竹。

第三部分包括四句，孟浩然仍採描寫方式來呈現自己的推想：雲門寺的主持高僧應與四周環境一般悠閒自在吧？而他能有此境界，應是已排除一切塵世雜念所致！他的內心世界既已達四層禪修入定的最高層，使一切事物都回歸到它們永恆而真實的本性，那麼對他而言，塵世間的事事物物應只是虛假的存在吧！

第四部分是最後四句，孟浩然選擇了以抒發的方式來表達自己的心聲：親自到這一環境來體驗後，我也盼望能獲得長生的仙藥甘露的滋潤，並讓自南而來的和煦惠風灑滿全身。而凡是能在此一寺院的外門居住的人，又有誰會願意去效法那為了實現匡世濟民的理想而不停在俗世奔走的孔子呢？

此詩中所描寫的山水景物雖各有不同形貌，但它們卻含有一項共同特性：或造成詩人前進不易，或引起他的坐騎驚訝。孟浩然會選擇這些景物，並特別凸顯出它們影響前進的情景，雖然可能只是純屬寫實，但更可能的應該是如前所述，即為了凸顯後面的美好成果實在是非常不容易得到的。換言之，在整首詩的結構設計上，本詩實含有以「山水」來配合「情意」的高明技巧。

3. 融情意於山水

筆者前面曾引來說明「人」與「外在世界」關係的西方「現象學」，其實包含兩大觀點，即以前面所引述的具有普世性特色的「意識及其界域」之說為討論問題的基礎，然後再提出一個筆者並不完全贊同的「還原」（reduction）之說，來提升人們的內心境界。這種「還原」說是一種理論，也是一種方法；它所強調的是要「回到事物本身」（即「純粹現象」），也就是使「人」所「想要認識的對象」能「還原」到它們原來的本質與面貌。更具體來說，「還原」實包含以下三個階段：首先是將「人們」已加到想要「認識對象」（或「外在世界或事物」）上面的文化習俗、社會潮流、政治影響、甚至自己的背景等「人為因素」都完全捨棄，使「外在世界」能「還原」到「人們」的內心可直接去「意識」（即「認識」）的內容（即「純粹現象」）。第二階段是「人們」必須把自己的知識從「事實」層次提升到「理念」層次，使心中的「意識」（即「認知力」）能穿透「事物」之外那變動不拘的種種外貌，來掌握「事物」的「本質」，達成「本質還原」（eidetic reduction）。最後階段是「人們」應該把在各種因素影響下而生活於現象界中的「自我」，設法「還原」（或稱為「提升」）到具有「超越性主體」的層次，再以具有「超越性主體」的「我」去「意識」（即「認識」）世界。[20]

因為「現象學」是探討「存在」的哲學，它的主要目的為希望

20　請參考蔡美麗教授《現象學》（台北：東大圖書公司，1990 年）；以及 K. M. Newton, *Twentieth-Century Literary Theory*, New York: St. Martin s Press, 1997, pp.210-232.

打破（西方）過去把「人」封閉於他自己內心裡的哲學觀，譬如柏拉圖認為：只有「真理」（或「理念」）才是「真實」的說法，以解放綑綁了西方「人」兩千多年的「意識」活動。但是，除了智慧超人一等的哲學家之外，幾乎是所有的「人」──尤其是敏感的「詩人」，當「他」在「接觸、認識現實世界」時，不但無法做到把已經加到「事物」（外在世界）上面的文化習俗、社會潮流、政治影響、甚至自己的背景等等都完全捨棄，甚至比一般人更會將自己的情意與想像融入到外在世界裡。中國歷來的山水詩人及其詩作便是這一現象的明證。

　　細讀孟浩然的「山水詩」，不僅可輕易地感受到詩中的山水往往盈滿他個人的內在情意，同時更可發現他的「山水詩」內實蘊藏著他個人的背景、社會潮流、政治影響，甚至是文化傳統的因素；也就是前面所提的「現象學」「還原」論中第一階段想祛除的種種「人為」因素。我們可用他的〈晚泊潯陽望廬山〉一詩為例來說明；詩的全文如下：

　　　掛席幾千里，名山都未逢。泊舟潯陽郭，始見香爐峰。
　　　嘗讀遠公傳，永懷塵外踪。東林精舍近，日暮但聞鐘。[21]

這首詩是孟浩然在漫游吳越數年後，於開元二十一、二年間自越返歸家鄉襄陽的途中所寫的，而且在歷代詩評家中曾獲得「樸素高

21　佟培基《孟浩然詩集箋注》（上海：上海古籍出版社，2000 年 5 月），頁 6。

遠」、「最為高格」、「於不經意中達到空靈高遠之境」等佳評。不過，更值得注意的是它在「使用典故」上的意義，因為這一特色不但證明了文化傳統與詩歌的關係非常密切，它對詩歌意涵的影響也非常巨大。

這首詩的前四句指出，孟浩然在外地漫游的數年中，走過了幾千里路。他這趟南游的主要目的雖然是去拜訪一些好友，但在往訪途中，把握機會或自己一人，或與朋友一起去尋幽訪勝與拜望各地高人雅士，也是他的活動重心之一。不過，探訪這些名勝所累積的經驗，卻在他返回家鄉的路上，當船停泊在潯陽（今江西九江）的外城時，因偶然看見廬山的香爐峯而受的重大的衝擊：以前所探訪過的諸多好山，在這座香爐峯前再也不能稱之為名山了。

廬山會讓孟浩然的心中產生這一感覺，當然可能是因它的外貌形勢遠比詩人過去所歷覽過的名山勝水都要秀奇雄偉所致；但更可能的原因似應該從文化涵義來找。晉朝時，曾有得道高僧慧遠（西元 334-416 年）在廬山待過三十年之久。本文在分析前引的〈雲門寺六七里聞符公蘭若最幽與薛八同往〉詩時曾指出，孟浩然在寫那首詩時的心情是：想將他的人生方向從入世的儒家轉到出世的佛家。而這首〈晚泊潯陽望廬山〉的後四句，表達的正是相同的想法。

第五句中的「遠公」，即東晉朝時的高僧「慧遠」。據史料所載，慧遠擁有神情健朗的氣質與氣度恢弘的風範，年輕時不僅博通儒家諸經，並兼通道家老莊之學。後因聆聽當代高僧道安傳講佛教《般若經》而得大徹悟，乃落髮出家，並南往荊州廣傳佛教。有一次，在他到羅浮山的途中，因發現廬山含有清新寧靜的氣氛，非常適合修習身心，乃決定止居於山中西林的「龍泉精舍」，並吸引了

沙門慧永也來卜居於此。後來，剌史桓伊有見於此，乃在山的東邊
為慧遠建立房殿，即「東林精舍」。

慧遠的事蹟，在釋慧皎的《高僧傳》（卷六）有頗詳的記載。
稍後於他的大詩人謝靈運（西元 385-433 年）也因他而寫下〈廬山慧
遠法師誄〉一文，既表彰慧遠法師的成就，也寄寓自己的仰慕之
情。孟浩然因讀過慧遠大師傳，所以非常景仰大師於廬山講經三十
年的超脫俗世的作為；因此，在潯陽外城的日暮時分看見廬山的香
爐峯時，不但被眼前的飄逸煙雲與俊偉山勢所吸引，素來對山中隱
士的欣羨之心也同時被激發出來。尤其當逐漸接近「東林精舍」，
而突然聽到自山中的佛殿傳來的鐘聲時，內心對慧遠大師的孺慕與
景仰頓時與惆悵混同為一。而這一藉由典故的運用，將歷史事蹟納
入詩中的做法，不僅使本詩在涵蓋面上拉長了作品的時間律度，也
豐富了本詩的內容與深化了本詩的意義。因此，本詩不僅只是描寫
山水景物，同時也兼抒發作者內心的情意和想像；而後者正是本詩
能夠吸引、感動人的主要原因。

四、結語

以上論述想指出的是：孟浩然於創作「山水詩」時，不但不可
能做到把他個人的「知性」和「情緒」與「山水」完全隔離，而且
也未曾以「使山水保持其原來面目」為創作「山水詩」的目標。相
反的，他創作「山水詩」的基礎是心中的「情意」與外在的「山
水」已混同為一的心靈狀態。但也正因為如此之故，他反而寫下了
許多令人感動和激賞的「山水詩」。事實上，我國詩歌傳統中的主
要觀念，不論是「言志」、「緣情」或「詠懷」等，無不在強調

「詩人的內在情意」不但和「詩歌」具有不可分離的關係，甚至可說是「詩歌」的意義和價值所在。因此，「詩歌」與詩人的「情意」乃是無法分離的密切關係。孟浩然的「山水詩」便大都是詩人借助詩中的「山水」來婉轉表達心中「情意」的作品。

本文刊載於《襄樊學院學報》，2011 年 10 期

論「宋詩」的特色及其形成的主要背景——以詩人的時間與空間為基點的考察

一、詩與其創作者的關係

　　在即將進入二十一世紀的今天，也許有人會從極端現實的立場質疑：「文學到底有沒有功用？」我們認為，這個問題根本不值得一駁，因為，即使單從提出這一個問題的立足點——功用而言，當「文學作品」暢銷時，它的「作者」可以得到好處，不但包括了直接而明顯的豐厚財富，其他雖無法看見、卻也深具實際效用的名聲、社會地位，甚至於良好的人際關係和許許多多無形的方便等，也都會自然而然的隨之產生的。至於對「讀者」而言，優秀的作品也可以使「個別的」讀者因閱讀它而心情舒坦、有所寄託、開闊視野和胸襟、獲得新經驗和知識……等，甚至於使「整個社會」的人際關係和煦、文化氣氛濃厚……以及補歷史的不足、刺政治的不當……等等。而這些，當然也只不過是「文學」的一部分功能而已，而且是自古已然，有文獻可考的。只不過，在極端重視立即可以產生實用功利的觀念所掛帥的近、現代，這一事實已經逐漸被大多數的人淡忘罷了。

　　文學既有如此的功能，那麼，屬於文學範疇之內的「詩」當然也應該一樣。歷來，研究中國古典詩的學者每論到此，大都會引用一些典籍中的說法來做為這一個事實的依據，譬如下面所列便是其中最普遍的一些例子：

　　㈠「故正得失、動天地、感鬼神，莫近於詩。先王以是經夫婦、成孝敬、明人倫、美教化、移風俗。」（《詩經·大序》）

　　㈡「子曰：『小子！何莫學夫詩？詩可以興，可以觀，可以群，可以怨，邇之事父，遠之事君，多識於鳥獸蟲魚之名。』」（《論語·陽貨》）

　　㈢「誦詩三百，授之以政，不達；使於四方，不能專對，雖多，亦奚以為？（《論語·子路》）

　　㈣「有可以救濟人病，裨補時闕，而難於指言者，輒詠歌之，欲稍進聞於上，上以廣宸聽，副憂勤，次以酬恩獎，塞言責，下以復吾平生之志。（白居易〈與元微之書〉）[1]

上述這一類有關詩的功用之言論，在古代的文獻上可謂不勝枚舉。而它們所證實的，就是對絕大部分的中國古代詩人和詩論家而言，「詩」毫無疑問的是具有實用價值的。其實，在現代，從事於研究中國古典詩的學者也大都有類似的看法，並曾以之為研究對象，或

1　引自羅聯添編輯《隋唐文學批評資料彙編》（台北：成文出版社，1978年），頁178。

自其實用範圍上加以拓廣、或自其實用深度上加以挖深,而皆獲得
了頗高的成就。只不過,在我們仔細地閱讀他們這類研究的成果
後,卻不免在深深佩服他們推理的嚴謹與論證的紮實之時,也每每
會於隱約之中覺得,這些有關「詩」的功用的主張,若將它們合而
觀之,似常呈現著一種「二元對立」的傾向。換言之,若不是強調
「詩」可以「教化風俗」、「反映民情」,就是特重它能夠「吟詠
性情」、「藻飾其身」。[2]前者重在詩對社會大眾的功能,可說是
屬於外在的性質;而後者則重在它對作者(詩人)內心的作用,則
傾向於內在的性質。我們當然不應該、也無法忽視現代學者所指出
的前述觀點的重要性,因為它們確實是「詩」之所以會在歷代獲得
崇高地位的關鍵原因。不過,如果我們就因比以為,這兩類立場頗
為相對的主張就是古典「詩」的全部意蘊、或者說是最值得我們注
意之處的話,那麼「詩」的內涵不但將因此而比其實際上的範圍大
為縮小,連其性質也將因此而顯得太過嚴肅,以至於產生不易讓人
想去親近它的心理了。但事實上,當我們確實拿這兩種觀點去閱讀
歷代大部的「詩」時,所發現的情形是,有為數甚多的「詩」並無
法讓找們自其中找到這兩種意義。相反的,當我們把重點放在
「詩」,尤其是有明確作者的「詩」的內容上去閱讀時,讓我們感
覺到印象最為深刻的,往往是它們與其作者的日常生活之緊密關係
上。換言之,就「詩」的內容而言,它的重要性質之一應該是其作
者的生活之紀錄、或是其生命的精華,同時,它的性質則有明顯的

2　黃啟方編輯《北宋文學批評資料彙編・緒論》(台北:成文出版社,1978
　　年),頁50。

可以讓人喜歡去親近它、並願意去受它感動的傾向。

　　有關「詩」的這一種讓人經由吟誦、閱讀它，而覺得其創作者擁有讓人可親可感的性質，其實，古人早已說得頗為詳盡。譬如在《詩經·大序》中即有如下的一段話：「詩者，志之所之也；在心為志，發言為詩，情動於中則形於言；言之不足，故嗟歎之；嗟歎之不足，故咏歌之；咏歌之不足，不知手之舞之，足之蹈之也。」它清楚地說明了，「詩」乃詩人內心之中的真「情」之自然流露。它與詩人的關係，乃是一表一裡，一外一內般的密不可分的。而詩人這種「情」之所以會動，乃是因為受到了外在世界的影響之故。因此，鍾嶸才會說：

> 氣之動物，物之感人；故搖蕩性情，形諸舞詠。……，若乃春風春鳥，秋月秋蟬，夏雲暑雨，冬月祁寒，斯四候之感諸詩者也。嘉會寄詩以親，離群托詩以怨。……凡斯種種，感蕩心靈，非陳詩何以展其義？[3]

鍾氏指出，詩人之所以會有寫詩的動機，乃因他的內心受到了外在世界的震動，譬如看到了春夏秋冬等四季的節令特色與變化、或與人有快樂的聚會、或孤獨地離開群聚、或須遠離家國而作客他鄉、或在仕途上遭到挫折、或得到人的青睞與賞賜、……等等。而當這種情況發生時，詩人想讓其內心能夠圓滿的面對它們，其最佳、而

3　引自王叔岷撰《鍾嶸詩品箋證稿》（台北：中央研究院中國文哲所，1992年），頁 47-77。

且是唯一的方法，便是將心中的感覺寫成「詩」了。「詩」之所以
會越變越嚴肅，或者說至少在古典詩史上會如此，毫無疑問的，乃
是由於某些立場分明的有心人，如從政者與批評家，太過於強調它
對大眾的影響力──不論是在政治上、社會上，或是在教育、文化
上──的緣故。因此，在中國古典詩的批評史上，不論是先秦、兩
漢，或是魏、晉、南北朝，尤其到了唐朝時期，「詩」在這一方面
的性質可說已被強調到最高峰，甚至於已經成為它的最基本特質
了。但是如前所述，若我們從「詩」的內容本質來看的話，對於絕
大多數的古代詩人而言，他們之所以寫詩，想藉著它們去達成影響
大眾的目的者雖然有，譬如唐朝的白居易，[4]但其實並不多；我們
看到最多的情形是，詩人藉著寫詩，或用以抒發自己的情懷、思想
和想像，或用它們來記載自己的生活、遭遇與經驗，或者利用它們
去與親人和師友溝通、連繫……等等。如今令人鼓舞的，也就是
「詩」的這一項特色，近來在學界已有越來越受到重視的現象；譬
如以跟詩人的日常生活息息相關的「交際、酬酢」之類的詩為例，
在現代的古典詩研究者中，施逢雨即統計出李白寫的這類詩達四百
多首，[5]柯慶明也指出，王維的這類詩佔有其全部詩的百分之五十

4　白居易在寫給元稹的信〈與元九書〉中說：「凡聞僕『賀雨詩』，而眾口
　　籍，已謂非宜矣。聞僕『哭孔戡詩』，眾面脈脈，盡不悅矣。聞『秦中
　　吟』，則權豪貴近者，相目而變色矣。聞『樂遊寄足下書』，則執政柄者
　　扼腕矣。聞『宿紫閣村詩』，則握軍要者切齒矣。大率如此，不可遍
　　舉。」這可看出白氏在寫某些詩時，其目的顯然是要藉著諷刺來在警惕權
　　貴，甚至改變社會風氣。引文出處同註1。
5　請見施逢雨《李白詩的藝術成就》（台北：大安出版社，1992年），頁2。

五以上，[6]林明珠也算出白居易所寫的約三千首詩中，這類作品幾乎佔了一半，[7]金南喜更以逯欽立的《先秦漢魏晉南北朝詩》為對象，統計出其中包含了二四七首交誼類的詩，[8]……等。這類論文與專著的立足點，便是希望拋開與「詩」作品無直接關係的理論論述，直接切入「詩」作品的內容與其創作者之間的關係，並進而賦予「詩」作品的生命。而無疑的，他們的努力是有貢獻的。

　　基於這種認知，筆者乃計劃經由下面兩個步驟來釐析本論文的命題的內涵，然後再提出自己的解答：首先，將從「詩史」的角度嘗試析論「宋詩特色」的意涵；其次，再據以推論「宋詩特色」形成的主要原因。

二、「宋詩」的特色

　　「何謂『宋詩』的特色？」這個問題，歷來的論者和他們所提出來的論點之多，雖然尚不至於讓我們用「汗牛充棟」來形容，但其數量之可觀，也是毫無疑議的。然而，對於同一個問題竟然會出現這麼多不同的答案，不但令人好奇，也難免讓人疑惑。而若究其可能的原因，應該大致不會出於下面兩個方向：一是出在問題本身上，如性質太過複雜、範圍太廣、或涵蓋時間過長等；二是出在提

6　請見柯慶明〈王維詩的性質與分類〉一文，收於其《文學美綜論》（台北：長安出版社，1983 年），頁 409。

7　請見林明珠《白居易詩探析》，頁 12，私立東吳大學中國文學研究所博士論文，民國 86 年。

8　請見金南喜《魏晉交誼詩類的研究》，頁 12-13，國立台灣大學中國文學研究所博士論文，民國 82 年。

出答案的研究者身上，因這些不同的研究者們，不但往往有各自的立論基礎、原因和目的，即切入的角度也各不相同，甚至所採取的研究方法也有極大的差別。因此，他們的研究成果當然也就往往各有所見了。

現在，筆者就以本文的主要論題──「宋詩」的特色──入手，嘗試以「宋詩」為焦點，將歷來有關這一個命題的諸多論點，歸納成四個比較具有代表性、同時也可以勉強成為一個系列的觀點於下，並稍加討論之：

㈠從比較的觀點論「宋詩」的風格

從這個角度去論述的優點，是可以將「宋詩」的特色，藉由和其他不同時期或不同風格的詩同時描述，使得被描述的兩者，都能藉著對方的襯托而彰顯出各自的特色。利用這個角度去描繪宋詩的特色者甚多，茲舉兩例如下：

> 1.錢鍾書說：「唐詩多以豐神情韻擅長，宋詩多以筋骨思理見勝。」[9]
> 2.繆鉞說：「唐詩以韻勝，故渾雅，而貴蘊藉空靈；宋詩以意勝，故精能，而貴深析透闢。唐詩之美在情辭，故豐腴；宋詩之美在氣骨，故瘦勁。……唐詩之弊為膚廓平華，宋詩

9　請見錢鍾書《談藝錄》（野狐出版社），頁2。

之弊為生澀枯淡。……」[10]

繆氏的意見和錢氏之說十分接近，只不過所含的內容比較廣泛。而
從這兩個例子的說明中，我們清楚地獲得了有關「宋詩」的一些印
象：「以筋骨思理取勝」，「以意勝，故精能，而貴深析透闢」，
「氣骨美而瘦勁」，以及「生澀枯淡」等。不過，這種印象的產
生，顯然是經由與「擅長風神情韻」，「以韻勝而貴蘊藉空靈」，
「情辭美而豐腴」，以及「膚廓平華」的「唐詩」對照而來的。因
此，毫無疑問的，由於有了「唐詩」的特色來作為輔襯，「宋詩」
的特色，尤其是其風格，才會很自然地在這種兩相對比之下被突顯
出來。

(二)從語言上論「宋詩」的特色

「詩」，自其表達的媒介——語言（含文字）——而言，若與
文學範疇中的其他文類相較，顯然要精鍊得多。而也正因為「詩」
在本質上具有這種特性，所以不論中外，歷來的學者在研究、分
析、或評論「詩」時，大都會不約而同的出現以修辭、意象、節
奏、音律等與語言有密切關係的要素為主要的探討對象。同時，由
於這些語言要素在經過各種不同的巧妙設計與安排後，也會自然而
然地形成其與眾不同的風格，故而內容與風格乃常被結合在一起，
同時被討論。在描述宋詩的基本特色時，歷來也有不少重要的立論

---

10 請見繆鉞〈論宋詩〉，收於黃永武、張高評編《宋詩論文選輯（一）》
（高雄：復文圖書出版社，1988 年），頁 4。

就是針對其語言文字而發的。茲以「字法」和「句法」為對象，列舉其中兩例如下：

> 1. 嚴羽說：「盛唐諸人，惟在興趣，羚羊掛角，無跡可求。……言有盡而意無窮。近代諸公……遂以文字為詩，以才學為詩，以議論為詩。夫豈不工？終非古人之詩也。[11]
> 2. 徐復觀說：「簡易平淡，這是以歐陽脩為主帥的宋詩擺脫唐詩面貌的基線。也是山谷與宋詩其他大家相通相共的基線。……簡易而大巧出的句法字法，不是六朝人及唐人以詞藻為主的句法字法，而是要求……『用字穩實，句法刻厲而有和氣』，……『用事穩妥，置字有力』，……」又說：「宋詩人是要在慣用的、已成格套的詞句之外，自己創造出一套表現的語言出來，……『句眼』、『字法』之要求至宋而特為突出。」[12]

這種從詩的語言、和以它為基而形成的風格為探討對象，去描述「宋詩」特色的研究，在數量上來看，幾乎可說是歷來有關描述「宋詩」特色的主流。而由於這一方向的研究成果，讓我們瞭解到「宋詩」也具有下列特色：它非常重視詩的「字眼」、「句法」，

---

[11] 引自氏著《滄浪詩話・詩辨》。收於何文煥《歷代詩話》第 2 冊（台北：漢京出版社，1983 年），頁 68。

[12] 請見徐復觀〈宋詩特徵試論〉，收於其《中國文學論集續編》（台北：台灣學生書局，1984 年），頁 49、62。

希望在前代，譬如六朝或唐朝等已經成為詩的習慣套語之詞句外，自行創出屬於自己的詩語言，於是乃形成「用字穩實」、「句法刻厲而有和氣」等「簡易而大巧出的句法、字法」。而這種寫詩的觀念和結果，不但是歷來之所以有許多詩評家認同上述「宋詩」的特色為「以文字為詩」的原因；而且也應該正是「宋詩」會形成不少詩評家眼中的「以議論為詩，以才學為詩」的基礎；除此之外，它更是「宋詩」在語言文字上的代表風格──簡易、平淡──之所以形成的重要礎石。

　　除了上述的「字法」和「句法」外，「宋詩」在「語言和文字」上當然還有其他的特色，譬如以「字法」和「句法」為基而形成的「以史筆為詩」[13]、「以文為詩」[14]、「以賦為詩」[15]……等，以及「對偶」的工切、勻稱、自然，「押韻」上的多步韻、疊韻與強韻[16]……等。在此，筆者之所以特別以「字法」和「句法」之例來討論，一來，是由於歷來有關「宋詩」「語文」特色的論述中，確實是以研究「宋詩」的「字法」與「句法」者的數量較多；二來，這兩項因素乃作品風格的最根本基礎；以及第三，因本文的

13　請見張高評〈和合集成與宋詩之新變──從宋詩特色談「以史筆為詩」之形成〉，收於張高評主編《宋代文學研究叢刊》第 2 期（高雄：麗文文化公司，1996 年），頁 17-38。

14　請見張高評〈破體與宋詩特色之形成（一）──以「以文為詩」為例〉，收於張高評《宋詩之新變與代雄》（台北：洪葉文化公司，1995 年），頁 157-194。

15　請見張高評〈破體與宋詩特色之形成（三）──以「以賦為詩」為例〉，同前註之書，頁 241-302。

16　請見繆鉞〈論宋詩〉，同註 10，頁 9-11。

重點並不在此；所以，便權宜地以這兩者為代表來討論了。

㈢從題材、內容上論「宋詩」的特色

所謂「文變染乎世情」，文學作品既然是由作家創造出來的，而作家又離不開他的生活環境，當然，其作品就會產生與其時代和環境難以分割的關係；而「詩」既屬於文學的範疇之中，它會擁有與此相同的現象，也就是必然的了。於是，以「詩」之擁有這種特色為基，詩史上經常會出現的現象之一便是「一代有一代特色」的「詩風」了。「宋詩」的特色，除了表現在上述的語文和風格上外，也表現在它的內容與題材上。茲舉兩個例子於下，以做為我們討論的基礎：

> 1.吉川幸次郎說：「宋人的眼光在注視外在世界時，……，對極不特殊的事物也發生了莫大的興趣，……從前詩人加以忽略或視而不見的日常瑣務，或者……被認為過於普通平常而不能入詩的身邊雜事，宋人卻大量地積極地用作詩的題材。」[17]
> 2.張高評說：「宋代詩人……以通俗之氣質融會典雅之詩歌，……雅俗相濟為用的結果，使六朝以來原本為文字遊戲之俳諧詩，如禽言詩、累字詩、藥名詩、集句詩等體類，雅化為寄興高遠之詩篇；使詠物、詠畫、詠史、山水、田園、

---

17 請見吉川幸次郎著，鄭清茂譯《宋詩概說》（台北：聯經出版公司，1988年），頁 18。

> 敘事、理趣諸詩之題材、由狎近而高超、捨粗大而就精細，
> 化實用為美感，自凡俗成雅致，宋詩大抵能在『作者不到
> 處，別生耳目』，故近體詩之詩材擴大，幾與古詩相
> 埒。……口頭語入詩、稗官野史為詩，……民間文學滲進詩
> 歌，……皆為滋養宋詩之新活源泉。」[18]

在上面所引的兩個例子中，前者指出了「宋詩」於題材和內容上的
特色為：將從前詩人並不認為適合當作寫詩材料的「身邊瑣事」都
入詩，以至於呈現出詩與詩人的日常生活頗為相關的特性。後者則
更進一步指出，「宋詩」對於入詩的題材，直可謂「百無禁忌」，
不但前人已用過的，譬如：詠物，詠史、田園、山水、……等，仍
然繼續採入；而且連向來被視為不適合入詩者，如：禽言、藥名、
稗官野史、民間文學、……等，也都採納。事實上，類似這種觀點
可說不少，如翁方綱也說過：「宋詩妙境在實處，……如武林之遺
事、汴土之舊聞、故老名臣之言行、學術師承之緒論淵源，莫不藉
詩以資考據。……」[19]只不過，張高評則更深入地指出，宋詩人在
如此做的時候，每每會考慮到，為了使它們能夠超越這些原始素材
的俚俗性，以擁有高遠的興寄於其中，故而在創作上乃特別講究如
何去運用「以俗為雅」的方法而已。因此，乃造成了「宋詩」在內

---

18 請見張高評〈化俗為雅與宋詩特色〉，收於張高評《宋詩之新變與代
雄》，同註 14，頁 303-304。

19 引文請見翁方綱《石洲詩話》（台北：廣文書局，1971 年），卷 4，頁
159-161。

容上題材廣泛,而於同時具有親切可近、以及「以俗為雅」的風格之特色。

㈣從問學、哲理上論「宋詩」的特色

「宋詩」在歷來的詩論家眼中,其於內容上的特色之一就是常寓問學工夫與哲理思想於其中。我們也可舉兩個例子來稍加討論:

> 1. 黃啟方說:「詩的發展,經過宋初西崑體與歐、梅之後,……如果不開闢新的蹊徑,……詩的創作也自然的會走入了死巷。因此,只有另圖發展,庶幾可使詩運中興。黃庭堅創「奪胎換骨,點鐵成金」之法,……很快有了回響。於是學者日眾,逐漸形成一股潮流。」「在王安石、蘇東坡之後,整個宋代詩壇,就要以開創江西詩派的黃庭堅為主。」「黃庭堅主張多讀書以涵養心靈,……唯多讀書,然後在心領神會之餘,自能運用(文字於寫詩)自如![20]
>
> 2. 龔鵬程說:「宋人念念不忘詩只是寓理之具,……對理的掌握,自成為創作時關切的重心,……義理的追求,正是宋詩的普遍特色。」[21]

20　引自黃啟方〈論江西詩派〉,收於《宋詩論文選輯》,同註10,頁443、437、439-440。

21　引自龔鵬程〈知性的反省——宋詩的基本風貌〉,收於《宋詩論文選輯(一)》,同前註,頁148。

誠如上列第一個引文中所說，對於許多後代的詩論家而言，「宋詩」的特色之一乃是有非常多的詩人將「創作詩」視為他們在修養身心的「進德」上一個必要的功夫，而要達成這個理想，「多讀書」正是唯一的法門。換言之，詩人在「創作詩」之前，必需、而且甚至可說是唯一要具備的條件，便是經由「多讀書」以「涵養心靈」了。而在這一種鍛鍊的過程中，所謂「奪胎換骨、點鐵成金」的創作過程，也就是「取古人之陳言，入於翰墨」、「去陳反俗」、「不易其意而造其語」、「規模其意而形容之」等，即為其具體而微的方法了。雖然，黃氏此文實僅就「江西詩派」而論，但就這一個詩派在宋代的影響力，如：詩人、詩作的數量之多，以及其所籠罩的時間之久上而言，類似黃氏將這一詩派如上所述的主要創作方法和結果視為「宋詩」的特色之一的觀點，[22] 應該是可以接受的。

至於第二個引文中所提出的：宋詩的特色在宋人將「詩」視為「寓理之具」，也非孤說，而有不少學者持類似的看法。譬如日人吉川幸次郎即曾說：「宋代詩人喜歡用「詩」的形式談論哲學道

---

22 類似這一觀念的論述並不少，但大都屬於專研有關「江西詩派」的研究。其中，當以能直接針對有關宋詩人如何經由「學古」的過程，以創作出具有「宋代特色的詩」的問題做為專題而詳加論述者，與本論文較有關係。據此，則郭玉雯的〈有關奪胎換骨法若干問題的探討〉、黃景進〈黃山谷的學古論〉（皆收於國立台灣大學中國文學研究所主編之《宋代文學與思想》，1989 年）、黃景進〈論黃山谷所謂「無一字無來處」──兼論點鐵成金與脫胎換骨〉（收於政大中文所編《中華學苑》，38 期，1989年）、周裕鍇〈黃庭堅句法理論探微〉（收於張高評編《宋代文學研究叢刊》，第 2 期，1996 年）等論文皆頗值參考。

理。……關於這一點，無疑的與宋代哲學的發達大有關係。……這是詩人也愛好哲學的時代。」[23] 又黃啟方也說：「黃庭堅的詩論得到理學家的讚賞和支持，這有助於他的理論的傳揚，……不少理學家從事詩歌，都以他為正軌。……」江西詩派能延伸得那麼長久，能夠有那麼大的影響，得教育界的權威理學家的宣傳和支持，實在是一個很重要的因素。」[24] 仔細來看，這類說法顯然是將兩個頗不同的問題合在一起討論，一是詩的內容，二是詩的表達手法。在詩的內容上，由於宋代詩人不但，對自身周遭有深刻的關懷與好奇心，同時，對「人」的生存、生命的意義與價值有興趣，而且也受到影響力甚大的理學之影響，於是乃形成了以哲理為詩的主要內容之傾向。至於在詩的表達手法上，也由於宋代詩人想對上列諸問題進行詳細而嚴謹探索與討論，而終於形成了「議論」式的寫作手法了。我們當然認同這兩者確實都是「宋詩」的重要特色，但仍想在此強調一點，那就是這類詩也只是「宋詩」的一部分而已。

既然是說「宋詩的特色」，那麼當然應該以「詩」為主體；因此，這四項有關「宋詩」的特色，乃是筆者把自己的討論焦點緊緊地限定在宋代的「詩」上，然後以歷來有關此一問題的論述和見解為對象，將它們融會、歸納出來的。它們雖然無法涵蓋歷來所有有關這一問題的觀點，但說它們大抵能代表「宋詩」的特色，應該尚可接受才對。

23　引自吉川幸次郎《宋詩概說》，同註17，頁29-30。

24　引自黃啟方〈論江西詩派〉，同註20，頁452。

三、所謂「宋詩特色」的侷限性

在論述上面有關「宋詩」的特色時，雖然筆者儘量把焦點集中在「詩」上，但是為了能夠在說明時做比較周延的觀照，卻也往往在不得已的情況之下，必須觸及到許多「詩」以外的要素。譬如：詩人、詩論、思潮、時代、環境⋯⋯等等。這一情況說明了：「詩」是無法被孤立起來單獨討論的；因為「詩」既然是詩人所寫的，當然必無法與詩人的思想、感情、語言習慣、學識經驗、和其活動的環竟與時代等截然劃開。所以當我們想瞭解「詩」的性質、意涵、風格與意義時，雖然不必要把討論的範圍放得太大，但是對於與「詩」有直接、或者較近的一些因素，也必須將他們納入考量才行。居於這個理解，我們不妨以宋代詩人生活的時、空範圍為基點，來強調所謂「宋詩特色」的侷限性。

㈠在時間上──宋代的詩史

宋朝自趙匡胤於西元九六○年肇建，以迄一二七九年被蒙元所滅，共約三百多年。在這麼漫長的時間之中，上面自四個不同的方向所勾勒出的「宋詩」特色，當然可以說都是在整個宋代的詩史裡面非常突出之處。然而我們是否能夠據此便說：宋代所有的詩都必定同樣具備這四項特色呢？毫無疑問的，其答案顯然為「否」。因為即使是從常識上來判斷：宋代的詩人之數目雖然難以明確的算出來，但若依據現存蒐羅宋代詩人傳記最為完備的《宋詩紀事》（清‧厲鶚撰）上所載，便有三千八百十二家；此外，宋代所傳下來的詩篇數量，即使是用比較保守的態度來估計，也有數十萬首之

多。[25]而這些不同的詩人各以自己為立足點所寫成的作品,怎麼可能都會具有上述的特色呢?因此,在面對這個非常複雜的現象時,古代的學者與詩論家便常縮小自己的範圍去考察它了。其中,比較普遍地被用來觀察的角度,就是以「詩史」為對象,而做縱貫式的分析了。由於歷來採取這個觀察方式的常以「文學」為範疇,所以我們先舉兩個有關這方面的代表性的說法來稍加申論:

> 1. 顧炎武說:「詩文之所以代變,有不得不變者。一代之文,沿襲已久,不容人人皆道此語。今且千數百年矣,而猶取古人之陳言,一一而摹仿之,以是為詩,可乎?」[26]
> 2. 王國維說:「凡一代有一代之文學,楚之騷、漢之賦、六朝之駢語、唐之詩、宋之詞、元之曲,皆有所謂一代之文學,而後世莫能為繼者也。」[27]

這種類型的論述在歷來的文獻上並不少見,筆者之所以引上面兩例,是因它們都能在比較廣的涵蓋面中,自然而然地使這種論述的特色清晰地顯現出來。這類論述,從理論上而言,一般都應該會包含下列四個要素:其一,它們的觀察範圍為一段頗長的「時間」;

---

25 這裡有關宋代詩人和詩作的數目,乃是參考日人吉川幸次郎的《宋詩概說》上的說法。請見註 23,頁 718。

26 請見顧炎武《日知錄集釋》下冊,卷 21,〈詩體代降〉(台北:世界書局,1962 年),頁 494。

27 引自王國維《宋元戲曲考·序》,收於其《王國維戲曲論著八種》(台北:純真出版社,1982 年),頁 3。

其二，它們將這段「長時間」中比較特殊的文學現象勾勒出來；其三，它們以這些特殊的文學現象為基，將這一個「長時間」再劃分成前後連接的數段「小時間」；其四，它們進而解釋這些位在前後的「小時間」內的特殊文學現象，彼此的關係如何？以及其原因何在？而若據此來衡量上面所引的顧氏與王氏之說的話，它們兩者的疏闊處便難以掩蓋住了。顧氏之說指出，由於每一代的作家都不會願意模仿前代的作品風格，而希望自行創出自我的特色，所以便會在自然而然之中形成該代文學的特殊風貌。王氏之說則明白的指出，中國文學史上的事實是，每一個朝代的確都有它們各自的代表文類。我們平心而論，這兩種說法當然都各有依據，也甚具洞見。但我們仍不禁想問：說一個朝代只能夠有一種代表文學，是否太過於主觀和武斷？同樣的，主張一代文學的特色之所以形成，其原因只在其作家不願意去摹仿前代的語言習慣所致，是否也有將文學過於單純化的缺失？「文學史」的內涵何其豐富！性質又何其複雜！因此，用這麼簡單的觀點與方法去進行論述，而想提出既周延、又正確的答案的，根本是不可能的。

現在，我們就把觀察的範圍再濃縮到本節的主題——「宋代」的「詩史」上。對於這個範疇，古代也有不少學者曾勾勒出他們的看法；底下即舉兩個例子來稍加申論：

> 1. 嚴羽說「國初之詩，尚沿襲唐人。王黃州學白樂天，楊文公、劉中山學李商隱，盛文肅學韋蘇州，歐陽公學韓退之古詩，梅聖俞學唐人平淡處，至東坡、山谷始自出己意以為詩，唐人之風變矣。山谷用功尤為深刻；其后法嗣盛行海

內，稱為江西宗派。近世趙紫芝、翁靈舒獨喜賈島、姚合之詩，稍復就清苦之風，江湖詩人多效其體，一時自謂之唐宗。……」[28]

2.方回說：「宋剗五代舊習，有白體、崑體、晚唐體。白體如李文正、徐常寺昆仲、王元之、王漢謀。崑體則有楊、劉《西崑集》傳世；張乖崖、錢僖公、丁崖州皆是。晚唐則九僧最逼真。寇萊公、魯三交、林和靖、魏仲先父子、潘逍遙、趙清獻之父，凡數十家，深涵茂育、氣極勢盛。歐陽公出焉，一變而為李太白、韓昌黎之詩，蘇子美、二難相為頡頏，梅聖俞則唐體之出類者也，晚唐於是退舍。蘇長公、踵歐陽公而起。王半山修眾體，精絕句，古五言或三謝。獨黃雙井專尚少陵，秦、晁莫窺其藩。張文潛自然有唐風，別成一宗。唯呂居仁克肖。陳后山棄所學，學雙井，黃致廣大，陳極精微，天下詩人北面矣。立為江西派之說者，銓取或不盡然，胡致堂詆之。乃後陳簡齋、曾文清為渡江之鉅擘。乾淳以來，尤、范、楊、蕭其尤也。……又有一朱文公熹。嘉定而降，稍厭江西。永嘉四靈，復為九僧舊。」[29]

上引兩文在有關宋詞有哪些傑出詩人，他們學習唐朝哪些詩人，甚至因而形成何種詩體和詩風等看法，顯然並不相同。但這是各人的

28　引自嚴羽《滄浪詩話‧詩辨》，同註11。

29　引自方回〈送羅壽可詩序〉，收於曾永義編輯《元代批評資料彙編》上冊（台北：成文出版社，1978年），頁194。

立場與觀點,其是非如何,本文不予以評斷。

但若純就內容而論,它們兩者雖有詳略之別;但在宋代詩史的描繪上,其方法則頗為相近:都是以時間的先後為主要縱軸,而將宋代的詩史區分為數個階段,然後在每個階段選出幾位能夠代表該時期的詩人,並指出他們的詩之共同特色一也就是該期詩的特色、以及他們和前代某詩人與詩風的關係。在他們所描繪出來的宋代詩史上,值得我們注意之處至少有下面兩點:

其一,每個階段都有其異於其他階段的特別詩風;其二,整個詩史所呈現出來的現象,乃是隨著時間的推移而不停流走中,換言之,即使所謂代表一個階段的「詩風」,也同樣在不斷地變動中的。同時,若嚴格說來,這兩點其實是「二而一」的,因為第二點在基本上,乃是由第一點的不斷延長所形成的。

㈡「宋代詩史」和「宋詩特色」的關係

上面已經從理論上指出,所謂「詩史」,基本上是由它的「每一階段的特別詩風」,依照其年代的先後排列而成的。同時,我們甚至於可以說,所謂「每一階段的詩風」之所以特別,其實是在與其「前面階段的詩風」比較之後,才會顯現出其「特色」的。現在,我們就藉著將前面所歸納出的四項「宋詩」的特色之一,放入整個「宋代詩史」裡來說明這兩者的關係。其中的第二項為:從「詩」的語言文字上指出,「宋詩」具有「奪胎換骨、點鐵成金、無一字無來處」等特別創作方法。現在,若我們從整個「宋代詩史」來看,這幾項「創作方法」上的特色既然為黃庭堅所創,那麼,不管其後在宋代是多麼流行,它們當然不可能出現、或者說盛

行於黃氏之前了。換言之，在「宋初」的「詩壇」裡，這一項「宋
詩特色」根本並不存在；據此，我們是否還可以堅持地說：這一項
仍然是「宋詩特色」呢？

㈢在「空間上」

　　現在，就讓我們再換個角度，從「空間」上來考察「宋詩」的
特色。為了能凝聚焦點、並直接而有效地切入主題，我們仍然以前
面所列的四項「宋詩」特色中的第二項──亦即「奪胎換骨、點鐵
成金、無一字無來處」的創作方法為例來討論。這些創作詩的方
法，顯然是「江西詩派」的標誌。我們都知道，「江西詩派」是從
呂本中尊黃庭堅為「詩派」之祖，而著《江西宗派圖》，[30]以標舉
出鮮明的「詩派」旗幟後，宋代勢力最大、也是影想最深遠的詩
派。雖然南宋時的楊萬里曾說過：「江西宗派者，詩江西也，人非
江西也。」[31]而我們也的確認為楊氏這種以「詩的風格」，來做為
分析《江西宗派圖》中所列的二十五位「江西詩派」詩人之依據實
頗有見地；但是，我們卻無法否認，《圖》內的二十五人中，除了
在詩的創作方法上都具有追隨黃庭堅詩法的共同特色外，他們可說
「都是呂本中的師友」。換言之，這一影響宋代詩史和詩壇非常深
遠的「詩派」，在「空間」上，顯然是具有頗為濃厚的「同一活動

30　呂本中的《江西宗派圖》，歷來所見的異名尚有《江西詩社宗派圖》、
　　《江西詩派圖》，有關此一問題的考證，請參考歐陽炯《呂本中研究》
　　（台北：文史哲出版社，1992 年），頁 299。

31　引自楊萬里〈江西宗派詩序〉，收於張健編輯《南宋文學資料匯編》（台
　　北：成文出版社，1978 年），頁 247。

空間」的色彩的。

　　據上面的論述，這兩個事實的確凸顯了一個值得我們注意的現象，那就是：從「時間」的涵蓋面而言，並非前面所列出來的四項所謂「宋詩」的「特色」，都是貫串整個宋代「詩史」的。同時，若從「空間」上來看，前列的四項「宋詩的特色」也往往含有某些地域上的侷限性。

四、「詩話」與「詩社，詩派」

　　根據上面的觀察來推衍，則最有意義的便是以融合「時間」和「空間」的方式來對「宋代詩壇」加以全面性的觀察了。而若由此出發，另外兩個特別醒目的現象便突顯出來了：「詩話」的普遍和「詩社，詩派」的流行，而這兩個現象正是宋代以前的「詩史」上並未曾突顯出來的。因此，底下就讓我們來討論這兩個「宋代詩史」上的特色。

　　前曾述及，「詩」是詩人創作出來的。因此，若想瞭解任何「詩」的深刻內涵與重要意義所在，將該作品放入詩人生平中的正確位置去研究，便是必要的手段了。這種觀念，我們也可以用逆向的方式來理解：如果以「詩人」為核心來考量的話，那麼在「宋代的詩史」上，與「詩人」最有關聯的便應該是：他個人對「詩」以及和「詩」有關的「人、事、物」之看法與評論、以及他個人在當時的「詩壇」之活動情形了；前者在宋代詩史上的具體結晶，就是「詩話」，而後者的具體範圍，即為「詩社與詩派」。因此，底下便以這兩個標的為討論的對象，並希望能依據所得到的結果，來繼續申論「宋詩的風格」所形成的主要原因。

㈠詩話

　　從它出現開始，以迄今天為止，儘管「詩話」的定義人言言殊，但以它為書的名稱起於宋代、[32]以及它的普遍流行也是從宋代開始，則是不爭的事實。而「詩話」在「宋代詩史」上的地位如何，我們可以從這類著作的數量來看。在整個宋代裡，我們固然無法確切的算出到底有多少著作以「詩話」為名、或者實際上本屬這類著作而卻採用他名的？但據郭紹虞在其《宋詩話考》中的考證，從歐陽脩的《六一詩話》算起，到陳存的《詩話鈔》止，至少應有一百三十九部之多。[33]因此，說它是宋代詩史上的一項特色當不為過。

　　從學界的研究情形而言，絕大多數研究「詩話」的學者，似乎多在其研究中設法尋找證據，以強調該《詩話》的理論體系如何周延、內涵如何豐富、以及論述如何嚴密和深刻與等。於是像下引敘

32　雖然有人以為，在宋代以前就有以「詩話」為書的名稱了，如《大唐三藏取經詩話》，然而這情況不但僅此一見，而且該書是否真出現於宋代以前也有不少人對其存疑。有關此一問題的討論請參考崔成宗之博士論文《宋詩話初探──以詩之情性寫景詠物為範疇》，頁9。台北：東吳大學中國文學研究所，民國83年。

33　請見郭紹虞《宋詩話考》，目錄（北京：中華書局。1979年），頁116。有關《詩話》著作在宋代到底出現了多少的問題，歷來所能見到的文獻雖然並非沒有，但並不多，如：《唐音癸籤》、《四庫全書總目題要》、《中國叢書綜錄》等，而且也都因其所根據的資料、甚至其所採用的觀點有或寬、或嚴的差別，故迄無確論。請亦參考張葆全《詩話和詞話》（台北：國文天地雜誌社），頁13。

述文字中所透露出來的觀念，便成為《詩話》著作的主要內涵和性質了：

> 1.蔡鎮楚說：「廣義的詩話，乃是一種詩歌評論樣式，凡屬評論詩人、詩歌、詩派以及記述詩人議論、行事的著作，皆可名之曰詩話。」[34]
> 2.張葆全說：「詩話是一種漫話詩壇軼事，品評詩人詩作，談論詩歌作法，探討詩歌源流的著作。」[35]

事實上，據我們所知，近來從事古典詩論的學者，幾乎莫不承認：《詩話》類的著作可說是我國詩歌評論史上最豐富、也是極為珍貴的資料。而宋代既然是創始的時代，當然應該獲得最大的肯定。不過，我們在此必須留意的是，雖然如上所述的「體系周延、內涵豐富、論述嚴密」的《詩話》著作並非沒有，譬如《滄浪詩話》等，但這類著作其實甚少。相反的，更多、或者說絕大多數的《詩話》著作所具有的共同特色，乃是：在編排組織上，可說是隨意條列、缺少系統的；而在論述方式和內容上，則也是意到筆隨、缺少體系的。

但是不論如何，「詩話」在詩歌評論史上的意義既然如此深刻、地位又這麼重要，那麼我們便不能忽略下面這一個問題：「為何『詩話』的觀念和著作會產生、並大量地流行於宋代，而不是其

---

34 請見蔡鎮楚《中國詩話史》（長沙：湖南文藝出版社，1988 年），頁 5。
35 請見張葆全《詩話和詞話》（台北：國文天地雜誌社，1991 年），頁 1。

他時期呢？」筆者認為，這必須從「詩話」的原本性質、以及宋代詩人對「詩」的基本態度如何說起。

在宋代，最早以「詩話」為書名的是北宋歐陽脩的《詩話》（後代為了讓它能與其後所出現的大量《詩話》著作有些區隔，而將其稱為《六一詩話》），其後不久，司馬光也寫了一本《續詩話》。而毫無疑問的，此後的《詩話》著作便大量的出現了。而他們兩人對《詩話》的基本認知是什麼呢？

歐陽脩說：

> 居士退居汝陰，而集以資閒談也。[36]

司馬光說：

> 詩話尚有遺者，歐陽公文章名聲雖不可及，然記事一也，故敢續書之。[37]

這兩段宋代最早的有關《詩話》是什麼的說明文字，其實已經對《詩話》的根本要素：性質和內容，都做了扼要的說明。換言之，《詩話》的性質，據歐陽脩的認知，是用來「閒談」的。而當人在「閒談」時，我們可以很容易想像出，不但其態度應該是輕鬆的，

36　引自歐陽脩《六一詩話》，收於何文煥輯《歷代詩話》第一冊（台北：漢京文化公司，1983年），頁264。

37　引自司馬光《續詩話》，同上註，頁274。

甚至於其心情也應該是愉快的才對。此外，讓人用來「閒談」的內容，或者說是「資料」，據司馬光的說法，他之所以敢繼歐陽脩之後，來續成一本類似的書，即因為《詩話》並不像「文」一般的嚴肅，而只是隨意的「記事」而已。

事實上，若從《詩話》的內容上來看，其範圍確實頗為複雜。它包括了：「品評詩人詩作，考訂字句名物，詮釋名篇佳句，探討詩歌源流、體製和作法」，以及「記載詩壇掌故、詩歌本事和詩人遺文軼事。」等等。[38]也就是說，凡是與「詩」有關的一切人、事、物，都可納入其中。

但筆者在此想特別強調的，就是：豈不正因為這些《詩話》著作的作者對「它」所持的態度是「休閒性的東西」之故，它們才會成為作者們認為的：只要採取輕鬆、而非嚴肅的態度去面對、處理「它們」，那麼，不論其內容為何，又有何不可呢？於是，我們所看到的《詩話》之內容，便大部分都是其作者在日常生活當中的所見所聞了。而這種與「詩人」的「日常生活」密切相關的性質，難道不就是為何《詩話》著作會普遍流行的原因？因為，有那個詩人不會有自己的生活經驗？而對於敏感的詩人、或敏銳的詩評家來說，在自己的日常生活經驗裡，豈會缺少值得記下來的特殊感發和心得？

除此之外，我們當然不能否認還有不少促使《詩話》流行的直接和間接原因。[39]間接的因素，如：宋代詩人或詩論家「喜好議

38　同註33，頁3。

39　請見蔡鎮楚《中國詩話史》，同註32，頁37-45。

論」的風氣[40]等姑可不論,但與《詩話》著作之流行深有關係的「寫作方式」則必須一提。有關這一點,章學誠說的最為扼要,他說:

> 好名之習,作《詩話》以黨同伐異,則人盡可能也。以不能名家之學,入趨風好名之習,挾人盡可能之筆,著惟意所欲之言,可憂也,可危也。[41]

章氏的憂心和對《詩話》作者的批判是否公允固然值得再商榷,但他之所以會發出這樣的言論,顯然就是因為「它們」太容易寫,已經造成太過普遍的情形了:在內容上為任何「所欲之言」;同時,更重要的是,在寫法上為「人盡可能之筆」。而這就是筆者想強調的:寫作、或編輯《詩話》在宋代會如此流行的原因,即是在宋代的詩人和詩論家的認知中,它們已經被認為是一種休閒活動,尤其是用來記載他們的日常生活中與「詩」有關的活動了。

㈡詩社、詩派

在中國詩史上,詩人以「詩」為媒介來互相往返,如本文一開始所述,可說是非常普遍的現象。而在這種情形之下,「詩」便成

---

40 請見張高評〈破體與宋詩特色之形成(二),以「以議論為詩」為例〉,引同註18,頁197-198。蔡鎮楚《中國詩話史》,同註37,頁40。

41 引自章學誠《文史通義·詩話》(台北:史學出版社,1974年),頁157。

為詩人用來擴大自己的關係範圍之高尚工具了;「詩史」告訴我們,在許多時代裡:經由「它」,年輕的詩人可以博得上位者的青睞,也可以贏得同儕間的誇讚;經由「它」,年長的詩人可以相互酬酢,以增進交誼和怡情適性;而壯年的詩人更可以藉著「它」來集會結社,甚至於進一步地形成一股勢力,以做為自己的發展基礎;而「詩社」和「詩派」,就是當一群詩人聚在一起吟詩、論詩的活動有了固定的情況後所形成的。

⑴詩社

宋代由於經濟的高度發達,社會的組織和人們的生活型態也隨之改變。

其中,社會在專業和效率的要求下而不得不趨向於分工的情況,乃促使各行各業都組成了自己的會社組織,譬如:飲食類中有糖糕、麵食……等社;游藝類中有打球、射弓……等社;文學方面也有詩社……等會社。這些當然都是因為以往那種小規模、卻全部都包辦的各行各業之型態,已經無法適應當時的社會需要了,故而在為了使自己能夠繼續生存與發展的考量下,從事於同一行業的人乃結合起來,組成會社,使彼此能藉此互相依靠,共存共榮。[42]

事實上,這種社會型態的出現,以及因此而形成的宋人的生活方式——也就是「集團性」,在宋代是非常普遍的。這一種特殊的習慣,在政治上,有歐陽脩因被批評與富弼、韓琦、范仲淹等人結黨營私,而不得不提出的辯駁——「朋黨論」之出現。在哲學思想

---

42 請見歐陽光《宋元詩社研究叢稿》(廣州:廣東高等教育出版社,1996年),頁15-16。

上，也有蜀、洛、關、閩四派之爭。

在有關文學的性質與功用上，也有柳開、石介、穆修、尹洙等人主張「文以致用」，而反對將文章變成「窮豔極態、綴弄風月」的「西崑」之風。當然，宋代的詩人也不例外。據歐陽光的考證，宋代可以考知其活動的「詩社」，從太宗時的李昉組成「九老會」算起，到南宋端宗時陳著的「鄮縣詩社」止，即將近有四十個；另外，只存社名，而其活動已難考知的也有三十個左右。[43]因此，我們應該可以從這個數目大致瞭解到，宋代詩人也是頗為熱衷於「詩社」活動的。

宋代詩人為什麼會在宋代已經廢除了科舉考試中的「詩賦」科目之情況，也就是失去了直接能藉著它而去當官的誘因之下，仍然喜歡組成「詩社」呢？其實答案並不複雜。上面所指出的，宋人有結社的習性當然是因素之一；但是，最重要的則應該是下面兩個原因：

其一，基於「詩」可以很自然地將詩人的真性情流露出來的認識，它乃是詩人用來「結交朋友」的最重要依據與媒介。經由它，詩人可以瞭解其他詩人的人格、懷抱和才華，從而決定是否可與他結交；接著是，在決定與若干詩人交往後，他們便可在聚會中，彼此切磋詩藝、互通見聞，以及傾訴感懷、抒發胸臆等。總之，在這種往返和互動中，詩人可以得到的好處著實不少，諸如：詩藝因而進步、心情得以平順、見聞藉以增廣，以及生活圈的擴大和理想的獲得支持等都是。

43　同前註，頁 306-316。

其二，詩人藉著「詩」的活動結合在一起後，往往在自然而然之中會形成一種「集團性的力量」；於是，不但該集團中的每一位詩人在外面的言行都可以獲得彼此的奧援，這個團體也常常會凝聚出一些共同的詩觀與主張，甚至進而形成某種「詩風」，而影響到整個詩壇。

宋代詩史的流變，尤其是「詩風」的形成與轉變，在基本的縱軸上似乎便可視為：由這種同時代的「集團性」——雖然並不一定是有特定名稱的「詩社」——先後串成的。

⑵詩派

「詩社」雖然通常是由一群對「詩」有相同興趣的詩人所組成的，但在基本上，他們之間的關係主要乃建立在「彼此的情誼」上。換言之，他們最重視的是「感情」。而也是因此之故，他們大都屬於同一時代的詩人。相對之下，「詩派」便有所不同了。在宋代，一般說來，有特定名稱的「詩派」很少：如「江西詩派」，[44]但是，「詩派」的影響力之大，或者說曾參與、或與「它」相關的詩人人數之多，卻絕不會輸於數目甚多的「詩社」。

一般而言，「詩派」的形成基礎與「詩社」頗有相似之處。譬如：「它」也是建基於一群詩人之上；而這一群詩人，在該詩派的醞釀期，主要的活動也是相互切磋詩藝和討論詩的各種問題等。但

---

[44] 雖然梁昆在其〈宋詩派別論〉中所列出的宋代詩派有十二個之多，但因他據以劃分的標準並不一致，有的根據詩體、有的根據時代、也有根據詩人之名的，所以於此處並不加以採納。梁文收於《宋詩論文選輯（一）》，同註10，頁333-408。

是，「詩派」與「詩社」也有明顯的差別。而與本文最有關聯的當
是下面兩點了：

首先是在「時間」的涵蓋面上。在「詩派」尚未真正創立、或
是創立的初期，該群詩人當然是屬於同一個時期的人；然而，在
「詩派」真正建立後，隨著時間的流走，這一派中任何詩人的弟
子、或是後代中認同該派詩觀創作方法的詩人，不論是加入、或者
雖只是認同、卻也宣傳該派主張的，都可稱為該派的詩人。換言
之，「詩派」的持續時間與「詩社」並不相同，是不受「同一時
代」所限制的。

其次是在這一群詩人的「關係」上。他們之間，可能是「朋
友」、也可能是「師徒」，因此，當然也都擁有或輕或重「情
誼」；但若以重要性來論，他們之間毋寧說是一種「詩藝上的上下
關係」。

以宋代影響最為深遠的「江西詩派」為例，歐陽光在其〈宋代
詩社與詩歌流派〉中即指出，「江西詩派」之所以形成，「豫章詩
社」在先前為其凝聚詩人隊伍的貢獻也不可輕忽；該詩社的特色
中，成員皆與黃庭堅有密切關係是其一，而他們彼此之間向能者請
教詩法、而又以黃氏所創者為標的則為其二。[45]事實上，一直到南
宋的中晚期，「江西詩派」的影響仍然是不絕如縷的，大詩人如楊
萬里、陸游、姜夔等都曾自言，他們在作詩的方法上、或者是在對
詩的觀念上，確實都受到「江西詩派」的影響。

因此，我們根據「詩派」所涵蓋的時間比較漫長，而且，派中

---

45 歐陽光之文收於其《宋元詩社研究叢稿》，同註42，頁214。

的詩人基本上是「前後相承」的關係——不論是完全的，或只有部分的繼承；而它們都顯示出「詩派」在宋代詩史上所佔的地位，實在是非常的重要。

五、結論

　　由於在有關「中國文學史」的理解中，「一代有一代的文學」與「楚騷漢賦、六朝駢文、唐詩、宋詞、元曲、明清小說」的說法頗為流行，因此，在與「唐詩」相對之下，「宋詩的地位和特色」到底是什麼？便成為近代以來，不少古典詩的研究者所關心和探討的課題了。然而，綜觀他們所提出的結論，除了大多在肯定「宋詩」的價值與地位之外，對於「宋詩的特色何在？」這一問題的解答，真可說是人言言殊了：有的強調宋代的詩人和詩的數量都遠遠超過唐代，有的強調「宋詩」的內容和題材要比唐詩多樣化，有的強調宋代詩人比唐代的詩人要注重詩的創作方法，也有的在強調「宋詩」的風格比起唐詩來要較為「平淡、瘦勁」，……等。毫無疑問的，提出這些結論的研究過程，絕大多數是頗為嚴謹的。但之所以會出現這種意見紛陳的情形，乃是因為研究者所關心和探討的對象與範圍並不相同所致。

　　基於此，筆者乃認為，若想對所謂「宋詩的特色」做比較周延的瞭解，則將我們的觀照點擴大到整個「宋代的詩壇」應該會是一種比較穩健的方式。因此，本文的論述便是從「宋代詩人對詩的態度」出發；而根據前面的推論，下列四個綜合式的觀點便是本文的結論：

　　一、由於宋朝廷將「詩」從科舉考試的項目中剔除，因此對於

宋代的文人而言，「詩」的性質便和傾向於嚴肅性的「文」有所不同，它是比較屬於「輕鬆、休閒」的。

二、因為宋人對「詩」的基本態度如此，「詩」乃與宋代詩人的日常生活密不可分。於是，造成了凡是有興趣的人都來寫「詩」的現象，而詩人和詩的數量當然就大為增加了。同時，討論詩人軼事、詩的觀念和主張、甚至於詩的寫法等的《詩話》著作也大為流行作。此外，詩人當然仍可以和古代詩人一樣，藉著它來抒發高雅的情志；但也可以將日常生活中的點點滴滴、所見所都寫入「詩」中，於是乃出現了題材的廣闊的特色；而更進一步的也形成了：為使平凡的題材具有「詩」的雅味，「以俗為雅」的寫法乃成最佳的良方了。

三、由於宋代的社會型態已成分工的情況，因此，各行各業都有組成會社的風氣。在這種「集團性」生活方式的影響下，宋代詩人所組成的「詩社」和「詩派」也紛紛出現。而也就在這種集團性的活動中，所謂「宋詩的特色」乃隨著時間的進行和地點的改變而不斷地出現，譬如「西崑體」的華豔，歐陽脩、梅聖俞的平淡，理學家詩人的議論，以及「江西詩派」的注重多讀書與創作方法，……等等。

四、從「宋代詩史」的寬廣角度而論，所謂「宋詩的特色」其實甚多，只要是它們確實能表現出與其他不同時期和地方的「詩」有所差別，便都可算是。但也因此之故，這些各有獨特之處的「宋詩的特色」，便也就都含有其無法避免的「時間」和「空間」的侷限性了。因此，如果想對所謂的「宋詩的特色」做比較全面性的瞭解，那麼將這些各個不同的「宋詩的特色」放入「宋代的詩史」中

去理解，應該是一種比較深刻的作法。

本文刊載於《宋代文學研究叢刊》第 3 期，1997 年 9 月

論胡仔《苕溪漁隱叢話》的
編纂方法及其寓義

一、研究動機

　　宋代胡仔（1110-1170）[1]所編纂的《苕溪漁隱叢話》，前集有六十卷，後集有四十卷。書中所討論的內容，在時間上雖然綜括了南宋初期之前的我國「詩」（含少數的「詞」）史，但其主要的纂述方法，據胡仔自謂：「遂取元祐（1086-1094）以來諸公詩話、及史傳、小說所載事實，可以發明詩句、及增益見文者，纂為一集，……凡（阮閱）《詩總》所有，此不復纂集，庶免重複。」[2]因此，從出版、刊行的時代而言，此書所收羅的對象，可謂集中於北宋中期之後到胡仔《叢話》成書之間有關「詩」（「詞」）的論

1　因胡仔的生卒年文獻記載不詳，故近代有一些學者曾加以考辨。其中以曹濟平氏之文最為後出，舉證也比較詳瞻，故本文乃引用之。其文為〈胡仔生卒年與其他〉，載於《文學遺產》，1981 年第 1 期，頁 102-103。

2　見胡仔自己的〈序漁隱詩評叢話・前集〉，本文所引用者為廖德明校點之胡仔《苕溪漁隱叢話・前集》（香港：中華書局，1976 年）。又《叢話・前集》的成書時間，前注中曹濟平氏亦以為當在紹興十八年完成，但完稿後，當有增補，而且增補之資料所包括的年代至少包含紹興三十二年（1162）在內。

著，也因此，其採錄的對象比阮閱（元豐年間 1078-1088 進士）《詩總》[3]之綜攝古今，在時間上實大為縮小；然而，也正因為如此，北宋中期到南宋初期間的宋人論詩著作，除《詩總》以著錄者外，乃大抵可自胡仔《叢話》窺知其內容大要。

在表面上，胡仔《叢話》前、後集似「纂集」前人論詩（詞）文字的片段、再條列編排而成；其內容不僅包羅萬象，有論詩、論人、論事之異，而且也很難看出其纂集的原則與標準，故此書雖被目為宋人詩話的珍貴淵藪，但在檢索上則十分不便，致予人之印象為沿襲我國第一部以「詩話」為名的著作——歐陽修（1007-1072）的《六一詩話》而來；換言之，即全書似皆以許多在內容與意義上彼此毫無關聯的獨立文字段落綴集而成，因此，既比不上早期重視詩人的淵源和品第的鍾嶸（469-518）之《詩品》，也不如唐朝時許多記載有關詩的聲、病、格律等作詩方法的「詩格」類著作。[4]總之，《叢話》給人的印象是一部缺少內在、或外在系統的「選集」。

但是，在細心閱讀之後，這部前、後二集長達一百卷的《叢話》，其性質實異於「以類編纂」的「類書」，也和合集許多書在

3　《詩總》原為十卷，為宋人阮閱所彙纂，約成於北宋宣和癸卯（約1123）年，大抵為傳抄本。南宋紹興（約 1141）年間，開始有刊本，並易名為《詩話總龜》，此後亦迭有變易，而有四十八卷、七十卷、九十八卷、一百卷等不同版本。請參見郭紹虞《宋詩話考》（北京：中華書局，1979 年），頁 23-30。

4　此類著作，請參考王夢鷗《初唐詩學著述考》（台北：商務印書館，1974年）。

一起的「叢書」不同。它實暗含有一個深刻的編排脈絡，以便編選者也能自然的提出自己的觀點。因此，筆者猜想，從胡仔在《叢話》中選擇了那些材料？以及用什麼方式為原則來編集成書等二方面去研究，或許可窺知胡仔對詩歌的論點何在。

這種研究方式，楊松年即曾成功地使用過。他說：「從那個角度進行選詩，往往反映了選者的詩觀。」[5]他更指出，在一本「詩選」中，至少有下列三項可反映出選者的觀點：1.對某人的詩所選的數目之多寡；2.選那一種類的詩；3.如何選詩。[6]在近代的西方，有些文學研究者也頗肯定這種觀念。譬如韋勒克和華倫合著的《文學理論》中便直接說：「……在材料的選擇中，便已包含了價值判斷。」[7]

選擇材料上固然已隱藏了選者的立場和判斷標準，但「如何」將這些材料「編纂」成書也不宜忽略。譬如被認為對我國文學史有巨大貢獻的古代文學選集之代表《昭明文選》，它在「人」方面的選擇對象，涵蓋了自春秋時代的屈原（343-277 B.C.）到南朝時的邱遲（464-508）等大約一百五十多位文學家，而在作品的體裁上統攝了賦、詩、騷、詔、冊、令、文、表、牋、書、檄、序、論、連珠、銘、誄、墓誌、碑、行狀、祭文等。因此，在年代如此漫長、作家如此眾多、文類如此繁複的情況下，《昭明文選》是如何「選

5　楊松年《詩選的評論價值》，《中外文學》，10 卷 5 期（1981 年 10 月），頁 36。

6　同前註，頁 37-48。

7　韋勒克、華倫合著之《文學論》，王夢鷗、許國衡合譯（台北：志文出版社。1976 年 10 月），頁 62。

取」作品、進而「編纂」成的呢？選編者蕭統（501-531）自己在
「序」中即曾具體指明：只有「事出於沉思、義歸乎翰藻」的作品
才合乎被他選上的標準。事實上，蕭統除了提出「選」文的基本立
場外，他也明白地說過「如何編纂」這些作品成書。他說：「凡次
文之體，各以彙聚：詩、賦體既不一，又以類分；類分之中，各以
時代相次。」[8]換言之，《昭明文選》對作品的編排方式是以先
「文體」作為分類的標準，然後再於各類「文體」之中，依年代的
先後為序，將這些作品排列成書的。

因此，我們是否該問一問：蕭統為何以「文體」來劃分作品？
此是否暗示不同「文體」的形成，其內容和功用均有不同？另外，
以年代先後為順序的編排方式是否也在暗示：即使在同一「文體」
中的個別作品，也會隨著時代的推演和遞進而改變其形式、內容與
風格？

「作品」選集固然已隱含了選編者的特定觀念，以「論詩」為
主的「評論」文字之選集，應該更可能含有這種寓義，例如北宋中
葉以後大量出現的論詩著作──詩話，雖然有不少是編選者隨意採
摘綴集而成的，如《六一詩話》，但其中也不乏編選者精心纂述的
作品，如《滄浪詩話》。但更值得我們留意的，應當是某些外表看
似任意湊集前人的論詩文字和自己的意見而成的「詩話」，譬如葛
立方（?-1164）的《韻語陽秋》、劉克莊（1187-1269）的《後村詩
話》、葉夢得（1077-1148）的《石林詩話》、張戒（1124 年進士）的
《歲寒堂詩話》等，其實都各自含有選編者的論詩立場與原則，此

8　見《增補六臣注文選·序》（台北：華正書局，1980 年），頁3。

可由前二者因同屬讚同黃庭堅的詩論，故在推尊杜甫和黃庭堅、重視詩的文字出處考釋、以及把「悟入」視為作詩的方法上便頗佔分量；相反的，後二者由於都不滿江西詩派，所以也含有不少批評黃庭堅、反對太講究用字、提倡詩意的重要等文字。[9]易言之，由於「詩話」的選編者各有立場、各有目的，因此，他們在選編自己和他人的論詩文字時，絕對不是「隨意」的。

本文即是基於這種理念，想自《苕溪漁隱叢話》中的編纂方式，來試探胡仔的真正目的何在。

二、《苕溪漁隱叢話》的編纂方式及其寓義

如前所述，《叢話》既由摘自許多論詩文字之段落組合而作，而我們若把這些意思完整的文字段落稱為「則」的話，那麼，有關《叢話》的編纂方式，如果採取由小而大的方式來看，便就是從「則」開始，而後為組合許多「則」而繫於某特定名稱之下的「標題」，最後為合前集、後集而成的「全書」。本節即依此順序，逐步探討其編纂方式和其可能潛藏的寓義為何。

㈠則

「則」為意義完整而獨立的文字段落。從論述的方法上來看，《叢話》的「則」可分為下列四種：1.完全摘自前人的書，2.完全摘自前人的話，3.在前兩者之後，附有胡仔自己的意見，4.胡仔自

9　張葆全《詩話和評話》（上海：古籍出版社，1983 年），頁 18-36。

己的話。[10]底下即各舉例稍加說明其特色：

1.**完全摘自前人之書者**，如：

《叢話·前集·卷二十五·王元之》的末則：

> 蔡寬夫詩話云：「元之本學白樂天詩，在商州嘗賦春日雜
> 興，云：『兩株桃杏映籬斜，裝點商州副使家；何事春風容
> 不得？和鶯吹折數枝花。』其子嘉祐云：『老杜嘗有：「恰
> 似春風相欺得，夜來吹折數枝花。」之句，語頗相近，』因
> 請易之。王元之忻然曰：『吾詩精詣，遂能暗合子美邪？』
> 更為詩曰：『本與樂天為後進，敢期杜甫是前身。』卒不復
> 易。」[11]

本則完全摘自蔡寬夫的詩話，主要在說明宋初名臣王偁偁的詩風本
頗同於白居易的淺近明白，但有些詩卻完全不同，甚至於與風格完
全相反的杜甫詩竟相合。胡仔摘此段文字，是否在暗示：一個人的
詩風不可能是單一而不變的？[12]

2.**完全摘自前人之話者**，如：

---

10 有關《叢話》之「則」，因版本不同，內容當然也有差別，而分條（則）
 的方式也因而有異，請見郭紹虞《宋詩話考》，頁 81-82。本文所據為註
 2 所提到的廖德明點校本。

11 底下凡引錄《苕溪漁隱叢話》之原文者，皆採自廖德明點校本。

12 黃啟方在其《王禹偁研究》（台北：學海書局，1975 年）頁 47-53 裡
 面，即指出王氏之詩中，「五言學杜」、「七言學白」，前者有杜詩開創
 之體與反應民生疾苦之內容，後者則有白詩之放達。

《叢話·前集·卷一·國風漢魏六朝上》首則：

> 張文潛云：「詩三百篇，雖云婦人女子，小夫賤隸所為，要
> 之，非深於文章者不能作；如『七月在野』，至『入我床
> 下』，於七月以下皆不道破，直至十月，方言蟋蟀，非深於
> 文章者能為之邪？」

張耒被稱為蘇（東坡）門四學士之一，文章師法東坡的自然，而詩
則常以淺近的文詞寫社會生活。其樂府詩甚至被推尊為當代第一。
在本則中，張耒以《詩經·國風·幽風》中的〈七月〉詩為例，說
明其寫作技巧的高明，實可證明《詩經》中的詩，都是由「深於文
章者」所作。胡仔特別摘錄此條，是否表示同意張文潛的看法呢？

3.**在摘自前人書之段落或語句時，胡仔加上案語者，如：**

《叢話·前集·卷三十一·梅聖俞》第十一則云：

> 王直方詩話云：「山谷嘗稱聖俞『聲喧釜豆裂，點疾盉壘
> 立。』之句，謂追古作者。陳無己喜聖俞詩，獨誦其兩句
> 云：『胡地馬牛歸隴底，漢人煙火起湟中。』苕溪漁隱曰：
> 「臨川集荊公〈次韻元厚之平戎慶捷〉詩，即是此二句，王
> 直方稱陳無己喜聖俞詩，獨誦此兩句。余編閱《宛陵集》，
> 無此兩句，乃直方之誤。」

在王直方這一則之下，胡仔附上自己的案語，說明在自己將梅堯臣
的集子《宛陵集》全部檢索過之後，並找不到梅氏寫過此二句；但

相反的，王安石在〈次韻元厚之平戎慶捷〉詩中則有此二句，可見是王直方記錯了。

事實上，在這類胡仔附有案語的「則」中，我們實可體會到，胡仔之所以列出此則之目的，便是在指出其缺失處，我們可以再舉一例來看看：

《叢話·前集·卷四十二·東坡·五》第十六則云：

> 王定國甲申雜記云：「天下之公論，雖仇怨不能奪也，李承之奉世知南京，嘗謂余曰：『昨在從班，李定資深鞫子瞻獄，雖同列不敢輒啟問。一日，資深於崇政殿門忽謂諸人曰：「蘇軾，奇才也。」眾莫敢對。已而曰：「雖三十年所作文字詩句，引證經傳，隨問即答，無一字差桀，誠天下之奇才也。」嘆息不已。』」苕溪漁隱曰：「余之先君，靖康間暮為台端，台中子瞻詩案俱在，因錄得其本，與近時所刊行《烏台詩案》為尤詳，今節入《叢話》，已備觀覽。」

在這「則」中，胡仔以為當時流行有關蘇東坡被下獄時，於詢答時如何以「詩」嘲諷朝政及大臣之種種的「烏台詩案」，其實並不完整，故乃將其父胡舜陟親手抄錄自官方的版本節錄《叢話》中，胡仔雖說其用意只在「備覽」，但事實上卻有「存真」的深意，也就是補當時可能已頗流行之誤。

以上三種胡仔錄自前人之書、話、以及自己加上案語者，實乃構成《叢話》前、後集的主要成分，因此，如能真正全盤了解胡仔所引用的人和書有哪些，及其比重如何等，也許對胡仔編纂《叢

話》的深意較能掌握。

4.《叢話》前、後集中所錄書和人之「則」數：

　　底下即將《叢話》前、後集分列為左、右兩排，然後以引用的書和人之多寡，依序列之：

《叢話前集》			《叢話後集》		
所引則數	多寡次第	標題	所引則數	多寡次第	標題
130	(1)	東坡	26	(6)	東坡
110	(2)	王直方	／	／	
86	(3)	冷齋夜話	3	(25)	冷齋夜話
82	(4)	西清詩話	1	(53)	西清詩話
80	(5)	石林詩話	／	／	
64	(6)	蔡寬夫詩話	17	(8)	蔡寬夫詩話
63	(7)	後山詩話	／	／	
48	(8)	漫叟詩話	／	／	
47	(9)	隱居詩話	／	／	
39	(10)	雪浪齋日記	3	(27)	雪浪齋日記
38	(11)	山谷	10	(13)	山谷
30	(12)	遯齋閑覽	2	(39)	遯齋閑覽
28	(13)	潘子真詩話	1	(47)	潘子真詩話
24	(14)	唐子西語錄	1	(48)	唐子西語錄
24	(15)	呂氏童蒙訓	1	(15)	呂氏童蒙訓
22	(16)	詩眼	／	／	
21	(17)	高齋詩話	1	(49)	高齋詩話
19	(18)	洪駒父詩話	1	(50)	洪駒父詩話
19	(19)	桐江詩話	1	(51)	桐江詩話
19	(20)	候鯖錄	／	／	
19	(21)	東軒筆錄	／	／	

18	(22)	三山老人語錄	5	(21)	三山老人語錄
17	(23)	緗素雜記	3	(26)	緗素雜記
17	(24)	學林新編	1	(52)	學林新編
10	(25)	迂叟詩話	2	(35)	迂叟詩話
10	(26)	夷堅志	／		／
8	(27)	韓子蒼	1	(53)	韓子蒼
8	(28)	宋子京筆記	／		／
7	(29)	類苑	／		／
6	(30)	蘇子由	1	(54)	蘇子由
6	(31)	陳輔之詩話	／		／
6	(32)	古今詩話	2	(36)	古今詩話
6	(33)	張文潛	1	(55)	張文潛
4	(34)	鍾山語錄	／		／
3	(35)	秦少游	／		／
3	(36)	雞肋集	／		／
3	(37)	禁臠	／		／
3	(38)	今是堂手錄	／		／
3	(39)	僧賽傳	3	(28)	僧賽傳
3	(40)	孔毅夫雜記	／		／
2	(41)	六一居士詩話	3	(23)	六一居士詩話
2	(42)	瑤溪集	／		／
2	(43)	摭言	1	(56)	摭言
2	(44)	傳燈錄	1	(57)	傳燈錄
2	(45)	倦游雜錄	／		／
2	(46)	後湖集	／		／
2	(47)	歸田錄	2	(38)	歸田錄
2	(48)	老莊補遺	／		／
2	(49)	少陵詩總目	／		／
2	(50)	樹萱傳	／		／

2	(51)	澠水燕談錄	╱		╱
1	(52)	六一居士	4	(22)	六一居士
1	(53)	李希聲詩話	╱		╱
1	(54)	漢皋詩話	1	(58)	漢皋詩話
1	(55)	沈存中筆談	2	(37)	筆談
1	(56)	正眼法藏	╱		╱
1	(57)	寄齋錄	╱		╱
1	(58)	集古錄	1	(59)	集古錄
1	(59)	荊公	╱		╱
1	(60)	青瑣集	╱		╱
1	(61)	仇池筆記	╱		╱
2	(62)	後史補	╱		╱
1	(63)	西齋話紀	╱		╱
1	(64)	謝無逸溪堂集	╱		╱
1	(65)	黃氏多識錄	╱		╱
1	(66)	該聞錄	╱		╱
1	(67)	甘澤謠	╱		╱
1	(68)	甘澤叢書	╱		╱
1	(69)	林間錄	╱		╱
1	(70)	呂居仁	╱		╱
1	(71)	呂居仁與曾吉甫論詩第一帖	╱		╱
1	(72)	幕府燕閒錄	1	(60)	幕府燕閒錄
1	(73)	本事詩	╱		╱
1	(74)	少陵詩正異	╱		╱
1	(75)	少陵詩年譜	╱		╱
1	(76)	詩選	1	(61)	詩選
1	(77)	唐王建宮詞	╱		╱
1	(78)	陶淵明集	╱		╱

1	(79)	東齋記事	／		／
1	(80)	資治通鑑	／		／
1	(81)	王君玉	／		／
1	(82)	王定國聞見錄	／		／
1	(83)	王定國聞見近錄	／		／
1	(84)	王定國甲申雜記	／		／
合計 1210 則			201	(1)	復齋漫錄
			74	(2)	藝苑雌黃
			69	(3)	許彥周詩話
			34	(4)	東皋詩話
			27	(5)	文昌雜錄
			20	(7)	詩說雋永
			13	(9)	四六談麈
			13	(10)	東觀論
			12	(11)	法藏碎金
			9	(13)	司馬文正公日錄
			9	(14)	元城先生語錄
			8	(16)	上庠錄
			6	(17)	金石錄
			6	(18)	南唐書
			5	(19)	麈史
			5	(20)	龜山語錄
			3	(29)	江夏辨疑
			3	(30)	韓子年譜
			3	(31)	夷白堂小集
			3	(32)	古今詞話
			3	(33)	六朝事跡
			3	(34)	談苑
			2	(40)	龍川略志

			2	(41)	司空圖
			2	(42)	宋景文筆記
			2	(43)	師友談記
			1	(44)	六一居士傳
			1	(45)	蘇少公
			1	(46)	山谷老人
			1	(62)	見聞錄
			1	(63)	秦太虛
			1	(64)	陳子高
			1	(65)	回仙
			1	(66)	谷庵銘
			1	(67)	高道傳
			1	(68)	括異志
			1	(69)	李易安
			1	(70)	陸元光回仙錄
			1	(71)	歷代確論
			1	(72)	劉貢甫詩話
			1	(73)	李伯紀杜工部集序
			1	(74)	李陽冰
			1	(75)	麗情集
			1	(76)	龍川雜誌
			1	(77)	六朝事蹟
			1	(78)	了齋集
			1	(79)	皮日休
			1	(80)	白樂天
			1	(81)	李朝名臣傳
			1	(82)	邵氏聞見錄
			1	(83)	師友談苑
			1	(84)	脞說

			1	(85)	杜牧之
			1	(86)	唐書（歐陽詹傳）
			1	(87)	曾子固
			1	(88)	太平廣記
			1	(89)	無盡居士
			1	(90)	王平甫
			1	(91)	元稹
			1	(92)	樂府解題
			合計 682 則		

　　根據上表所示，胡仔《叢話》前集共摘錄了八十四種書和人的文字，總計為一千二百一十則；其中，書有七十三種，計九百零一則；人有十一個，計三百零九則。後集則摘錄了九十二種書和人的文字，總計為六百八十二則；其中，書有七十三種，計六百二十五則；人有十九個，計五十七則。我們可以用圖顯示如次：

	種	人	書	單位 ╱ 則數
前集	84	11 ╱ 309	73 ╱ 901	1210
後集	92	19 ╱ 59	73 ╱ 625	682

前、後兩集中，如果我們扣除重複出現的二十六種書和六個人的話，則兩集總共所摘錄的書有一百二十種，人有二十四個，總計為一百四十四種書和人。

　　由以上所陳列的圖表中，有二點值得提出來強調：

　　(1)前已述及，胡仔在編纂《叢話》時曾時提到二個原則，一是

避免與阮閱的《詩總》中曾引用的資料重複，二為以宋哲宗元祐年間（1086-1093）以後的宋代論詩文字為主。據此，我們或可由上列書籍中約略窺知北宋中葉之後，到胡仔編纂《叢話》之時，宋人論詩的特色和風氣。尤其更值得一提的是，上表中所列的許多著作早已全部或部分亡佚，因此，胡仔存此書在保存文獻資料上，其貢獻實值得肯定。

(2)前集引用的十一「人」當中，蘇東坡有一百三十二則，高居第一位；而黃山谷則只有三十八則，不但比東坡少了九十四則，而且連陳師道的《後山詩話》（六十三則）也比不上。即在以新發現的資料為主之後集中，東坡仍有二十六則，而黃山谷則只剩下十則。這是否反應了：胡仔對於宋代的詩人或詩評家的評價上，認為蘇東坡應比黃山谷重要？

5.胡仔自己的文字單獨成「則」者，如：

《叢話·前集·卷四十九·山谷·下》第三則如下：

> 苕溪漁隱曰：「近時學詩者，率宗江西，然殊不知江西本亦學少陵者也。故陳無己曰：『豫章之學博矣，而得法於少陵，故其詩近之。』今少陵之詩，後生少年不過目，抑亦失江西之意乎？江西平日語學者為詩旨趣，亦獨宗少陵一人而已。余為是說，蓋欲學詩者詩少陵而友江西，則兩得之矣。」

這一「則」與前三種不同之處，乃在它是胡仔自己的獨家文字，既不是摘自別人的書或話，也不在說明別人的意見，顯然，它可被視

為胡仔個人對詩歌的見解。

如上所述，「則」如果被視為胡仔《叢話》全書的主要基本組成單位，那麼依此基本單位來分析《叢話》的話，前集的六十卷內共有一千二百一十「則」，其中，有胡仔加上案語的，有一百四十四「則」，即約為總數的百分之十二。另外，胡仔自己獨立論述有一百零二「則」，約佔總數的百分之八；兩者合併，有胡仔清楚地表達意見的「則」數，在前集裡佔有百分之二十。在《叢話》的後集裡，計有四十卷，六百八十二「則」，其中，胡仔加有案語的，有一百三十一「則」，約佔總數的百分之十九；另外，胡仔獨自立論的，則有二百五十「則」，約佔總數的百分之三十七；若兩者合併來看，《後集》中胡仔清楚地表達意見的，則佔有總數的百分之五十六。

此處最值得尋味的是，胡仔清楚地表達自己意見的「則」數，其佔總數的比例，由前集的百分之二十驟然增加到百分之五十六，應該可視為胡仔「有意」藉傳統詩話類之書籍的雜摭前人意見、隨意綴集成書的形式，將自己的見解摻入其中，如此，既可保有自己只是客觀地依詩話的舊有形式保留前人的高見之優點，也可間接地達到在別人冷靜地閱讀「前人」之意見中，同時了解自己見解的效果。

另外，胡仔在引用前人的書上，如前集中，自《冷齋夜話》的十卷中摘錄了八十六則，《石林詩話》的三卷中摘錄了八十則等，似乎在表示其引用是「客觀」的，沒有「偏好」的；然而，若我們了解胡仔自許多書中只錄了一「則」，如後集中的《王直方詩話》六卷、《西清詩話》三卷等，我們似乎又可於隱約中感受到胡仔在

選錄前人的意見上，實難以避免主觀的見解。換言之，胡仔在引用前人意見時，也是含有自己的立場的。

(二)**標題**

在上一節中，我們已提到胡仔在《叢話》中有關「則」的摘錄，可能隱藏了胡仔個人的強烈觀點，這說法在「標題」這一節裡，更能得到支持。

這裡的「標題」，指的是在其下彙集了許多前述的「則」而成的單位。在表面上，《叢話》中的「標題」似乎是由摘錄自許多不同資料來源的「則」，以毫無規律的方式排列而成的。但是，我們依常識判斷；既然會被列在同一「標題」之下，難道其中沒有任何原因？更縮小來看，在同一「標題」下的這些「則」，為何那些會緊緊相連，而與其他「則」之距離會那麼遠？例如前集卷二的「國風漢魏六朝·下」，第九、十、十一等連續三則都是《潘子真詩話》，但第十二則卻是《冷齋夜話》、第十三則為《王直方詩話》、而第十四則卻又是《潘子真詩話》？因此，《叢話》中「則」與「則」之間的關係是什麼？實在頗值深究。我們可依底下的順序加以探討。

1. 「則」與「則」之間的關係

《叢話》中，相連的「則」與「則」可分為引自同書或人的話者，以及引自不同書、人的話者兩種，其關係如何，茲論如下：

(1)相連的「則」與「則」為引自同書或人者

如：前集卷二「國風漢魏六朝·下」第九則：

《潘子真詩話》云：「景文殊不知武后時諱照，唐人因以昭明之，事具昭祠堂記。」

第十則：

《潘子真詩話》云：「山谷言：『庾子山「潤底百種花，山根一片雨」，有以盡登高臨遠之趣。』喜晴應詔，全篇可為楷式其卒章：『有慶兆民同，論年天子萬』，不獨清新，其氣韻猶更深穩。」

第十一則：

《潘子真詩話》云：「古樂府云：『東飛伯勞西飛燕，黃姑織女時相見。』予初不曉黃姑為何等語，因讀杜公瞻所注宗懍撰《荊楚歲時記》，乃知黃姑即河鼓也，亦猶桑落之語轉呼為索郎也。」

從表面上來猜測，這三則既都引自「潘子真詩話」，那麼其內容似乎應該有所關聯。但在讀完這三則的文字後，卻發現並非如此。第九則所談的是唐人有避開名諱的習慣，第十則在說明「喜晴應詔」詩在文字的使用上可做為這類作品的楷式，而第十一則乃指出古詩中有些難以理解的詞實因「轉語」的緣故所致。因此，在內容上差別這麼大的三則被排在一起的理由何在？便值得仔詳探究了。我們可將這三則與其前後數則合看，就可發現其中的關鍵。第八則如

下：

> 《宋子京筆記》云：「今人多誤鮑照為鮑昭，李商隱有詩
> 云：『濃烹鮑照葵。』又金陵有人得地中石刻，作《鮑照》
> 字。」

據此，可見第九則的《潘子真詩話》實繼承第八則而來，目的在說
明宋子京（景文）似乎未能明瞭唐人有因為要避武后（名曌，音與
「照」同）之故，於是把凡名為「照」的，都規定改為「昭」，其
史實則有〈昭祠堂記〉來證明。換言之，第九則可說幾乎是第八則
的「註解」。故而乃與第八則緊緊相連。

　　至於第十則的《潘子真詩話》，雖在內容上與第九則的《潘子
真詩話》無涉，但它所詩論的主題：詩的「盡登高臨遠之趣」、
「清新」、「氣韻沉穩」等，也是呼應前面數則的內容，如第七
則：

> 《唐子西語錄》云：「謝玄暉詩云：『寒城一以眺，平楚正
> 蒼然。』平楚，猶平野也。……」

所論的主題，正是「登高遠眺」。
　　第四則：

> 《唐子西語錄》云：「三謝詩，……靈運，惠連，玄
> 暉，……三人者，詩至玄暉語益工，然蕭散自得之趣，亦復

少減。……」

所討論的是有關「蕭散自得」之類的詩之「趣」。
第五則：

　　《雪浪齋日記》云：「讀謝靈運詩，知其攬盡山川秀
氣，……」

則所談論的主題，也是與「遠眺」有關。
　　因此，由以上所引各則的文字來看，第十則之內容為源自第
四、第五、第七等三則而來。
　　至於上述所引的《潘子真詩話》的最後一則（第十一則）中，以
「黃姑」為「河鼓」之轉語、「桑落」為「索郎」之轉語，也應可
視為第七則中以「平野」來解釋「平楚」的延續。
　　由以上所論，我們應該可以同意：《叢話》中引自同書而排在
一起的數「則」，通常並不表示其內容及主題因具有相同或相關的
要素，故而組成的一個完整單位；若想了解它們何以被排在一起的
原因，須擴大其範圍，以兼括其前後數則的方法去閱讀，才可能找
出其真正的內在關係；上引前集卷二的第九、十、十一等三則緊緊
相連的《潘子真詩話》，即因第九則為第八則的註腳，故緊接其
後；第十則主要為沿自第七則、並兼釋前面的第四、五、七等三
則；而第十一則亦為延續第七則中有關訓詁的方式。
　2.相連的「則」與「則」為引自不同的書或人者
　　如：後集卷十五「杜牧之」第一則：

《復齋漫錄》云：「牧之〈齊安城樓〉詩：『鳴咽江樓角一聲，微陽澂澂落寒汀，不用憑欄苦回首，故鄉七十五長亭。』蓋用李太白〈淮陰書懷〉詩：『沙墩至梁苑，二十五長亭。』」。

第二則：

《許彥周詩話》云：「牧之〈題桃花夫人廟〉詩：『細腰宮裡露桃新，脈脈無語幾度春。至竟息亡緣底事？可憐金谷墜樓人。』僕嘗謂：此詩乃二十八字史論。」

第三則：

苕溪漁隱曰：「牧之於題詠，好異於人，如〈赤壁〉云：『東風不與周郎便，銅雀春深鎖二喬。』〈題商山四皓廟〉云：『南軍不袒左邊袖，四皓安劉是滅劉。』皆反說其事，至〈題烏江亭〉，則好異而叛於理，詩云：『勝負兵家不可期，包羞忍恥是男兒，江東子弟多才俊，捲土重來未可知。』項氏以八千人渡江，敗亡之餘，無一還者，其失人心為甚，誰肯復附之？其不能捲土重來，決矣。」

以上三則依序摘自《後齋漫錄》、《許彥周詩話》、以及胡仔自己的文字等三個不同的「書」和「人」；它們繫於「杜牧之」的標題下，據胡仔自己的說法，乃因都在討論杜牧的「題詠」詩。事實

上，《叢話》的作者胡仔在上列的第三則一開始，即開宗明義的說：「牧之於『題詠』，好異於人。」可見胡仔安排前面的第一、二則，即在替自己鋪陳討論杜牧有關「題詠」詩的基礎，至於胡仔「討論」的步驟，則有如下的順序：

在上引第一則的《復齋漫錄》中，胡仔直接說明杜牧的「齊安城樓」詩之「不用憑欄苦回首，故鄉七十五長亭。」兩句，乃沿襲李白的「淮陰書懷」詩之「沙墩至梁苑，二十五長亭。」他們都是用「長亭」之多少來描述兩地間距離的長短。換言之，杜牧的詩並非憑空獨創，而是有前人之創作為基礎的。也即因有了這一則，胡仔緊接其後所列的兩則便有了論述的根據──供胡仔討論杜牧的「題詠」詩及其特色。

在上列第二則《許彥周詩話》中，胡仔所提的為杜牧之〈題桃花夫人廟〉詩。根據詩的題目，當然也是屬於「題詠」類的作品；但也要到這首詩時，胡仔才真正切入他所想討論的主題，這是杜牧「題詠詩」的特色所在。

那麼，杜牧這一首，〈題桃花夫人廟〉有什麼特色呢？我們在分析這首詩以前，不妨先看看杜牧與這一主題相同的另一首詩〈金谷園〉：

繁華事散逐香塵，流水無情草自春；
日暮東風怨啼鳥，落花猶似墜樓人。[13]

13　見劉太希《詩選注》（台北：正中書局，1982 年），頁 203。

金谷園乃是晉朝石崇（249-300）所擁有的名廬，而詩中被杜牧比喻為如「落花」一般的「墜樓人」，乃是石崇的寵妓「綠珠」。由於綠珠不但貌美如花，且歌舞技藝也都甚為迷人，所以當時的大將軍孫秀乃向石崇開口要人，石崇當然不願意而拒絕了。於是孫秀乃假借聖旨拘捕石崇，石崇因而向綠珠抱怨因她而獲罪，綠珠聽了，為求報答石崇之恩乃跳樓自殺。杜牧為晚唐詩人，「金谷園」一詩乃他對這件事的詠歎：再有權勢的人，再風光的事蹟，都會隨著時光的飛逝而化為塵土；然而，水能持續不停地流，草也能生生不息地長著，這是不是因為它們「無情」之故？在燦爛無比的春日中，當日落時分，受到生命長短限制的鳥豈不即因感情豐富，才會在看到被春風從樹枝上吹落下來的花時，發出哀傷的啼叫聲？而這些花的凋落，豈不正像曾經風光一世的「金谷園」中的「綠珠」一般？

杜牧在這首詩中，顯然是想透過時光的永恆來對比繁華的短暫，進而點醒人們可不必太拘執於現世的一切榮華和享樂。「綠珠」的從被寵愛呵護，到不得不以生命來回報別人的恩惠，也就是杜牧用來說明這種觀點的例子。而相對之下，杜牧的「題桃花夫人廟」則頗值尋味了，它的主題不在表達杜牧的「超脫」觀念，相反的，卻十足地反映了強烈的「道德」觀；因為，這首詩的最後一句「金谷墜樓人」顯然就是指「綠珠」，而杜牧說她「可憐」，便可透露出這種觀點，原因如下：

桃花夫人即息媯，是春秋時息國國君的夫人。由於蔡哀侯向楚文王稱讚息夫人貌美如花，致使楚文王消滅息國而將她據為己有，並替楚文王生下二子。雖然自她進楚宮後即不再說話，以表示對楚文王的無言抗議——此並在後來曾被傳為美談，但杜牧顯然不表同

意。這首詩的大意為：楚宮裡所生的桃花（隱指「桃花夫人」。）上正沾著許多滾圓的露珠（隱指「眼淚」？）[14]，不知道已經是第幾個春天了，她一直都緊閉嘴巴，沉默不語。寫到這裡，杜牧對息夫人似乎是頗為同情，並讚賞的。但到了第三句，杜牧忽然詞鋒一轉，拿出了一頂大帽子；息國會被滅亡的，是否與息夫人無關？無言固然是「羞愧」或「抗議」的表現，但為滅己國家、殺己夫君的人竟然生下二子，是否可用「無言」來卸責呢？如果可以的話，那麼，當年為報石崇知遇之恩而跳樓自殺的綠珠，其行為豈不迂闊？其觀念豈不讓人可憐？顯然，杜牧在這裡用「可憐」評綠珠的行為，真正的目的其實在「暗諷」桃花夫人的節操乃大大不如綠珠。這個例子說明了杜牧有藉「題詠」詩來論史的傾向。

到了上列的第三則，胡仔終於自己出來表示意見了。他說，杜牧的這類「題詠」詩常採用和別人不同的寫法——反說其事。而他舉的例子之一則是杜牧的〈赤壁〉，全詩如下：

> 折戟沉沙鐵未銷，自將磨洗認前朝；
> 東風不與周郎便，銅雀春深鎖二喬。[15]

這首詩所詠的當然是漢獻帝建安十三年的赤壁之戰，孫權和劉備的

---

14 有關「露桃」之說，一般雖以為與《宋書·樂志》所載的「桃生露井上」有關，但從詩歌創作的「比喻」手法上來看，似可做如是解。請參《唐詩鑑賞辭典》（上海：辭書出版社，1983 年），頁 1089。

15 見金性堯《唐詩三百首新注》（台北：書林出版社，1990 年），頁 348。

聯軍打敗了南來進逼的曹操大軍，決定了三國鼎立的歷史。胡仔想談的杜牧此詩的後兩句：如果當時沒有忽然刮起強勁的東風，使東吳的統帥周瑜乘勢利用火攻，擊敗曹軍的話，那麼結果必定是東吳落入曹操之手，而東吳著名的美女——東吳前國主孫策的夫人「大喬」和周瑜的夫人「小喬」，都將被擄入曹操在鄴縣所築的銅雀台之內了。而這當然是與史實相反的「假設」；如果沒有「東風」來幫助的話，則結果將完全相反，但事實上則是有東風來幫助。這就是「反說其事」。

最後，杜牧甚至比「反說其事」更進一步，提出標新立異的看法。譬如在〈題烏江亭〉詩裡，他說：

> 勝負兵家不可期，包羞忍恥是男兒；
> 江東子弟多才俊，捲土重來未可知。

認為項羽在垓下自殺，乃是不能體會勝負乃兵家常事，竟以個人無法忍受失敗之羞恥而自殺，忽略了其江東子弟中豪傑之士甚多；如果能先逃回去，將來說不定能捲土重來，再和劉邦一決勝負。但胡仔則對此提出批評，認為這種假設幾乎不可能，因為項羽當初自江東率領八千子弟渡江北上，逐鹿中原，最後卻因自己大失人心，不但敗退到烏江邊，而且弟子們無一生還，因此，即使能包羞忍恥地逃回江東，又有誰願意再依附他？換言之，他無法再捲土重來是可斷定的。所以胡仔對杜牧這首詩的評語是「好異而叛於理」。

據以上所述，胡仔對「則」與「則」間的安排顯然是頗有用心的，上引四則透露了他把杜牧的「題詠」詩作為討論的主題，先提

出杜牧這類詩常是言之有據的,如〈齊安城樓〉;然後指出杜牧在這類詩中常暗含自己對歷史事件的批判,如〈題桃花夫人廟〉;接著是常使用「反說其事」的方式,也就是以和歷史事件相反的假設,來陳述自己的主觀看法,如〈赤壁〉;最後甚至更進一步,批判歷史人物常因昧於時勢,判斷錯誤,致造成鐵的歷史,如〈題烏江亭〉——而也正是這裡,使胡仔提出批駁,認為杜牧在這時常因「好異」,致使其推論有失常理。事實上,我們甚至可以從上引三則中,「胡仔」自己的話被列為最後一則看出,胡仔前引兩則之目的係在替第三則作推論的基礎,也由此可見,《叢話》中「則」與「則」的次序常寓有胡仔的特殊用意。

3.「標題」與「則」的關係

如前所述,《叢話》中胡仔對「則」與「則」的排列方式,或是引自不同的書或人的話,然必以「主題」的關聯性為原則。雖然再細分下去,這些主題有「詩」,「人」,「事」等不同,但只要它們被安排在同一「標題」之內,主題與主題之間也都會有或多或少的關係的,底下即分兩種稍加論述。

(1)以比較泛指的人事物為「標題」之名者

這類「標題」之下的「則」,每每包括許多「主題」;不過,每項主題之間,倒也有些某些隱約的關係存在。為了能在本文的有限篇幅中,完整的涵蓋整個「標題」的內容,我們實在無法以「則數」太多的標題為探討對象,如《叢話》前集中各有九卷之多的「杜少陵」與「東坡」;但為了使其比較具有代表性,我們也不宜選取「則數」過少者,如前集卷五十二之中的「徐仲車」(只有一則)。我們因此乃選範圍大小比較適中的「標題」,如底下想探討

的《叢話》前集卷三十一之「梅聖俞」，一卷，共計十四則為例子。為節省篇幅，底下不徵引原文，而錄其大義：

第一則為《隱居詩話》，以梅聖俞的〈贈鄰居詩〉：「避隙透燈光，籬根分井口。」為例，謂其句「閑遠」。胡仔選此「則」為本「標題」的開始，然後即徐徐展開各家論述梅聖俞之詩的種種說法。

第二則為《孔毅夫雜記》，謂聖俞〈河豚詩〉：「春洲生荻牙，春岸飛揚花，餛豚於此時，貴不數魚蝦。」被歐陽修評：「破題兩句，便說盡河豚好處。」實有不當，因河豚在柳絮季節，早已過時。這顯然是繼承前則論梅聖俞之詩，尤其是其中的某部分詩句而來。

第三則為《石林詩話》，乃沿前則論河豚詩而來，指出自地理位置言，「浙人」於上元之前食河豚，而永叔為「江西」人，「江西」至春深才能稍有河豚。

第四則為「東坡」，主題已不再是河豚詩，而轉為討論梅聖俞因曾與蘇老泉遊，故對蘇軾兄弟知之甚早，且於彼等小時即曾藉著詠誦蘇家的「老人泉」，稱讚蘇家二小為「雛鳳凰」，並錄其全詩。

第五則《東軒筆錄》，主要為將梅聖俞目睹當時御史唐介因數次諫諍仁宗皇帝，不宜因寵幸張堯佐之姪女，即不次擢拔堯佐，於是被貶。聖俞因而寫成〈書竄詩〉，而為胡仔又全錄下來。表面上看，四、五兩則似無直接關係，然而仔細思考後，卻可發現有兩點相同者，一為主錄聖俞之某詩，二是紀錄聖俞對某「人」或「事」之看法。

第六則為《湘素雜記》，首論鄭谷和僧齊己、黃損等共定之「今體詩格」中有「進退韻格」者；次言唐介被貶為英州別駕時，朝中有許多人作詩為其送行；再其次論諸送行詩中，以待制李師中之詩最為後人傳誦，並錄其全詩；最末指出李師中的詩即所謂「進退韻格」之作。因此，這一則雖與標題「梅聖俞」毫無關聯，但仔細考究後，可發現它乃沿自第五則有關唐介之事，同時，也沿續了第四、第五則全錄一首詩之例。

第七則為《東軒筆錄》，乃承前李師中送唐介之詩，指出其中之「並游英俊顏何厚？未死姦諛骨已寒。」兩句，實乃在譏刺當時與唐介曾約定共同諍諫的諫官吳奎之畏縮和背信，因此本則雖與標題無關，但實緊接前則而來。

第八則為《後山詩話》，乃沿前則續論李師中，謂其詩句「兜鍪不勝任，猶可冠貂蟬。」兩句，乃承齊武帝戲其武騎常侍周盤龍之語：「貂蟬何如兜鍪？」而周盤龍對以「貂蟬生於兜鍪。」來比喻李師中之「以相業自任」的豪氣。因此，本則雖與標題無涉，卻也是前有所承的。

第九則為《隱居詩話》。在論述內容上，此則不再延續前面數則中有關唐介與李師中的事情，而回歸到梅聖俞的詩，並錄梅氏贈當時貌醜卻善書的楚州官妓王英英的詩。

第十則為《王直方詩話》，內載王直方謂陳無己喜誦聖俞詩「胡地馬牛歸隴底，漢人煙火起湟中。」兩句，而胡仔乃在其下辯云，此二句實王荊公〈次韻元厚之平戎慶捷詩〉裡之句，因偏閱聖俞《宛陵集》，並未能發現此二句；可見此為王直方之誤。因此，這一則雖在內容上和前則無關，但也同前則，回到討論梅聖俞詩的

路線。

第十一則為《西清詩話》,請晏元獻置酒送梅聖俞時,曾感嘆古詩有全句都用平聲者,如「枯桑之天風」之句,可惜未能看到全句為側聲字者;於是梅聖俞乃作「五側體」寄公,並錄其全詩。此則獨立來看,似與前則無關,但事實上乃是後則之伏筆。

第十二則為《王直方詩話》,謂聖俞於禮部考校時,故何來「韻惡而能用事」?胡仔並續道:「王直方……詩話中似此者甚眾,故吾辨證之。」

第十三則《隱居詩話》,本則主題又轉往他事,不再論王直方之誤,而謂宣州軍民欲留太守馬遵,故以鐵鎖橫江阻之,而馬遵乃裝醉,並作留連狀,而以所乘馬寄聖俞家史軍民不疑;然馬遵乃夜遁走。於是聖俞便作寄馬遵詩以記其事,並錄其全文。本則似又回到錄聖俞全詩之事。

第十四則為《隱居詩話》,言宣州太守呂士隆喜以事笞笞官妓,致官妓皆思逃走。梅聖俞乃以詩〈莫打鴣〉諷之。此則顯然上承前則之論「宣州」「太守」而來。

如上所述,此卷之十四則中,第一則以梅聖俞之「詩句」為起始,第二、三乃沿續之而成一單元,專論其「海豚詩」;第四、五又一轉,為有關聖俞記錄某事、人之「全詩」;第六則乃更進一步,由前則所錄之聖俞詩中所談及的人物唐介,轉成另一人物李師中其詩,並與第七、八則合成一單元;到了第九則,又回復到論聖俞之詩,並與第十、十一、十二等三則合成一單元,討論《王直方詩話》中有關論聖俞詩時所發生之錯誤;最後之十三、十四兩則又合成一單元,論聖俞敘述「宣州守」之詩。

　　據此，可見《叢話》的「標題」下所含的這些「則」裡，往往在隱約中透露出以連續數「則」合為一主題單元的安排；同一主題單元的數「則」，再往前後相因相續。但到了該主題討論完盡時，便又以該主題單元內之某一人、事、物、詩為下一單元的主題，如此輾轉相接。當然，有時候在開始另一主題單元時，並非延續前一主題單元的某部分，而是跳回更前面之主題單元上繼續討論。因此，如果從中任選二、三「則」來跳讀的話，有時會發生彼此毫無關係的情形；不過，如果能從前到後持續不斷地閱讀的話，則必定能體會出任何一「則」其實都是有機地嵌在此「標題」之下的。

　　⑵直接以主題為「標題」之名者

　　根據上面的論述，胡仔《叢話》一書中的「則」與「則」之相連，其關係實以「主題」為其未曾明白指出的鎖鏈；其實，《叢話》中的某些「標題」，胡仔即清楚的以其「主題」為名，我們可用《叢話》前集裡的一些例子來說明：

　　a. 卷二十二之「西崑體」，所錄的資料來源有：

　　《蔡寬夫詩話》、《隱居詩話》、《古今詩話》、《石林詩話》、《冷齋夜話》、《資治通鑑》、《西清詩話》、《三山老人語錄》、《湘素雜記》、《詩眼》、《漫叟詩話》、《桐江詩話》、《雪浪齋日記》。以上計書十三種，共計十六則。其內容或論述該體之創始人楊億、劉筠等；或論其詩之特色，如：務故實、事深僻、語工而意不及等；或論其與李義山詩之關係……，總之，都以「西崑體」為討論範圍。

　　b. 卷二十三之「借對」，所錄的人和書有：

　　「東坡」、《漫叟詩話》、《禁臠》、《蔡寬夫詩話》。共計

三種書和一個人的文字，也含有四則，而其討論的內容，也都是有
關詩中的用語之「對比」，如：

　　沈佺期〈回波詞〉：

　　　「姓名雖蒙齒錄，袍笏未換牙排。」

其中，「齒錄」和「牙排」相對。又如：

　　杜子美：

　　　「本無丹竈術，那免白頭翁。」

其中，借「丹」之色「紅」來對「白」。又如：

　　韓退之：

　　　「眼穿長訝雙魚斷，耳熱何辭數爵頻。」

其中，借「爵」之意「雀」來對「魚」。

　　　c. 卷二十三之「半夜鐘」，引錄的資料有：

　　《王直方詩話》、《石林詩話》、《詩眼》、《學林新編》。
共計書四種、合計四則。內容主要在討論我國第一部以「詩話」為
名的歐陽修《六一詩話》中，因曾批評唐詩人張繼詩〈楓橋夜泊〉
之「姑蘇城下（有作「外」）寒山寺，半夜（有作「夜半」）鐘聲到客
船。」為「句則佳矣，其如三更不是撞鐘時。」故引上列書證明
「半夜撞鐘」實自古已然，如下列唐人之詩句可證：

　　于鵠之〈送宮人入道詩〉：

　　　　「定知別往宮中伴，遙聽緱山半夜鐘。」

白樂天：

　　　　「新秋松影下，半夜鐘聲後。」

溫庭筠：

　　　　「悠然逆旅頻回首，無復松窗半夜鐘。」

如此之類，在《叢話》前集中，尚有：
　　卷二十三之「熟食」、「清明」。
　　卷二十四之「陽關霓裳」、「秘色」。
　　卷五十三之「的對」、「水晶宮」。
　　卷五十七之「詩僧無蔬筍氣」、「戲詞」、「蒸豚詩」、「湯
泉詩」、「夏雲詞」。
　　卷五十八之「回仙」、「鬼詩」。
　　卷六十之「憶妓詩」、「酒仙歌」、「回文詩」。
　　上列這些「標題」，明顯地都直接指出其「主題」，也因而在
其「標題」下所錄之「則」，也都有主題上相同或類似的關係。

三全書之結構：以前、後集之比較為基

《叢話》前集成於南宋高宗紹興十八年（1184），後集成於南宋孝宗乾道三年（1167），兩集編纂成書的時間，前後相隔恰好整整二十年。胡仔編成前集時，原以為已經「網羅元祐以來群賢詩話，……自謂已略盡矣。」[16]然而在其晚年歸老於苕溪後，卻又因「獲數書（尤其是《復齋漫錄》一書，此可詳後列表），其間多評詩句，不忍棄之；遂再採摭，因而撰收群書：舊有遺表、及就余聞見有繼得者，各附益之。」[17]由此可見，《叢話》後集在內容上實有「補」、「繼」前集之處。底下即將《叢話》前集與後集視為胡仔在詩與詩論上的「整體」觀點，詳加考察論述。

前面已討論過「則」與「標題」，而「則」包含於「標題」之內。大致說來，《叢話》裡的「標題」通常即為「卷」，只是如果某「標題」的「則」數若太多，無法容納於一「卷」之內時，便用二「卷」以上來涵蓋之；而當某「標題」的「則」數太少時，便又合數個「則」數少的「標題」於一「卷」之內。而《叢話》既涵前、後集，我們便可從「綜括」與「比較」的觀點，藉著列出其卷次與標題，略窺其面貌：

《叢話前集》		《叢話後集》	
卷次	標　　題	卷次	標　　題
一	國風漢魏六朝（上）	一	楚漢魏六朝（上）

16　胡仔自己〈序漁隱詩評叢話・後集〉，同註11。
17　同前註。

二	國風漢魏六朝（下）	二	楚漢魏六朝（下）
三	五柳先生（上）	三	陶靖節
四	五柳先生（下）	／	
五	李謫仙	四	李太白
六	杜少陵（一）	五	杜子美（一）
七	杜少陵（二）	六	杜子美（二）
八	杜少陵（三）	七	杜子美（三）
九	杜少陵（四）	八	杜子美（四）
十〇	杜少陵（五）	／	／
十一	杜少陵（六）	／	／
十二	杜少陵（七）	／	／
十三	杜少陵（八）	／	／
十四	杜少陵（九）	／	／
十五	駱賓王	九	／
	王摩詰		王右丞
	韋蘇州		韋蘇州
	孟浩然		孟浩然
十六	韓吏部（上）	一〇	韓退之
十七	韓吏部（中）	／	／
十八	韓吏部（下）	十一	／
十九	柳柳州		柳子厚
	孟東野	合	東野
	賈浪仙		浪仙
	玉川子		玉川子
二〇	李習之	十二	／
	李長吉		李長吉
	李衛公（文饒）		李贊皇

	常建	/	/
	嚴維	/	/
	徐季海	/	/
	劉賓客		劉夢得
廿一	香山居士	十三	醉吟先生
廿二	唐彥謙	十四	唐彥謙
	西崑體		玉谿生
	王建		王建
廿三	杜牧之	十五	杜牧之
	溫庭筠	/	/
	杜荀鶴		杜荀鶴
	韓致堯		韓致堯
	借對	/	
	半夜鐘		半夜鐘
	熟食清明	/	/
廿四	陽關霓裳	十六	/
	秘色	/	/
	唐人雜記		唐人雜記（上）
/	/	十七	唐人雜記（下）
	楊凝之	/	/
	羅隱	十八	羅隱
	五季雜記		五季雜記
廿五	宋朝	十九	本朝
	廬多遜	/	/
	徐鉉	/	/
	王元之		王黃州
	張乖崖		張復之

	寇萊公	二〇	寇忠愍
	王文穆	/	/
	丁晉公	/	/
	夏英公	/	/
	陳恭公（生朝附）	/	/
	杜默	/	/
	晏元獻		晏元獻
	宋莒公	/	
	宋景文		宋子京
	王君玉		王君玉
廿七	陳文惠	廿一	/
	蔡文忠	/	/
	韓魏公	/	/
	杜祁公		杜正獻
	張文定	/	/
	陳亞	/	/
	林和靖		西湖處士
廿八	范文正	/	/
	文潞公	/	/
	王歧公		王禹玉
	趙靖獻	/	/
	范蜀公	/	/
	司馬溫公	廿二	迂叟
/	/		邵康節
	韓持國		韓持國
	韓玉汝	/	/
廿九	六一居士（上）		六一居士

三○	六一居士（下）	／	／
卅一	梅聖俞		梅都官
卅二	蘇子美		蘇子美
	石曼卿		石曼卿
卅三	半山老人（一）	廿五	半山老人
卅四	半山老人（二）	／	／
卅五	半山老人（三）	／	／
卅六	半山老人（四）	／	／
卅七	王逢原	／	／
	蔡天啟	／	／
	俞清老、秀老	／	／
	袁世弼	／	／
	郭功甫	／	／
	張子野	／	／
	賀方回		賀方回
卅八	東坡（一）	廿六	東坡（一）
卅九	東坡（二）	廿七	東坡（二）
四○	東坡（三）	廿八	東坡（三）
四一	東坡（四）	廿九	東坡（四）
四二	東坡（五）	三○	東坡（五）
四三	東坡（六）	／	／
四四	東坡（七）	／	／
四五	東坡（八）	／	／
四六	東坡（九）	／	／
四七	山谷（上）	卅一	山谷（上）
四八	山谷（中）	卅二	山谷（下）
四九	山谷（下）	／	／

五〇	秦少游	卅三	秦太虛
五一	後山居士		陳履常
	晁無咎		晁無咎
	張文潛		張右史
五二	徐仲車	╱	╱
	謝無逸		溪堂居士
	潘邠老	╱	╱
	邢敦夫	╱	╱
	高子勉	╱	╱
	胡少汲	╱	╱
	張芸叟		張芸叟
	楊公濟	╱	╱
	王仲至		王仲至
	崔德符	╱	╱
	趙循道	╱	╱
	任子固	╱	╱
五三	無盡居士	卅四	張天覺
	唐子西		唐子西
	韓子蒼		韓子蒼
	陳去非		陳去非
	呂居仁	╱	╱
	汪彥章	╱	╱
	蘇養道	╱	╱
	謝薖	╱	╱
	楊察	╱	╱
	徐忻	╱	╱
	詹存中	╱	╱

	周明老		周明老
	的對	／	／
	水晶宮	／	／
五四	宋朝雜記（上）	卅五	本朝雜記（上）
五五	宋朝雜記（下）	卅六	本朝雜記（下）
五六	文殊	卅七	／
	遠法師	／	／
	古靈	／	／
	圓澤	／	／
	靈徹	／	／
	船子和尚	／	／
	／		大海
	／		天衣
	／		端師子
	參寥		參寥
	洪覺範		洪覺範
	王梵志	／	／
五七	雪竇	／	／
	贊元	／	／
	了元	／	／
	秀老	／	／
	惠詮	／	／
	清順		清順
	僧詩無筍氣	／	／
	戲詞	／	／
	蒸豚詩	／	／
	湯泉詩	／	／

	夏雲詩	／	／
	緇黃雜記		緇黃雜記
五八	回仙	卅八	回仙
	神仙雜記		神仙雜記
	鬼詩		鬼詩
五九	長短句	卅九	長短句
六〇	憶妓詩	四〇	／
	洞仙歌		／
	花蕊夫人		／
	虞美人草行	／	／
	回文詩	／	／
	琵琶	／	／
	囀春鶯	／	／
	媚兒	／	／
	魯生	／	／
	麗人雜記		麗人雜記

　　藉著上表，我們可以從比較《叢話》前集與後集的同異處，摘出《叢話》一書的特色。

　　1.從「同」的方面來看，前集與後集具有下列共同點：

　　⑴在「時間」的涵蓋上，前集和後集都以南宋初期（即《叢話》成書時）以前我國整個詩歌批評史為範圍。

　　⑵前集與後集中，各卷的排列次序幾乎完全相同，都是依「時間」的先後排列。

　　⑶前集與後集在選擇「標題」的對象上，也幾乎全相同，大部分為「人名」，少數為「主題」。

⑷前集與後集對於上述「人名」的選擇，在「時代」的涵蓋上
　幾乎集中於唐、宋二代。

由上述二集的相同點，我們似可尋繹出以下三個重要問題：

第一，《叢話》既以南宋以前的我國整個詩歌評論史為臚列資
料的範圍，那麼胡仔個人對每個時代、詩論家和其詩的態度如何，
實在值得研究。譬如，他對每個選出來的「人名」並未一視同仁，
因為他以不同的篇幅去討論他們；而這是否即在暗示胡仔對這些人
物及其詩的評價有所差異？一般說來，書籍的編纂者與創造者一
樣，在處理這種基本問題時都免不了個人的「主觀」看法；但我們
並不以為「主觀」即不可靠。相反的，我們倒以為「主觀」即編纂
者「個人理念」的主要指標，因而更值得我們去研究、認識。當
然，我們也了解編纂者對於該「人」獲「詩」的評價之高低，並不
一定與該「詩人」或「詩」所佔篇幅的多少成正比，因他也可能僅
只因材料多而不得不如此的。

第二，《叢話》卷目的次序既以「時間先後」為排列的原則，
那麼我們也不能完全排除胡仔有想從事有關編纂「詩歌評論史」的
工作。而若然，則這種方法能否正確地透露出我國南宋之前詩歌評
論史的內容？而其特色、價值和缺點又何在？

第三，如果胡仔果然真的想藉《叢話》的編排方式來呈現自己
心目中的中國「詩歌評論史」，則其「標題」大多選取「人名」之
故，是否也表示他心中的詩歌評論史乃是以「人」為主線？

上列的特色和問題乃僅就《叢話》前集和後集相同點所推論出
的。

2.從「異」的方面看，前集和後集的相異處則也不少，其所隱

含的問題也更複雜。

我們可以採取後集為基的方式來比較其間的差異，並尋繹含意：

　(1)在「篇幅」上，後集有十四卷，而前集有六十卷，主要乃因後集在某些「標題」的篇幅上大量減少之故，如：

　　a. 後集在「漢朝」之前的部分比前集少一卷

　　b. 後集在「陶潛」部分比前集少一卷

　　c. 後集在「杜甫」部分比前集少五卷

　　d. 後集在「韓愈」部分比前集少一卷

　　e. 後集在「唐人雜記」部分比前集少一卷

　　f. 後集在「歐陽修」部分比前集少一卷

　　g. 後集在「王安石」部分比前集少三卷

　　h. 後集在「蘇軾」部分比前集少四卷

　　i. 後集在「黃庭堅」部分比前集少一卷

　(2)在「內容」上，後集比前集少了以下各「標題」：

「駱賓王」、「李習之」、「常建」、「嚴維」、「徐季海」、「溫庭筠」、「借對」、「半夜鐘」、「熟食清明」、「陽關霓裳」、「秘色」、「楊凝之」、「盧多遜」、「徐鉉」、「王文穆」、「丁晉公」、「夏英公」、「陳恭公」、「杜默」、「宋莒公」、「陳文惠」、「蔡文忠」、「韓魏公」、「張文定」、「陳亞」、「范文正」、「文潞公」、「趙靖獻」、「范蜀公」、「韓玉汝」、「王逢原」、「蔡天啟」、「俞清老」、「秀老」、「袁世弼」、「郭功甫」、「張子野」、「徐仲車」、「潘邠老」、「刑敦夫人」、「高子勉」、「胡少汲」、「楊公濟」、

「崔德符」、「趙循道」、「任子固」、「呂居仁」、「汪彥章」、「蘇養直」、「謝邁」、「楊察」、「徐忻」、「詹存中」、「的對」、「水晶宮」、「文殊」、「遠法師」、「古靈」、「原澤」、「靈徹」、「船子和尚」、「王梵志」、「雪竇」、「贊元」、「了元」、「秀老」、「惠詮」、「曾詩無筍氣」、「戲詞」、「蒸豚詩」、「湯泉詩」、「夏雲詩」、「憶妓詩」、「洞仙歌」、「花蕊夫人」、「虞美人草行」、「回文詩」、「琵琶」、「囀春鶯」、「媚兒」、「魯生」

以上共計「八十二」「標題」。

另外，前集中無而後集新增的「標題」則有四個：

「邵康節」、「大梅」、「天衣」、「端師子」

根據上列的「標題」所顯示的特色來看，後集中除了少數為新增的「標題」外，大部分的「標題」既與前集相同，因此實可視之為胡仔對其前集以有的「標題」之補充；換言之，後集對前集的「杜甫」部分等於補充了四卷，對「蘇軾」則補充了五卷，對「黃山谷」補充了二卷，而對「陶潛」、「李白」、「韓愈」、「白居易」、「歐陽修」等則各補充一卷。同時，尚有「王維」、「韋應物」、「孟浩然」、「李賀」……等，凡在後集都在出現為「標題」者，也都等於各補充了不足以成為一卷的數「則」資料。

其實，如果上列這些被補充的「人名」來看，我們不難發現它們都是我國詩歌史上的大詩人；相反的，上列在前集中本有，在後集中卻付諸闕如的八十二個「標題」中，有「六十七」個為詩人之名，其中，大部分都屬在詩歌史上較少被提及的人物，如，徐季梅、楊凝之、王文穆、杜默、陳亞、蔡天啟、徐仲車……等。這種

現象是否也透露了胡仔個人主觀上以為這些詩人及其詩在前集已被充分討論，故不需要再於後集裡增加任何討論他們的篇幅？或者這僅只是胡仔客觀地反映南宋初年詩評家們的看法，即：這些詩人即其詩被當時人所重視的程度和討論的次數已日減，甚或終止？然而，即使如此，我們是否也可將其視為一種反映當時人在詩歌品味的方向及評鑑的水準之轉變？或者它代表了這些詩人已在時間巨輪的運轉下被自然淘汰了？

(3)在「標題」名稱上，雖有前、後兩集都相同者，如「人名」中之「韋蘇州」、「孟浩然」、「杜牧之」、「王建」、「六一居士」、「半山老人」、「東坡」及「山谷」之類，但前、後兩集中本只同一人而卻以不同名稱出現的情形也不少，如前集中「五柳先生」、「李謫仙」、「杜少陵」、「王摩詰」、「韓吏部」、「柳柳州」、「李衛公」、「劉賓客」等，在後集中則分別改以下名稱出現：「陶靖節」、「李太白」、「杜子美」、「王右丞」、「韓退之」、「柳子厚」、「李贊皇」及「劉夢得」等。這種現象是否含有值得深究的意蘊呢？我們在仔細讀過《叢話》後集後，發現除了少數例外（如後集的「陶靖節」），後集中以「人名」為「標題」的可能原則有二：

a. 以該「標題」內的第一「則」中，對該人物的稱呼為準，譬如：

「李太白」之首「則」為《六朝事跡》，其文於提及李白時即以「太白」稱之：「謝安……，太白將營園其上，乃作詩……。」

又「杜子美」之首「則」為「東坡」，其文有：「……古今詩人眾矣，而杜子美為首，……」之語。

又「韓退之」之首「則」為「苕溪漁隱」，其文有：「《蔡寬夫詩話》云：『退之陽山之貶，……』之語。

又「李贊皇」之首「則」為《詩說雋永》，其文有：「……贊皇好石，……」之語。

又「劉夢得」之首「則」為《復齋漫錄》，其文有：「……其後讀夢得於楊柳枝詞云……」之語。

上列各「標題」下的首「則」，不論是出自胡仔本人「苕溪漁隱」，或是出自他人、他書之語，或因基於前曾述及胡仔對「標題」中各「則」出現之「人名」為「標題」，都非毫無意識的作法。

b.「標題」之「人名」不見於首「則」，而以出現於該「標題」內的第一個胡仔本人的「苕溪漁隱」中者為其「標題」的名稱，譬如：

「王右丞」之首「則」《法藏金碎》、第二則《復齋漫錄》、第三則「蘇子由」中，都以「樂天」來稱呼白居易；但到第四期「蘇子由」底下之「苕溪漁隱曰」中，則有「……然醉吟先生傳及實錄，皆為居易會昌六年中……」之語。

又「宋子京」之首「則」為《復齋漫錄》，其文字仍與前集一樣稱「景文」，但在第二則的「苕溪漁隱曰」中，則有「……子京一聯云……」之語。

又「西湖處士」之首「則」《藝苑雌黃》中，仍以「和靖」稱「林逋」，但在第二則的「苕溪漁隱曰」中，則有：「……子瞻……有『西湖處士骨應槁，只有此詩君壓倒』」之語。

由以上兩項舉證，《叢話》後集在「標題」名稱的選用上似乎

含有胡仔個人頗強的主觀意識。只是，我們並不否認仍有一些例外，如後集以「張復之」轉稱呼前集的「張乖崖」即未見有任何特殊的深意。

事實上，胡仔在《叢話》後集的「標題」上寓有深意，更可用後集首二卷的「楚漢魏六朝」（上）（下）與前集二卷的「國風漢魏六朝」（上）（下）之差異來顯現。它們兩個「標題」的不同已不僅只在「名稱」上而已，而是已涉及到其所涵蓋的範圍了。因為若從能夠涵蓋我國唐朝以前所有詩歌批評史的觀點來看，前集以「國風漢魏六朝」為範圍實在並不周延，因其獨漏了秦朝以前與北方代表的「詩三百」相互輝映的南方文學，而若如此，《叢話》又豈能謂之為「評論史」？或許即有見於此，所以胡仔更將後集中的首二卷改稱為「楚漢魏六朝」，以補前集的缺漏。也因此，《叢話》前、後集合成後，至少在範圍的涵蓋面上，他便可視為我國南宋初期以前的詩歌評論史了。

三、結語

依據以上的論述，胡仔《苕溪漁隱叢話》在編纂方法上所透露的意義至少有下三點：

㈠從理論上看，收集、篩選和編排某些作品而成文學選集的行為，其實已含有選編者的詩觀。事實上，從以上的析論中可看出，胡仔在編纂《苕溪漁隱叢話》時，確實也帶有這種特色。這可由胡仔在《叢話》前集所收的論詩「則」數中，自己的「則」數與自己在別人的「則」下所案語的「則」數之和，佔有全數的百分之二十；尤其到了後集，這種比例更高達百分之五十六可證。

㈡此外，從《叢話》內的「則」與「則」的關係上看，胡仔對「則」的選擇與排列顯然也別具用心。他不但以「主題」做為「則」與「則」間聯繫的橋樑，而且，這些「則」的安排中，似乎也隱藏了他替自己的觀點預做伏筆或做鋪陳的用意。

㈢至於至全書的安排上，胡仔先以我國朝代的先後為排列順序，然後再把論述同一時代的詩人、詩論家、詩的技巧、風格、主題等文字繫於其內，而隱約地透靈出自己心中的「詩論史」觀。當然，我們可明顯地看出，胡仔或受所收資料所限、或是以自己偏好與目的出發，他的重心幾乎在唐、宋二朝，譬如在前集的六十卷中，即佔了從第五卷至第六十卷；也佔有後集四十卷中的第五至第四十卷。不過，前集的一至四卷中，除了第三、四卷為專論陶潛外，首二卷乃涵蓋了「國風漢魏六朝」，其中，第一卷「概論」該時間範圍之內的「詩體」，並且以時間先後來排列，如：「詩三百」、「五言詩」、「古詩十九首」、「建安詩」、「魏晉詩」、「齊梁詩」……等，第二卷則「分論」同時間範圍內的重要詩人，依序為：「嵇康」、「曹子建」、「左太沖」、「三謝」、「鮑照」、「庾信」……等，以採前集的方式，而採依時間先後討論：「楚漢魏六朝」內的「楚辭」、「宋玉」、「商山四皓」、「西漢樂章」、「賈誼」、「揚雄」、「張衡」、「曹植」、「嵇中散」、「阮步兵」、「三謝」、「沈約」、「庾肩吾」……等。由上可見，胡仔在編纂《叢話》時，其中極可能藏有從仔細論述個別問題出發，而延申為呈現出自己心中的「詩論史」之用意。

本文刊載於《中華學苑》，民國 84 年 3 月

胡仔詩歌批評析論

一、前言

在文獻價值上，胡仔的《苕溪漁隱叢話》（以下稱《叢話》）與阮閱的《詩話總龜》被合稱為南宋以前詩話資料的淵藪。[1]然而，《叢話》實與大多數只是湊集歷代論詩文字而成集子的「詩話」不同，因它乃是一套深寓胡仔個人的詩歌批評於其中的「著作」。[2]由於胡仔在討論詩歌時，經常流露出頗為深刻的洞見，所以實在值得我們對他的詩論做深刻而全面性的探索。而因其著作除《叢話》外，並未見有其他著作留傳，因此，本文乃全依《叢話》中胡仔自己的文字為據，嘗試對其於實際的詩歌批評內涵論做一番釐析。

二、胡仔詩歌批評的主要內涵與特色

胡仔在《叢話》中所評析的詩歌作品，幾乎全是「近體詩」；而其方法上的特色，則多採取論述與舉例兼顧的方式。雖然，胡仔

1　見拙文〈試探胡仔論惠洪評詩之弊的理論基礎——作家兼批評家時角色的糾葛〉，收於拙著《中國文學批評的理論與實踐》（台北：國文天地，1990 年），頁 95。

2　見拙文〈論胡仔《苕溪漁隱叢話》之編纂方法及其寓意〉，《中華學苑》45 期（1995 年 3 月），頁 367-409。

有關詩歌作品的實際批評文字分散在《叢話》各卷裡，而顯得毫無條理，但綜觀其主要內容，則大致可分為論詩體、論押韻、和論字法等三個項目。底下即依此序來條述其內容。

㈠論詩體——以平仄疏解「近體詩」之「變體」

胡仔在評析詩體的最用力處，當為對「變體」的闡發了。他說：

> 律詩之作，用字平側，世固有定體，眾共守之。[3]

胡仔首先指出，「律詩」在「平聲」和「側聲」（案：即「仄聲」）上已經有大家所共守的固定格式——即「定體」，而此處所提的「律詩」，若我們繼續詳讀其下文，便可確定其實乃兼括了以四行為一首的「絕句」與以八行為一首的「律詩」兩種。胡仔在此提出這一說法的主要原因，即是想指出這種「步步拘束於平仄格律」的「定體」，雖因了高度的技巧而使詩歌在聲音上產生動聽的效果，但若人人千篇一律，且代代相襲不變的話，顯然將會產生使其成為俗套的僵化現象。所以，應該容許有「（非）正體」的空間才行。是故，他乃在上一段話之後，緊接著說：

> 然不若時用「變體」，如兵之出奇，變化無窮，以驚世駭

3　見胡仔《苕溪漁隱叢話》（香港：中華書局，1976 年），前集，頁 42。

目。[4]

顯然，對胡仔而言，「變體」是一種防止詩歌因具有「定體」而造成僵化的良方。然而，這裡更值得我們注意的，應在它透露了胡仔和宋代江西詩派的關係了。從淵源上來看，胡仔這段話顯然承襲了北宋大詩人黃庭堅的詩學觀點。黃氏曾經在析論唐代大詩人杜甫的〈奉贈韋左丞丈二十二韻〉詩中說：

> ……此詩前賢錄為壓卷，蓋佈局最得「正體」，如甲第廳堂房室，各有定處，不可亂也。韓文公之〈原道〉、《書》之〈堯典〉蓋如此。具他謂「變體」可也。蓋「變體」如行雲流水，初無定質，出於精微，奪乎天造，不可以形器求矣。然要之以「正體」為本，自然法度行乎其間，譬如用兵，「奇」、「正」相生。初若不知止而徑出於奇，紛然無復綱紀，終於敗亂而已矣。[5]

黃庭堅認為，詩之「體」宜有「正」、「變」，而以「正」為主流。這種主流講究整體的佈置安排，將詩中的字、詞、句等都安置到最恰當的「定處」，使作品顯得平穩而不紊亂。但為避免發生形體呆板而毫無變化的缺點，這種「正體」也須有「變體」來相輔相成才行，如此，不僅可加大詩人的創作空間，而且也因為有了這種

4　同前註。

5　見郭紹虞《宋詩話輯佚》（上海：中華書局，1987 年），上冊，頁 325。

經由個人才學所仔細設計出的「奪天地造化」之傑作——如行雲流水般變化多端的作品之出現，使得詩歌形體在「變體」與「正體」兩兩相互輝映下，擁有了「奇正相生」的輝煌成果。胡仔上面所提出的「驚世駭目」、「變化無窮」的「變體」，在淵源上來說，顯然是繼承了黃庭堅的這種觀點。

除此之外，黃庭堅也說過：

> 蓋以俗為雅、以故為新，百戰百勝如孫吳之兵，棘端可以破鏃，如甘蠅飛衛之射，此詩人之奇也。[6]

將這一段話拿來和胡仔上面的話相對照，不難發現胡仔以「用兵」來比喻「詩的作法」，並以「奇」字為其特色之評語等，也幾乎和黃庭堅的觀點如出一轍，而胡仔的詩觀受黃庭堅詩論的影響，似也由此可見出其端倪。當然，在此最重要的應是何謂「變體」一詞了。胡仔於上引兩段話之後，曾舉了一些實際的例子來說明何謂「變體」；而據其例，胡仔所指的「變體」實即「正體」詩歌中的「失黏」之作。他的例子可分為三類；不過，在析論他的例子之前，有關「黏」、「對」的說法，似宜先稍加說明：

唐朝近體詩的格律，自元兢（大約 660 左右）提出有名的「調聲三術」後，所謂「黏」與「對」便成為近體詩格律的重要規則之一。而「三術」中的「換頭」一項之內容，元兢說：

6 　見黃啟方《北宋文學資料彙編》（台北：成文出版社，1978 年），頁216。

> 五言詩第一句，頭兩字為「平」，第二句頭兩字為「上、
> 去、入」；第三句頭兩字為「上、去、入」，第四句頭兩字
> 為「平」；此之謂「雙換頭」。若每句只重第二字之更換，
> 則稱為「單換頭」。[7]

元競在此所說的「上、去、入」三個聲調顯然即「仄」聲之意。而
「換頭」之術亦即所謂的「黏」和「對」，也就是第一句（案：本
文中，凡「句」實指詩歌之「行」）若為「平起」，則第二句便須「仄
（上、去、入）起」，兩句的頭兩字之平仄聲調相反，故謂之
「對」；而緊接其後的第三行又須「仄起」，也就是頭兩字為仄
聲，因其聲調與第二句的頭兩字之聲調相同，故謂之為「黏」；最
後的第四句則又恢復為「平起」，使與第三句的「仄起」相反而成
「對」。若以表列方式來呈現，則元競的聲調格律將如下：

第一句：平平〇〇〇
第二句：仄仄〇〇〇
第三句：仄仄〇〇〇
第四句：平平〇〇〇

而這即是「五言絕句」的格律。依「近體詩」的標準聲調格律，
「律詩」之平仄格律實為「絕句」平仄格律中首行不押韻之格律的
重複一次，因此其聲調格即成：

平平〇〇〇

7　見王晉江《文鏡祕府論探源》（香港：天地圖書公司，1987 年），頁
　　113。

仄仄〇〇〇
仄仄〇〇〇
平平〇〇〇
平平〇〇〇
仄仄〇〇〇
仄仄〇〇〇
平平〇〇〇

其餘如七言絕句、七言律詩等等的聲調格律，都可依此類推。事實上，在唐朝近體詩的十六種平仄聲調格律中，其每一詩行的頭兩字之平仄聲調，便都是根據此一規則來安排的。底下即以此為基，來探析胡仔在這方面的觀點。

胡仔雖然並未明確說出其所謂「變體」的意涵，但卻也舉出實際的詩為其立論的根據；而他的例子約可分成下面四種：

1.「平聲」音步起頭之「律詩」

胡仔引用的例子為杜甫與韋應物的作品：

杜甫詩：

> 暮春三月巫峽長，晶晶行雲浮日光。
> 雷聲忽送千山雨，花氣渾如百和香。
> 黃鶯過水翻回去，燕子銜泥濕不妨。
> 飛閣卷簾圖書裡，虛無只少對瀟湘。

韋應物詩：

與君十五侍皇闈，曉拂爐煙上玉墀。

花開漢苑經過處，雪下驪山沐浴時。

近臣零落今猶在，仙駕飄飄不可期。

此日相逢非舊日，一杯成喜亦成悲。[8]

胡仔在引用了這兩個例子後說：「此二詩起頭用平聲，故第三句亦用平聲。」顯然，這兩首詩是屬第一句以「平聲」起頭的詩，然而，依據上述「調聲三術」的規則來推斷，以「平聲」起頭的「七言律詩」之平仄聲調格律應當如下：

平平－○○－○○－○

仄仄－○○－○○－○

仄仄－○○－○○

平平－○○－○－○○

平平－○○－○○－○

仄仄－○○－○○－○

仄仄－○○－○○

平平－○○－○－○○

易言之，屬於此種格律之詩的第三句必須是以「仄聲」起頭才合乎要求。但胡仔所引的杜甫與韋應物之詩，其第三句的頭兩字分別是「雷聲」、「花開」，卻都是「平聲」字；如此，便不合「黏、對」的「換頭」之要求了。而這也就是為何胡仔會說：「……此二詩起頭用平聲，故第三句亦用平聲。凡此皆律詩之『變體』，學者

8　同註3，前集，頁42-43。

不可不知。」[9]的原因了。

2.「仄聲」音步起頭之「律詩」

胡仔引用的例子是杜甫與嚴武的作品：

杜甫詩：

> 搖落深知宋玉悲，風流儒雅亦吾師。
> 悵望千秋一灑淚，蕭條異代不同時。
> 江山故宅空文藻，雲雨荒台豈夢思？
> 最是楚宮俱泯滅，舟人指點到今疑。

嚴武詩：

> 漫向江頭把釣竿，懶眠沙草愛風湍。
> 莫倚善題鸚鵡賦，何須不著鷫鸘冠。
> 腹中書籍幽時曬，肘後醫方靜處看。
> 興發會能馳駿馬，終須重到使君灘。

這兩首詩第一句的頭兩字分別是「搖落」與「漫向」，在聲調上為「仄仄」，因此都是屬於仄聲起頭的七言律詩；因此，依「調聲三術」之規則，其第二句的頭兩字應當為「平平」音步；而杜、顏兩詩第二句的頭兩字「風流」、「懶眠」確也都是「平聲」音步而合乎格律。但到了第三句，其頭兩字依「調聲」之術，本當為「平

9　同前註。

平」，可是杜、嚴兩詩的第三句頭兩字「悵望」與「莫倚」，卻都是「仄仄」，顯然不合「調聲」術中的「換頭」之「黏」規則。而根據胡仔在引了此二例後所說的話：「起頭用側聲，故第三句亦用側聲字。」我們應可推論出胡仔的所謂「變體」，實即在「近體詩」的創作中，對「調聲三術」中有關「換頭」裡的「黏」法，做了刻意的改變，以豐富詩歌聲調上的內涵之技巧。

3.「平聲」音步起頭之「絕句」

胡仔所引用的例子如下：

杜甫詩：

> 山瓶乳酒下青雲，氣味濃香辛見分。
> 鳴鞭走送憐漁父，洗盞開嘗對馬車。

這首詩第一句的頭兩字「山瓶」，其平仄聲調為「平聲」；第二句的頭兩字「氣味」為「仄聲」，因此，合乎「調聲三術」中的「換頭」法。但第三句的頭兩字「鳴鞭」顯然是「平聲」音步，所以便違背了「換頭」法的規則了。而這種設計，與前面的解釋一樣，乃是想透過對本詩的平仄聲調做出特殊的安排，而造成其與眾不同的特色。

4.「仄聲」音步起頭的「絕句」

胡仔所引用的例子如下：

韋蘇州詩：

> 南望音山滿禁闈，曉陪駕鶩正差池。

共愛朝來何處雪，蓬萊宮裡拂松枝。

本詩第一句的頭兩字「南望」，其平仄聲調為「仄聲」音步；第二句頭兩字「曉陪」為「平聲」音步。因此，合於「調聲三術」的「換頭」法。但第三句的頭兩字「共愛」，卻為「仄聲」音步，而與「換頭」法不符。這也是一種刻意與通行的規則相反之設計，目的在引起注意，使人對它的印象更加深。

在引用了上面的例子之後，胡仔即接著說：

此絕句、律詩之「變體」也；東坡嘗用此「變體」作詩。[10]

而也由此可見，胡仔所謂的「變體」，即是指違反了元競「調聲三術」中的「換頭」法，更精確地說，就是違反了「黏」的要求之「近體詩」。

(二)論押韻——嚴格與寬鬆兼顧

押韻是一種將韻母相同，也就是收音相同，或者音尾相同的字，刻意安排在不同詩行的結尾之設計，目的在使整首詩因擁有一種於恰當的時間長度——即句尾時，即產生了字的收音有重複現象，而造成詩歌的聲音結構前後呼應、首尾貫串的整體性效果。胡仔在有關「近體詩」的押韻上，也提出了下面兩個觀點：

1.避免「落韻」

10　同前註。

胡仔說：

> 《學林新編》謂：「字有通作他聲押韻者。」（並）泛引詩
> 及文選、古詩為證；殊不知蔡寬夫《詩話》嘗云：「秦、漢
> 字書未備，既多假藉，而音無反切，平仄皆通用。自齊、梁
> 後，既拘以四聲，又限以音韻，故士率以偶麗離聲調為
> 工。」然則，字通作他聲押韻，於古詩則可，若於律詩，誠
> 不當如此。[11]

在這一段話中，胡仔首先指出，《學林新編》雖引文選、古詩等為
例證，來說明詩歌的押韻「字有通作他聲押韻者」──亦即拿分別
屬於不同韻部的字來押韻──固然是事實，但那是因為時代的緣
故。詩歌在創作上，因時代的不同，其押韻的情況也就有了差別。
因此，「古體詩」和「近體詩」便不能一概而論。齊、梁以前，因
字書、反切語均未普遍流行，而字又多可通假、平仄也多可通用，
所以齊、梁以前的詩歌若押不屬於同一韻之字，可不算大礙。但自
齊、梁後，因字書、韻書皆已具備，而且士人亦以重視平仄聲調為
尚，尤其自唐初時又形成了講究平仄格律及押平聲韻的「近體
詩」，且為人所共守，因此，若寫作「近體詩」而卻押不同韻之
字，便屬不當了。這種以整個詩史為著眼點，指出隨著時代的遞
演，某些原本頗為嚴格的規定也將不得不因而改變的立論，可謂極
具洞見。為了證明此一觀點，胡仔乃舉下面的例子來加以說明，他

11　同前註，後集，頁 127-128。

說：

> 斐虔餘云：「滿額鵝黃金縷衣，翠翹浮動玉釵垂；從教水濺
> 羅襦濕，疑是巫山行雨歸。」廣韻、集韻、韻略，「垂」與
> 「歸」皆不同韻；此詩為「落韻」矣。[12]

斐虔餘這首七言絕句之押韻字為第二句最末的「垂」與第四句最末
的「歸」。胡仔指出，在《廣韻》、《集韻》和朝廷專為科舉考試
所編訂的《禮部韻略》等三本韻書中，此兩字都被收在不同的韻部
裡（按：依《詩韻集成》，「垂」字屬上平之「支」韻，而「歸」字屬上平之
「微」韻），因此，乃是押韻上的「落韻」現象，也就是押韻不合
律。事實上，也正因為這個原因，胡仔曾批評三位宋朝大詩人蘇子
美、黃魯直、秦少游的詩之韻有「誤」。其例子為：
蘇子美、〈松江長橋觀魚詩〉：

> 鳴榔莫觸蛟龍睡，舉網時聞魚鱉腥；
> 我實宦遊無況者，擬來隨爾帶笭箵。

黃魯直、〈雨晴過石塘詩〉：

> 長虹垂地若篆字，晴岫插天如畫屏；
> 耕夫荷鋤解襏襫，漁父晒網頭笭箵。

　　秦少游、〈德清道中還寄子瞻詩〉：

　　叢薄開羅帳，淪漪寫鏡屏；
　　疏篙窺窅窕，支港泛笭箵。[13]

同樣的，胡仔亦根據《廣韻》和《集韻》二書，指出此三詩中的押韻字：「腥」、「屏」、「箵」中，「腥」與「屏」確屬平聲之「青」韻；而「箵」字之讀音雖與「腥」、「屏」兩字協韻，但卻屬上聲之「迥」韻。因此，將它拿來與「青」韻之字相押，顯然是錯誤的（按：在今通行之《詩韻集成》中，「腥」、「屏」兩字皆屬下平聲之「青」，而「箵」字則屬於上聲之「梗韻」）。凡此，都可看出胡仔在辨析詩中的押韻問題時，的確頗有洞見──在強調押韻必須以「韻書」為準則的同時，也能敏銳的析判「韻」實有今、古之異。

2.有時可「重疊用韻」──當「以意為主」時

　　由於黃山谷曾謂杜甫〈飲中八仙歌〉詩的三十二句中，之所以押二「船」字、二「呢」字、二「天」字、及三「前」字，乃因這首詩歌分為八段之故；並認為此乃「周詩」分章之意。然而，《學林新編》則針對此提出不同的看法，認為㈠此詩之首尾、中間均未嘗移到別韻；㈡此詩只有一個題目，所以，顯然並非分為八段；又㈢杜甫古律中重用韻者並不少，本詩實不算「特殊」；㈣古人詩中用重韻者本不少；㈤類此情形，實可稱為「意到即押」之作。[14]也

13　同前註，頁176。
14　同前註，前集，頁110-112。

就是根據這個看法，胡仔乃在《孔毅夫雜記》內提到韓愈「不知重疊用韻之為病」下。注云：「蓋退之好重疊用韻，以盡己之詩意，不恤其為病也。」[15]胡仔可說接受了《學林新編》的觀點，認為一首詩是可以押一個以上的鄰近之韻的——如果此種作法可以讓詩人更能盡情的抒發出自己的感知的話。

㈢論字法

1.點石成金

胡仔說：

> 詩句以一字為工，自然穎異不凡，如靈丹一粒，點石成金也。……觀此，則知余之所論，非鑿空而言也。[16]

這一段話顯然在強調，「一個字」在詩句中可能扮演的重要角色。換言之，詩句中若有一個字下得非常具有「工」力，便將像具有極高效用的一粒「靈丹」般，使該詩句由平凡的「石子」變成「黃金」。當然，這此處的「一字」應非指一句詩中「只能有一個字」下的「工」，而是指若該句詩要能成為「黃金」般閃耀和珍貴的話，那麼「至少須有一個字」下得「工」才行；然而，我們似可依此理再一步步推演，而得到以下的結論：如果該句詩、甚至整首詩能夠「字字」都下得「工」，那它必定是一首比只有「一字工」的

15　同前註。

16　同前註，後集，頁64。

詩要更好的作品了。不過，胡仔雖用「余之所論」來表示該觀點屬其所有，卻仍不免讓人立即想起早於胡仔、且名滿天下的大詩人黃庭堅，因他在〈答洪駒父書〉中有下面一段話：

> 自作語最難；老杜作詩，退之作文，無一字無來處。蓋後人讀書少，故謂韓、杜自作此語耳。古之能為文章者，真能陶冶萬物，雖取古人之陳言入於翰墨，如靈丹一粒，點鐵成金也。[17]

將這兩段話拿來相對照，明顯的可看出兩者都在強調詩中「一字」之重要性；且同樣指出，如果該字真下得好，那麼它的功能將如同「一粒靈丹」一般，可使作品由平凡的「石」或「鐵」變成珍貴亮麗的「金」子。至於這種「點金」的方法是甚麼呢？黃庭堅並未明言，倒是胡仔在上引話中的「點石成金也」之後，繼續說：

> （孟）浩然云：「微雲澹河漢，疏雨滴梧桐。」上句之工，在一「澹」字；下句之工，在一「滴」字。若非此二字，亦烏得而為佳句哉？如〈六一居士詩話〉云：「陳舍人從易偶得〈杜即〉舊本，文多脫誤，至〈送蔡都尉〉云：『身輕一鳥』，其下脫一字。陳公因與數客論，各以一字補之。或云『疾』，或云『落』，或云『起』，或云『下』，或云『度』，莫能定。其後得一善本，乃是『身輕一鳥過』，陳

公歎服。余謂陳公所補數字不工，而老杜一『過』字為工也。」又如《鍾山語錄》云：『暝色赴春愁』，下得『赴』字最好；若下『起』字，便是小語也。『無人覺往來』，下得『覺』字大好。足見吟詩，要一兩字工夫。」觀此，則知余之所論，非鑿空而言也。[18]

據此，可見胡仔的「點石成金」之意，是在討論詩句中的「字」下的好不好，故而連引孟浩然詩句、《六一詩話》、以及《鍾山語錄》中的論述為證。至於黃庭堅的「點鐵成金」之術，其內涵到底為何，則歷來頗多爭議，但應非「奪胎」、「換骨」之法。[19]因為自從釋惠洪提出黃庭堅創立這兩種作詩的方法後，歷來對它們的解釋之例，全都是有關如何摘取前人之詩句或詩意，以化成自己的詩作，而非有關如何鍛鍊詩中的字。我們可舉兩個例子來看看：

(1)冷齋夜話：

如鄭谷十日菊云：「自緣今日人心別，未必秋香一夜衰。」此意甚佳而病在氣不長。……荊公菊詩曰：「千花百卉凋零後，始見閒人把一枝。」……凡此之類，皆換骨法也。顧況詩：「一別二十年，人堪幾回別？」其詩簡拔而立意精確。……荊公〈與故人〉詩云：「一日君家把酒盃，六年波

18　同前註。

19　參黃景進〈論黃山谷所謂「無一字無來處」〉，《中華學苑》38 期，頁181-182。台北：國立政治大學中國文學研究所，1989 年 4 月。

浪與塵埃；不知鳥石江邊路，到老相逢得幾回？」⋯⋯凡此
之類，皆奪胎法也。[20]

(2)艇齋詩話：

> 山谷〈詠明皇時事〉云：「扶風喬木夏陰合，斜谷鈴聲秋夜
> 深；人到愁來無處會，不關情處亦傷心。」全用樂天詩意。
> 樂天云：「峽猿亦無意，隴水復何情？為到愁人耳，皆為斷
> 腸聲。」此所謂奪胎換骨法者是也。[21]

上面這些例子所談的內容，都是後代詩人如何將前人詩作的詩意和
詩句加以點化，而變成自己的作品，也就如何「摹倣」、甚至「剽
竊」前人詩作的例子。因此，可說與講究如何才能將詩句中的字鍛
鍊好是迥不相同的兩回事。

事實上，胡仔對於詩人藉著改動前人的詩，以成為自己的作
品，曾有剽「竊」之譏。他說：

> 余舊見顏持約所畫淡墨杏花，題小詩於後，乃題持約二字，
> 意謂此詩必持約所作也。比因閱《唐宋類詩》，方知是羅隱
> 作，乃持約竊之耳。⋯⋯僧惠崇為其徒所嘲云：「河分岡勢

20　同註6，頁321。
21　見丁福保《歷代詩話續編》（台北：木鐸出版社，1983 年），上冊，頁
　　314-315。

　　司空曙，春入燒痕劉長卿；不是師兄多犯古，古人詩句犯師
　　兄。」皆可軒渠一笑也。[22]

從此段話中，我們可以看出胡仔對於不自行創作，而全部或部分取
用古人詩作者，實在是頗有微詞的。

2. 句中眼

　　上述胡仔的「點石成金」說，其討論的內容主要實為「詩句」
中之「眼」的問題。他說：

　　汪彥章自吳興移守臨川，曾父吉甫以詩迓之，云：「白玉堂
　　中曾草詔，水精宮裡近題詩。」先以示子蒼，子蒼為改兩
　　字，「白玉堂深曾草詔，水精宮冷近題詩。」迥然與前不
　　侔，蓋句中有眼也。[23]

據此，可見所謂詩句中有眼，乃是指詩句中必須有一個字要加以精
心鍛鍊，使整個詩句的含意與韻味因而更為深刻與綿長。以前引曾
吉甫之詩而言，由於韓子蒼將其詩句中本「純粹在指明地點」的
「中」、「裡」，兩字，分別改為帶有深長含意的「深」、
「冷」，於是乃使改後的詩句驟然憑添了許多令人可以想像的空
間，而使其詩句的內涵也比原有的擴大了不少。尤其值得一提的
是，這種改進詩句意涵的工夫，是在詩人的原作上做鍛鍊與潤飾，

22　同註 11，頁 127。
23　同前註，頁 264-265。

而與「摹仿」、「更動」或「剽竊」古人的詩句或詩意毫無關係。

四、結語

　　胡仔在詩歌的實際批評上，大抵以唐朝的「近體詩」為主要對象；而所觸及的範圍，從全詩的形體，到詩行的用韻，以至於一個字的鍛鍊等，可說頗為完整。值得一提的是，胡仔的詩歌批評雖然擁有一些彎珍貴的創見，譬如押韻宜隨時代而改變，或使黃庭堅的詩論得到澄清，譬如「點鐵（石）成金」乃是有關「鍊字」之法，而非「摹擬」、「改動」前人之詩以為自己之創作等，但無可否認的，他的詩評與黃庭堅的詩論實有不少雷同之處——只是稍為比較具體一些。因此，若從年代的先後上來看，胡仔的詩歌批評極有可能是黃庭堅的詩論過渡到南宋江西詩派的一座橋樑。

　　　　本文收於《宋代文學研究叢刊》第 2 期，1996 年 9 月

王夫之詩論體系試探

一、問題的提出

　　明末、清初時期的王夫之（1619-1692）在詩歌論述上不但著作多，而且也甚有特色。其中，尤以兼括了詩歌理論和實際評論最讓人矚目。即以詩歌理論而言，他闡述了自孔子以來即被歷代詩論家所重視的「興、觀、群、怨」之內涵、嚴謹地批判了在明朝頗為流行的模倣古代詩歌創作之「法」的問題，也提出了「意」與「勢」在創作與評述詩歌時的關鍵地位等。當然，在他對詩歌的論述中，受到後代討論最多的莫過於「情」和「景」兩者間的相生、相合之說法了。

　　近代學者對王夫之的詩歌理論雖然大都傾向於肯定與推崇，但在理解它的內涵上則並不一致。譬如，郭紹虞即以為王夫之於論詩時頗偏重讀者，甚至可說是傾向站在讀者的立場出發的，所以王氏才會用「作者用一致之思，讀者各以其情而自得」來解釋孔子的「興、觀、群、怨」之含意。又如在談到王夫之的「情」、「景」理論之時，郭氏即將其解釋為，因這兩者相融洽而產生「意」，故「意在言先」；但又因詩中有「情」、有「興」而且妙合無垠，故無字之處實皆含有「意」，所以「意也在言後」，而讓讀者能從容地自其中體會言外之意。換言之，王夫之的詩論是以「讀者」為主

的。[1]

　　然而，黃兆傑則指出，郭氏此說實對王夫之有所誤解，因為王夫之雖然特別強調人人對詩都「可以」興、「可以」觀、「可以」群、「可以」怨，但所謂的人人，既可如郭氏所說，指的是「讀者」，但又何嘗不能兼括「作者」（詩人）？尤其王夫之所真正關心的實為詩的內涵，而詩的內涵則是詩人在自然而然中，讓自己內心的「情」和外在的「景」融合為一，而渾然忘我地流露出來的。換言之，詩人和外在的景物在「情、景交融」之後，便可無所滯礙地把這個完美的合成體記錄下來。據此，黃先生乃認為王夫之的詩論，尤其在「情景交融」說上，應屬詩人的創作行為。[2]

　　事實上，蔡英俊在以「情景交融」為題做專書式研究時。也曾在討論王夫之的詩論部分指出，王夫之的「情景交融」說是重在詩人的創作上；[3]但在論及「興、觀、群、怨」時，則也肯定王夫之在強調讀者方面的作用。[4]那麼，到底王夫之的詩論是從詩人的創作上立論？抑或是在強調讀者的欣賞上呢？

　　本文之作，即嘗試從探討王夫之詩論的完整體系出發，一方面

1　郭紹虞：《中國文學批評史》（台北：文史哲出版社，1982 年再版），頁 961、981。此說丁履譔於中外文學九卷十二期發表之〈王船山的詩觀〉裡也表示同意。

2　黃兆傑：〈王夫之詩論中的情和景〉，收於《香港地區中國文學評研究》（台北：台灣學生書局，1991 年），頁 574-578。

3　蔡俊英：《比興物色與情景交融》（台北：大安出版社，1990 年），頁 319-237。

4　同上，頁 305。

希望能釐清前頭這個看似矛盾的問題，二方面也希望勾勒出王夫之詩論體系的特色。

二、王夫之的詩論體系

王夫之有關詩歌的論著很多，如：《詩繹》、《夕堂永日緒論內外篇》（以上兩者被丁福保輯入清詩話，合稱薑齋詩話）、《楚辭通釋》、《古詩評選》、《唐詩評選》、《明詩評選》、《詩廣傳》等，由於頗為分散，故想描繪出其詩歌理論之體系並不十分容易，但幸好已有不少學者努力地奠定了頗為紮實的基礎，故筆者乃可較輕鬆地自「體系」上著筆，以呈現王夫之詩論的特色。

底下就以此出發。論述王夫之的詩論體系。

㈠詩歌美學的基礎──哲學式的認知

王夫之的學問淵博；在我國傳統的經、史、子、集四部文獻上，都有可觀的著作。近代學者周世輔曾評他說：「他的心物同一論，雖然寥寥數語，在中國尚屬首創」。[5]馮友蘭也曾自哲學的觀點說，王夫之的「哲學體系龐大而細密」，而且對中國的「古典哲學作了總結」。[6]這兩位前輩學者的推論，都有非常堅強的根據。而筆者在此特別強調馮氏對王夫之在哲學上的推崇，乃是因王夫之的詩學體系其實便是以他的哲學思想為基礎。本部分即以此為著眼

5　周世輔：《中國哲學史》（台北：三民書局，1971 年），頁 454。
6　馮友蘭：《中國哲學史新編》（台北：藍燈文化公司，1991 年），第五冊，頁 323。

點，試圖描繪出王夫之詩論的哲學性色彩。

1.人、情、詩的關係

要了解王夫之詩論體系的基礎，首先得明白他對「詩」、「人」和「情」三者間關係的看法。王夫之在《詩繹》說：

> 人情之遊也無涯，而各以其情遇，斯所貴於有詩。[7]

人的生命至多不過數十年光景，因此他在一生中，身體所能歷覽的地方實屬有限；也因此，大多數人深覺無可奈何之事，便是受到時間和空間的拘束了。然而，人的「情」便有所不同。「情」可突破人所受到的時空限制，任意恣肆地邀遊於碧落發黃泉之間。而當「情」在邀遊之中遇到了形形色色的人、事、景、物、理等時，便在彼此交互激盪之下，創造出多彩多姿、深刻動人的詩歌。由此可見，詩、人、情三者的關係實在非常密切。首先讓我們來看看「人」和「情」的關係。王夫之在《尚書引義》有下面一段話：

> 心者，函性、情、才而統言之也。才不易循乎道，必貞其
> 性；性之不存，無有能極其才者也。性隱而無從，必綏其
> 情。情之已蕩，未有能定其性者也。情者，安危之樞紐，情
> 安之而性乃不遷。[8]

7　王夫之：《薑齋詩話》，收於丁福保編的《清詩話》（台北：明倫出版社，1971 年），頁 3。

8　王夫之：《尚書引義》（台北：河洛圖書公司，1975 年），頁 111-112。

這是王夫之解釋「康誥」中的一段話，他把「性、情、才」三者視為「心」的要素。而在這三個要素中，以「情」最為重要。因為若「情」動盪不安，則「性」必不能穩定；而「性」如果不存在，則「才」便很難被發揮出來。因此，「情」乃佔有「安危之樞」的地位。

當然，王夫之說得很清楚，所謂的「心」，實雜括了「人心」與「道心」的，他說：

> 心，統性情者也。但言心而皆統性情，則人心亦統性，道心亦統情矣。……人心括於情，而情未有非其性者。故曰：人心統性。道心藏於性，性亦必有其情也，故曰：道心統情。……喜、怒、哀、樂，人心也；惻隱、羞惡、恭敬、是非，道心也。斯二者，互藏其宅而交發其用。[9]

「人心」乃天生即擁有的天賦，如：喜、怒、哀、樂之類，而「道心」則是經過後天的文化道德之教化與陶冶而成的，如：惻隱、羞惡、恭敬、辭讓等。但這兩者其實乃互存於彼此之內而為一的，因此，所謂的「心」，當然即指「人」的「心」；換言之，也就是「人」的心含有「性、情、才」的意思。

不過，王夫之在討論人「心」中的「性」與「情」時。曾說過：「性不可聞，而情可驗也」。[10]這明白地說明了「性」雖難以

9　同上，頁 112。
10　同上。

讓人聞見或捉模，但「情」則可經由檢驗來證明。然而，「情」是用什麼方法來證明呢？這就得談一談「情」與「詩」的關係了。在這一點上，王夫之以為，對詩人而言，「詩」是用來「言情」的管道，同時，對大多數人（也就是讀者）來說，「情」便是「道（即「導」）情」的指標了。

(1)詩言情

王夫之說：

> ……元韻之機，兆在人心，流連跌宕，一出一入，均此情之哀樂，必永於言者也。[11]

人們內心中的哀、樂之情，若想讓其表現出來，必然的方式便是透過言語了；而由於這種情既充沛且深刻，所以採用的言語都是長吟（即「永」）的方式。這種長吟的語言，王夫之在《詩廣傳》指為「詩」，他說：

> 夫詩以言情也。首天下之情於怨怒之中，而流不可反矣，奚其情哉！[12]

凡人們之心中都有忍、怒、哀、樂之情，而詩便是用來言說這些情

11　同註9，頁3。

12　王夫之：《詩廣傳》（台北：河洛圖書公司，1974 年），卷一，王風三。

的。

　　據此，我們可以說，王夫之認為「情」乃是天下人所共有的觀念，而這當是他何以如此重視「情」，進而重視「詩」，討論「詩」的動力了。不過，我們在此仍須注意到，王夫之曾指出「情」的抒發是不能沒有節制的，因為若任人情隨意奔瀉，則將有讓人「濫情」之虞，自小處看，人會因而傷官自己；若擴大來看，它甚至會引起人與人相互傾軋、使社會動盪、國家不安的結果，所以他說：「慎於言情者，庶乎其情之不渝也」。[13]又說：「情之不可恃，久矣；是以君子莫慎乎治情」[14]

　　也正因為如此，凡懂得其中道理者便會特別注意如何引導人民情感的抒發了。王夫之因而也專為此提出「道情」之說。

　　⑵詩道情

　　王夫之說：

　　　詩以道情；道之為言路也。詩之所至，情無不至；情之所
　　　至，詩以之至。一遵路委蛇，一拔木通路。[15]

「詩」乃是引導（即「道」）人的情如何走的道路，它的引導方式有兩種：一是使「情」遵循其路形的婉轉曲折而徐步前進，將這種方

13　同上，卷三，小雅五。

14　同上，卷一，王風三。

15　王夫之：《古詩評選》，卷四，《船山全集》的十五（台北：華聯出版
　　社），頁6上、下。

式拿到詩上來比喻的話，便是婉約、含蓄地抒發情感。另一種方式
則大不相同；當在前進的路途中，若碰到前面有樹木擋住道路的
話，便強力地將它們拔除掉，直接往前走，絕不考慮轉彎或停頓，
而這種方式，而詩來比喻的話，則可視為無拘無束地盡情發抒情
感。

這兩種感情的抒發方式固然不同，但因「情」乃人人所共有、
而且也必須發抒才會滿足，因此，自古以來即常成為施政及施教者
所重視，而其方法最常用的便是「教化」，也就是運用「情」的特
質來從事教育、感化人民、學生的工作。王夫之在這點上也有下面
一段說法：

> 夏尚忠，忠以用性；殷尚質，質以用才；周尚文，文以用
> 情。質、文者，忠之用；情、才者，性之撰也。夫無忠而以
> 起文，猶夫無文而以將忠，聖人所不用也。是故文者，白
> 也，聖人之自由石白天下也。[16]

王夫之以夏、商、周三代在忠、質、文上各有所重，因而顯現出重
視性、才、情的不同為例，認為代表周代的文采，其內容即以
「情」為代表。這種以「情」為主要內容特色的文采，則是聖王向
天下百姓昭示己意、也同時是人民彰顯自我內心的東西。換言之，
如果這種有「情」的文采是「詩歌」的話，那麼「詩歌」便是王夫
之心中君臣百姓上下交互表白內心的溝通媒介了。也因此，我們了

16　同註 12，卷一，周南一。

解王夫之為何特別重視「詩」的實用功能。譬如,他說:

> 詩之教,導人於清貞而蠲其頑鄙,施及小人而廉隅未邪,亦
> 其效矣。[17]

他又說:

> 聖人以詩教,以蕩滌其濁心。震其暮氣,納之於豪傑,而後
> 期之以聖賢,此救人道於亂世之大權。[18]

據此二說,詩能使人捐棄本性中的頑劣部分,而保持清真善潔,因
此,如果能擴大詩的影響面,則詩便可經由淨化人心的路徑來挽救
亂世了。

以上所述,乃王夫之對「人、情、詩」的看法,也可以說是王
夫之詩論的哲學基礎。此基礎引發了他在討論《論語》中的「興、
觀、群、怨」的特殊看法——亦即,他從詩的實用功能出發,特別
重視「讀者」可以從詩中去領悟各種經驗和學識的一面。我們在下
面一段即討論此點。

2.興、觀、群、怨

王夫之以「詩」的本質乃人人所共的「情」為基本觀點,發展
出詩有「言情」與「道情」的功用論,而這種認識則導出他對

---

17 同上,卷一,邶風九。
18 王夫之:《俟解》的五則(台北:廣文書局),頁6。

「興、觀、群、怨」的特殊解說。這四個詩學術語乃源自孔子《論
語》的〈陽貨篇〉。孔子說：

> 小子！何莫學夫詩？詩可以興，可以觀，可以群，可以怨，
> 邇之事父，遠之事君。多識鳥獸草木之名。[19]

孔子這段話的原意，顯然想用詩（其實指「詩經」）具有許多功能和
效用，來勸戒其學生應好好學詩。一般說來，歷代注解家及學者在
討論這段話時，大都將重點放在脫明「興、觀、群、怨」的內涵
上，譬如以「引譬連類、感發意志」解「興」、以「觀詩辭之美
制、政治之得失」解「觀」、以「親親、仁民、和而不流」解
「群」、以「依違諷諫、怨而不怒」解「怨」。[20]不過，其中值得
深究的問題當是孔子說的「學」，到底它指的是「讀詩」、「用
詩」或「作詩」呢？如果以孔子所言的詩乃指《詩經》、以及孔子
說自己「述而不作」的話來判斷，顯然孔子乃在強調學生們宜努力
學習研讀《詩經》，才能深刻了解其中的「興、觀、群、怨」等真
義和用途。因此，王夫之在這點上並未悖離孔子的本意。他說：

> 「詩可以興、可以觀、可以群、可以怨」，盡矣。辨漢、

19　謝冰瑩等：《新譯四書讀本》（台北：三民書局，1988 年），頁 271。
20　李曰剛：《中國詩歌流變史》（台北：文津出版社，1987 年），上，頁
　　35。

魏、唐、宋之雅俗得失以此,讀三百篇者必此也。[21]

王夫之在此明白指出,孔子所討論的為「詩三百」。因此,「興、觀、群、怨」當然是指讀詩者對詩經的體會。換言之,這些是讀者如何讀詩、以及如何用詩的方法。只不過,王夫之對於這些「方法」的闡述倒有值得商榷之處。他在上段引文之後,接著又說:

> 「可以」云者,隨所「以」而皆「可」也。於所興而可觀,其興也深;於所觀而可興,其觀又審。以其群者而怨,怨愈不忘;以其怨者而群,群乃益摯。出於四情之外,以生起四情;遊於四情之中,情無所窒。作者用一致之思,讀者各以其情而自得。……人情之遊也無涯,而各以其情遇,斯所以貴於有詩。[22]

王夫之先打破歷來的註解對「興、觀、群、怨」的分別闡釋,而將它們合稱「四情」,結成整體,進而強調讀者於讀「詩三百」時宜「各以其情而自得」,也就是說讀者可依自己的「情」之所向去理解、體會詩便可。但黃兆傑則據此批評王夫之此說,因它讓我們以為讀者可不必理會詩的作者是誰?其創作背景如何?等[23]但事實上,黃氏似乎忽略了王夫之曾說過的「慎乎言情」、「慎乎治情」

---

21 同註7,頁3。
22 同上。
23 同註2,頁578。

的話，故他的評並不十分公允。換言之，王夫之雖然未曾特別強調讀者讀詩時宜了解作者（詩人）之思。而授予讀者很大的權力去各自他悟詩，甚至使續者所體會的難免與該詩的主題有所區隔；但他這是建立在人人「慎於言情、慎於治情」上所衍生的理論，而「情」則是人人所共有的。

綜合而言，王夫之討論詩歌的基本立場是從「人心」出發，建立以「人、情、詩」三者間關係為基礎的哲學式詩觀，然後再引申出詩的實用功能，因此可說是層層相因，甚有系統的。也據此，王夫之在「興、觀、群、怨」上的主張雖然強調自我領悟的重要性，但這並不至於造成和「創作詩」衝突的結果；相反的，它反而也可視為創作詩的基本學識。

底下即從欣賞和創作詩的觀點來討論兩項王夫之的論詩要旨：「法、意、勢」與「情景融洽」。

㈡詩歌創作與欣賞的三層次——法、意、勢

王夫之以為。一首詩的好壞可以從詩的語文形式和其與內容的關係如何來加以判斷，而這裡面則包含了三個層次：法、意、勢。我們可分別來看其內涵如何：

1.法

王夫之說：

> 近體詩中二聯，一情一景，一法也。……夫景以情合，情以景生，初不相離，惟意所適，截分兩橛，則情不足興，而景

非其景。[24]

又說：

> 起、承、轉、收，一法也。試取初、盛唐律驗之，誰必株守
> 此法？法莫要成於章。立此四法，則不成章矣！[25]

王夫之所說的近體詩，實指律詩而言。在律詩的中間兩聯，有人主
張宜用一聯寫景、一聯寫情的方「法」來安排；王夫之則以為，這
固然是創作詩的一種方法，然而總的來看，情與景兩者實為相生而
不可分離的，全詩或個別詩句都經常是情中有景或景中有情，故兩
者豈能斬然區分為二？同時，也有人主張一首詩的章法可用起、
承、轉、收的方「法」來寫。這當然也是一種創作的方法，但卻不
宜被視為金科玉律，任何人皆非遵循不可。因為以近體詩最高峰的
初、盛唐時之佳句名篇來看，很少有依此法寫成的。好詩應成首尾
連貫、一氣呵成、情景交融的現象。由此可見，這些「法」實不宜
被當做必須緊守的方法，否則將成「陋人之法」，是一種「死法」
而「死法」乃「器量狹小」的作風，惟見識淺薦之人才會恪守此法
律。所以王夫之說：「情為主、文次之、法為下」。[26]

　　2.意

24　同註7，頁11。

25　同上，頁10。

26　同註12，卷一，周南一。

王夫之說：

> 無論詩歌與長行文字，俱以意為主。意猶帥也，無帥之兵，
> 謂之烏合。李、杜所以稱大家者，無意之詩，十不一、二
> 也。[27]

詩和文都以「意」為主；以詩而言，李白、杜甫之所以被譽為大
家，即因為他們的詩大多含有深廣的「意」。這個「意」，在整首
詩中，就等於是所有文字的主帥一般，居於領導的地位。因此，王
夫之把它放在「法」之上。他在《古詩評選》說：

> 景語之合：以詞相合者下，以意相次者較勝。[28]

一首只描述「景」的詩，如果只考究字與詞的組合方式，便只能算
是講究「法」而已。[29]王夫之因此將它評為「下」，認為這並非佳
作，因它所重視的只在如何設計、組合詞藻而已。這種作品的特
色，對於它所描寫的對象，不論是人或景物，都只「于其上求形
模、求比似、求詞藻、求故實」。[30]這種作品。常會忽略作品中的
「意」，而「意」就是字、詞欲表達的內涵。[31]當然，兩兩相較之

27　同註7，頁8。

28　同註15，頁12下。

29　肖馳：《中國詩歌美學》（北京：北京大學出版社，1986年），頁88。

30　同註7，頁8。

31　姚一葦：〈薑齋詩話中之主賓說〉，《中外文學》10卷6期，頁10。

下，重視「意」的詩要比重視「法」的詩接近本題，作品也因而較勝一籌。

不過，王夫之認為，詩如果只重「意」，則將使作品產生偏狹、枯燥之弊，因此。它應配以動人魂魄之「聲光」詞采及勾人心目的動人「顏色」。[32]否則，詩將不足觀。同時，「意」也有「公」、「私」之分。如果詩中之「意」只屬個人之私，則「意」將受侷限而無法自由伸展。因此，必須擴大至「公意」乃佳。因為也只有「公意」才能與「情」相通、相連。[33]

除此之外，王夫之常把「意」和「辭」合論，並主張「書」（即「尚書」）類的散行文字，宜要求「意盡而辭儉」，以簡明精準的文字將文意闡述清楚、完全；但在「詩」類上，則應「辭盡而意儉」，此乃因好詩常有言外之意，故而文字宣婉轉曲折，才能表達出深刻的詩意。[34]

事實上，王夫之最欣賞和推崇的詩為「有意無意之間」的作品，這類的境界乃情景合一，天物不分，王夫之稱之為「勢」，地位當然更在「意」之上。

3.勢

王夫之說：

> 勢者，意中之神理也。惟謝康樂為能取勢，宛轉屈伸，以求

---

32 同註28，卷四，頁27上、29上。

33 同註12，卷一，邶風十。

34 同上，卷五，魯頌一。

盡其意，意止則止，殆無剩語。[35]

「詩」如果想婉轉地把「意」完全表達出來，必須做到「勢」才
行，因「勢」乃是「意」裡面的神理。然而，「神理」是什麼呢？
王夫之說：

> 以神理相取，在遠近之間，纏著手便煞，一放手又飄忽去，
> 如「物在人亡無見期」，捉煞了也。如宋人詠河魨：「春洲
> 生荻牙，春岸飛揚花」。饒它有理，終是與河魨沒交涉。
> 「青青河畔草」與「綿綿思遠道」何以相因依？相含吐？神
> 理湊合時，自然拾得。[36]

「神理」存在於遠近之間，也就是無處不在、到處皆有的意思。它
的特性雖然飄忽不定，難以掌握，但也並非無法達成，只要內心與
外界能夠泯除界限、結合為一，亦即「情景交融」時。「神理」便
自然而然降臨。也因此，王夫之才會說：「神於詩，妙合無垠」。
[37]又說：「情相若，理尤居勝也」。[38]換言之，詩須有思理才能令
人了悟，須有神才能具有參化工之妙而得靈通之句。故所謂「神
理」即「勢」，亦即為內心與外在景物渾然合一的境界，它是詩歌

35　同註7，頁8。
36　同上，頁10。
37　同上，頁11。
38　同上，頁6。

所追求的最高理想。

㈢詩歌的最高境界──情景交融

王夫之論詩時，常以「情」和「景」合觀，譬如以下這些引文：

> 情、景名為二，而實不可離；神於詩者，妙合無垠。巧者有情中景、景中情。[39]

> 含情而能達，會景而生心，體物而得神，則自有靈通之句，參造化之妙。[40]

> 不能作景語，又何能作情語耶？古人絕唱句多景語，……而情寓其中矣。[41]

如果我們將「情」、「景」兩字稱為王夫之詩歌理論的關鍵語當不為過。事實上，「情景交融」的觀念在我國詩歌批評史上不但不絕如縷，而且，在各代均佔有頗大的比重。在創作方面，南北朝和唐朝的田園詩與山水詩即屬實踐之例；在理論上，《文心雕龍・物色篇》即曾有「物有其容，情以物遷，辭以情發」。的說怯，其中的

---

39 同上，頁11。
40 同上，頁14。
41 同上。

「物」當然包含了「景」。約略同時的《詩品》之〈序〉中也有
「五言（詩）居文詞之要，是眾作之有滋味者也。……窮情寫物，
最為詳切者也」。到了現代，不但有學者以王夫之為「情景交融」
時論體系的完成者；[42]更有人將他譽為我國古典詩歌美學的總結
者。[43]因此，王夫之「情景交融」的內涵實在值得做專注的勾勒。

1.情

　　雖然前面曾討論過王夫之所說的「情」，但重點乃在其與人的
關係上，此處則將以闡明其內涵為主。

　　王夫之說：

> 情受於性，性其藏也；乃迨其為情，而情亦自為藏矣。藏者
> 必性生，而情乃生欲。故情上受性，下授欲。受有所依，授
> 有所放，上下背行而各親其生，東西流之勢也，喻諸心者，
> 可一一數矣。[44]

性、情、欲三者的關係乃是性生情，而情再生欲的，用「樹」來比
喻的話，那麼「性」是「情」的樹幹、「情」是「性」的樹技；然
而「情」這個樹枝也生了葉子，也就是「欲」。換句話說，「情」
乃介於「性」和「欲」之間，而使得三者環環相扣的樞紐。也因

42　同註3，頁339。

43　同註29，頁96-102。

44　同註12，卷一，邶風十。

此，王夫之才會說：「情者，性之端也，循情而可定性也」。[45]然而，最根本的「性」到底是什麼呢？

王夫之說：

> 詩以道性情，道性之情也。性中盡有天德、王道、事功、節義、禮樂、文章，卻分派易、書、禮、春秋去。彼不能代詩而言性之情，詩亦不能代彼也。[46]

王夫之以為，舉凡人世間的一切，譬如天德、王道、事功、文章、……等都包含在「性」裡面。當我們想用語文等具體的形式來表現這些人世間的一切時，便分別以易、書、禮、春秋等各種經書的方式出現了。

此外，王夫之也談到「欲」和「志」的關係，他說：

> 詩言志，非言意也；詩達情，非達欲也。心之所期為者，志也；念之所覬得者，意也；發乎其不自己者，情也；動焉而不自待者，欲也。意有公，欲有大，大欲通乎志，公意準乎情；但言意。則私而已；但言欲。則小而已。[47]

因此，只談「欲」，則會成為個人放縱恣肆的自私欲望，其結果將

45　同上，卷二，齊風一。

46　王夫之：《明詩評選》，卷五，頁36下。

47　同註12，卷一，邶風十五。

只有害而無益；這種乃是「小欲」。「大欲」則不同，大欲可通「志」，而「志」則是內心所期盼的理想境界，也是詩所要言的內涵。當然，詩除了言志以外，也達情，而這種情是發乎自然的真感情、真性情。不過，如果任情自行流露、甚至無所限制地讓其發洩的話，則會產生濫情的弊病，所以也應注意到「情有止」[48]的問題。

前已述及王夫之曾說：「心者，函性、情、才」，可見「性」、「情」皆在「心」中。而「心」中的「性」乃是無所不包的，舉凡人世間的一切都在內。而由它生出「情」，再由「情」生出「欲」。由此可見，「情」與「欲」都在「心」中，而且也擁有「性」所涵蓋的各種元素。其中，因「欲」又有大欲、小欲之別，小欲恣肆放縱，故不足取，但大欲則可通於「志」；而「情」雖出自天性，但亦宜防止濫無節制的情形。至於「詩」所言者為「志」，而此志又與大欲相通；欲又產生於情，而詩所達者又是情，據此，當然「情」便是「詩」所言、所達的主要內涵了。

2. 景

所謂「景」，就是詩人想描寫的外在對象。根據王夫之的說法，它大致可分為有形可見與無形可見兩種。他說：

> 身之所歷、目之所見，是鐵門限。即極寫大景，如「陰晴眾壑殊」、「乾坤日夜浮」，亦不必踰此限。非按輿地圖便可云：「平野入青徐」也，抑登樓所得見者耳。隔垣聽雜劇，

48　同上，卷一，周南一。

可聞其歌，不見其舞。更遠則但聞鼓聲，而可云所演何齣乎？[49]

凡是親身所經歷的、親眼所看到的景物，都可成為詩所描述的對象。它可以是讓人一覽無遺的山谷鳥獸，也可以是眼睛所無法看盡的龐大物體！如乾坤、天地之類。但也有一些是屬於看不見的對象，譬如聲音等。不過，這些詩所欲描述的對象在被化入詩中時，都有一項共同的特色，那就是它們都已不再是原來客觀存在的事物本身了。所以王夫之說：

「落日傍雲生」、「風來望葉回」，亦固然之景，道出得未曾有，所謂眼前光景者，此耳。所云眼者，亦問其何如眼？若俗子肉眼，大不出尋丈，粗欲如牛目，所取之景，亦何堪向人道出？[50]

所謂眼前所見之景，實不應即為俗人的肉眼所見到的東西，因俗人肉眼所能見到的，都只是外象表相，缺少深刻的內涵及意義。好詩所描寫的對象，即使是有形體可見的實物，當望入眼中後，到浮現心田之時，實已滲入許多詩人主觀的思想、感情、學識和目的在內，故已非原事物的形貌，而成為具有另一層新意的景物了。換言之，詩已超越了所描述對象的外表而進入其內在世界了。

49　同註7，頁9。
50　同註28，卷六，頁8下。

　　事實上，王夫之在討論「景」時，隱約間似有把它分成三個層次的意思：一是「天壤之景物」，即天地間所有的有形、無形之客觀人、景、事、物。二為「用景寫意，景顯意微」，也就是內心的一種審美活動。第三是「情景合一，自得妙語」，亦即將心中所完成的審美活動，以絕妙的詩語抒發成為文學作品之景。[51]

3. 情景交融

　　在他的《詩廣傳》上，王夫之說：

> 形于吾身以外者，化也；生于吾身以內者，心也。相值而相取，一俯一仰之際，凡與為通，而浡然興矣。[52]

在身體之外的萬事萬物與身體之內的心，兩者是可以相通的；這種通，即為「興」，它是一種詩人的內心與身外的景物已融合成為一體的境界。因此，王夫之才說：

> 興在有意無意之間，此亦不容雕刻。關情者景，自與情初為珀芥也。情、景雖然有在心、在物之分，而景生情、情生景，哀樂之觸，榮悴之迎，互藏其它。[53]

這種外在之景與內在之心相融洽的情形，王夫之將它分為「情中

51　同註 29，頁 68。
52　同註 12，卷二，豳風三。
53　同註 7，頁 6。

景」和「景中情」兩類。所謂「景中情」,乃指詩人之心早已潛藏有深刻的情感,當由感官(如眼睛)接觸到可引發他情感的景物時,詩人的內心頓時和此景物合一,並自然而然地將它寫成詩。因此,此詩中文字所描述的固然是景物,但實際上卻為詩人的情感;所以王夫之所舉的例子之一為:「景中情者,如『長安一片月』,自然是孤棲憶遠之情」。[54]李白「子夜秋歌」中的這句詩於文字上所寫的固然是長安城上頭的月亮,然而在深層含義上。這個「月」已經在長安城內全數女子都望向它時,容納了她們對戌守邊塞的丈夫之「思念」了。

至於「情中景」,王夫之以為更難描寫,他用來說明的例子之一為杜甫的「登岳陽樓」詩。他說:

> 「親朋無一字,老病有孤舟」,杜陵登岳陽樓詩。嘗試設身作杜陵,憑軒遠觀,則心目中之語居然出現,此亦「情中景」也。[55]

換言之,詩人因身臨某地、或接觸一某景物而引發了情懷;當他在將自己的情感抒發出來時,不但把景物融入詩中,而且描摩得情感真摯、景物逼真。同樣的,當我們讀者在親臨某地、目睹某景時,心中也剎時浮現詩人寫詩時有感而發的景況,這都是「情中景」。

雖然如此,王夫之真正強調的則是「情」與「景」兩者的不可

54　同上,頁10。
55　同上,頁11。

分離性，所以他說：

> 夫景以情合，情以景生，初不相離，惟意所適。截分兩橛，
> 引情不足興，而景非其景。……情、景雙收，更從何處分
> 析？[56]

據前述所論，「情景交融」不僅僅是心靈與外物結合為一的心象，
而且也已成為一首詩，亦即已落實到語言文字上。至於有關把心中
的活動與心象表達出來的方法上，王夫之雖也談到，但似不甚重
視，譬如他說：

> 以神理相取，在遠近之間，……神理湊合時，自然拾得。[57]

又說：

> 天壤之景物，作者之心目，如是靈心巧手，磕著即湊，豈復
> 煩其躊躇哉？[58]

又說：

56　同上。
57　同上，頁 10。
58　同註 28，卷五，頁 3 下。

筆授於心傳之際，殆天巧之偶發，豈數覯哉？[59]

據此，「情景交融」的詩之所以能完成，根本與寫作技巧無涉，只要「情」與「景」合一，便已包含「巧手」，而又毫不「躊躇」、「數覯」地「自然拾得」了。

三、結語

綜上所述，王夫之的詩論實從其哲學思想出發。把「人」、「情」、「詩」三者視為不可分離的整體，或者說是緊密相聯的三個關係體。然後以其為基，先說明三者的個別內涵。以及彼此之間的關係；再進而闡釋了人如何「言」詩、詩如何「導」人，於是乃兼括了作者的創作和讀者的領悟在內。接著闡明創作及評述詩的三層次觀念以及情和景的關係；最後則歸結到「情景交融」為詩的最高境界。因此，他的詩論可說明層層相因，完整而周延的。

然而，當我們把注意力放「如何產生」符合「情景交融」的問題上時，不難發現王夫之的說法非但簡單，而且也頗神妙難解。他認為，這種最高境界的詩是詩人於「神理湊合」時「自然拾得」的；也就是說，這種詩乃「天巧之偶發」的結果。若然，則我們應可推論王夫之有忽略「寫作技巧」的傾向，這一點可以從他在討論詩時，大力反對任何與寫作有關的「法」上來證明。因此，從詩歌美學的角度上看，王夫之由於在闡述「情景交融」的理論上比歷來的詩論家周延，其獲得近代學者的推崇實可理解。但若自文學批評

---

59 同上，卷四，頁28上。

的觀點來評論，則王夫之的詩論實有「忽略寫作技巧」的疏漏。

　　「美學」家主張藝術品的形式與內容不可分、或者認為內容包含於形式之內。對他們而言。美的感覺乃一種心靈活動。但「文學」與此不同，因為文學最不可或缺的乃文學作品；這種作品固然包含內容，但更具有人們可聽、可見的具體形象。換言之，它是一種以語言文字為媒介，將內心的審美活動「表達」成一種人人能接觸到的形體。[60]這其中，介於內心審美活動與外在文學作品之間的橋樑，便是「如何表達」，也就是「寫作技巧」的問題了。但王夫之在論及這一點時，卻極力批評與創作技巧最有關的「法」，並認為「情景交融」的詩及詩人於內心和外界合一時，不需躊躇即自然拾得的。因此，王夫之完整的詩論體系中實有忽略寫作技巧的特色。

　　收於中央大學中文系主辦之《第二屆明清之際中國文化的轉變與延續學術研討會論文集》

60　涂公遂：《文學概論》。

試探商禽詩的「心象」與「意象」[1]

一、前言

　　商禽，是二十世紀六〇年代出現於台灣詩壇的一位重要的新詩作家，也被認為是現代詩派的健將。

　　自民國四十四年開始發表新詩作品起，[2]迄今為止，商禽的新詩創作其實只出版了《夢或者黎明》（1969）[3]與《用腳思想》（1988）兩本詩集，[4]總計約一百五十二首詩，[5]這樣的數目和其他新詩作家的創作量相比，不但不能算多，甚至可說是太少。

　　至於在有關新詩理論上，二十世紀五〇年代的台灣正是各家爭鳴的時期，如「現代詩社」的紀弦、「藍星詩社」的覃子豪、「創世紀詩社」的洛夫、瘂弦等，都各自提出了立場鮮明、自成體系的

1　感謝淡大中文系碩士生何昱寰同學在相關資料上的收集、整理，並提供意見，使本文得以如期完成。

2　請參〈商禽小傳〉，《商禽世紀詩選》（台北：爾雅出版社，2000年），頁2。

3　本詩集後來於 1988 年增訂再版，並更改書名為《夢或者黎明及其他》。

4　後來又於 2000 年出版《商禽世紀詩選》（台北：爾雅出版社）。

5　參商瑜容的碩士論文《商禽詩藝的實踐之道》之「商禽創作年表」，頁115-120。國立中山大學中文系碩士論文，2003 年。

新詩論述,並且在台灣的新詩壇引起甚大的回響。商禽既非屬於開創詩派、創辦詩刊的詩人,也不曾提出任何有系統的詩歌理論,所以我們只能從他先後加入「現代派」與「創世紀詩社」的行動,以及他自己在〈商禽詩觀〉一文中清楚的表明「反對」把「詩的內容」解釋為「詩人的志向與懷抱」,也反對將「詩」視為「述懷與載道的工具」,而明白主張「詩的內容」是「意象與心象」,以及「詩」是「把意象繪出」來的等等,[6]來推測他對「詩」的基本認知與態度是什麼。

然而值得注意的是,儘管商禽在新詩的創作量和新詩理論上的表現如上所述,卻仍有許多新詩評論家與新詩研究者認為,因他的新詩作品不但隱含著一種震動人心的力量,也頗具與眾不同的創作手法,所以他的新詩應可算是頗有特色的好詩,而他作為一個詩人,也應可在台灣新詩歷史上佔有一席之地。

然而,商禽的新詩中所含有的動人力量和與眾不同的創作手法到底指的是什麼呢?本文的目的即嘗試以商禽的詩觀與其詩相結合為基,析論商禽詩的主要特色。

二、商禽的簡歷及其詩觀

「作家」與其創作的「作品」之間是否有關?若有,此一關係為何?……等這類問題,在近、現代的文學批評界裡,除了曾主張「作者已死」的法國的羅蘭・巴特(Roland Barthes),以及主張「作

6 　請參見商禽之〈商禽詩觀〉一文,商禽《商禽世紀詩選》(台北:爾雅出版社,2000 年),頁 6-9。

者謬誤」的美國「新批評」（New Criticism School）學派等少數文學批評家所提出的「否定」性論點之外，多數的文學批評都同意：「作家」與其「作品」之間的關係是非常密切的。

商禽在這問題上也曾提出自己的說法。他首先指出，若依照古人對《詩經・大序》裡「在心為志，發言為詩」的解釋，「詩」將成為詩人「述懷」或「載道」的「工具」；而身為詩人，他是一個「不喜歡做工具的工具」的主張者。[7]雖然乍看之下，商禽這一說法好像是在反對「作家」與其「作品」之間是有關係的，但其實不然，因為他也曾明白表示過：詩人之所以「寫詩」，乃是想將自己的內心世界表現出來；而所謂「詩」，則是詩人的「心象」、「意象」所繪出來的結果。[8]也是這個緣故，他才會寫出以下的兩段話：

> 我總是堅決相信，由人所寫的詩，一定和人自己有最深的關係。[9]

> 我也同時深信，由人所寫的詩，也必定和他所生存的世界有最密切的關係。[10]

7　請參見商禽之〈商禽詩觀〉一文，收於商禽《商禽世紀詩選》（台北：爾雅出版社，2000 年），頁 6-9。

8　同上註。

9　同上註。

10　同上註。

這兩段文字非常清楚的顯現出商禽對「作家」與其「作品」的關係之看法。事實上，這些話也將他的詩觀表現出來了：詩人所寫的「詩」和他自己，包括出身、經歷、性格、生命，以及他所生活於其中的世界，實在有非常密切的關係。據此，我們應該可以推論，身為詩人的商禽，他也必定認為自己所寫的「詩」和他自己，以及他的時代和環境都有密切的關係。

既然商禽所創作的詩和他自己的關係這麼密切，那麼，若想了解他的詩，先決條件顯然就是了解他的人生──尤其是以此為基所形成的他的性情了。

商禽於一九三〇年生於四川，雖上過小學與中學，卻在十五歲時因時局動亂而被拉去從軍。此後，歷經了數次的逃亡與被抓，且隨著不同的軍隊輾轉於中國西南各省。一九五〇年，商禽隨著軍隊撤退來台，而於一九六八年以士官身分退伍。此後，他當過碼頭工人、小販、園丁與編輯。一九六九年，因在新詩創作上的出色表現，而受邀至美國愛荷華大學參與「國際寫作計畫」兩年。回台後，擔任過中學職員、出版社編輯等。自一九八〇年起，商禽受邀擔任時報周刊編輯，至一九九二年退休，於二〇一〇年辭世。[11]

這樣的人生經歷，內涵當然是豐富的，但卻也滿佈顛沛和流離的漂泊與無奈。這種經驗，終於促使商禽形容自己是一個「不了解莫札特音樂中的『歡暢』」的人，也「是一個『快樂想像缺乏症』

11　請參請參〈商禽小傳〉，收於《商禽世紀詩選》（台北：爾雅出版社，2000 年），頁 1-2。

的患者」。[12]而或許正是這一缺少「歡暢」和「快樂」的背景，使得商禽頗為用力的去避免自己重蹈古代詩人的覆轍，也就是甘願成為「述懷」或「載道」的「工具」，然後進一步提出自己的詩觀：「詩」乃是詩人直接將自己的「心象」與「意象」繪畫出來的作品。或許，也是在這樣的經歷上所形塑出來的性格，使商禽的許多新詩作品，例如〈籍貫〉、〈夢或者黎明〉、〈門或者天空〉等，不但在內容上，也在主題上，都呈現出一股哀淒、悲涼的詩風。

總之，商禽的新詩與他的生命顯然是緊密相連的，而他的遭遇不但影響了他的人生觀，也影響了他的詩觀，更形塑出他獨特的新詩風貌。

三、商禽詩的「心象」與「意象」

(一)「內心世界」與「文學語文」的關係

商禽既然認為「詩」是詩人的「心象」或「意象」所繪出來的結果，則他自己所創作的新詩也應該具有此一特色。換言之，想了解商禽的新詩，就必須先了解商禽的「內心世界」是什麼。

不過，因「人的內心世界」不僅無形可見，且不停變動，所以內心之中的情感與思想到底如何，大都只能夠從人所表現出來的「動作」、說出來的「語言」、或是寫出來的「文字」去理解。也就是說，若想了解商禽的「內心世界」，則了解他所使用的文字乃

12　請參見商禽之〈商禽詩觀〉一文，收於商禽《商禽世紀詩選》（台北：爾雅出版社，2000 年），頁 6-9。

是必要的先決條件。

由於「文學作品」正是以「語言或文字」來呈現的，所以想了解「文學作品」——包括「詩」文類在內，得先了解該作品所使用的語文才行。然而在文學領域裡，大多數的作家為了使創作出來的「文學作品」能夠充分發揮美學效用、引起人們的注意、進而撼動人心，乃常設法將傳達清楚、有效溝通且表達簡易的「日常生活語文」之表達方式，加以刻意的扭曲或變形，使其成為「文學的語文」，藉以達到觸動人心的目的。因此，「文學語文」其實並不像「日常生活語文」那麼容易了解。以此來看商禽的新詩，果然完全契合，都非常講究如何發揮「文學語文」的效果——尤其是特別喜好採用「超現實」的手法來創作，致使他的新詩所使用的語文常常產生晦澀難解的情況。

前曾述及，商禽在說明自己的詩觀時曾明言「詩」乃是「詩人」據其「心象」、「意象」所繪畫出來的。如果從文學批評的角度來看，兩個詞語的含意其實並不相同。「心象」乃是一般性用語，大約是指詩人心中所浮現的圖像；但「意象」則不同，它是詩學中常用的專門術語，也是「詩」這一文類非常重要的寫作手法與組成因素。

更具體的說，「意象」這一詞中的「意」，即「心中之意」，在文學領域裡多被解釋為「心中的一切活動」，包括思想、感情等；其特色為無形可見、變動不拘，故無法完全掌握。至於「意象」中的「象」字，則是指「現實世界中具有形象的事物」。當這兩字合成「意象」一詞時，既可解釋為「內意外象」，也可解釋為「意中之象」。「內意外象」的意思，是作者的內在心意與外在物

象接觸後，乃將其心中之意賦予此外象，然後再以藝術技巧，將此一已寓含有心意的外象用語文勾勒出來。至於「意中之象」，則是指作者在創作之前，內心之中已經畫好了某事物的形象，「意中之象」即是他透過藝術技巧，用語文將該形象勾勒出來的結果。這兩種用語文呈現出來的形象，因含有變動不拘、無法完全掌控的心意，所以其含意也就出現因無法完全確定、所以容許讀者對它提出不同解釋的機會。由於這些不同的解釋可豐富「意象」的內涵，因而乃造成新詩的篇幅雖比小說、戲劇和散文等其他文類短小，但含意卻可以非常豐富的性質。「意象」對「詩」的重要性，即建基於此。[13]

在資料有限下，商禽是否對這兩個詞語有如上的區辨，我們在此似乎只能採取存而不論的態度了。

另外也必須一提的是，近一百多來，西方的文學領域裡出現了許多各有特定立場、論述與目的之文學批評，並且在世界文學領域裡引起了既深且廣的影響。其中，有數種批評觀點與「語文」有關，譬如「形式主義文學批評」主張：「文學語言」是使「日常語言」產生讓人感到「陌生」的特殊語言[14]；「結構主義文學批評」則將語言學家索緒爾的理論——尤其是語言與其意涵之間的關係是「任意的」——運用到文學上，因而主張：文學作品的涵義也會出現和語言領域裡的「所指」與「能指」之間的差異，而使作品產生

13　請參拙著《文學概論》（台北：文史哲出版社，2002 年），頁 117-118。
14　請參朱剛〈二十世紀西方文藝文化批評理論‧形式主義〉（台北：楊智文化出版社，2002 年），頁 14-35。

不同的解讀[15]；「符號學文學批評」也主張：語言是符號的一種，
所以藉著語言為載體的文學作品也是一個符號體系，所以它當然也
不可能只含有一種意思[16]；另外，像「現象學文學批評」更主張：
所謂現實世界在經由人的感官接觸之後，人所了解的它，其實都已
經敷染上每個人內心之中的主觀意識了，因此，各個人所了解的
它，與別人所認識的世界其實是不可能相同的；[17]……等等。這些
文學批評都以頗具說服力的論述指出，在人的「內心」活動、現實
「世界」和介於這兩者間的「語文」等三者之間，其關係絕不是密
合無間的。

　　上述這類西方文學批評的主要觀點，是認為屬於靜態的「語言
和文字」，對屬於動態的人的「內心」之中那瞬間即逝的「心情、
思想與感覺」，不但不可能完全抓住，也無法將具有實體的「現實
世界」轉換為抽象的「語文」。因此，如果我們以它們的論述為
據，則將因商禽的新詩具有強烈心理色彩，因而推論出若想對他的
新詩作品提出深刻的析論，則只有能同時兼顧他的內心世界、語文
技巧與風格，以及他對新詩的認知等三種領域在一起，才是比較周
延的方法。

15　請參朱剛《二十世紀西方文藝文化批評理論・結構主義》（台北：揚智文
　　化出社，2002 年），頁 149-161。
16　請參張漢良〈符號學與詮釋學〉（台北：文建會，2010 年），頁 32-40。
17　請參 Wilfred L. Guerin: *A Handbook of Critical Approaches to Literature*.
　　Oxford: Oxford University Press, 1999, pp.343-348.

㈡商禽詩的「心象」與「意象」

從題材的種類來看，商禽的新詩所描述的對象，或者是引發他創作新詩的對象，包括了如後數種：有生命的動物，如：火雞、長頸鹿、……等；有生命的植物，如：樹、楓、……等；無生命的各種事與物，如：天象類的木星、逃亡的天空、……等；地景類的安全島、燈下、……等；時間類的夢或黎明、曉、……等；沒生命的螞蟻巢、路標、……等物，玩笑、咳嗽、……等事，哭泣或遺忘、醒、……等狀態。

據此而言，商禽的新詩所涵蓋的題材種類似乎不少，但若以詩的題目來觀察，則他的作品在隱約間似乎有「描寫對象的範圍都不大」，以及「多屬商禽可觸及的事物」兩項共同特色。在此，尤其吸引筆者注意的是由這兩項共同特色所突顯的商禽新詩風格：缺少大氣魄與大格局，以及採用隱微而富象徵意義的修辭技巧和形體設計，以周遭事物為描寫對象來畫出他的內心世界。換句話說，商禽的大多數新詩都是藉由特殊的手法，將其內心世界與外在事物融合而成的結果。

底下，筆者便以商禽的兩首詩為例，來說明他的新詩在方面的特質。

1. 〈無言的衣裳──一九六〇年秋·三峽·夜見浣花女〉[18]

月色一樣的女子

---

[18]　商禽《商禽世紀詩選》（台北：爾雅出版社，2000 年），頁 66-67。

在水湄
默默地
搥打黑硬的石頭

（無人知曉她的男人飄到度位去了）

荻花一樣的女子
在河邊
無言地
搥打冷白的月光

（無人知曉她的男人飄到度位去了）

月色一樣冷的女子
荻花一樣白的女子
在河邊默默地搥打
無言的衣裳在水湄

（灰濛濛的遠山總是過後才呼痛）

　　在形式上，本詩分為三段，每段四行；每段之後則以空一行的方式插上一句外有括弧的句子。從聲音的節奏上來觀察，詩中的每一行都因字數少，行文簡練，所以都產生了抑揚分明，清晰可誦的效果。在整首詩的形式上，前兩段不但完全相同，都只有四行，而

且是第一行與第四行都為七個字,而緊緊相鄰的第二行與第三行則都是三個字,因而由前到後排列為長－短－短－長的形式;而兩段的重疊出現,更塑造出變動與劃一複沓,既整齊又一致的節奏美與旋律美。第三段也由四行文字組成,形式雖與前兩段不同,但四行都是由八個字所組成,因此也有節奏重疊的效果。在此種設計之下,當讀者把整首詩的三段文字合起來誦讀時,全詩便會產生前兩段迴環往復、重疊複沓,而第三段則堅實有力的音律效果。

　　至於在如何使用文字以表達意義上,這首詩也甚有特色。首先是詩中的三段文字都相同,「組成每段的四行文字其實都只是一個意思完整的句子」;只不過,將全句拆開,再安排為四行的形式而已。例如第一段,其形式為:

　　月色一樣的女子
　　在水湄
　　默默地
　　搥打黑硬的石頭

但事實上,它只是「月色一樣的女子在水湄默默地搥打黑硬的石頭」這個句子而已。[19]這種將一個意思完整的句子分裂為四行的形式設計,與前述的節奏分明而疊沓的音律效果結合後,終於促使本詩出現了意思清晰、文字精練,但卻聲音舒緩、重複疊沓,既生動

19　季紅〈析論商禽的《無言的衣裳》〉,《現代詩》,3 期(1983 年),頁15。

且悅耳的圖像。

依商禽附於本詩之後的「後記」與本詩的文字內容來理解，本詩的涵義實包括兩個層次。在文字表層的涵義上，本詩係在刻劃一位女子的動作：在一九六〇年的某個秋天的夜晚，有一位女子在水湄河邊搥打衣裳；由於女子在冷白的月光下所呈現出來的身形和動作引發出詩人心中的淒清感覺，因而乃使他產生將此一景象寫成詩的衝動——只可惜，當時因找不到恰當的詩句來描述而未能完成。一直到二十年之後，在詩人重遊舊地時，他終於找到恰當的文句而完成本詩的創作。

不過，除了文字的表層意思外，本詩其實還含有文字之下的更深層涵義。呈現在商禽眼前的實際景象，顯然並不複雜；不過，當他看了後，卻在心裡畫出一幅具有特殊涵義的「心象」：一開始，他的感覺是月色是蒼白的，當它覆蓋在搥打衣裳的女子身上，使女子的外型也顯得與月色一樣淒清——尤其是在墊於被搥衣裳下那與月色正好相反的黑色、而且堅硬的石頭對照下。此外，被女子搥打的衣裳本無生命，但此時卻呈現出「無言」的神情，而這是否在暗示：衣裳實為此女子想藉著搥打它來發洩鬱悶情緒的對象，只是因為它內心感到歉疚，所以以此時只能靜默無語呢？

接著，畫中的情形忽然改變：被搥打的對象忽然從衣裳變成月色，而且是冷的月色——竟然是這般冷，當然該打！而原來沉默無語的，也從衣裳變成了女子；她在此時，就是像生長於河邊的荻花一般，蒼白且孤獨無依。

詩人心中浮現的最後畫面是：不但像月色一樣冷，也和荻花一樣白的，正是這位女子。此時，她正在河邊，也在水湄，默默的搥

打無言的衣裳。換句話說，此女子果然是全詩所描寫的核心，外型又冷、又白，更無言，而持續不斷的，就是搥打衣裳的動作。這一在景象上由大的外圍向中心逐漸凝聚的結束方式，使得這一女子終於成為全詩的中心；只是搥打衣裳的動作並不稍停歇，似也象徵了她的鬱悶心情仍然是持續不停的。

筆者當然無法確知，上述對本詩所申論的言外之意真是詩人商禽在此詩中所繪畫出來的「心象」或「意象」畫面。但這一將他的內心世界、語文技巧與風格，以及他對新詩的認知等三種領域在一起所提出的仔細分析，應可視為一種忠實讀者的誠意解讀吧！

2. 〈鴿子〉[20]

忽然，我捏著右拳，狠狠的擊在左掌中，「拍！」的一聲，好空寂的曠野啊！然而，在病了一樣的天空中飛著一群鴿子…是成單的或成雙的呢？

我用左手重重的握著逐漸髮（應作「鬆」）散開來的右拳，手指緩緩的在掌中舒展而又不能十分的伸直，祇頻頻的轉側；啊，你這工作過而仍要工作的，殺戮過終也要被殺戮的，無辜的手，現在，你是多麼像一隻受傷了的雀鳥。而在暈眩的天空中，有一群鴿子飛過…是成單的還是成雙的呢？

現在，我用左手輕輕的愛撫著在抖顫的右手…而左手亦自抖

20　《商禽世紀詩選》（台北：爾雅出版社，2000 年），頁 8-9。

顫著，就更其像在悲憫著她受了傷的伴侶的，啊，一隻傷心的鳥。于是，我復用右手輕輕地愛撫著左手…在天空中翱翔的說不定是鷹鷙。

在失血的天空中，一隻雀鳥也沒有。相互倚著而抖顫著的，工作過仍要工作，殺戮過終也要被殺戮的，無辜的手啊，現在，我將你們高舉，我是多麼想——如同放掉一對傷癒的雀鳥一樣——將你們從我雙臂釋放啊！

　　新文學自二十世紀初取代古典文學後，若從「文類」的領域來觀察，取代「古典詩」的「新詩」在形體上有兩項足堪代表的特色：以「白話文」為表達媒介，以及以「分行」為主要形式；[21]前者主要由新詩須與時代相結合的主張所促成，而後者則是受到當時被引進的西洋詩之形體所影響。

　　不過，新詩在形體設計上的這一趨勢雖強勁難擋，卻也曾在形成的初期出現若干作品，嘗試在形體上掙脫「分行」的要求，而且也獲得肯定，譬如沈尹默所創作的〈三弦〉便是有名的例子。這種新詩的文字雖從文言文改成白話文，但因它的形體與一般散文相同，不採取「分行」方式，而保留「分段」的形式，所以被稱為「散文詩」或「分段詩」。商禽所創作的新詩，特色之一便是有極高的比率屬於這種不分行而分段的「散文詩」；這首〈鴿子〉即屬

21　請參拙著《二十世紀台灣新詩史》（台北：五南圖書出版公司，2006年），頁3。

於這一類的作品。

「散文詩」的作者當然了解，新詩的「分行」在作品的旋律與節奏上具有正面的效果，因此，他願意捨棄這種形式，乃是因為想讓自己的作品達成某些特殊的效果與目標；而這些效果與目標的達成，則多是依靠特別的修辭手法。

在形體上，這首〈鴿子〉計分四段，而每段至少都超過七、八個句子，但卻不加以分行，而成為散文的形式。

「鴿子」是這首詩的詩題，也擁有「本詩所要追求的理想」之象徵意涵，當然對本詩非常重要。但仔細閱讀過詩的本文後，應可發現佔有本詩最直接、關鍵的地位與最多篇幅的，其實是「左手」與「右手」，而它們都屬於「我」所有。換言之，若把這首詩視為「抒情詩」，則它乃是由「我」抒發出來的；而若將它視為「敘事詩」，則它也是由「我」敘述出來的。因此，本詩最重要的角色，當然是「我」。這一現象，也正是商禽新詩的主要特色：詩中充滿了「我」的色彩；詩的內容或其言外之意，就是「我」的「心象」與「意象」。

若以「我」為說話者，則這首詩的意思大致如下：

第一段：「我」捏緊右手擊在左掌中，此時，在天空中正有一群鴿子在飛。

第二段：「我」握在左手內的右手掌逐漸鬆開，但只能舒展、轉側而無法伸直。不停工作、殺戮與無辜的手，很像一隻受傷的雀鳥；此時的天空中也有一群鴿子在飛。

第三段：「我」用左手輕撫顫抖的右手，而左手也輕微的顫抖，像是一隻悲憫牠受傷伴侶的傷心的鳥，於是乃用右手輕撫左

手；此時飛翔於天空的，說不定是鷹鷲。

第四段：其實天空中一隻雀鳥也沒有，此時「我」心中所想的，是要把不停工作、殺戮與無辜的雙手高起來，並想如同釋放傷癒的鳥雀一般，將雙手釋放。

不論此詩所表達的，是「我」對自己的「雙手」會有那樣的經歷，產生了不平與同情之心，或是想發洩自己雖很想釋放它們，卻因無法做到而產生的無奈與氣悶，它們都是屬於說話者「我」的心理活動。

在寫作手法上，本詩除了有以「病了一樣」、「失血的」來形容「天空」，「空寂的」形容「曠野」等值得肯定的修辭技巧，[22]因將它們「擬人化」而產生吸引人注意的效果外，對本詩最重要的「手」字，寫法更是特殊與重要。底下，本文便以詩中有關「手」的寫法為對象，來分析商禽詩的寫作技巧。

〈鴿子〉中對「手」的描寫，主要是採取間接的「對照」和「比喻」手法，而且是「有層次」的「一物多喻」。

在第一段裡，作者用了「鴿子」來和「手」對照，藉著「鴿子」的自由飛翔與和平的象徵義涵來「對照」「手」，因而突顯出已經被限制住，而且雖可工作、但也會殺戮的「手」，實具有無限可能的影響力。

第二段，作者的手法從純粹的「對照」轉為「比喻」加「對照」，表現手法也複雜起來。作者先以「受傷的雀鳥」比喻

22　羅青〈論商禽的《鴿子》——分段詩研究〉，收於《書評書目》，25 期
　　（1975 年），頁 71-71。

「手」，然後以「雀鳥」與在天空自由飛翔的「鴿子」形成「對照」。於是，此時的「手」不但不能像在天空自由飛翔「鴿子」一樣，相反的，反而像是受了傷的「雀鳥」般無力飛翔。「手」引人同情的力量，因此而大為增強。

第三段的寫作手法更加複雜，先是把比喻「手」的物改為「傷心的鳥」，接著把前兩段中飛翔於天空的「鴿子」改為「鷹鷲」，然後再將表達方式由一般敘述句改為疑問語句。據此，「手」既然是悲憫其伴侶受傷的「傷心的鳥」，牠當然是不會自己單獨飛走的。然而，此時飛翔於天空的是否為凶猛的「鷹鷲」呢？如果是的話，牠一定會看見「鳥」！只是，牠會迅疾的撲殺下來嗎？這些懷疑與憂慮，頓時引爆出強勁的張力。

第四段的寫作手法與前三段不同，不緊捨棄「對照」，也從間接的「比喻」轉成「直接抒發」，因此，在前面三段佔有極重要地位的「鴿子」、「雀鳥」與「鷹鷲」等都不見了，惟一仍出現的是「手」，是屬於「我」的「手」。在這裡，詩人讓「我」將「一雙手」視為說話的對象，所以稱呼它們為「你們」，而「我」的內心則因充滿了不平和氣悶，所以抒洩出來的語氣也是強烈的：「我」將釋放「你們」！但諷刺的是，釋放的動作竟然只能是高舉雙手而已。

本詩的寫作手法雖然如此繁複，但若從商禽堅信的：「詩」是詩人「心象」與「意象」的「繪出」之詩觀來看，「手」雖是本詩的描寫焦點，但它所扮演的角色，其實是供詩人用來抒發其心中的強烈情緒之引子。

四、結語

　　綜合來看，商禽的詩確實是他的「心象」與「意象」所「繪出」的結果，故而多含有強烈的心理色彩，同時，也因人的心理具有難以捉摸的特質，而使其詩的真正義涵不易完全掌握。另外，因他採取的描寫手法多屬間接的方式，更使他的詩常出現不同的解釋。本文即居於此，將他的內心世界、語文技巧與風格，以及他新的詩觀結合起來做為討論的基點，而以詩中所表現的「心象」與「意象」為焦點，來闡釋商禽詩的特色。

刊載於《新國文天地》，23 期，2011 年 4 月

高雅的獨白
——談現代詩未能普及的原因

客有歌於郢中者，其始曰下里巴人，

國中屬而和者數千人，其為陽阿薤露，

國中屬而和者數百人；其為陽春白雪，

國中屬而和者，不過數十人。

宋玉〈對楚王問〉

　　在我國近百年來的文壇，詩——不論是古典詩或現代詩，與小說、散文等文類相較之下，其普遍度可說敬陪末座。古典詩的創作風氣固已因時代的改變而沒落，然以嶄新面貌出現的現代詩，竟也未能贏得大眾的青睞，其原因到底何在？便值得加以探討了。

　　詩歌之所以成為我國文學史上最源遠流長、並倍受喜愛的文類，原因固然甚多，然似可分由詩歌的「內在」和「外緣」兩個角度來觀察。在「外緣」方面，它符合了我國人重視「實用」的民族性，譬如：各地方的百姓用它來表達心聲、互訴衷曲，乃形成了各式各樣的民間歌謠，文人雅士為了要抒情寫意、展現才華、以至於為自己贏取功名利祿等，也產生了古體詩和近體詩。而若從「內在」方面來看，詩歌之所以受到歡迎，則似以具有下列三個特性為

主要的原因：

　　一、詩行簡短、節奏分明。我國歷來的詩歌，不論其篇幅的長短如何，它們的詩行大都頗為簡短（大抵以三字到七字之間為最普遍）；同時，在這些詩行中，更含有以文詞之意為基，而分成一到四個音步，以形成頓挫有致的節奏效果。例如：

　　　　風雨－淒淒，雞鳴－喈喈（《詩經·鄭風·風雨》）

　　　　城春－－草木－深（杜甫〈春望〉）

　　　　橫看－成嶺－－側－成峰（蘇軾〈題西林壁〉）

在上舉三個詩行中，「－」表示將其左邊的字的聲音拉長；而「－」的長短也表示聲音被拉的時間長度為一個音節。換言之，這些詩行實具有簡短易誦、節奏頓挫的效果。因此，讓人讀來輕鬆、聽來悅耳而覺得願意去親近、喜歡它們。

　　二、文句精鍊、意象豐富。我國歷來的詩歌多以具有節奏的簡短詩行為主，而不論其描寫的對象為風景、事物、情感或哲思等，都是在精鍊的文句中安排了鮮活而具體的意象語，使短小精悍的形體蘊含了豐富的內涵。我們可用唐朝王維的〈相思〉來說明：

　　　　紅豆生南國，春來發幾枝？
　　　　願君多採擷，此物最相思。

南方，尤其是嶺南之地盛產紅豆，而紅豆一名「相思子」，即「思念君」的意思。王維在本詩中希望居住在南方的朋友能到居處附近去多摘取些紅豆，便是在暗示：如果朋友能去採紅豆的話，必定可以了解王維在此時思念朋友的情意之深了。因此，在濃縮而精鍊的文句中，由於包含了鮮明而具體的意象——紅豆，乃使原本簡短易誦的詩行更產生了既吸引人，且含意雋永的特色。

　　三、抒發完整而深摯的情感。詩歌固然可以用來刻劃景物、敘述事件、以及陳述道理等，但仍以抒發完整而深摯的情感為最主要。例如宋朝林景熙的〈山窗新糊有故朝封事稿閱之有感〉詩如下：

　　　偶伴孤雲宿嶺東，四山欲雪地爐紅；
　　　何人一紙防秋疏？卻與山窗障北風！

林氏為南宋遺老；在本詩中，他寫自己在旅行時，於無意間忽然看到一張呈給故朝（指已亡於元朝的南宋）皇帝、稟告有關防禦北方胡族入侵的奏章，此時，竟已淪落成山中小屋的糊窗用紙了。詩中所流露的，乃詩人心中完完全全的真情摯意，既沉痛又傷心，不只震人心魄，而且感人至深。

　　在有關促使詩歌成為我國文學史上最普遍的文類之推動力上，除了上述三點外，當然還有其他因素。不過，上述這三個特性之佔有最關鍵性的地位應當勿庸置疑。底下，筆者即從這三方面來探測現代詩何以未能普受歡迎的可能原因。

首先，我們以洪素麗的〈終戰四十年〉[1]為例，來討論現代詩詩行的長短和節奏。該詩主要在描寫台灣四十年來的變化。因全詩有七段，計五十九行，篇幅頗長，所以這裡只引其第三段的後半如下：

> 戰爭終於結束
> 未成年的尾叔去參加三民主義研習班
> 某一日給帶刺刀的兵伕追趕得沒命逃回來
> 同去的幾個年輕小伙子都失蹤了
> 小漁村封口如一隻緘默的水瓶
> 我在那一年出生

上列詩行中所暗藏的諷刺非常明顯——年青人因不願接受思想被控制而遭到迫害。雖然最後兩行的深刻比喻和綿長的餘味頗具功力，然而，在有關詩行文字的處理上，如「未成年的尾叔去參加三民主義研習班」、「同去的幾個年輕小伙子都失蹤了」、「某一日給帶刺刀的兵伕追趕得沒命逃回來」等句，不但在表達意思上平舖直敘、直截了當，致缺少可讓人咀嚼的意蘊，同時也並未安排任何使聲音鏗鏘有力的節奏。換言之，這種只顧說明、缺少節奏、而句子又都這麼長的句子，又怎麼可能具有吸引讀者去吟哦誦讀、深味其義的力量？

---

1   沈花末《一九八五年台灣詩選》，頁 27。

　　其次，我們再以張默的〈遠近高低各不同〉[2]為例，來討論現代詩詩句的鍛鍊和意象的設計。該詩所描述的重點，在置身於大自然的風景畫中之感悟。詩有六段，共九十七行。茲舉其第一段〈遠〉為討論的對象：

> 常常在書冊中，想
> 常常在夢境中，想
> 常常在電視旁，想
> 常常在暴雨下，想
> 常常在霧起時，想
> 常常在花卉間，想
> 常常在黎明前，想
> 常常在黃昏後，想
> 常常在河上游，想
> 常常在地理誌，想
> 常常、常常、常常
> 置身在這荒僻無一物的天地
> 我往往記不住某一具瘦骨森森的甲骨文
> 它老是阻擋著我的視域
> 分不清，何處是
> 邊界
> 徒然，一尊巨大萋萋的碑石，矗立在彼方

2　《聯合文學》，1995 年 9 月，頁 8-13。

本段自一開始，即連續用了十個相同的句式，來描述詩人在「想」的地點與時間。然而，這些時間與地點的排列，因無法讓人看出含有任何的關聯與次序，故而也令人無法明白到底詩人是在「隨心所欲」的想？或「隨時隨地」都在想？這種「模稜兩可」雖可視為「多重意思」的匠心設計，但其效果實不足以彌補句式重複過多所造成的累贅感。至於在「意象」方面，本段中最突出者當屬「甲骨文」一詞了；而詩人將它描述出來的形貌和特色是「瘦骨森林」、「阻擋視域」的障礙物，也是一尊巨大的碑石。這個意象固然鮮明惹眼，但詩人到底想藉由它來表達什麼呢？是令人難以親近？抑或讓人無法了解？事實上，這個特色正是現代詩最受人爭議處——太過重視意象的塑造，以致於使其意義隱晦難知。

最後，我們想討論的是現代詩的類別和形式。一般說來，現代詩在題材的涵蓋上，可說遠比古典詩廣闊。不過，在抒情、寫意、敘事、記實等眾多類別中，不但與古典詩不同，並未特別偏好抒情的寫作方式，相反的，倒有傾向於理性的描述、並暗寓譏諷的特色。為了與前述的古典詩歌相互對照，茲舉一首比較具有抒情特色的〈給你十四行——一九八七年夏至日〉[3]為例，來看看其「抒情」方式的特點何在：

> 給你，其實一行就夠了。可是對你的懷念
> 就像夏至的陽光，熾熱、鮮紅、悠遠
> 就像切斷的蓮藕，弱小、白皙、纖細的絲

3　王添源作，收於張默、蕭蕭合編的《新詩三百首》，頁 729-730。

愈拉愈長。因此，我才了解，對你的愛戀

永遠無法一刀兩斷。要向你說的話，永遠

無法言簡意賅。於是，我就要寫十四行

來想你，纏你。先寫三行半，運用意象

暗喻我扯不斷理還亂的思緒。再寫三行半

平舖直敘我難以捨棄的，對你的情感。接著

四行，是要解釋怕你看不懂，我字裡行間

深藏的意義。然後在十三行之前空下一行，

  讓你思考

等你明白了，再讓你看最後兩行。

給你我所能給你，並且等待你的拒絕

流淚，是我想你時唯一的自由

這首詩曾被詩評家譽為「情深意濃」。然而，它值得省思處頗多；特別是被稱為「後現代的設計」之形式——即一方面解說詩中目前正在行走的行數，一方面暗喻詩人的思緒。其實，如果我們將它的分行形式打掉，那麼，它將變成一篇在抒情手法上稍有轉折、但韻味並不夠深長的「文章」了。

　　事實上，這篇文章之所以如此分行，明顯的是在套用西方的「十四行詩」之格式；然而，一來，其欲利用不同詩行末字的押韻，以營造聲音上的悅耳效果、以及整首詩在聲音上前後呼應性（如以念、遠、戀等三字一押；以行、象、半、間等四字一押），因韻部相差頗遠而致效果並不顯著。二來，它也並非以表意上的完整性與否來做為分行的依據，譬如它常在詩行中某一語氣可稍停頓處，即把句

子打斷、換行，以致讓許多詩行中出現了句號，而使詩行的意思產生斷裂的現象——雖然行與行的意思可藉此而連繫的比較緊密。因此，本詩的形式設計並不算成功。

現代詩與古典詩相較之下，固然擁有不少優點，如形式自由而無拘、意象鮮亮而繁富、機鋒靈動而屢現、以及創作手法的變化多端等；然而，卻也因經常出現前述的缺失，即：詩行過長而不易記誦、文詞平舖如口語、忽略頓挫的節奏、偏好艱深的意象、以及詩行語意的斷裂和全詩缺少使前後能密切呼應的結構等。而這些原因，不僅造成了現代詩難以引發大眾興趣的結果，而且反有把欲窺其堂奧者阻拒在外的現象。如此，現代詩乃成為少數極專業人士間彼此相互欣賞的專利了，而這種狀況若持續下去，說現代詩可能會成現代文壇中的「陽春白雪」，應不是沒有根據的臆測。

刊載於《國文天地》，民國 84 年 12 月

文學與歷史的交融──談撰寫
《二十世紀台灣新詩史》的心得

一、「人」與「事實」

㈠事實與文字

所謂「歷史」，應可用「當下之前曾出現過的一切」來概括。從「眼見為憑」的角度來看，「歷史」所涵蓋的範圍應是：當下之前的男女老幼等所有的「人」，大自然的山川與人為的建築等「景」，會活動的與靜態的「物」，以及前三者在某時間內的互動所形成的「事」等等。據此，對「歷史」的了解應該等於是對「這些人、事、景、物及其間的互動情形」都已了解。然而，這樣的解釋若要成立，顯然有兩大問題必須先予以澄清。

第一個大問題是人們之所以能夠了解歷史，絕不可能是因為自己親眼看到已經消失了的時代裡所發生過的種種事情，而是透過閱讀許多「歷史書籍」的緣故。由於這些歷史書是用「文字」記載下來的，所以如果想要肯定「歷史的內容」可以經由「閱讀歷史書籍」來取得，則必須先要確定：「文字」可以做到「把過去所發生的所有事實都記載下來」。但「文字」真的具有這樣的功能嗎？這一問題的答案其實值得懷疑。

其一是在「表達意義的能力」上。近代以來，有不少研究「語言」（在西方，「文字」通常包括在「語言」的範圍之內）[1]的學者對「語言」的傳輸與記載功能都抱持著懷疑的態度，譬如：現代語言學之父索緒爾（Ferdinand de Saussure）即藉著討論「語言」上的「意符」、「意旨」與「指涉」等三者之間的關係，而提出「語言」（包含「文字」）與「事實」之間並不相等的理論；「新批評」（New Criticism）的主要論述之一，正是指出了因「語言」具有「含混性」（ambiguiety，即「多種含義」），故而以「語言」為表達媒介的「文學作品」（literary work）必含有多種義涵；而「解構理論」（Deconstruction Theory）的論述也特別強調，「語言」的含意實具有讓人無法掌握的「任意性」；……等等。也正因為有見於此，歷史學界中也出現了「新歷史主義」（New Historicism）一派，主張「歷史乃是由人所解釋出來的」。易言之，所謂「歷史」，其內容在經過「語言」的記載之後，因「語言所傳達的意思」與「過去真的發生過的事實」之間必有落差，所以「透過歷史書籍而取得的理解」與「過去真的發生過的事實」之間也就有差別了。

其二是在「記載數量的多少」上。「文字」不但如上所述，其表達出來的意思與「事實」兩者必有差別，但更需注意的是，所謂

1　這是因為西洋文字係以表達聲音的字母所拚出來的，所以「文字」也包括於「語言」的範圍之內。但因中文系統與西洋文字在組成概念與組合方法都不相同，主要是用形體來直接表達意思，而聲音已被涵蓋在內，所以在稱「文字」時，與西方所稱的「語言」幾乎同義。因此之故，本文底下將應使用場合的不同，而採取「文字」、「語言」與「語文」混用的方式來行文。

「過去所發生的一切」除了包括有形可見的人、景、物等的靜止樣貌、他們的動態狀況、彼此之間發生各種方式的互動情況之外，還包括了潛藏在外象之下的深刻意涵和意義。這些雖然無形可見，但卻都是事實，只是，因為其情況過於複雜，以及其意涵過於豐富，以至於「文字」無法將它們完全記載下來。換言之，以「文字」來記載的「歷史」，在「範圍」上其實遠比「過去所發生的一切」要小得多。

㈡「人」的理念與意義

第二個大問題是「歷史書籍」既然無法將「過去所發生的所有事情」完全記載下來，那麼「歷史」的意義與價值又何在呢？這問題的關鍵其實在「人」與「意義」兩者上！

「人、事、景、物與他們之間的互動」本來就是存在的，但選出其中的某部分記載下來而成「歷史書籍」，則是因為人們（史家）認為這些部分對「人」是有「意義」的。或者說，「史家」會先「選出某些已存在的事實」，然後以技巧的手法「賦予他們深刻的意義」，寫出符合他們理想的「歷史書籍」。當然也有可能被史家寫入「歷史書籍」中的事件，並不在於它們是否完全符合事實，而是在史家認為：它們在文字面底下可以寓含有對「人們」具有深刻的意義。

這一情況點出了：即使是在號稱最重視事實的「歷史」領域裡，「人」仍然佔有最重要的地位。

二、文學與詩歌

㈠文學語文

　　一般人都同意，組成「文學領域」的四大要素為「文學作品」、「作家」、「讀者」與「時代環境」，其中，「文學作品」不但是促使其他三項元素與文學產生關係者，也是讓讀者得以接觸到文學的元素，所以地位至為重要。而因「文學作品」的傳達媒介是「語文」，所以了解「文學作品」的先決條件就是了解它的「語文」。

　　關鍵問題是，「語文」原是人類用來自我表達與互相溝通的「媒介」，而非「文學作品」的專屬載體，就像各種顏色的原料對於繪畫、木石銅鐵等材料對於雕刻、以及聲音對音樂等一樣。因此，為了能夠使它也成為「文學作品」的表達媒介，這一人們在日常生活中使用的「語文」，原來作講究的清楚與簡單的特色，乃在文學作家們用來創作「文學作品」時，為了能夠達到更具吸引力或更具豐富含意的效果下而被刻意改變，以至於文字複雜而含義朦朧等曲折的表現方式乃成為「文學語文」的普遍現象。

㈡文類與古典詩歌

　　「詩歌」是文學作品的一種類型，在文學領域裡被稱為「文類」（或「文體」）。每一種「文類」都是為了達成某一目的而形成其特定的結構與形式。「中國古典詩歌」是中國文學史裡的一種源遠流長的「文類」，也是歷來許多文人用來盡情抒發自己的志向和

懷抱的一種文學形式。因此，不僅在形體、結構、用詞和題材等純
文學的要素上與其他中國古代的「文類」，如：楚辭、漢賦、傳
奇、古文、宋詞和元曲等有異，也和現代的散文、小說與戲劇等有
別。更具體的說，「詩歌」作為一種「文類」，表現出與其他文類
有別的要點有：廣泛使用含義豐富而生動的意象詞、可使涵意的範
圍因引申而擴大的象徵手法，以及使聲音頓挫有力且旋律動聽的聲
調格律與精巧的形式設計等等。

㈡新詩

　　中國古典詩到了二十世紀之後，尤其是在五四運動時期，隨著
白話文的流行也出現了所謂的「新詩」。它的提倡者主張：「古典
詩」是屬於舊時代的產物，只能以舊時代的語文（指「文言文」）、
充滿形體上的束縛之聲韻格律去容納舊時代的事物，所以必須全部
捨棄。「詩」必須配合新時代，能讓當代人所用，「詩」必須能夠
讓新時代的種種實況被寫進去，「詩」也必須成為新時代人民抒發
心聲的重要載體。據此，他們一方面極力主張以人人都在日常生活
中使用的「白話文」來取代只有古代文人才會的「文言文」，二方
面呼籲捨棄所有古典詩的形式束縛，使其獲得完全的自由，因而形
成了所謂「新詩」。於是，以「白話文」為表達媒介，而且在形式
上完全沒有限制的「現代的自由詩」，果然隨著時代的前進腳步而
逐漸取代了古典詩的地位，成為現代詩壇的主流。

三、二十世紀台灣新詩史

㈠台灣新詩的特質

1.作品的表達媒介：白話文

台灣於 1895 因清廷戰敗而被割讓給日本之後，原來的統治階層也由清廷官吏換成日本官員，但台灣人民的生活方式則依然延續著漢族的文化習俗，包括：語言文字、宗教儀式、傳統價值觀、以及生活習慣等等。在文學領域裡，「古典漢詩」不僅因適合日本統治者用來拉攏台灣士紳，同時也被某些台灣文人寓含保存漢文化的功能，所以它的創作並未曾稍歇。只是，這一情況也正好反映出一個事實，就是「古典詩歌」只流行於文人階層，與大眾的關係並不密切，以致在二十世紀初，「它」也成為當時革新派知識分子的改革對象。

在以民為主的時代潮流衝撞下，二十世紀初留學日本與大陸的台灣知識分子都體會到，台灣若要現代化，先決條件之一就是須將具有啟蒙性地位的「文字表達方式」與「大眾的日常生活語言」結合起來，使人人都能隨時經由它來獲取新知，參與社會活動，以及提升文化水準。於是，除了原有的以「文言文」為「文字表達方式」之外，也出現了「台灣話文」與「白話文」的討論與推動。

所謂「台灣話文」，就是將平日台灣人們口說的「台灣話」或「台語」以百分之百的方式用文字記錄下來，使「語言」與「文字」一致。提倡這一主張的人不少，如：連溫卿、黃石輝、郭秋生、莊遂生、黃純青、黃春成、李獻璋、葉榮鐘、賴和、……等

等。他們都認為「台灣話文」因「言文一致」,所以可將台灣的文盲掃除掉,使台灣人能夠接觸現代知識,使台灣便於發展,甚至可避免台灣文化被外人消滅,以及台灣被外人所控制等等。如此的觀念與作法當然值得尊敬與肯定,然而,由於台灣島內其實並存有不同的族群及其與眾不同的語言,台灣各地的閩南話發音也有地域性的差異,以及屬於單音節表意文字的「漢字」並無法完全呈現語言的聲音實況等限制,致使「台灣話文」無法成為台灣「文字表達方式」的主流。這一事實正可以從台灣「新詩」在開創時所遇到的情形來印證。

　　台灣「新詩」在開創時期,有些詩人的作法是硬把「以形體來表達意義的漢字」只當作「台灣話」的「聲音載體」,將「漢字」視為「只是紀錄台灣話」的「聲音符號」,因而創作出所謂的「台灣話文新詩」,也就是「台語詩」。但這種只取「漢字的聲音」之觀點與作法,因忽略了「漢字」的根本特質,也就是「漢字」本身即具有特定的內涵與意義,「它」並非只是用來拚出聲音的「字母」,也不是用來標示聲音的「注音符號」,因此,乃致使這種希望讀者能夠在面對「台灣話文新詩」時,可以完全捨去「漢字」的「意義」,而只關注「它」背後那無法看見的「聲音」,進而由那聲音去了解該新詩的意思等,不但成為一項讀者難以達成的事情,甚至常常造成讀者被困在字形、字義和與它們很有差距的字音之間。換言之,依此觀念與方法寫成的「台語詩」因只能聽而不能看,而與一般對漢字的認識態度和使用習慣相違背,因而使讀者對擺在眼前的「台語詩」,不僅無法根據組成「它」的漢字之含意去了解詩的意思,反而會被其漢字的怪異組合方式混淆自己正常的認

知。「台灣話文新詩」應該如何去理解與評價，也因此成了值得深入探討的問題。

當上列知識分子在推動「台灣話文」時，也有另一批和他們擁有同樣的情操與理想的人，如：張我軍、林克夫、廖毓文、朱點人、賴明弘、王詩琅、楊雲萍、……等主張：台灣應借鑒大陸成功的改革「文言文」，使「白話文」逐漸普及的經驗。由於「白話文」在「口語」和「書寫」之間雖然並未百分之百相合，但因能以漢字兼具形、音、義的特性為基，而使人們在日常生活中「說」與「聽」的「口語」和「文字」上的「書寫」維持在一個恰當的距離，所以終於成為中文「文字表達方式」的主流；而以「白話文」為表達媒介的「新詩」，也就在這情況下成為「台灣新詩」的主流了。

「新詩」雖然在「語言」和「形體」上已脫離了「古典詩」的傳統規範，在「內容」上也容納了「現代文明」的題材，但若從根本性質來看，它其實仍保留著「詩歌」文學的傳統，如「新詩」也具有：讓詩人言志、詠懷、抒情、寫實、批判，也可以感動人、啟發人、說服人，甚至是引發風潮、移風易俗、……等功能。也就是說「新詩」的基本特質與「古典詩」並無不同，同樣是強調詩人將其「心」和外在世界結合，然後運用美學技巧，將自己的所感、所思與所欲以「新詩」的形體表現出來。因此，在大陸或台灣的「新詩」也仍然是一種以感情與理智和諧交融為根本性質的文學形式。

2.作品的體裁：自由體

在作品的形體上，「新詩」對「古典詩」的最大的改革有二，即捨棄了嚴格的聲調格律，以及整齊劃一的詩句長度。但也因此在

外形上呈現出兩大特色，即詩句的長短不一，和整首詩沒有詩句數目的限制。這樣的外形，乃使它被稱為「自由體詩」。但這種「自由體」的「新詩」雖然在形體上看似毫無拘束與規範，其實也呈現著兩項共同點：「分行」與「分段」；而這兩項在外形上的共同點其實也都隱含有深層的意義。

(1)以「分行」為詩句的基本外形

在詩歌語言的表達方式——吟誦上，古典詩歌所秉持的傳統一直是《詩・大序》裡的幾句話：「詩者，志之所之也。在心為志，發言為詩！言之不足，故永歌之；永歌之不足，故嗟嘆之。」這幾句話包含了兩個重點，一是有關「詩」的性質與內涵，另一則是「詩」的表達方式。其中的表達方式——「言志、永歌」中的「永歌」，傳統上即稱為「長言也」，就是把語句的聲音拉長，希望藉著拉長的聲音來表現情緒和情感；後來則將它稱為「吟誦」。

由於「漢字」是屬於「單音節」語文系統，而詩歌又是以「拉長語詞的聲音」來呈現詩人心中情感活動為主要方式，也就是所謂的「永歌」、「吟誦」，因此，乃逐漸形成將兩個字（大抵以同屬平聲、或同屬仄聲）結合成一個「兩音節」的吟誦單位，稱為「音步」，然後再儘量設法使詩句裡的「音步」形成「平聲音步」與「仄聲音步」輪流遞用的方式出現，以營造出詩句的聲調富有抑揚頓挫的節奏律動，同時整首詩也能呈現出聲音悠揚而和諧的韻律。

中國「古典詩」雖然自古以來即含有分明的聲音節奏，以及規律性的在某一聲音長度（也就是字數）即出現押韻的特色，所以不但使詩的句子出現聲音抑揚有序、頓挫有力的情形，也使整首詩的律動出現定時重複，迴旋振盪的效果；但即使如此，「古典詩」在形

體上仍然是「不分行」的。

　　二十世紀出現的「新詩」在形體上的特色之一就是在「詩句」上以「分行」為主要的形式；而會出現這一做法的原因有二，一是因為它的提倡者與創作者為了使它的形體與「古典詩」的舊體制不同，另一則是受到當時擁有象徵世界文明的西學中的「西洋詩」之外型的影響。然而，「西洋詩」在外型上雖然句子看似長短不一，整首詩的篇幅似乎也是可長可短，漫無限制，但事實上，它們也都遵守著某些規範，譬如說：有些詩體的句子在聲音的律動上係依據長短律、短長律、輕重律、重輕律等要求；有些詩體則必須符合某一特定的長度，如十四行詩。因此，如果說「新詩」的「分行」乃模仿自某些「西洋詩」的形體，則模仿者似乎也應該注意到，它在形體上絕不是真正屬於「無所限制」的「自由體」詩。換言之，「新詩」即使決定以「分行」為詩句的最普遍形式，則除了可讓這種新的形式在特殊的語氣、精細的結構與突出的意象等效果上充分發揮之外，應該也不必因其聲音設計上的效果與傳統有關，而非將它排除不可。

　　當然，有些「新詩」的「詩句」是「不分行」的，如「散文詩」。這類「新詩」作品在「詩句」上之所以違反「不分行」的主流形式，絕非任意為之，而是有其特殊的原因和目的。

　　(2)以「分段」為整首詩的基本外形

　　「新詩」在整首作品的篇幅上，雖然沒有明確的限制，但卻以長於「古典詩」的體制最為普遍。不過，這種篇幅比「古典詩」長的「新詩」雖然在「詩句」的呈現方式上係以「詩行」為主，但在作品的整體形式上卻非以「詩行」的形式一直排列下去，而是以

「分段」（或可稱為「分節」）為主要的組成方式。

　　基本上，「新詩」的整體形式應該從篇幅的大小來區分為兩種。篇幅比較短小的「新詩」只有一「段」（或「節」）。但又可細分為兩類，一類是由數個詩行並列而成的「一段」；另一類則是詩句並不分行，而像「散文」一樣，以前後句連續出現的方式來形成「一段」。同樣的，篇幅比較長的「新詩」，在整首詩的形體上也可區分為兩類，一類是由「若干個」以「數行並列為一段」的「若干段」所組成；另一類則是由「若干個」外形像「散文」的「段落」般的「若干段」所組成。但不論是哪一種形式，都沒有篇幅長短的限制，以使「新詩」能夠容納更多的內容與更仔細的刻畫。

　　當以「新詩」的體制來劃分文學的類型時，外形像「散文」的「段落」般的「新詩」，不論是只有一個「段落」的作品，還是包含有許多「段落」的作品，都被稱為「散文詩」。

　　當「新詩」的句子以「分行」的方式出現時，即在表示此「新詩」作品在形式上已經與「古典詩」有別，因它將把重點集中到意象、隱喻和修辭的鍛鍊與安排。但值得注意的是，「分行」的方式其實暗含著不放棄在其吟誦時會產生的聲音效果。相反的，當「新詩」以散文般的「段落」為外形時，將代表此一「新詩」作品已和「古典詩」完全劃清界線，因它不僅強調了其外形已掙脫「古典詩」那規律有序的限制，也放棄了動人的聲音效果，同時，也表明了將把焦點集中到西洋詩所重視的意象、隱喻和修辭等的創作手法上。

　　「散文詩」既然不介意在外形上與「散文」的形體相同，而又要稱自己為「詩」，當然必須在形式之外的某些地方與「散文」有

別。至今為此,「散文詩」與「散文」的最大差別,當在修辭手法上,也就是特別強化意象和隱喻的運用。也因如此之故,「散文詩」因必須精心鍛鍊其修辭,所以並不容易寫,以至於造成了這類作品的篇幅都不太長,這類作品的數量與詩人也都不多的結果。

3.作品的內容題材與特色

在進入二十世紀後,台灣人因身分的關係而無法在這個被日本殖民的地方發展,所以有許多人分別到大陸和日本去留學,藉著取得較高的學歷、知識、技術和寬闊的視野,再回台來開創自己的前途,並服務自己的鄉梓。其中,有不少知識分子因時時以台灣的進步為念,所以在留學時便致力於了解「現代化」的意涵及其進程,再將它引進台灣,使台灣人民也能夠獲取新進的知識和技能。到了二〇年代,他們在書寫語文上果然成功地促使貼近人民日常生活的「白話文」取代了只有少數文人才有能力使用的「文言文」,使人民可以較為容易來了解訊息,並學得現代化的知識。而由於「文學」的表現媒介就是「語文」,所以這一語文的改革也影響了所有的文學類型,包括「新詩」在內。因此,若從行為的表現來看,台灣新詩歷史上的多數詩人應該可被稱為現代的知識分子。

事實上,和古代的詩人一樣,這些一心以台灣進步為念的「新詩」作者也都具有情意真摯,感覺敏銳的性格特質。台灣的「新詩」作者在詩中所傳達的情與意,雖然有些只以詩人自身的想望為範圍,但為數更多的作品則是由詩人的情意和思想與外在世界的人事景物相容而成。但不論是前者或後者,詩人們都寫出了一篇篇感人的詩作。以台灣新詩史為觀照面來看,新詩在初現台灣之時即兩者兼括,前者如張我軍的《亂都之戀》,所表達的是他追求純潔戀

愛的熱情；稍後的水蔭萍所寫的〈靜脈與蝴蝶〉，也是在抒發他對初戀情人的思念。後者如郭水潭的〈廣闊的海──給出嫁的妹妹〉與巫永福寫的〈祖國〉，或是表達對妹妹的關心，或是描述自己對祖國的盼望與失望等等。這些情深意摯的新詩作品在「台灣新詩史」上可說是不絕如縷，代代都有。

　　但是，若從整個「台灣新詩史」來看，台灣新詩的最主要特色應屬作品與台灣的發展進程緊密相連了。它們的大致內涵與特色如何，或可從它們在題材與性質上包括了如後的類別來了解。在題材上有：情意、想像、社會、戰鬥、愛國、鄉土、懷鄉、都市、政治、性別（女性主義）、⋯⋯等；在性質上有：寫實、超現實（現代主義、西化）、諷刺、後現代、方言、網路、⋯⋯等。不過，如果從「詩史」的意義上來看，因這些各有重心、各具特色的類別之所以會出現都與時代、社會息息相關，所以若將這些類別依其出現的時代先後來排列，則「台灣新詩史」或許可用如此的面貌來理解：

　　　　創新（寫實）→戰鬥→超現實（西化）→愛國→都市→鄉土
　　　　→後現代（網路）

四、二十世紀台灣新詩史的撰寫架構

㈠分期

　　前曾述及，「歷史」係指「過去所發生的事情」，所以它所涵蓋的範圍不僅時間非常漫長，而且空間也十分遼闊；至於人們對「歷史」的了解，則多是從「文字」的記載而來。由於以「文字」

所表現出來的「歷史」，最普遍的表達方式是以時間為縱貫軸，然後再依照事件發生的先後排列於此一軸上，最後，再加以描述和評論而成，因此，若以「二十世紀台灣新詩史」為一部以「文字」表現出來的「歷史」，則它用「文字」所書寫出來的結果，將是一部以「台灣」為空間範圍、以「二十世紀」為時間長度，然後將此一空間與時間之內的「新詩」之內容、外形、以及其意義依照時間先後呈現出來的文字敘述。

　　「台灣」的空間範圍雖然不大，「一百年」的時間也不算長，同時，「新詩」也只是「文學」裡的一個「次文類」而已，但即使如此，如果要把這一項「文學」裡的「次文類」在「二十世紀」內的「台灣」所表現的一切，都用「文字」鉅細靡遺的記載下來，在「文字」的傳載功能並無法等同於「事實」的限制下，可說是一項不可能達成的工作。何況撰述與閱讀「詩史」的最大目的，乃是在挖掘與突顯其中所含的意義，而不僅只是在記錄事實而已。因此，為了達成撰述一部「二十世紀台灣新詩史」的目的，在作法上，首先應該是盡可能將具有深意的「新詩」作品蒐集周全，然後將這一百年的時間分為數期，並盡量讓這一次文類在每一分期裡的實際狀況與深刻的意義都能夠清楚的呈現出來，最後再依時間先後將這些分期依時間先後排列成序，來組成一部「二十世紀台灣新詩史」。

(二)分類

　　凡是「詩史」必以「分期」為基本架構。「分期」的依據有別，而其原因也各有不同，有的是為了避免所要描述的「新詩」之時間範圍太長，以至於造成描述的內容會有失去焦點與深度的缺

點。有的則是希望在使「新詩」的描述能夠儘量符合實際情況之外，更可以讓「新詩」在某一時段內明顯異於其他時段的特色，以及造成它出現此特色的原因和它在後來所引起的影響等能夠突顯出來。總之，「新詩」的「分期」不僅有其必要，而且十分重要。

　　不論中外，學者論及「新詩史」時，確實都採取「分期」的方式；而頗為普遍的作法，則是配合一般將「十年」稱為「一世代」的說法，也以「十年」作為「分期」的時間幅度，而稱每一期為「○○年代」，譬如：「二○年代」、「五○年代」、「八○年代」等。只是這一作法雖然方便，卻因缺少學理依據，以至於無法將所要探討與描述的對象以具有意義的方式表現出來。換言之，若從學術研究的角度來看，以「二十世紀台灣新詩史」作為探討與描述對象的一部書，至少應包括如後的三項重要內容：揭示「新詩」本身的深刻意義、突顯「新詩」在每一時期的特色、以及將「新詩」在這一世紀裡會以如此的方式來「分期」的原因和其影響表現出來。換言之，以能夠將「新詩」在「某一時期」呈現出異於「其他時期」的特色作為「分期」的依據，然後以時間作為縱軸，將所有劃分出來的各個「分期」依時間先後排列其順序，因而乃組成一部「二十世紀台灣新詩史」。

五、結語

　　要寫一部《二十世紀台灣新詩史》，首先要有歷史性的觀照，以事實為最高標準，將新詩作品和詩人當作主要對象和資料，儘量蒐集完備。接著，一方面以作品所呈現出來的多項共同特色為據，二方面將這些特色與當時代和社會的實況結合，來對二十世紀裡的

台灣新詩加以分期。最重要的是，在探討每一期裡的新詩時，以新詩的分類為基，而採取兼容的態度，在強調該期裡主要新詩類別的深刻意義之外，也說明其他類別的特色：如此，乃形成了一部《二十世紀台灣新詩史》。由於我個人最想呈現的是台灣新詩在二十世紀裡的內涵與意義，因此乃在這一客觀的架構中，特別對新詩作品的內涵，以及詩人當時想要表達的情意、理智和想像等，如何與當下的事實相互交融、薈萃，而成為一首首動人的詩篇。於是我寫的這本《二十世紀台灣新詩史》中，便有不少篇幅是用在分析新詩作品了。

於彰師大國文系人文講座演講稿，民國 100 年 3 月 9 日

論關漢卿「單刀會」中的衝突

　　關漢卿（?-220）在我國的戲劇史上，不僅因作品精彩而享有盛名，而且是產量最豐的劇作家。可惜，我們今日所能見到他所創作的作品，只剩下六十七種。「單刀會」即其一，而且是幸運地全劇被完整地保存下來；不過，不同的版本之間在文字上也頗有差異，如收於「元刊古今雜劇三十種」中之巾箱本及明代趙琦美之脈望館鈔本即有差別。本文所據以討論者，乃何煌所校之脈望館鈔本，收於世界書局於民國五十一年所編之「金元雜劇」的「初編」第一冊。

　　「單刀會」原名「關大王獨赴單刀會」，可能是現存我國最古老的完整劇本，歷來學者對其評價頗高，但以偏重其文辭為主。全劇大意為東吳之魯肅為了向蜀漢索還於赤壁之戰時暫借給蜀漢之荊州，乃邀請蜀國派至荊州鎮守的關公赴其宴會之故事。共有四折：第一折敘述魯肅為了向關公討回荊州，先設計好一個含有三段步驟的計謀，想藉著邀請關公赴其宴會之時，達成其目的。為了審慎起見，魯肅乃派人去請德高望重的喬公來商討其可行性。第二折敘述魯肅為了下列之理由而邀請關公舊友司馬徽作陪：一則可向其打聽關公之酒性，二則可向關公表示誠意，三則可使他與關公在宴會時可能發生之緊張氣氛緩和一些。第三折則為關公自道其經歷、性情、才幹和德性。第四折則為魯肅與關公於宴會時之面對面爭鬥。

一般而言，現代學者大多認為此劇的主題在突出地歌頌關公的英雄形象。至於全劇的結構安排上，則以為前二折、甚或前三折都不太重要，因其功用只在為關公的英雄形象做伏筆而已，如李建吾於「關漢卿單刀會的前二折」就說：

> 「關大刀獨赴單刀會」這齣雜劇……整個看來，……前二折近乎多餘，例如一般演出，就只從第三折開始。

又

> 這二場戲（按：即前二折）有一個相同的手法：就是喬國老與司馬徽表過關公聲威，立即下場。

張友鸞在其「關漢卿雜劇選」的前言則說：

> 「單刀會」……戲劇中心故事在第四折。前三折乍看之下，並無必要的聯繫，似乎有些多餘。事實上卻不能夠這樣看，因為前三折的描寫，在為第四折製造氣氛，醞釀高潮，使得第四折中的人物形象凸起、突出，既清晰又全面。

上面所引現代學者對「單刀會」之主題與結構的看法，仔細探究起來，似有粗略之弊，筆者可以下列二點來說明：

一、眾所周知，元雜劇由四折組成；每一折包括有唱詞及對白，而以唱詞為重心。其規定則由同一人來唱全折的曲詞，因此，

唱者通常是主角或主角之一，因為藉著這些唱詞，主角可以將其心意表達出來而與觀眾做最直接的溝通。退一步說，當唱者不是全劇的主角時，其唱詞的內容也必得以主角為主要的描述對象才是。因「單刀會」即是典型的元劇，是以根據上面那層瞭解，若關公是全劇的唯一要角，則其出現之比率當比任何其他人物要高。但細讀原劇之後，發覺事實並非如此，關公既非一、二折的主唱者，也非唱詞的主要描述對象。只突出關公一人在全劇所佔的分量，不僅會抹殺喬公於第一折中及司馬徽於第二折中的重要性，而且魯肅在全劇中所含的穿針引線之功能也會黯而不彰。

　　二、戲劇最重要的文學因素應是「衝突」。通常，衝突是發生在二個或二個以上的人、事、物之間的各種對立情況。依筆者淺見，「單刀會」即可釋為「單刀」與「會」之對立。「單刀」表面上當然是指關公，但其更深一層的含義應是勇敢、自信及武藝超羣；「會」即魯肅所設之宴會，也有禮儀、交誼以及謀略等內蘊。我們若以「衝突」的觀點來看全劇，這個劇名當然不能完全涵蓋全劇所包含的更深一層之義蘊，但卻足以說明關公並非是全劇中唯一的要角了。

　　本文即基於上列原因，選擇「衝突」為立論之標的來分析「單刀會」中含有的更深一層之抽象架構。大抵說來，「單刀會」中有四個不同的衝突圍繞著魯肅身上發展，現分論於下：

天道對個人名譽

　　在第一折一開始魯肅一登場時即吟道：

> 三尺龍泉萬卷書，皇天生我意何如？
>
> 山東宰相山西將，彼丈夫兮我丈夫。

在這段韻語中，有兩點值得我們注意之處：一是魯肅心中顯然有宰相與將、龍泉劍與書相對立的觀念。二是魯肅雖為文臣，卻自信比起武將來，毫無遜色。前者對全劇的「文」、「武」衝突埋下了伏筆，後者則是促使全劇合理進行的動力。

在劇中，魯肅說明了自己不但是力勸吳王將荊州借給蜀王以聯合吳、蜀對抗曹操大軍入侵的人，且在紙上做了保。因此，在曹軍被擊退後，而蜀主食言不還荊州之事，對於像魯肅那般自尊、自信的人來說，不僅無法向自己的主公交代，且有被天下人恥笑無能之虞。在這雙層壓力下，魯肅設宴邀請關公之舉，實合乎情理、毫無牽強之感。關漢卿創作戲劇之能力，由此可見一般。

為了達成收回荊州之目的，魯肅乃設計了一個包含有三步驟的策略；同時，為了慎重起見，派人去邀請德高望重的喬公來商討其可行性。然而，喬公在此劇中卻是一個基本上自認為「漢國臣僚」的人，因此，魯喬二人之間的衝突便逐步展開了。

首先，讓我們看看喬公對政治的觀點如何。在〈混江龍〉裡，他唱道：

> 止留下孫、劉、曹，平分一國作三朝，不復河清海晏、雨順風調，兵器改為農器用，征旗不動酒旗搖，軍罷戰，馬添膘，殺氣散、陣雲消……脫軍甲，著羅袍。

據此，喬公乃是一個思念漢朝，愛好和平，反對任何戰亂的人；因而，任何可引起兵凶征戰之事都該在他反對的範圍之內。也因此，在瞭解了魯肅的用意之後，喬公便舉出種種理由，希望能打消魯肅的計畫。他於〈油葫蘆〉中說：

　　若不是天交有道伐無道，這其間，吳國盡屬曹。

喬公顯然想用「天道」之有無來勸止魯肅的行動。雖然他並未說明何謂「道」，但若以赤壁之戰時，多於吳、蜀聯軍數倍的曹軍竟被擊敗之事為例，可推知其義當是「引起戰端，破壞安定局面」即「無道」。換句話說，魯肅的計畫在喬公的眼中是會引起戰事的，也是違反「天道」，因此，其結果必敗無疑。事實上，喬公即明指魯肅說：

　　這三朝恰定交……你待要行霸道，你待要起戰討。（〈天下樂〉）

對喬公而言，雖然天下分裂成三個獨立的國家，但卻仍能維持著一個安定的局面；若要收回荊州，即是違反「天道」之「霸道」，必會引發兵災，致使社會不安、百姓受苦。所以他說：

　　曹操有千般計較，則落得一場談笑。（〈尾聲〉）

即使像曹操那般雄才大略、智計百出的人，只因他是引起戰事的罪

魁，所以終逃脫不了被人談笑的結局。

上面所述，乃在說明魯肅雖然為了其個人的名譽及信用而奮鬥，但在「天道」面前，終不免於失敗的命運。

具體事實對愚妄淺識

為了勸止魯肅，喬公不僅攀援了無人可抗拒的「天道」為助，而且更舉出若干事實來證明其說法。他說：

> 收西川白帝城，將周瑜來送了。（〈哪吒令〉）

周瑜乃東吳國最高明的元帥，但也因為了向蜀國收回白帝城而丟了生命，這事乃不久前發生的史實。之後，他更警告魯肅說：

> （你）怎比那多謀足智雄曹操，你須知南陽諸葛應難料。
> （〈寄生草〉）

喬公既提醒魯肅連那般足智多謀的曹操都不敵蜀漢軍師諸葛亮的神妙機變及奇幻魔力，以魯肅之能力是絕難與之對抗的，加上關公素被認為是「神道」般的將軍，無人可與其抗衡，因而跟蜀漢為敵，依事實來看，乃大為不智。但魯肅聽完之後，並未採信，依然對自己的計畫很有把握。在第二折，魯肅為了前面曾提到過的三種理由，乃派人去邀請司馬徽參加宴會作陪。

司馬徽依其自唱詞看來，是個喜好「聚村叟、會詩友、受用活魚新酒……自在優游。」（〈滾繡球〉）之人。雖然他是隱居的道

士，但卻自謂「本是個釣鰲人」（〈正宮端正好〉），把自己的才幹上比開創周代八百年基業的軍師姜太公。其實，他的隱而不仕，顯然是鑑於歷史上的教訓，不願和漢初名將韓信、英布等一般，因功高震主而落得無以善終的下場。（〈端正好〉）他的個性既不似魯肅那般受羈於名位，其自負之心態卻又跟魯肅同樣強烈，因此兩人的立場自然是對立的。

同時，如果我們仔細地來觀察，便可看出魯肅邀請司馬徽參加宴會的動機與他向喬公請領教益的態度有所不同。說的更明白些，魯肅並非在向司馬徽請教，而是利用他與關公的關係，以達到其收回荊州的目的；但司馬徽立即看透魯肅的用意，他唱道：

> 你便休提安排著酒肉，他怒時節目前見鮮血交流。
> 你為漢上九座州，我為筵前一醉酒，咱兩個都落不得完全屍首。（〈滾繡球〉）

既瞭解自身只扮演被利用的角色，所以為了拒絕魯肅的邀請，乃警告其關公之厲害，只要一發怒，每人都會有性命不保之虞。他更提出下面的事實來說明魯肅的計畫不可能成功的原因：

> 他（關公）酒性躁，不中撩鬥。（〈滾繡球〉）

> 那先生（諸葛亮）撫琴霜雪降，彈劍鬼神愁。（〈倘秀才〉）

> 趙子龍膽大如斗，馬孟起殺人領袖，莽張飛虎牢關力戰十八

> 路諸侯，當陽阪雷吼，喝退了曹丞相百萬鐵甲貔貅，黃漢升
> 勇猛似彪。（〈滾繡球〉）

舉凡蜀漢的厲害人物都被司馬徽提到了。但魯肅對這些具體事實的
警告，其反應卻出人意料之外。他回答說：

> 關公勇有餘而智不足。（〈滾繡球後之旁白〉）

> 諸葛亮小可也。（〈倘秀才後之旁白〉）

他甚至於連西蜀鼎鼎大名的五虎將都沒聽過，而只一味的相信自己
那尚未經考驗的三條計策，這種既無己之明，又昧於事實，不願知
人之長的態度，註定了魯肅最終以失敗收場的命運。

才能德性對不誠

前面說過，「單刀會」的劇名中即含有「單刀」及「宴會」的
衝突因子，隱射了勇武跟禮儀的對抗。其實魯肅與關公兩個當事人
也早知道在宴會中將有衝突發生。有趣的是當關公於第三折一出場
時，即親自形容秦末、漢初時劉邦跟項羽的爭鬥。據他看來，劉邦
擁有深邃的眼光及包容的心境，不但能選取有才幹的人如：張良、
韓信、蕭何等為他所用，並且能謙虛及坦誠地接受他們的意見。相
反的，項羽在當時不但本身是最勇武的大將，且擁有絕對優勢的軍
力；但卻因剛愎自用、不能容人，甚至於毫無道理的處死自己的八
員大將，致使軍心動搖。兩人之對抗，劉邦終於擊敗了項羽。關公

在這裡似乎在表示：坦承乃勝利之鑰。

表面上看來，魯肅的邀請關公赴宴似乎是一種合乎禮貌的行為，其實卻不然，雙方心中早就瞭解到那是一種謀略的運用，關公接到魯肅之邀請函時即說道：

> 那不是待客筵席，則是個殺人的戰場。若要他誠心誠意便休想。（〈鬥鵪鶉〉）

這段話即指明了魯肅設宴邀請之居心是「不誠」的，是一種為達某種目的之手段。不過，關公仍然接受了邀請，理由是：

> 大丈夫敢勇當先，一人拼命，萬夫難當。（〈上小樓〉）

關公這種反應似有意氣用事之嫌，但也是基於他對自己勇武之自信。事實上，除勇武之外，他自己也以為在許多方面都比魯肅優異。他說：

> 大將軍智在孫武上。（〈剔銀燈〉）

相信自己在智謀上的才具比古代最有名的兵法家孫武還高之外，他更相信自己擁有許多德性：

> 小可如我攜親姪訪冀王，引阿嫂覓劉皇。（〈快活三〉）

刀挑征袍出許昌。（〈鮑老兒〉）

對其主公之忠、對其兄嫂之義及告別曹操出許昌城之勇等德性才幹都具備了。相對之下，魯肅之不誠，當然毫無獲勝的希望。

歷史正統對個人德性

到了第四折，當關公與魯肅面對面時，緊張的衝突便立即顯現出來。我們可把它分成二個步驟來看。先是文鬥，以辯論為主。在酒過三巡之後，魯肅先誇獎關公具有仁義禮智等德性，但卻仍有瑕疵，即他與他的兄長兼主公劉備未能信守將荊州還給東吳。（〈胡十八之後對白〉）他更指出古訓：「人無信不立。」否則便有如「大車無輗，小車無軏，其何以行之哉？」之弊。（〈慶東原〉）然而關公卻回答其兄長劉備乃漢皇室之一員，是屬於正統。他說：

> 想著俺漢高皇圖王霸業，漢光武秉正除邪……漢皇叔（劉備）把溫侯（呂布）滅，俺哥哥合情受漢家基業。（〈沉醉東風〉）

換句話，在關公眼中，個人之德性雖重要，但與歷史正統相較，卻不能相提並論。

在魯肅覺得無法用言語說服關公之後，便想用第二個步驟：即早已埋伏的甲士來活擒關公，逼其將荊州退還。但卻沒想到他反而先被關公擒住，致使全盤計畫徹底失敗。

根據上面粗略的分析，我們覺得將「單刀會」全劇的主題簡化

為在刻劃關公一人的英雄形象實有「以偏概全」之失；在結構上認
為前二折、甚或前三折只是為關公之登場作準備工作，也不是完整
的看法。關公當然是全劇的重要角色，但其他人物，如：第一折的
喬公及第二折的司馬徽也應佔有頗重的分量。尤其若我們以「衝
突」的觀點來欣賞全劇，在劇情的發展及運作上，魯肅實佔有穿針
引線，推動全劇的功用，其地位更不能讓人忽略。如上所述，他在
這四個衝突中分別象徵著個人名譽、愚妄淺識、不誠、個人德性而
分別與天道、具體事實、才能德性、歷史正統對抗。關公的英雄形
象描繪之成功，當然是使全劇精彩的因素之一，但藉著魯肅在劇中
的穿針引線，使得全劇在結構上顯得非常平穩週密，則更是關漢卿
創作「單刀會」的傑出之筆。

刊載於《中央日報·副刊》，民國 73 年 9 月 20 日、21 日

試從「社會批評」的觀點論落華生「春桃」中的諷刺手法及寓意

　　西洋的文學批評活動，從柏拉圖算起，到目前為止，不但歷史悠久，內容豐富，而且理論和方法的越來越圓熟，越周密，幾可與文學創作的成果相比美。一般而言，有關文學批評的方法約可歸為五大類：道德的（moral approach）、心理的（psychological approach）、社會的（sociological approach）、形式的（formal approach），和基型的（archetypal approach）。[1]其中，形式的批評方法又可稱為美學的（aesthetic approach）、或結構的（textual approach）、批評，[2]乃當今最流行的批評方法。不過，其風行的程度已因逐漸暴露出嚴重的缺點：自限於作品本身的狹隘性而降低。文學作品所討論的對象主要是集中在「人」的主題上。因人是複雜的，不但有自我內心中的種種矛盾與衝突，而且更因有與外在世界交流而產生的各樣不同關係；作為討論這些複雜問題的文學作品，當然是多面性的才對。但形式批評只重視作品本身的分析，排除文學複雜的性質，這種簡單的一元論（nomism）觀點，對文學研究來說，雖提升了作品本身的價值，

1　Wilbur S. Scott: *Five Approaches of Literary Criticism*. New York: Collier Books, 1962, p.11.

2　同前，頁 179。

卻也因這種武斷性與狹隘性而漸漸受到不滿的指責。

　　自從民國創立之後，三、四十年間的我國文壇，以小說的創作最為出色。事實上，這段期間裡的小說對我國近代的影響力之鉅大，甚至到了扭轉歷史文化的地步。然而，以形式批評家的標準來衡量這些小說作品，除了極少數例外，其創作的技巧大都並不成熟，是不怎麼「高明」的小說。但文學批評能僅止於此嗎？雖然對形式批評家來說，上述三、四十年代的小說對我國近代所產生的影響力是屬於文學的外圍因素（extrinsic element），與作品本身（intrinsic element）並無直接的關係；但我們難道不覺得這所謂文學外圍的影響力中應有「動人」的因素存在？而「動人」豈不是屬於文學的主要元素「美學」的較高層次之內涵？基於這種認識，筆者乃選擇了上列五種批評方法的第三項「社會批評」為立足點，來討論四十年代時落華生（許地山）短篇小說「春桃」中的諷刺方法及隱含其中的社會寓意。[3]

　　「社會批評」家認為藝術作品（包括文學）非作家一個人所能獨創，而是在某一特定的環境與時間上作家對外界的一種反應，因此，「社會批評」乃是基於相信藝術與社會之間有密不可分的關係，而藉著對這種關係的考察，可以促使讀者對藝術作品的美感反應更加深入之理由而形成的。

3　許地山的〈春桃〉首先發表於一九三四年的《文學》雜誌，第三卷，第一號。後收於香港文學研究出版社的《中國新文藝大系續編》第二冊。民國六十九年，林海音將其收入《中國近代作家與作品》中，由台北純文學出版公司出版。

　　這種「社會批評」在西方文學史上的淵源頗為深厚。不過要到法人坦因（Taine）時才算成熟。他說：「文學是由一段時間、人們、及環境所組成的。」[4]十九世紀末期，馬克斯及恩格斯兩人又引入了第四種因素：生產方法，促使「社會批評」的別支「馬克斯主義批評」發展完成。這一支派的有力批評方法是唯物辨證式的；忠於這一派的批評家對藝術與社會之間的複雜性毫不理會，他們只確信對社會有貢獻的為「真理」，因此把文學作品及作家武斷地分為忠於「真理」及反對「真理」兩類。他們顯然醉心於「揭露」社會意識及沈迷於奉獻的語調，而且要求作家也信奉他們的信條。這種趨勢越演越烈，終至變成主、客易位，以批評指導創作的情況。其極端更發展成以某些信條為最高原則，任何文學創作均得以之為指針，致使作品的內容千篇一律，而文學作家也成為機械化的作品生產者了。

　　這種批評在方法上有呆板、武斷的缺點，內容上有單調、狹隘的傾向，而其態度上更有狂熱及自我的弊病，常常為了要求符合其指導原則，致使文學的廣度及複雜性不得不因而犧牲。因此，自一九三六年法勒（James Farrel）發表〈文學批評的闡釋〉（A Note on Literary Criticism）對這一派表示不滿之後，威爾生（Edmund Wilson）接著發表〈馬克斯主義和文學〉（Marxism and Literature）攻擊這一派批評主張。加上二次世界大戰的爆發及許多屬於這一派信徒本身的迷失感，使這個批評「學派」失去了逼人的氣勢，不再成為文學批評界的主要力量了。但是，平心而論，若一個批評家不能以一種理論

4　同註 1，頁 123。

或主義為其批評文學作品時的支柱，則批評不但會有散漫、沒系統的缺點，更可能會導致隨心所欲，依個人愛憎是從的情形。所以將作品與社會並列參考，系統而客觀地去分析作品，應是有益的。尤其將作品放置於社會範圍裡，做多方面的探討，或以兩者之關係為對象，或以作品為中心議題，都會有新的意義發現。雷寧（Harry Lenin）說的好：「文學與社會的關係是交互的：文學不僅是社會因素激蕩而成的結果，也是促成社會結果的原因。」[5]只要不再陷入唯物辨證式的窠臼，「社會批評」的方法及觀念，仍是值得採取來探索文學作品的涵意的。

〈春桃〉是一篇短篇小說。[6]內容是關於一個名叫春桃的鄉下女人在戰亂期間所遭遇的不平凡故事。當春桃被新郎李茂迎娶到家舉行新婚宴客典禮時，卻因傳來某一部隊正在四處拉人充軍的消息而將所有客人嚇走，春桃與李茂這對尚未圓洞房之禮的合法「夫妻」也只得與大家一樣，連夜逃避。在逃了一天一夜之後，又因「鬍子」的襲擊，夫妻兩人已顧不得對方，各自逃難，因而分散了。春桃流落到北京城之後，先在一戶西洋人家當「阿媽」打雜、幫傭，最後終以不能適應洋人食物的腥味而離開。之後，雖也找了些工作，都因其強烈的個性「挨不得罵」而辭掉。於是只得選擇自己可以完全作主的職業「撿爛紙換取燈兒」過日子。當她的事業漸次發達的時候，她雇了一個在逃難途中曾見過面的男子劉向高幫

5　同前，頁126。

6　這裡「短篇小說」的定義乃取自 M.H. Abrams: *A Glossary of Literary Terms*. Holt, Rinihart and Wintson, Ine. 3rd edition, 1970. pp.157-159.

忙。向高是個受過高小教育的男人，也因家鄉的兵災而逃離到北京，在找不到事無以為生的時候，恰巧遇見春桃需人幫忙，兩人繼而更進一步同居起來，過著穩定的生活。有一天，當春桃跟平常一樣背著簍筐去撿有價值的爛紙時，突然間遇到已失散四年的丈夫李茂，更因李茂已失去兩腿，以乞討為生而把他帶回家。從此，三人乃生活在一個屋簷下；而李茂與劉向高之間的矛盾，配著春桃尷尬的立場，故事急轉直下。對李茂來說，春桃雖與他未同過房，但畢竟是他的合法妻子；可是她卻與另一男子劉向高同居。按理說，他擁有法律上的權力要向高離開，但他更了解自己不僅沒有能力養活春桃，反而得靠春桃才能生活，且向高又是她的愛人，其立場可說是「進退維谷」。對向高而言，春桃不僅是他的衣食父母，而且是已有夫妻之實的愛人；但李茂卻是春桃的合法丈夫，他無權要求李茂離開，而自己既不願，也不敢離開春桃。至於春桃本身，一個是她有名無實的丈夫，她對他雖無感情，卻有法律上的責任去照顧他；另一個不但有真感情，而且在事業上也能幫忙的人，但卻是「非法」的。這三個人之間錯綜複雜的關係，交織成一個很成功的短篇小說架構。仔細探究其所以「動人」的原因，除了故事本身的引人之外，「諷刺」[7]手法的運用及隱含於背後的社會文化背景實有不可分割的關係。筆者想藉著故事中三個主角的個別及綜合討

7 　「諷刺」（Satire）的定義在這裡乃取自 Ronald Paulson 的解釋：「由兩個元素合成：一個是奇想中的機智或幽默，或是非同尋常的意味；另一則是被抨擊的對象。」參考 Patrick Hanan: "The Technique of Lu Hsun's Fiction"，收於 *Harvard Journal of Asiatic Study*. V.34, 1974. p.76.

論，來闡明這要素的重要性。

讓我們先談李茂。他實在可說是個徹頭徹尾的悲劇角色。按常理說，他與春桃結婚的那一天。應該是其生命中最快樂的時光之一才對；但他所遭遇的一切情況，卻完全相反。新娘剛過門，兩人隨即被「軍隊」逼得非離開該是甜蜜的洞房；在逃了一天一夜之後，他更不幸地被「鬍子」抓去而與春桃分散。從新郎倌到階下囚，這種身分的改變是多麼突然！多麼巨大！這是時代的混亂所造成的結果，而因了這種對比手法的運用，李茂的遭遇在讀者心中，也只有「同情」兩字可以形容。但是，將「軍隊」——人民生命財產的保衛者與「鬍子」——人民生命財產的破壞者兩個性質完全相反的「名詞」在李茂和春桃兩人的心目中混淆為一，這是作者「諷刺」含意的首次顯現。

李茂因恨「鬍子」使他夫妻兩人分散，乃伺機奪了槍，打死兩個盜匪，逃到邊防當兵——混亂社會最紀律化的象徵。同時，據李茂自己說，春桃的父親是鄉間大財主，而他自己的父親只是春桃家的工人，兩家的地位是相當懸殊的。但因李茂本身擁有高超的槍法，被春桃的父親看中，而將春桃許給他，並請他保護全莊的人。這種技能，按理說應有助於李茂此時的軍中生涯。有一天，在李茂所服務的軍隊裡，團長宣佈要舉行射擊比賽，選拔優異槍手以進級加餉；李茂也以為時機到了，乃大顯身手，輕易取得首名。然而，當他心情快活地被召到團長前時，沒想到不但沒獲得「升級加餉」，反被誣為鬍子，要拉去「槍斃」。幸有他的長官說項，才免了死罪，但仍遭革職。團長後來解釋：當軍官的難免不得罪弟兄們，若是上前線督戰時，隊裡有像李茂那麼準的槍手，從後面來一

槍，雖然也算是陣亡，但可不值得死在仇人手裡。大家也都沒話說，只勸李茂離開軍隊去找別的生活。又一次，李茂從「快活」掉入「無依無靠」的窘境，而原因仍非他本身的錯誤。李茂在這種對比手法的描繪下，成了亂離社會中悲劇性人物的典型。但也在同時，「軍隊」──保護人民的代表──之最高長官卻為了「私人」的利害關係，將李茂──最佳軍人的人選──迫離，那種荒謬的理由出自保護人民的最高長官之口，實在是一種露骨的諷刺。更有甚者，除了團長的怪異言行外，其他「軍人」也無可如何，「沒什麼話說」，與一般孱弱的百姓無異，更象徵了一切希望的消逝；而軍隊也成為一種「營生」的職業了。

李茂在聽到他的團長率領整隊投降日軍後，也投身義勇軍抗日，想找那個「奴才」；沒想到卻因此失去兩條腿。更慘的是沒人能夠收留，也沒處能夠容納他，使他只好「乞討」為生。最後，李茂幸運地與春桃重逢，似乎該是個喜劇的收場，但實際上對李茂來說，卻又是個更痛苦的經歷。前幾次只是遭遇的坎坷，生活的窘迫；這一次卻連「自尊心」都慘遭剝奪。且看下面這一段對話：

> 「你和那姓劉的同住在這屋裡？」
>
> 「是，我們同住在這坑上睡。」春桃一點也不遲疑，她好像早已有了成見。
>
> 「那麼，你已嫁給他？」
>
> 「不，同住就是。」
>
> 「那麼，你現在還算是我底媳婦？」
>
> 「不，誰的媳婦，我都不是。」

　　李茂的夫權意織被激動了……。至終他沈吟了一句：

　　「這樣，人家笑話我是個活王八。」

　　「王八？」婦人聽了他地底話，有點翻臉，但她的態度仍是很和平。她接著說：「有錢有勢的人才怕當王八。像你，誰認得？活不留名。死不留姓，王八不王八，有什麼相干？……」

　　「咱們到底還是兩口子，常言道：一夜夫妻百日恩——」

　　「百日恩不百日恩我不知道。」春桃截住他底話，「……今天我領你回來，是因為我爹同你爹的交情，我們還是鄉親。……」

可憐的李茂，他最後所企圖挽留的；只不過是以「法律」和「恩情」為基礎的「夫權意識」；但即使是這麼一丁點的自尊心，也終抗不過「現實」力量的強大而破碎。從參加抗日到夫權的維護之連串失敗，這些作者所製造給李茂的悲慘遭遇，似乎含有對那些不合潮流的「正規觀念」作無情諷刺的內涵。而李茂在這篇短篇小說裡，就成為讀者的同情心所匯注的焦點了。

　　其次，讓我們來討論劉向高。他在三個主角之中，是唯一受過正式學校教育的人；換句話說，他對傳統文化的了解，應比其他兩人要深刻。也因此，他的身分及其言行的對照，實耐人玩味。劉向高第一次呈現在讀者眼前的動作，是從屋裡迎著自外工作回家的春桃，替她把背上的沈重竹簍卸下。這幅兩人所交織成的畫面，仔細看來，恰恰與「男主外，女主內」的傳統家庭生活方式背道而馳。無疑的，這種對比相映的手法，隱有諷刺的寓意在內；而劉向高在

故事中的身分及地位也顯得頗饒深意，值得追索。下面這段引文，
便有強調向高這種特殊地位的傾向：

> 春桃進屋裡，向高已提著一桶水在她後面跟著走。他用快活
> 的聲調說：「媳婦，快洗罷，我等餓了。今晚，咱們吃點好
> 的，烙蔥花餅，贊成不贊成？若贊成，我就買蔥醬去。」
> 「媳婦，媳婦，別這樣叫，成不成？」春桃不耐煩地說。
> 「妳答應我一聲，明兒到天橋給妳買一頂好帽子去。……」

兩人的對話乍看之下，令人覺得怪怪的不對勁。在這段對話中，男
女主角的地位與傳統習慣恰巧相反；劉向高的意圖顯然在討取春桃
的歡心，使她答應成為他的媳婦——即使「一聲」也好。若我們更
進一步推測，作者似乎有意將劉向高塑造成受過傳統教育者的代
表，進而諷刺這些讀書人在戰亂時代所表現的許多令人「會意」的
言行。讓我們再引一段劉向高與春桃的對話，讓向高的意圖更清楚
地暴露出來：春桃擦過澡出來，手裡拿著一張紅帖子。

> 「這又是那一位王爺底龍鳳帖！這次可別再給小市那老李
> 了。托人拿到北京飯店去，可以多賣些錢。」
> 「那是咱們的。要不然，妳就成了我底媳婦啦？教了妳一兩
> 年的字，連自己底姓名都認不得！」
> 「誰認得這麼些字？別媳婦媳婦的，我不愛聽。這是誰寫
> 的？」
> 「我填的。早晨巡警來查戶口，說這兩天加緊戒嚴，那家有

> 多少人，都得照實報。老吳教我們把咱們寫成兩口子，省得
> 麻煩。巡警也說寫同居人，一男一女，不妥當。我便把上次
> 沒賣掉的那份空帖填上了。我填的是辛未年咱們辦喜事。」
> 「什麼？辛未年？辛未年我那兒認得你？你別搗亂啦。咱們
> 沒拜過天地，沒喝過交杯酒，不算兩口子。」

從這段對話看來，劉向高的希望是在取得他與春桃間的「合法地
位」不論所用的方法是討其歡心，或用外界力量，如法律的促成。
這種情況的發生雖可歸咎於因為戰亂之故，一切次序及規律都失去
應有的樣子。然而中國傳統男人，尤其是讀書人，在非常時期所表
視的：大而氣節，小而自尊心（面子），都以「令人稱頌」為正規
模式。但劉向高在此所表現的言行，又恰恰相反。作者這種安排手
法，似有諷刺「傳統敵不過視實」的寓意存在。

　　若我們將李茂看做代表質樸、忠誠，而又只知死守傳統習俗的
鄉下人，那麼劉向高便可算是代表油滑、虛偽、[8]而且無視傳統習
俗的讀書人了。至於春桃的個性與立場，則要比他們兩人複雜得
多。前面已提過春桃雖是鄉下人，但因父親是大財主，致使她「經
不得罵」，而選擇了雖辛苦、骯髒，但不受任何人指使的工作為職
業。這點尤其是當她和向高一起工作時，又選了須到外面去耗費體
力的部分，兩相對照，更顯得出她的獨立性之強了。下面這段描
述，可勾勒出她強硬個性的一面：

8　有關劉向高的虛偽，下面會繼續談到。

「好香的晚香玉！」向高摘了一朵，插在春桃底鬢上。「別
糟蹋我的晚香玉。晚上戴花，又不是窰姊兒。」她取了下
來。⋯⋯

一個女人與男人同居，卻輕視窰姊兒！雖然同居的原因是時代的戰
亂及社會失去正常的規範所引起的，但兩種行為也不外乎五十步與
百步的差異而已。春桃個性之強更可見一般；而其矛盾處，也由此
浮現。當她與向高同居，而又以為丈夫李茂已被「鬍子」抓走，甚
至已被打死時，她為何一直拒絕向高的求婚？難道她仍「懷念」李
茂？這對一個有名無實，感情不深，而且可能已死的人是很不可能
發生的。或者她仍囿於傳統習俗的束縛？但衡諸她的言行，這種猜
測也不可能中的。或者她對向高的感情尚不夠深入？可是我們從向
高無言出走後，她到處去找，找不著時的懊喪，以及向高自動回來
後，她無語歡笑，並接受他幫她買回來的象徵夫妻的帽子來看，這
也不能成立。在無法得知確切的答案下，我們只能猜測她是個性堅
強而又矛盾的女人。作者可能是藉著離亂的環境為背景，創造出這
個人物來與向高相對照，以諷刺傳統的「名分」觀念之不合時宜
吧！下面作者的意見，可資佐證：

⋯⋯但二男一女同睡一鋪炕上定然不很順心。多夫制底社會
到底不能夠流行很廣。其中的一個緣故是一般人還不能擺脫
原始的夫權和父權思想。由這個，造成了風俗習慣和道德觀
念，老實說，在社會裡，依賴人的和掠奪人的，才會遵守所
謂風俗習慣，至於依自己能力而生活的人們，心中並不很看

重這些。……

以創作技巧的觀點來論，這一段是所謂的「作者的干擾」（authorial intrusion），[9]是作者於創作時，在緊要關頭，突然把自己的意見也放到故事裡，使故事的進行突然中斷，也是創作者的一大禁忌。在「春桃」這種篇幅短小的作品裡，這種「作者干擾」出現的次數不止一次；因此，就技巧而言，這篇小說並不「高明」。然而，也因了這些「干擾」的出現，本篇作者的創作意圖也在無形之中顯露了出來。

現在，讓我們藉著李茂與向高之間的矛盾來探討兩人的個性及其寓意。自李茂被春桃帶回家後，三個人便得在同一屋簷下相處；又因為春桃每天必須出去撿拾爛紙，李茂和向高兩人之間的各種問題隨著故事的進行也越來越敏感，作者寄寓於背後的諷刺意味也越來越明顯。下面這一段兩人的對話，把各自的個性表露無疑：

「你們夫婦團圓，我當然得走開。」向高在不情願的情態底下說出這話。

「不！我已經離開她很久，現在並且殘廢了，養不活她，也是白搭。你們同住這些年，何必拆？我可以到殘廢院去。聽說這裡有，有人情便可進去。」

---

9 Syril Birch: *Change and Continuity in Chinese Fiction*. It is Collected in Modern Chinese Literature in May Fourth Era edited by Merle Goldman. Harvard University Press, 1977, p.403.

這給向高很大的詫異。他想，李茂雖然是個大兵，卻料不到他有這樣的俠氣。他心裡雖然願意，嘴上還不得不讓。這是禮儀的狡獪，念過書的人們都懂得。

「那可沒有這樣的道理。」向高說，「教我冒一個霸佔人家妻子的罪名，我可不願意。為你想，你也不願意你妻子跟別人住。」

「我寫一張休書給她，或寫一張契給你，兩樣都成。」李茂微笑誠意的說。

「休？她沒什麼錯，休不得。我不願意她丟臉。賣？我那兒有錢買？我底錢都是她的。」

「我不要錢。」

「那麼，你要什麼？」

「我什麼都不要。」

「那又何必寫賣契呢？」

「因為口講無憑，日後反悔，倒不好了。咱們先小人，後君子。」

向高先不情願地表示主動離去，從而促使李茂承認自己連謀生的能力都沒有，更何況養春桃了。這裡的諷刺性是向高竟然不知道自己也是與李茂一樣，靠春桃生活。他認為比李茂佔優勢的是四肢完好，且受過教育，所以視李茂為「大兵」。卻不知他比李茂更沒有靠春桃生活的理由。另外，他所要求的是「名譽」，他不願沾上霸佔別人妻子的「罪名」——即使事實上他的行為已經如此，作者在這裡將向高的無知、虛偽和無恥描寫的入木三分。相反的，作者送

給李茂的形容詞是「誠」字。現在的問題是：何以作者對劉向高的批評會這麼嚴厲？也許下面這段文字可以解釋一、二：

> 「我說，桌上這張紅帖子又是誰底？」春桃拿起來看。「我們今天說好了，妳歸劉大哥。那是我立給他的契。」聲音從屋裡底炕上發出來。
>
> 「哦！你們商量著怎麼處置我來！可是我不能由你們派。」她把紅帖子拿進屋裡，問李茂：「這是你底主意，還是他底？」
>
> 「是我們倆底主意。要不然，我難過，他也難過。」
>
> 「說來說去，還是那話。你們都別想著咱們是丈夫和媳婦，成不成？」
>
> 她把紅帖子撕得紛碎，氣有點粗。
>
> 「你把我賣多少錢？」
>
> 「寫幾十塊錢做個采頭。白送媳婦給人，沒出息。」
>
> 「賣媳婦，就有出息？」她出來對向高說：「你現在有錢，可以買媳婦了。若是給你闊一點。……」
>
> 「別這樣說，別這樣說。」向高攔住她底話，「春桃，你不明白。這兩天，同行底人們直笑話我。……」
>
> 「笑你什麼？」
>
> 「笑我……」向高又說不出來。其實，他沒有很大的成見，春桃要怎辦，十有九回是遵從的。他自己也不明白這是什麼力量。在她背後，他想著這樣該做，那樣得照他底意思辦；可是一見了她，就像見了西太后似的，樣樣都要聽她底懿

旨。

「噢，你到底是念過兩天書，怕人罵，怕人笑話。」

自古以來，真正統治民眾的並不是聖人底教訓，好像只是打人的鞭子和罵人的舌頭。風俗習慣是靠著打罵維持的。但在春桃心裏，像已持著「人打還打，人罵還罵」的態度。她不是個弱者，不打罵人，也不受人打罵。我們聽她教訓向高的話，便可以知道。

「若是人笑話你，你不會揍他？你露什麼怯？咱們底事，誰也管不了。」

對李茂來說，因為了解自己並沒有能力再去「擁有」春桃這個合法的妻子，立個契將她送給雖無名卻已有實的向高，如此，既可保有「面子」，合乎「名分」，也可能使自己繼續生存下去。相反的，劉向高既然知道自己沒錢向李茂「買」春桃，卻又接受李茂將春桃「送」給他，對照之下，作者對兩人的愛憎感就無法遁形了。事實上，將兩人的個性對照的最尖銳之處，是故事結尾那一段。在向高憤而離家出走後，李茂因責怪自己的出現而使春桃為難，於是上吊，想用自殺來解決問題；向高則在出走後，因「不知要往那裡去」而主動回來，且更虛偽的對春春說：「我知道妳要我幫忙，我不能無情無義。」

這篇小說在創作技巧上，因了「作者干擾」的多次出現，實在並不怎麼高明。但卻由於成功的運用對比的手法，使小說生動而出色。個性分明的三個主角，各寓有深長的象徵含義：悲劇性的李茂，代表忠誠的鄉下人，贏得了讀者的無限同情；虛偽的向高，代

表無恥的讀書人，從頭到尾，一直是作者諷刺的對象。不過，兩人卻有一共同點逃不過作者的批評，即：掙脫不了傳統「名分」觀念的禁固。相反的，女主角春桃象徵了反傳統（尤其是男人為主的傳統）、堅強、善良、思想奔放，無拘無束的自由人，雖然她仍逃不了「無法分辨好壞」的諷刺，但「不管別人，只管自己」豈不正是作者有意的安排？若我們再更進一步的推測，則因這篇小說所反映的是戰亂時期人民淒苦的情況，作者的態度是批評無知、虛假、懦弱與不合時代潮流的傳統習慣，這些與我國三、四十年代的反文化傳統潮流可說完全一致，因而說「春桃」是三、四十年代的「典型短篇小說」，當不致太離譜。

刊載於《中華文化復興月刊》，民國 72 年 5 月

論《迷園》的敘事結構
及其歷史記憶

一、有關《迷園》的主要探討趨向：喻意

　　李昂的《迷園》自 1991 年出版以來，就一直是現代文學評論和研究領域裡的熱門議題。這些為數不少的論評與研究在探討《迷園》的焦點上並不相同；有的集中在討論此一小說作品的主題，有的主要在挖掘此作品中可能深藏的隱喻，有的則試圖梳解此作品的結構，而也有的將其重心放在評價此作品內的主要角色，或甚至於將評論的範圍從作品延伸到作者身上。由於這些不同的評論與研究者所關注的重點和所採用的方法有別，所以它們最後所提出的對《迷園》的解釋、申論和評價也因而出現了相當大的差異。事實上，只要從這些有關《迷園》的評論與研究中有直接用「解析」或「解讀」等詞語來作為題目的情況，[1]我們便可以看出這部小說的複雜性了。

1　譬如：彭小妍：〈女作家的情慾書寫與政治論述──解讀李昂《迷園》〉，《中外文學》24 卷 5 期（1995 年 10 月）；劉玉華：〈解析《迷園》的政治與性別認同〉，《輔大中研所學刊》第 6 期（1995 年 10 月）等等。

　　在這些研究與評論中，以《迷園》的「主題」為探討重心的甚多。但更引人注意的是，這類論述的結論中有甚高的比率把焦點匯集到屬於抽象層次的「台灣」的「喻意」上。其中，尤其是把「台灣」的「身分」比擬為「女性」，或甚至壓縮為「女性的身體」；或者是把「台灣」形容為「被殖民者」，並認為此一小說含有企圖建構出「台灣」某一時期的「歷史」等兩種論點，似有成為它們共同結論的趨勢。[2]由於這類評論與研究在推論過程上都頗為嚴謹，所以這些結論也都言之有據。不過，筆者仍想指出，在以這種探討方向得出這類結論的同時，讀者們似乎也應該要注意由此帶出的幾個問題：首先，這類論述所關注的顯然並非《迷園》的美學意涵，例如：作品的結構設計或人物的刻畫手法等有何特色？其次，這類論述所依據的的西方文學批評，如「女性主義」與「後殖民主義」，是否在時間與空間等層面，以及性質與文化內涵上與台灣差距太大？如此，它們是否能作為推論出前述那些「台灣喻意」的強力依據？此外，這類論述的立場與目標是否曾受到 1990 到 2010 間的台灣政治潮流所牽引？……等等。

　　由於「女性主義」與「後殖民主義」都具有從事實與現象中挖掘出其內所含有的深刻意義之功能，也就是說，這兩種西方文學批評理論的基本性質與社會科學有非常密切的關係，所以運用它們來

2　這類論述甚多，譬如：邱貴芬《「（不）同國女人」聒噪──訪談當代女作家》（台北：元尊文化，1998 年）；林芳玫：〈《迷園》解析：性別認同與國族認同的弔詭〉，梅家玲編《性別論述與台灣小說》（台北：麥田出版社，2000 年）等等。

分析和討論「事實」，進而挖掘出其中所可能隱含的深意等，當然是有效的。然而也正因為如此，在運用它們時，首先必須注意的豈不就是所要探討的對象是什麼？而這個要被探討的對象如果是一部以「虛構」為根本性質的「小說」，那麼在運用這類文學批評理論之前，研究者是否應該要先對「小說」和以真實為本的「歷史」間之關係提出自己的說明？否則，以此為基所提出的解釋與評價，都將無法避免出現如後的缺點：因缺少充分的史實為依據，致使論述產生虛浮不穩的情況；因充滿太多的主觀聯想，而使論述主題逸出作品的原有主軸；因忽略文學的美學特質，以至於削弱了作品的感動力道；以及可能混淆了「小說」與「歷史」在基本性質上的差異；……等等。

「小說」這一文學體裁的基本性質雖然原係以「虛構」（fiction）為主，因為它不僅在「內容」上包含了很多與「事實」並不相符者，在「性質」上也與「事實」有根本上的差異；前者如作品中的角色可以是與「真實的人」不同、想像出來的神仙鬼怪或超人等，而後者則如作品中的「時間」可以容許與現實世界不同的長短的變動，或其流動方式可由後到前或隨時跳躍等情形。當然，這一文學體裁中也有一種與「現實世界」非常相似的「寫實小說」（novel）。顧名思義，這種「寫實小說」的主要特色，當然是以「現實世界」為描寫的對象，而且必須要做到「忠實」地將此一現實世界的種種情況「反映」出來，如此，才能讓讀者在閱讀的時候，覺得小說中的內容和自己在日常生活中所經驗過的非常相近，

甚至感到非常熟悉。[3]因此，若從內容上來看，它與現實世界可說非常接近。然而，因這類小說的目的畢竟不以如實地反映事實為主，所以在這類「寫實小說」中，有不少作品為了想探討更為深入的、以及較為本質上的問題，譬如人類的生命意義或是人生的價值等，因此乃努力地把作品的內涵從現實層次提升到比較高階的抽象層次。換言之，到了現代，已有很多所謂的「寫實小說」不僅在其敘述範圍上逐漸超越了現實世界，在探討重心上也已逐漸集中到「人的意識世界」了。[4]

基於此，本文也把《迷園》視為一部以呈現「人的意識」為重的「寫實小說」，並希望藉由分析出此一小說在敘事結構設計和人物刻畫上所表現出來的美學特色，來申論它展現在作品中有關「歷史記憶」上的特色。

二、《迷園》的敘事結構

從整體的內容來觀察，《迷園》作為一部寫實小說，它所敘述的主要內容乃是其女主角「朱影紅」的某些經歷、作為、想像與記憶。更具體地說，《迷園》在敘事結構上係以「朱影紅」為小說的中心軸線，然後採用一種「二元對立」的方式來敘述「她」的「經歷」與「回想」：一方面敘述「她」在台北商場裡的經歷、感受、作為，以及她和男主角房地產強人林西庚之間的情慾關係和分合情

3　Andrew H. Plaks, "Full-length Hsiao-huo and the Western Novel: A Generic Reappraisal", *New Asia Academic Bulletin*, no.1, 1978. pp.167-170.

4　Ibid., pp.171-172.

形；另一方面則敘述「她」在遇到某些關鍵情況時，內心之中所不斷浮現的「她」於年幼時，在鹿城的家「菡園」裡的各種生活與感受－尤其是她與當時遭受到政府政治迫害的父親朱祖彥之間的互動情形。

在整部小說的結構設計上，《迷園》從最前面與女主角的經歷並無任何係的小事件開始，到最後女主角把自己的故居「菡園」捐給民間的基金會之事件結束，由前到後總計包括了並無標題的「楔子」，[5]標題鮮明的「第一部」、「第二部」、「第三部」及「終卷」等五個組成部分。從所占篇幅的比率與敘述內容的重要性而言，被安排於中間的三個「部」分，應可稱為整部小說的主體。如此，這部小說的結構在隱約間似乎也繼承了台灣現代小說史中以「家族歷史」為主要敘述內容的「三部曲」類型的小說特色。[6]

在這一點上，《迷園》出現了一項非常引人矚目的特色，即這三個「部」分在結構上竟然完全相同：它們都同樣包括有兩「章」，而且每一「章」又都一樣，各再區分為兩「節」。若再從小說中所敘述的內容來看，另一項可說完全相同的設計又赫然出現：這三個「部」分中，每一「章」的「第一節」所敘述的，都是女主角「朱影紅」幼年時在家鄉鹿城的生活情況——也就是有關女主角「朱影紅」對自己年幼時的「記憶」。至於這三「部」分裡，

5　彭小妍在其〈《迷園》與台灣民族論述——記憶、述說與歷史〉中，收入江自得主編《第一屆台杏台灣文學學術研討會論文集——殖民地經驗與台灣文學》（台北：遠流出版社，2002 年 2 月），頁 186，即將最前面的部分稱為「楔子」。

6　譬如鍾肇政的《台灣人三部曲》、李喬的《寒夜三部曲》等。

每一「章」的「第二節」也都是有關「朱影紅」當下在台北的「現實」生活。如此，在每「部」分中，每一「章」裡的「兩節」之順序，都是先敘述已成為「過去」的女主角之「記憶」內容，然後再敘述她「當下」的「現實」生活，也就是先描繪屬於鄉下、被政治白色恐怖所籠罩的「鹿城」，後描繪屬於大都會、被奢侈浮華和聲色情慾所充斥的「台北」。

在這樣的結構安排下，《迷園》整部小說其實已形成被兩條敘述軸線截然區隔開來的兩個互不棣屬的部分。在一部小說中使用這樣的結構，即使不算怪異，也應屬非常少有。不過，這種結構也可從正面角度來評量。首先是，小說中出現了「家鄉」與「都市」不停對立，「虛」與「實」兩種世界也不斷遞換的兩相「對立」態勢，於是一股蓄勢待發的張力乃隱約可見。此外，因位於最後「終卷」的女主角捐出「菡園」的「事實」，與出現在最前面的「楔子」中之「電視牆」上她捐出「菡園」的「畫面」形成了前後映照、遙遙對立的態勢，故整部小說在結構上也產生首尾呼應的效果。據此，這部小說的「結構」顯然是精心規劃過的。而像這般「二元對立」式的結構設計，雖不屬於小說所敘述的故事內容，卻能夠在無形之中達到為此一故事的內容營造出另一種強烈對立的效果。因此，從效果上來看，這種手法因為能使讀者們在閱讀這部小說的內容時，於無形中也感受到此一小說在內涵層次裡蘊含許多「對立的張力」，它當然是頗具效果的創作手法。

從創作理論上來看，《迷園》的這種結構與德國的「接受美學」學者伊瑟（Wolfgang Iser）所提出的「召喚結構」頗為相像。伊瑟首先主張，因文學文本（即「作品」）的語言並非屬於將事物說明清楚

的「解說性語言」，而是「描繪性」的，所以它的語言中常含有意義未確定（indeterminacy）或意義空白（gap）之處。其次，使用這些語言來敘述的文學文本在時間的推移之下，其意義也常隨之改變，而這正說明了文學文本的意義是在讀者的閱讀中產生的。最重要的是，文學文本中因語言性質的關係而產生的意義未確定與空白之處，在讀者的閱讀過程中會產生對讀者呼籲、邀請、引導和召喚到這些地方，讓他們把自己的意思填補進去，並且將它們連結起來，而使文學文本的意義在此情形下被具體化了。這些意義未確定與空白之處，即是構成文本意義產生的基礎結構，也叫做「召喚結構」。

《迷園》之所以會使學者與評論家們提出許多不同的看法，與此一文學文本的意義係由其讀者所具現，而其原因為文本結構中具有召喚讀者將其看法填入文本內意義未確定與空白處的論點，可說若合符節—因它具有這種結構所致。[7]

在性質上，小說的內容其實是由其作者所虛擬出來的一個「敘述者」（narrator）敘述出來的「故事」（story）。因此，這一位「敘述故事的人」與他所敘述的「故事」是屬於何種關係，在該小說能否取信於讀者上實占有非常重要的地位。如果說，他與該故事有密切的關係，譬如是故事裡的當事人或相關者，則他必然會以「第一人稱敘述觀點」（first-person narrative viewpoint）來敘述這一件與他有關的故事，而由於事件與他的距離很近，所以常會造成這個故事無法

7　Wolfgang Iser: "Indeterminacy And The Reader's Response", *Twentieth – Century Literary Theory*, edited by K. M. Newton, New York: St. Martin Press, pp.195-9.

不染上他的主觀色彩。但也正是這個原因,這種敘述方式的主要效果之一乃是使這個故事具有逼真和動人的特色。不過,從反方向來看,也正由於這種敘述者與他所敘述的事件距離太近的緣故,他的視野必然會受到相當限制,因而故事的範圍也就無法擴大,所以多被採用來創作篇幅較小的「短篇小說」。相反的,如果「敘述故事的人」與他所敘述的「故事」無關,則他將會以「第三人稱敘述觀點」(third-person narrative viewpoint)來敘述此一故事。由於這種敘述者和和他所敘述的故事無關,所以他的態度和立場是冷靜而旁觀的,因而這個故事通常也不太會具有逼真或動人的力道,但卻也因為比較客觀之故,這故事的可信度乃因此被提高了。此外,由於敘述者與他所敘述的故事距離較遠,他的視野可不必受到太大的限制,所以他在敘述範圍上也可較為自由,而他所敘述的小說也就可以在範圍取得無限擴大的權力了,因此,這種敘述方式當然比較適合「長篇小說」的創作。

　　《迷園》既然是長篇小說,[8]因此,其敘述觀點的選擇也應該是「第三人稱敘述觀點」才對。而從大體來看,這部小說也的確是採取了這種「敘述觀點」;只不過若從實際內容來看,它所使用的敘述觀點卻是頗為複雜的,既非單純的「第一人稱敘述觀點」,也不是純粹的「第三人稱敘述觀點」。有見於此,徐曉珮即指出,《迷園》採用的是「四重敘述」觀點,其中有「兩重」屬於「第三人稱」,也有「兩重」屬於「第一人稱」,她對此的說明如下:

8　李昂自己曾形容《迷園》說:「這是我的第一個長篇」,〈寫在《迷園》前〉,《迷園》(台北:麥田出版社,2006年),頁5。

(一)「第三人稱敘述線之一」為：

　　敘述女主角「朱影紅」的過去，包括她在學齡前到高中畢業期間在家鄉的成長過程，以及她在該期間受到父親「朱祖彥」逐步影響的情形等。

(二)「第三人稱敘述線之二」為：

　　敘述女主角「朱影紅」與男主角「林西庚」兩人在台北的互動過程，以及當時台北商界的應酬型態等。

(三)「第一人稱的敘述線之一」為：

　　敘述女主角「朱影紅」內心的獨白，尤其是她對男主角「林西庚」的迷戀、依賴和決定要抓住他的心理活動。

(四)「第一人稱的敘述線之二」為：

　　敘述女主角的父親「朱祖彥」給她的信，從中透露出他憂慮台灣的遭遇與感嘆朱家未來的心理。[9]

　　如前所述，小說的內容既然是由敘述者所敘述出來的故事，那麼同一部小說的內容當然是由同一個敘述者所敘述出來的。在佔有《迷園》主體的「第一部」、「第二部」與「第三部」中，每一「部」裡的每一「章」之「第一節」都屬於(一)，同時，每一「部」的每一「章」之「第二節」則都屬於(二)；屬於(一)的女主角「朱影紅」，是從學齡之前到高中時期在家鄉鹿港活動的她，而屬於(二)的女主角「朱影紅」，則是已經三十多歲、在台北工作的

9　徐曉珮：〈人類補完計畫──適格者：朱影紅〉，《中外文學》，28卷2期（1999年7月），頁26-28。

她。[10]既然《迷園》所採取的是「第三人稱敘述觀點」，則不論是（一）或（二），應該都是由同一個「第三人稱」的「敘述者」所敘述出來的。那麼徐氏為何要將「它」區分出「兩重」敘述線呢？雖然徐氏如此做的用意並未說明清楚，但絕不可能是認為這兩個情節是由兩個不同的「敘述者」所敘述出來的，因為這將等於是在說《迷園》並沒有一個整體性的結構了！比較可能的理由，應該是徐氏認為既然這部小說將女主角在年齡、活動地點與活動內容上的明顯不同畫分為「兩章」來寫，而這樣的安排又可以算是《迷園》的結構特色，所以才刻意將此凸顯出來。

　　比較值得提出問題的是《迷園》中間三「部」的結構。在每一「部」裡的每一「章」中，第 1 和 2 兩「節」所述的內容在時間上相差了十多年。這樣的時間距離不可謂不大，讀者閱讀這兩「節」的印象也是覺得它們並沒有什麼關聯性。讀者只能發現，小說的作者或敘述者將這兩「節」連結上關係的方法，是藉由在每一「節」裡都插入若干段由女主角「朱影紅」用「我」的角色出現的文字，讓這個「第一人稱敘述者」在這段文字中或是將自己過去的回憶顯現出來、或是把自己現在的感受表現出來、或者是勾勒出自己對未來的期待，以及依照女主角的經歷之時間先後來出現等設計而已。換言之，女主角在兩「節」之間的十多年裡到底有何經歷與作為等，小說中並無隻言片語的交代。這樣的寫作方式，當然不可能會使讀者在毫無任何疑問的態度下即接受每一「章」的第 1、2 兩「節」中所敘述的女主角為同一個人。或許正是這個原因，金恆杰

10　同前註，頁 23-24。

才會對《迷園》提出如下的批評：

> 從天真無邪的小姑娘，朱影紅一步就跨成林西庚三十多歲的
> 情婦，中間欠缺了最重要的「落差」環節：她之所以淪落的
> 過程或原因。[11]

換言之，除非讀者願意在放棄追根究底的精神之時，還願儘量發揮
自己的聯想能力，並且用肯定的態度來看待這兩「節」的關係，這
兩「節」的內容才可能被視為在敘述同一個女主角「朱影紅」，否
則，《迷園》將無法完全避免「缺少統一的有機結構」之批評。而
若有讀者採取了更為嚴格的標準，《迷園》這樣的結構設計甚至有
可能會被批判為一部由若干不同的敘述者敘述出來的「事件」
（event）〔或者可稱為「情節」（plot）〕所組成的結構鬆散之小說了。

　　另外，蔡任貴也曾運用高辛勇所提出的小說敘事理論，具體地
將《迷園》的敘述觀點細分為四種，而提出如下的解釋：

(一)層外外身：指敘事者在文章外說別人的故事，因而在敘述男、
　　女主角的故事時，以「朱影紅」、「林西庚」稱呼他們。

(二)層外內身：指敘事者在文章外說自己的故事，因而是以「她」
　　或「朱影紅」來代表自己。

(三)層內外身：指敘事者在故事內說別人的故事，因而用代名詞
　　「他」來指稱故事中的人物。

11　金恆杰〈黃金新貴族——包裝與商品之間：再評《迷園》〉，《當代》，
　　71 期（1992 年 3 月），頁 141。

(四)層內內身：指敘事者是故事中人，因而是以「我」來代表自己。

接著，蔡氏並進一步提出如下的評斷：

> 上述四種敘事人身的交錯運用，使小說既有全知的掌握全局，又能運用內身的敘事加強真實感，多維的敘事手法使小說更為豐富深刻。[12]

據此，蔡氏對《迷園》在敘述觀點上的表現顯然是十分肯定的。然而一來，這樣的分項與解釋可說並不夠清晰明白，二來，竟然認為整部小說的敘述者既可以是小說故事裡的主角，也可以是相關者，甚至也可以是在局外觀看的無關者。然而，在有關小說敘述觀點的理論裡，卻從不曾出現過同一部小說能有這樣一個與小說故事的內容既有非常密切的關係、又是毫無關係的敘述者。因此，這一種分項與解釋中所提出的有關「朱影紅」的故事之敘述者所採取的敘述觀點，既可以是屬於「層外外身」，同時也可以是屬於「層外內身」的說法，實在可說是別出心裁。總之，這種分項與解釋實在仍含有不少值得深入討論之處。

不過，《迷園》這部小說的結構確實包括了若干由不同的敘述觀點所敘述出來的事件，例如在由「第三人稱敘述觀點」所敘述出來的故事中，便出現有若干「第一人稱敘述觀點」所敘述的文字段

---

12 蔡任貴：〈從結構主義與女性主義看李昂的《迷園》〉，《東方人文學誌》，6卷1期（2007年3月），頁218-219。

落，如「朱影紅」自稱「我」、朱父「朱祖彥」在給「朱影紅」的信中也自稱「我」等等。或許，這就是為何徐氏會使用「四重敘述」，[13]而非「四種敘述」這個詞來形容《迷園》之中的複雜敘述觀點之原因；因為「四重」之意，係指四個項目都同屬於一個大結構內，而且彼此有互相連帶的關係。[14]

由於《迷園》的敘事結構有如此的特殊性，所以凡是想要從其中讀出隱藏於文字之下的各種「主題」及其「喻意」的讀者，顯然必須要發揮自己豐富的聯想力；而這可能正是本小說的作者深刻的用意之一吧？

三、《迷園》的主要角色

從小說裡的故事所發生的時間與地點來看，《迷園》的內容可明顯地區分為「現在的台北」和「過去的鹿港」兩部分。也因此，使《迷園》的敘事結構形成由兩條軸線並排進行的方式。若把篇幅的多少與小說的結構合起來觀察，我們可以發現，以敘述「現在的台北」為主的部分除了「楔子」和「終卷」之外，還包括中間三「部」裡的兩「章」中，每一「章」的第「1」節，共 6「節」，也就是比以「過去的鹿港」為敘述重心的部分多了「楔子」和「終卷」。但也同時發現，在結構的安排上，作者先把以「現在的台

13　同註 8，頁 26。

14　林芳玫在〈《迷園》解析：性別認同與國族認同的弔詭〉裡，也以說明小說中章節的提要來解析《迷園》的結構與內涵。請見梅家玲編《性別論述與台灣小說》（台北：麥田出版社，2000 年），頁 150-2。

北」為內容的「楔子」和「終卷」安排為整部小說的起頭和結尾的位置，再於小說中間三「部」裡的每一「章」之兩「節」中，把「過去的鹿港」安排為第「1」節，而把「現在的台北」排在後面，成為第「2」節，也就是「過去的鹿港」在前，而「現在的台北」在後。這般錯落有致的安排，其實已在隱約中使《迷園》裡的兩「節」間所出現的結構鬆散現象產生了若干程度的凝聚效果。

㈠「現在的台北」

從整部小說的內容上來看，《迷園》可說是一部女主角「朱影紅」的成長的故事。而由於「現在的台北」的內容主要是敘述「朱影紅」在台北的活動，所以是本小說中最具現實性的部分。在這裡面，「朱影紅」是一位來自鹿港名門朱家的三十多歲貌美女性，在舅舅的公司擔任董事長特別助理。有一次，因陪舅舅去參加應酬，她見到了房產界甚有名氣的大亨「林西庚」而被他的年青壯碩與英挺外表所吸引。自此之後，小說在這一部分的敘述主軸便集中到兩人的互動關係上，並採取以時間的先後為序，依次將兩人的交往、分手、重聚，一直到結婚之後等過程清楚地呈現出來。

《迷園》在這部分裡的刻劃集中到兩個重點上：一是做為人物活動背景的商界應酬畫面，二是朱影紅與林西庚的互動情形。在前者中，主要目的顯然在突出商人們如何以金錢、名酒、美色等來做為彼此的橋樑而互動，並藉著許多羶腥語言與淫蕩行為來呈現奢靡浮華的現代都會生活；至於在後者裡，刻劃的焦點則集中在朱、林兩人多次以不同的方式進行身體的接觸、交媾上，而尤以文字的露骨受到矚目與批評。由於李昂的小說一直在「性」與「慾」的露骨

描寫上佔有極為重要的位置，因此，《迷園》在這一點上其實並不算例外，仍然維持著作者的一貫寫作風格。然也因此之故，《迷園》同樣受到正、反兩極的評論。正面的意見認為這些甚至包括了男女身體交媾的文字，其實寓含有作者批判現代都會糜爛生活的深刻用意；但負面的批評則是指摘它們對小說作品不僅沒有任何必要性，而且還會導致小說與低俗的「黃色」作品同流的結果。

在小說角色上，《迷園》裡面的人物雖然不少，但絕大多數都是以「功能性」為考量而被塑造出來的。譬如在「現在的台北」中，雖然出現的人物不少，但比較讓人矚目的應該只有馬沙澳與Teddy 兩人。馬沙澳是「林西庚」的好友，他在整部小說裡出現的次數並不多，而唯一會讓人產生印象的行為，就是在酒後對「朱影紅」的調戲。這一事件和角色，從功能性來說，其實只是讓朱影紅拿來作為刺激林西庚的工具，希望藉由它來引起林西庚的嫉妒心；只是，這個企圖並未成功。Teddy 也一樣，出現於小說中的次數不多，但卻具有很大的功能性；他是一個朱影紅為了發洩自己身上強烈的本能性慾，使自己因而能夠以比較冷靜的身心狀態與林西庚維持一種若即若離的關係，讓林西庚對她產生神祕感而找到的性伴侶。這些角色，雖然形象模糊，內心空白，但在小說中其實都扮演著功能性十足的角色。

在「現在的台北」中的唯一男主角是林西庚。他的身分是白手起家的房地產業的大亨，在業界頗有名氣，據聞有上百億的家產。當朱影紅在應酬的場合第一次看到他時，心湖立刻就被他的俊美外貌與偉岸身材所撥動；甚至於在知道他已離過婚，且在當下仍有妻子兒女，同時還有不少情婦後，仍然因感覺到他身上散發著一種

「仍容得下一個女人」的「動盪的不完滿」特質，以及他身上那像
她父親一般可讓人依賴的氣勢，於是乃陷入對他的癡迷與渴望的情
緒中。

　　事實上，「林西庚」在小說裡所呈現出來的形象是屬於「立
體」式的，也就是既有清晰的外貌，也有讓人一目瞭然的內心世
界。他除了具有出眾的外貌和龐大的財富外，若從角色的功能來
看，有關他內在的性格與心靈的描寫其實也含有深刻的意義；而他
在這方面，則被描寫為層次頗為膚淺的的人。譬如他有一次邀朱影
紅散步，朱影紅看到他手腕上戴的表時，說：

> 「很好的表，Taste 很好。」
> ……林西庚……得意的指著身上的衣著，炫耀的一一說道：
> 「襯衫是 Muger，西裝是 Montana，大概只有妳這個世家小
> 姐，才會知道這類名牌……。」（頁 81）

這段文字，把西庚講話的神情和動作都栩栩如生地刻畫出來了。尤
其這是藉著他自己的嘴，將自己內心中的想法、性格和學識水準一
起表達出來的。事實上，林西庚的淺薄，朱影紅是了然於胸的，因
為她已從和林西庚的多次接觸了解到，他的知識，每每是從與人談
話、講座與斷簡殘篇內得來的。（頁 80）

　　當然，「現在的台北」裡的男主角是林西庚，但若從整部《迷
園》來看，他其實只是男主角之一而已。從對這部小說的功能來
看，林西庚的主要功能有二：一是讓女主角朱影紅的情慾世界得以
展現出來，二是使朱影紅能夠重新取得她在鹿港的老家「菡園」，

然後加以全盤整修，最後並捐給民間基金會，讓台灣人民自由觀賞。

「朱影紅」當然是「現在的台北」裡的「女主角」，但也是「過去的鹿港」裡的「女主角」。事實上，整部小說中只有她一個人從頭到尾貫穿其間；所以她可說是整部小說中最重要的角色。[15]

在「現在的台北」裡，朱影紅所呈現出來的形貌，是一個具有傳統氣質的三十多歲美麗女性。至於有關她的性格與內涵，隨著她因工作之故認識富商林西庚開始，經過兩人的交往、分合等過程，凸顯了以下的兩大特色：

1.難以遏抑的澎派情慾

在「現在的台北」這一部分中，有關朱影紅的情慾描述篇幅甚多；從整部小說的內容來看，這應該源於她天生具有豐沛的情感和強烈的肉體需求所致。譬如：她第一次參加應酬時，才在那裡結識林西庚，就在晚宴中的唱歌、跳舞節目中，把頭靠向舞伴林西的肩膀。此時，小說裡的文字是這樣描寫她的：

> ……恍惚中我不住的想，……我願意同這個高壯美麗的男人，到任何地方做任何事。
> ……我止不住自己心中酩酊的縱情和渴望，這般想望著男人

---

15 廖朝陽在其〈歷史、交換、對向聲——閱讀李昂的《迷園》與《北港香爐人人插》〉中即說：「《迷園》講的是朱影紅的故事。」，周英雄、劉紀蕙編《書寫台灣——文學史、後殖民與後現代》（台北：麥田出版社，2000年4月），頁287。

懷抱的感覺、撫觸與重壓。

我告訴自己，我要的只是一種被滿足，被擁有的感覺，一種我自身無法獨自完成的接觸，一種只能經由一個男子的擁抱、撫觸才能有的慰藉。（頁47-8）

對一個才認識的男人，就會產生如此無法自持的情慾渴望！她源自強烈肉體需求的情慾狀態，真只能用「充沛難抑」來形容！

2.富有心機，手段高明

除了有出眾的外貌和強烈的情慾之外，朱影紅其實也有足夠的聰明和堅韌的性格，因而能想出高明的點子，並採取靈活的手段來達成自己的真正目的。譬如，小說中有一段文字如下：

她開始搜尋，……，僅限於已婚男人。她需要一個人，結婚而且無意離婚，也有著同樣需顧及不得張揚的名聲，……願意同她在一起，但不致於在她與林西庚之間造成問題與阻礙。

……

她必須要能得到滿足，那身體的滿足，特別是來自另個男人，方能使她從容，好整以暇的等待與狩候，而不致為慾求輕易折服。（頁154-5）

為了抓住對女人很有辦法，已有不少情婦，卻又不想被任何一個女人抓住的林西庚，朱影紅採取的手段是，一方面以若即若離的方式來維持林西庚對她的身體和身分的好奇心和仰慕感，二方面則選一

個身體強健的已婚男子來解決自己身體上的強烈慾求，以避免事情曝光。這當然是聰明人才可能想得出，也才可能做得到的。

除此之外，朱影紅的缺少傳統道德與法律觀念其實也不宜忽略，因為這種心態對她在自己的身分與國族的認知上必然會有影響。只是在不知不覺之間，她自己也已經成為自己曾視為對手的「情婦」身分，那麼，會出現忽略或者無視於自己的行為正在破壞別人家庭，也毋寧是一種讓人可以理解的情形了。

㈡「過去的鹿港」

雖然說成「過去的鹿港」，但故事發生的主要地點其實是朱家的「菡園」。在這一部分裡所敘述內容也有兩個重心，一是「朱影紅」的成長過程，二是她的父親「朱祖彥」的遭遇與感嘆。有關「朱影紅」方面，包括她小時候因受到父親的影響，以致於因作文上的特殊自白方式而遭到學校師生取笑；初入中學時，因服從於學校的髮型規定，因而感受到父親對學校的憤怒與母親以智慧來處理此事的無奈等。至於「朱祖彥」方面，則是有關他先後遭到政治監禁與監控，因內心失落與悲憤而沉迷於照相、音響，教育「朱影紅」有關自己的家族與台灣國族的觀念，以及在給「朱影紅」的信中抒發自己的思想與感受等。

在小說角色上，「過去的鹿港」裡的人物也不少，而主角為朱祖彥與朱影紅父女。至於其他人，也都是依照「功能性」來塑造的。底下，便以朱影紅的母親與牡丹兩人為例，來說明她們的功能所在。

朱影紅的母親葉玉貞在小說裡所佔的篇幅不多，故其形象為只

重在凸出某些特色的「扁平」類型。在外貌上，她「美的像日本婆子」，但重要的是她所發揮的功能，例如：「菡園」是她嫁給朱祖彥的嫁妝，她在朱祖彥入獄與無法工作養家時，不僅靠自己的努力使朱家繼續維持下去，還讓朱祖彥能享有買相機、玩音響等高花費的嗜好；當然，她也是讓朱影紅擁有美貌、氣質的本源與精神上的支柱。可是，因她甚少說話，所以內心世界如何並未清楚地顯現出來。

　　至於牡丹，她是鹿港朱家的下人。當朱影紅年幼時，因母親為了負起家計的重擔而時常在外，她乃成為真正照顧朱影紅的生活起居的人；因此，與朱影紅的互動頗多，在小說裡的地位也頗重要。但是在形象上，她卻只被淡淡地描寫為一個動作雖利落有效，卻沒有學識，且粗手粗腳，說話又帶著十足土味的人。對於這樣一個具有如同朱影紅的母親般重要地位的人，在小說裡卻未能展現出自己的性格與特質，若以她本來就沒有甚麼內涵來解釋，顯然是不能說服人的。出現這一情況的原因，或許應該是她只要做到發揮出自己在小說中的功能即可。

　　在「過去的鹿港」裡，若以小說的主題為基來衡量，朱祖彥的重要性應該比朱影紅要高許多。事實上，這一部分也是《迷園》最受學界青睞之處；這可從有關這部小說中所隱含的諸多喻意，如：台灣在白色恐怖時期的政治迫害、台灣人的身分的迷惑與國族認同，以及朱家族譜與台灣歷史的建構等都成為學術研究與文學批評界裡的熱門課題來印證。

四、《迷園》的歷史記憶

在《迷園》中所敘述的白色恐怖政治迫害、台灣人的身分與國族認同等內容，大都是屬於「過去的鹿港」裡；而學界對這類課題的探討及其結論，也都提出了深刻的洞見。至於有關朱家族譜與台灣歷史的建構，學界的相關論述雖也獲得了相當的成績，但筆者仍希望以前面所提出的論述為立足點，進一步從「朱影紅」在「現在的台北」中所表現出的「特色」出發，對此一小說中關於朱家族譜與台灣歷史的建構也提出另一種看法。筆者的方法是採取德國文學批評家姚斯（Hans Robert Jauss）的「接受美學」（aesthetic of reception）觀點，用前面在「現在的台北」中所勾勒出的結果做為「朱影紅」的人格特質；然後再由此出發，把「她」視為「過去的鹿港」的故事之回憶者或凝視者，最後再參考「新歷史主義」（New Historicism）文學批評的論述，來指出《迷園》在建構朱家族譜與台灣歷史的特色。

由於這這兩種西方文學批評對以下的討論甚為重要，所以在進行實際分析之前，先將它們的主要論點稍加勾勒如下：

姚斯的「接受美學」最根本的主張是「讀者」才是「文本」意義的體現者。他認為，文本就好比一部交響樂譜，在每一次的演奏中都會展現出與前次的演奏結果有所不同的內涵；而樂團演奏者與指揮者，就是「讀者」。換言之，文本的內涵與價值只有通過讀者才能夠具體顯現出來。不過，每一個讀者在對特定的文本進行閱讀之前，其實都是處於一種「前理解」（pre-understanding）的狀態中，也就是說在閱讀之前，他的內心並非是空無一物，而是擁有著自己

過去的各種經驗。當他在面對一部即將要閱讀的新文本時，內心之中就會產生一種「期待的視野」（horizon of expectation）。由於「讀者心中這一既定的視野」與「新文本內所含有的視野」之間都會有一段「審美距離」，所以讀者在進行閱讀新文本的過程中，他這一期待視野便會隨著與文本的不斷接觸，而發生不停地修正、改變等現象，到了最後，他的內心終於和文本的（某些）視野融合在一起，形成一個嶄新的「視域融合」（fusion of horizons）狀態。這一閱讀過程與結果，就是讀者在這次閱讀行為上所獲得的審美經驗。

　　若從「讀者」的角度來看，姚斯這種閱讀理論的重心顯然就是在強調「讀者接受文本的過程與結果」。但不能忽略的是，根據姚斯的論述，他這一「接受理論」乃是建立在「歷史性」與「社會性」兩個必要條件之上。他認為，任何文本必然是其創作者在某個時代裡的某個地方所創造出來的。當文本被創造出來時，經過它的第一個「讀者」的「期待視野」之滿足、失望、反駁與超越等過程，而形成了一個關於此一文本的審美價值。又因為文本乃是屬於「社會」之內的，所以必然也會具有同一時期中該社會裡的語言之語意、結構、韻律與技法等的「共時性」（synchronic）特色，也就是它必含有「社會性」──雖然，因為文本自身在語意上常會出現多元與不確定的特質，因而文本也常會含有豐富的「語意潛能」，使其意義不可能被該時該地的讀者所窮盡。另外，當從「歷史」的時間縱軸來觀察時，對於同一文本的理解與評價，在後來的許多時代裡，「不同時代的讀者」之間也往往會產生很大的差距；而這情形，就是所謂的「歷時性」（diachronic）差異。這種不同時代的「讀者」對同一文本，以及其創作者的理解、判斷、評價與接受等

所出現的不同情況，若將它們放入「歷史」之中，也就會形成該文本或作者在不同時代的「讀者」間所形成的「文學接受史」[16]了。

其次是「新歷史主義」。雖然「歷史」和文學、哲學等都屬於人文學領域，但卻比它們要重視內容的「真實性」和其內「事件的先後關係」。傳統的史學觀認為，「歷史」乃是由各個時代的「客觀事實」依循時間的先後順序發展而成的。但法國學者傅科（Michel Foucault）則提出不同的看法。他認為這種具有「統一的認識」性質的「歷史」乃是一種錯誤的假設，因為「歷史」是用「語言」建構出來的「話語」（discourse），也就是一種用「語言」對某特定的認知領域或認知活動之表述。這一「話語」與「客觀事實」之間有非常大的差異。首先，「語言」是無法把一個時代內所發生的所有人、事、物等情況全部都表述出來；其次，在呈現或描述同一時代的「話語」中，有很多是彼此無關或互相衝突的；此外，所謂「歷史」都是站在某一立場，先排出與此一觀點相矛盾的「話語」，再將可以形成「統一性」和「連續性」的「話語」串連起來的一套「整體性的話語」。因此，「歷史」顯然不是「客觀事實」的「重現」，而是一種以「語言」為表述媒介的「歷史的重塑」。這種「歷史的重塑」，都是充滿「話語」表述者個人色彩的「歷史闡釋」。

美國學者格林布列特（Stephen Greenblatt）更將「文學」與「歷

16　Hans Robert Jauss, "Literary History As A Challenge To Literary Theory", edited by Hazard Adams & Leroy Searle, *Critical Theory Since 1965*, Florida State University Press, 1986. pp.164-83.

史」合觀而提出「新歷史主義」（New Historicism），主張「歷史」並不只是「文學」的產生背景或反應（映）的對象，而是互相影響和互相塑造的，因為「文學」作品雖然把引發人們心中的感受與社會事件納入其中，但會不斷地釋放出能量來影響讀者與社會。因此，「文學」是「歷史現實」與社會公眾的「意識形態」交匯之後的結果。更精細地說，「文學文本」與「意識形態」之間的相互影響其實是持續不停的，是一種可以稱之為「周轉」（circulation）和「交流」（exchange）的情況：一種先由「歷史事件」轉化為「文學文本」，接著「文學文本」又轉化為「意識形態」，最後，「意識形態」又再轉化為「文學文本」的不斷循環往復過程。

據此，美國學者懷特（Hayden White）乃指出「新歷史主義」具有以下三項特色：

㈠「歷史」所呈現出來的形式實為一種「敘述式的話語」，它技巧地組織其內的諸多「歷史素材」，使它們像是依序而自然發生的。

㈡「歷史文本」具有「詩性」的「潛在結構」，既有人們的奔放「想像」，也有「語言」的構成物（如文學作品、歷史、……等）所必具備的「虛構性」。

㈢「歷史」之內必包含有「形式論證」、「情節設置」和「意識形態的暗示」等三種對自己這一「歷史話語」進行自我解釋的策略。

當然，「新歷史主義」也受到許多質疑，而以下列兩項批評最值得注意：

㈠在內容上過度偏重軼事，常選擇忽略的軼事、不知明的詩等

為材料；然後將它們隨意連結、解釋，結果只能「重新塑造」論據
薄弱，甚至有些荒誕的歷史；如此，當然不是「重現」歷史。

㈡由於主張不可能有「無動因的創作」，所以否認有「超然性
的閱讀」存在。再以此為基，強調對歷史文本的閱讀若非屬於「政
治性的閱讀」，便須注重「閱讀的政治性」。因此，常出現狹隘與
偏激的論點。

由於過度強調「文學」的外部規律，也太過重視對「歷史」的
重新解讀，「新歷史主義」往往使「文學史」成為個人隨意闡釋、
卻彼此不相認同的「文學角力場」。在此狀況下，文學已無法對
話，而只有不停的爭論與喧囂；同時，也因為只重視邊緣性的題
材，致使歷史黑幕、政治陰謀、性、瘋狂等成為描寫重心，而人類
經典中的高尚精神與崇高理想也成為被忽略的主題了。[17]

《迷園》的作者李昂在接受邱貴芬訪問時，曾明白表示創作這
本小說的目的：

> 邱：在《迷園》這部小說裡，很重要的質素是它的歷史記憶
> 的那一部分，就這一部分妳有沒有什麼特別的看法？
> 李：那當然是非常明顯地，要來替台灣建構一個歷史。有人
> 可能會覺得，我用那麼少的篇幅要建構台灣的歷史有點可
> 笑。可我要用一個觀念⋯⋯：在一個建構歷史的過程當中，

---

17 請參考卡洛琳·波特（Carolyn Porter）著，蔡秀枝譯〈歷史與文學：「心
　　歷史主意之後」〉，《中外文學》，20 卷 12 期（1992 年 5 月），頁
　　185-207。

> 女人所取材的可能就是比較 trivial 的東西，而不是那些甚什
> 麼家國大事的東西，是用比較 legendary 的素材。……。小
> 說特意拿這些東西來架構歷史，事實上是避開正史的正確
> 性，而從這些比較早的稗官野史，或者是從民間的說法來建
> 構歷史，絕對存在、絕對成立。[18]

作家想藉由創作這本小說來建構台灣歷史的目的，她自己說得很清楚，而這樣的觀念與所用方法，卻與「新歷史主義」完全吻合！

《迷園》中的「歷史記憶」包括了朱影紅家的族譜與台灣的歷史兩種；而這私與公兩種歷史的建構者，則都是朱影紅——此「歷史」不論在小說中是由何人所敘述，都屬朱影紅的「記憶」。

有關朱家族譜的建構，出現在《迷園》第二部第一章第一節；是朱影紅回憶自己小學畢業剛考上初中的暑假，在鹿港的家「菡園」裡「乖順」地聽父親朱祖彥說的。依前面對《迷園》的敘述結構所做的分析，這部分雖是由第三人稱敘述觀點所呈現，但從小說的整體來看，應可將其劃歸為朱影紅的記憶。

她的記憶是這樣的：父親朱祖彥在她十三歲時曾告訴她，根據朱家族譜的記載，到台灣中部的諸羅縣開發的朱建成是朱家的第一個先祖。有些族人曾光榮地傳說他本非姓朱，朱是明朝皇帝恩賜給他的國姓。但朱祖彥對此的態度卻完全相反；他認為：「我不這樣認為，翻遍『方誌』、『縣誌』，也不見這樣的紀載。……子孫，

18　邱貴芬《不同國女人聒噪——訪談當代台灣女作家》（台北：元尊文化公司，1998 年），頁 106-7。

不應該認為捨棄自己的本姓，跟統治者的皇帝姓朱是件光榮的事。」（頁103）這種認真求證、實事求是的態度，以及尊崇自己祖先的本源之觀念，當然值得佩服。但是，對傳統中人人都羨慕的獲得至尊皇帝的賜姓，朱祖彥竟然如此不以為然，而且還把「皇帝」直接稱為「統治者」，倒真讓人覺得他確實有異於常人之處。更有意思的是，他還說：「我小時候，就常聽家中老一輩的耳語，私下說，我們的先祖，事實上是做海盜起家的。……」「我翻遍『方誌』、『縣誌』，終於找到一個人，極可能就是我們第一個到台灣來的先祖，他名叫朱鳳，算算該是朱建成的祖父。我前幾天去『上厝』問過伯公，他同意族中世代一直有這樣的說法。」（頁104）

同樣藉著實事求是的態度，對「耳語」之類的私下說法，認真地在文獻資料上找證據，而終於到了一個身分是殺人、放火、搶船隻的「海盜」朱鳳，並推測他「極可能」是自己的先祖。對此，朱祖彥不僅毫不在意，還刻意強調『縣誌』對朱鳳的描述：在明末禁止移民台灣的禁令下，協助閩粵地區的居民偷渡來台。同時，還特別加上有人用這類字眼來形容他：勇猛、仗義勇為，於地方多有見樹，為後人稱道。他這種追索祖先的方式與觀念，在無法掌握堅強的證據，而只是靠道聽塗說的情形下，竟然寧願選擇「海盜」而否決「國姓」，確實可用超然脫俗，甚至是逆反傳統來形容。而即使是在現實社會中，相信也很少人會這樣做。

不過，小說中既然寫明了「朱家的族譜是由朱建成寫起的」（頁103），而朱鳳的妻子「陳氏」，卻在「我們的族譜有很詳細的記載」（頁106），且「朱鳳，算算該是朱建成的祖父。」（頁104）若然，這裡似乎出現了一些矛盾，例如：朱家族譜既始於朱建成，

如何會寫到比朱建成早兩輩的陳氏，而且是詳細的記載？又如：朱鳳是記載於「縣誌」，而非朱家族譜之中的，因此，是否能藉著他的妻子陳氏就把他和朱家連結起來，似乎仍有疑義！

　　事實上，陳氏在朱家族譜裡佔有非常重要的地位。在朱祖彥說給朱影紅聽的故事裡，陳氏是具有山地人、荷蘭人血統的福建移民後代，沒有黃種人的狹長單眼，而有山地人或白種人的深陷、雙眼皮的大眼睛；朱影紅即遺傳有這種特徵。因朱鳳遺棄她和四個稚子，帶著丹鳳眼、纏小腳的唐山小妾逃到南洋；而她的四個孩子又都早死，由她獨自把孫子朱建成養大。後來，朱建成事業有成，對祖母極為孝順，她乃掌握家中大權，果斷威嚴地制下朱家規矩，其中即有不准朱鳳立譜歸宗一條，並且發誓，子孫中有誰替朱鳳立譜歸宗，朱家就會亡在他手中。（頁 106-7）這些描述其實透露著一些頗為重要的訊息，譬如：朱祖彥（與朱影紅）憎恨唐山人的心理果然是有淵源的；他（與朱影紅）對自己的血統有主張「混血論」的傾向，[19]而其目的則是想否認朱家屬漢族的單一血統。然而，弔詭的是，朱祖彥為了避免讓孩子在沒有公義與希望的台灣長大，到一個全新的乾淨環境裡重新開始一切，便把朱影紅的兩個哥哥從他們很小的時候就送到日本、美國等國外去就讀，但結果卻是：他們卻根本忘了這塊土地與自己的血緣與傳承；而這件事則讓朱祖彥感嘆朱家將因他而斷了三百年來在台灣的承繼。（頁 33-4）如此，小說中

19　請見彭小妍〈《迷園》與台灣民族論述——記憶、述說與歷史〉，江自得主編《第一屆台杏台灣文學學術研討會論文集——殖民地經驗與台灣文學》（台北：遠流出版社，2002 年 2 月），頁 189。

的鹿港朱家在台灣的族譜終於有了從開始到結束的完整記錄。

　　至於有關台灣歷史的建構，從小說整體來看，大抵上也是由第三人稱敘述觀點來呈現的；同時，也可歸入朱影紅的記憶中。根據朱祖彥對朱影紅所說，台灣是唐山人[20]為了在大海阻隔的遠方尋找一處新的樂園，因而找到的土地。（頁 113）

　　　　　　　　刊載於《淡江中文學報》，民國 99 年 6 月

20　在小說中，朱祖彥未曾說出此一名詞，而稱其為「台灣早期移民」；但由小說的同一部分裡牡丹的丈夫閹雞羅漢說同樣的故事給朱影紅聽時用「唐山過台灣」一詞，應可推知。而這似可呼應朱祖彥恨（承自陳氏）恨唐山人，故而不願朱家與唐山有任何牽連的心理。

試探凌煙《失聲畫眉》的深層意涵

一、義涵豐富的內容

在台灣現代文壇裡，凌煙的小說《失聲畫眉》於 1990 年獲得自立報社的百萬小說獎後，於同年 12 月正式出版；出版後半年，即印了 11 刷，且於隔年的 11 月再版；可見這本小說實甚受讀者青睞。然而，令人訝異的是在那段時間內，這本小說竟然未曾在台灣文學研究界裡引起太多的關注。[1]

台灣文學研究界裡的情況雖然如此，但也就在同一時期中，這篇小說的內容卻因含有不少在社會與文化層面上深具意義、且頗受爭議的課題，以致於在 1991 年的 3 月被觀察敏銳的電影公司買下版權，拍成電影，並於隔年 4 月上映。果然，將這一小說改編為電影劇本，然後拍成電影的過程與結果，立刻引發了一連串來自台灣

1　譬如在大約同一時期出版的《世紀末華麗》（朱天文，1990 年），《想我眷村的兄弟們》（朱天心，1992 年），《荒人手記》（朱天文，1994 年）等小說，都是在出版後不久，便成為當時許多文學研究者所分析、評價和討論的熱門對象。相形之下，《失聲畫眉》顯然頗受學界冷落。邱貴芬對此也曾說過如此的話：「沒有文學批評者的關愛和哄抬，《失聲畫眉》在氣勢上遠不如幾年後朱天文同樣獲頒『百萬小說』大獎的《荒人手記》。」

的民俗研究、電影文化和同性戀團體等不同領域的擁護者對它進行激烈的批判。[2]這一情況的發生，原因當然非常複雜，但若以宏觀的角度來看，除了是因為《失聲畫眉》的內涵具有容許不同解釋的特色外，這篇小說的性質與當時台灣的政治結構與社會形態正處於轉型期的急遽變動特性恰好相配合，應該也是主要的原因之一。

台灣在 1987 年宣佈解嚴後，社會的言論和出版便快速地邁向開放與多元的道路。然而這一開放趨勢，卻在執政了數十年的國民黨被在野黨輪替之後，從多元的發展驟然轉到本土認同的單一走向上；而帶動這一走向的，正是掌握台灣主導權的政府——包括由國民黨總統領政的末期與民進黨的執政時期。而就在這一情勢中，有關「台灣文學」的研究也在文學領域裡獲得了充分的支持，並逐漸形成一種以建立本土意識型態的「台灣文學」為主軸，並緩步脫離「中國文學」範疇的潮流。於是，由此開始的文學創作與研究乃呈現出兩項鮮明的特色：其一，「台灣文學」的名稱與觀念在執政者的大力支持與本土意識的感染力日愈強大中，一躍而成為文學研究領域裡最重要的議題之一。其二，有關「台灣文學」的研究方法與方向，有刻意躍過傳統上被認定的「中國文學」範圍，轉而直接延

2　例如莫言批評說：「《失聲畫眉》深深的傷害了歌仔戲，甚至扭曲了歌仔戲。」《自由時報》，1991.07.27。又如《中國時報》上曾刊登一篇題為〈《失聲畫眉》電影情節涉及女同性戀港都歌仔戲班抗議片商不妥協〉的報導：「以女作家凌煙原著《失聲畫眉》改拍而成的同名電影，……有過多歌仔戲班女團員同性戀情節的描繪，港都歌仔戲演員唯恐形象遭扭曲，正透過高雄市劇藝協會向片商抗議。」《中國時報》，1991.10.25。類似這種批評的內容與方式，在那段時間裡可說多不勝舉。

引西方文學理論來進行細部解讀文學作品中的涵義之傾向。

就在這樣的時代環境中，《失聲畫眉》因內容所蘊含的議題不僅豐富，而且頗能迎合這一政治趨勢，所以其作品中與此有關的課題，諸如：歌仔戲的民俗文化性質、社會底層人民的生活與經濟情況、本土和國族的認同，以及同性戀的情慾問題等等，乃漸漸獲得越來越多的「台灣文學」研究者的關注。

雖然改拍成電影的《失聲畫眉》引發了民俗與歌仔戲界的強烈抗議和衛道團體的大力撻伐，同時，這部小說的創作手法也並未獲得高度的肯定，[3]然而筆者認為，一部小說之所以能夠吸引來自不同角度與不同層次的各種討論與評價，豈不正是因為它含有豐富與深刻的義涵所致？

對筆者而言，《失聲畫眉》這部小說至少便含有數項優點：㈠敏銳的選擇從同性戀的角度切入，成功地挖掘出人性的複雜與無奈；㈡將探討對象定位於社會階級上，使刻劃出來的小說人物那種無法不屈服於現實壓力的悲哀與無奈擁有普遍性；㈢含蓄卻技巧地揭示了台灣民俗文化的重鎮——「歌仔戲」因面臨嚴峻的時代壓力而逐步走向衰微的情況；……等等。

對於這樣一部含意如此豐富的小說，本論文希望以文學美學為著眼點，深入分析隱藏於《失聲畫眉》文字面底下地的深刻意涵，並進而點出其中所寓含的一些對台灣社會與文化的批判意義。

3　譬如王德威即曾以「視野有限，技巧平平」評《失聲畫眉》。請見其〈一鳴不驚人——評凌煙《失聲畫眉》〉，收於其《閱讀當代小說：台灣·大陸·香港·海外》（台北：遠流出版社，1991 年）。

二、近距離的全知敘事觀點

　　從「敘事觀點」的角度來看，《失聲畫眉》的內容是由小說中的人物「慕雲」所敘述出來的。

　　慕雲的背景是：年幼時因抵抗力差，經常生病，而她的父母又須在都市裡經商，工作非常忙碌，所以在她滿月後，乃被父母留在鄉下，繼續由祖父母來照顧。鄉下的環境雖然樸素安靜，有益健康，但卻因缺少娛樂，致使慕雲非常期待當地所舉行的廟會活動；這是因為在那幾天裡，她可以去廟前的廣場上看戲劇演出。演出的舞台雖然簡陋，燈光也昏黃，但喧天的鑼鼓聲、台上演員的閃亮服飾，以及各種悅耳的唱腔、有力而優美的動作等等，對她都充滿了蠱惑性的魅力，而讓她心中產生莫大的快樂感。那時，她常為了看戲而廢寢忘食，甚至立下當歌仔戲演員的志向。高中畢業時，她違背了父母要她繼續升學的要求而私自離家，去加入歌仔戲班。《失聲畫眉》的主要內容，即是展現於她眼前的戲班遭遇、戲班夥伴們的活動，以及她自己的若干經歷。

　　換言之，《失聲畫眉》乃是一部以「全知的敘事觀點」所敘述出來的小說。由於採用這種敘述觀點的敘述者，是站在小說的核心故事之外，將自己的所見、所聞與所想敘述出來的，所以這類小說在「敘述事情」上通常可以擁有兩大優點：㈠因敘事者與他所敘述的故事隔著一段距離，而使他獲得了較為寬闊的視、聽範圍；如此，不僅小說的內容所能涵蓋的時間、空間，以及人事景物等的數量可以更大、更多，而且在故事情節的安排上也能夠更為靈動與自由。㈡因為敘事者的立場比較客觀，所以也比較能夠取得閱讀者的

信任。

由於《失聲畫眉》採用了這種敘事法，所以不僅小說中的戲班活動和戲班裡的人物百態都能完全且清晰地呈現出來，連戲班所處的社會之若干風氣、趨勢，以及某些趨勢的代表人物也都被容納進來，而使《失聲畫眉》成為一部人物鮮活、戲班生動、社會風氣墮落等這種因素兼具的小說作品。

不過，採取這種敘事觀點來創作的小說也含有若干弱點。首先，這類小說的敘事者因站在故事之外，所以他能夠看到的只是故事中人的外貌、表情、動作，或者只能和其中的某些人進行一些對話而已，因此，並無法讓小說人物的內心世界充分顯現出來。其次，因小說的內容係由敘事者所說出來的，所以造成了讀者的閱讀小說就像是在聽人說故事一般，缺乏讓讀者產生親歷其境的感覺，而小說在引發讀者感動的力道上也因此比較弱。[4]

《失聲畫眉》既屬於這類作品，照理說應該也有這些弱點。但在實際閱讀完這本小說後，讀者所感覺到的卻是它在擁有前述的優點時，也避開了這些缺點。細酌其原因，應該是作者技巧地把小說的內容設計為：由一個雖非主角，卻也是「戲班」的成員——「慕雲」來敘述所致。換言之，就是透過「慕雲」以戲班成員的身分去接近與她同一戲班的人，藉由和他（她）們建立親近的同事關係，進而深入了解他（她）們心中的情感與想法，並與他（她）們密切地互動，最後，再細膩的把（她）們的故事敘述出來。這一特色，我

---

[4] 有關小說「敘事觀點」的解釋，請參考張雙英《文學概論》（台北：文史哲出版社，2004 年 1 月），頁 140-142。

們可藉著下面一段小說中的文字來說明：[5]

> 慕雲一手眉筆一手鏡子，湊在臉上仔細的描畫著眉，畫了半天，依然覺得一邊高一邊低，她喪氣的停下手，對著躺在身邊小憩的阿琴，歎口氣道：
>
> 「我的眉毛總是畫不好。」
>
> 阿琴端起慕雲的臉看了一下，失笑道：
>
> 「已經不錯了，妳才進戲班一個月，可以畫這樣算很好了，不要要求太高。」
>
> 慕雲又拿取起鏡子左瞧右看，還是非常不滿意：
>
> 「畫得像妖怪一樣，比我本人還醜。」
>
> ………
>
> 「很好了啦！別嫌了！」阿琴閉著眼睛道。
>
> ………
>
> 阿琴拿出假睫毛，整理一下，在邊邊塗上膠水，拿在嘴前吹一吹，才對著鏡子把假睫毛黏在眼圈上，待兩邊都黏妥後，把鏡子拿遠一點瞧，眨眨眼睛，長長的假睫毛宛如兩把扇子，搧呀搧的，覺得滿意了，………。

這段文字中的「阿琴」和敘事者「慕雲」都是一個名為「光明少女歌劇團」的成員。雖然阿琴除了需要上台演出之外，也負有指點慕

5　凌煙《失聲畫眉》（台北：自立晚報社文化出版部，1990 年 12 月），頁25-27。

雲如何妝扮才能上台的責任，但在《失聲畫眉》中的地位仍遠不如「女同性戀」的主角「家鳳」與「愛卿」來得重要。但即使如此，她在上面的引文中所表現出來的說話的語氣或化妝的動作，也都能以非常生動的方式展現在讀者面前；而可以達成這種效果的原因，正是因為她和敘事者「慕雲」的距離非常接近所致。換句話說，阿琴生動的表情、語氣和動作等，都是在敘事者「慕雲」的眼前所展現出來的。

由於這一設計的細膩，《失聲畫眉》裡的許多內容才能透過「近距離的全知敘事觀點」，以如同一幅幅栩栩如生的活動畫面般的方式呈現出來，為本小說創造出十分逼真的效果，也使讀者對它們產生非常深刻的印象。

三、傳統文化沒落的象徵

《失聲畫眉》的主要內容，是「光明少女歌劇團」在二十世紀八〇年代的台灣所遭遇到的時代社會壓力及其回應的方式。小說的內容包含兩大部分：㈠「光明少女歌劇團」如何面對當時台灣社會型態的衝擊；㈡戲班裡的人物群像與他（她）們的活動。從呈現故事的路線來觀察，這些內容可約略劃分為「戲班內」與「戲班外」兩個世界；但因作者技巧地將這兩個世界裡的主要角色設定為相同的人，而使兩者間的界限在自然而然中被消彌於無形，而小說也擁有了栩栩如生的人物、流轉靈活的情節，以及意蘊多層、內涵豐富、且寓意深刻等特色。

據此，我們應可推斷《失聲畫眉》的寫作技巧無法贏得某些批評家較高的評價，可能是評論者捨棄了以綜覽的方式去肯定它的豐

富性與複雜性,而只著眼於這它的單一面向,或單一層次,單一課題所致。

我們先來討論「戲班外」的部分。從整部作品的內容來看,「光明少女歌劇團」的遭遇可說是故事的主軸,而最核心部分,則是它在二十世紀八○年代中,因面臨生存壓力而在表演方式與內容上所採取的改變。

台灣歌仔戲的演出,向來都是以傳統故事為內容,以特定唱腔和動作為表現方法;而在原因與目的上,則包括了酬敬天上的各方神祇,感謝他們賜給人民豐衣足食的生活和平安的日子,以及希望能藉著演出歷史上著名的忠孝節義故事,透過娛樂的方式,將優良的傳統和溫厚的民族特性間接地教給舞台下的觀眾,甚至於希望能促成善良的社會風俗。

然而在小說中,「光明少女歌劇團」的表演的方式和內容卻有了巨大的改變。我們可以藉由下列兩段引文來探討。第一段如下:[6]

> 「明天是正日,又有另外一班要來和我們對台,也有兩台電子花車和一個康樂晚會,聽說全部都是歌星,妳不調金蓮回來嗎?」阿金擔心的對秀香道。
> ……
> 十點一到,阿龍準時的關掉歌仔戲,由武雄介紹道:
> 「各位觀眾請慢走,現在不是要散戲,續下來的節目更加精彩,是由我們光明少女歌劇團所為你們帶來的綜藝節目,內

6　凌煙《失聲畫眉》,同註5,頁42-48。

容十分豐富，不但有趣味好笑的話劇，還有香豔刺激的精彩
歌舞，請各位觀眾耐心等待，好酒沉甕底的綜藝節目。」
阿龍把早已備妥的探戈舞曲放下去，武雄關掉舞台所有的照
明燈，只開頭上的那盞圓形旋轉燈，漫天灑下點點的五彩燈
影，……為整個戲台營造出一種低俗的浪漫。
仍然由武雄在介紹：「首先，就由我們豐滿美豔的香香小
姐，為大家帶來一首相思豔舞，香香小姐請──」
隨著武雄的介紹，阿玲穿著一襲若隱若現的黑色薄紗睡衣，
布條狀的長裙雖然有襯底，兩條雪白的大腿卻隨著搖擺旋轉
的舞步，不時裸露在老少的觀眾面前，引得外圍觀眾逐漸聚
攏過來。
……
很多觀眾又不由自主的往前跨出一步，希望看得更真
切，……每個男人都睜大眼睛，捨不得多眨一下。
「續下來，是由本團的肉感紅星──菲菲小姐，為大家帶來
的相思豔舞，菲菲小姐請──」
……
阿珠下台後，武雄又繼續介紹：「看看看，愈精彩的愈在後
面，請大家繼續欣賞本團的性感舞星──安娜小姐，同樣為
大家帶來相思豔舞，……」

歌仔戲通常都是在廟會的廣場上進行酬神與娛民、教民的表演。由
於受雇來表演的歌仔戲班每每不只一個，而且有時還有許多其他類
型的表演團體，如康樂隊等。因此，為了與其他戲班和表演團體競

爭，使自己表演台前的觀眾人數能比下別的表演台前的觀眾（俗稱「拼場」），「光明少女歌劇團」乃將它原有的歌仔戲演出方式和內容都加以改變，亦即將歌仔戲演出的後半段，改為「綜藝節目」。

　　《失聲畫眉》中對該類「綜藝節目」所羅列的項目有：以引發觀眾笑聲為主的滑稽「話劇」，以及藉著暴露的性感服裝，撩人慾念的舞蹈動作，唱著煽情的流行歌曲來吸引台下觀眾眼睛的「豔舞」等。而這一改變後的效果，先是在「光明少女歌劇團」舞台前的「外圍觀眾逐漸聚攏過來」（頁 47），然後是聚攏過來的「每個男人都睜大眼睛，捨不得多眨一下」（頁 47），最後則為「所有的男人全擠在戲台前，踮起腳尖伸長脖子，只差口水沒有流出來」（頁 48）。顯然，觀眾人數的確是驟然大增了，而這一情況，也可證明戲班這一改變表演內容和方式的做法，真的可以達成原先所預期的結果。然而值得深思的問題是，這一現象到底透露了那些深層的意義呢？而被停掉的演出內容是什麼？用來替代舊節目的新內容又是什麼？……等等，是否也可在列出其項目和分析其性質後，能夠用來解釋、判斷或評價這些新的內容在社會、民風與文化上到底代表著什麼重要的意義？

　　譬如說，「光明少女歌劇團」能在上述的「拼場」中吸引更多觀眾聚攏來看，當然是把傳統的歌仔戲表演改成了煽情的歌唱與惹火的豔舞等新節目所致。而若更進一步來思考，這些新節目的共同點顯然就是極力迎合、甚至是挑逗觀眾們的感官刺激。因此，我們應該可以把這一現象大致解釋為：整個社會的風氣已經傾向低俗化了。

我們可以再引小說中的另一段文字來申論：[7]

> 一個歐仔桑走進來，阿琴熱絡的叫道：
> 「班長伯[8]你好！」
> 其他人也紛紛招呼著！……。這次來這個廟演出，就是這個
> 班長引的戲，還安排讓他們搭舖在廟翼，……，有廟翼可睡
> 當然較安全舒適。
> ……
> 這時候，班長伯突然大聲的對著全班問：
> 「妳們這些小姐啊！可有人要賺外路仔[9]？」
> 阿琴應道：「什麼外路仔？」
> 「請主講要請看看有沒有跳脫的，妳們可有人想要賺這條
> 錢？」
> ……
> 班長伯大聲的道：「若有人要跳，請主出的價錢不錯哦！」
> ……
> 班長伯對阿金道：「如果她（按：指鳳凰）不跳，妳就幫我調
> 看有否？我們這個莊頭最興這而已。」
> ……

7　凌煙《失聲畫眉》，同註5，頁150-155。

8　據作者自注，「班長伯」就是指「請主」和「戲班」間的介紹人，是引戲
　　給戲班演出，藉以抽取佣金的人。參見凌煙：《失聲畫眉》，同註5，頁
　　166。

9　據作者自注，即「外快」。請見凌煙：《失聲畫眉》，同註5，頁151。

鳳凰終於裝出一副勉為其難的表情，答應道：

「好嘛！……」

班長伯道：「我去回覆請主。」說完，轉身就往外走出去。

「請主」就是延請戲班來表演的「金主」，所以對戲班的影響力當然很大。通常，會請民俗戲班來表演的都是廟會的負責人，故而也都是地方上的領導人。上段引文中的「班長」，就是銜「請主」之命去聯絡戲班來表演的人；他雖不是「請主」，卻是「請主」的代表人。根據上段引文，這位「班長」對「光明少女歌劇團」所提出的要求與期待，是希望當戲班把正常表演的後半段改為綜藝節目時，戲班裡能有人表演「跳脫的」，因這是他們這個莊頭（村莊）最興（喜歡）的。所謂「跳脫的」，就是「跳脫衣舞」的意思。具有領導人身分般的人士，竟然以本村莊的人最喜歡看脫衣舞表演為由，公然向歌仔戲團提出這樣的要求，此一村莊的文化水準與風氣走向如何，已由此可見一斑。而凌煙在《失聲畫眉》中會寫出這樣的情節，難到沒有感傷、生氣或批判等用意？

「光明少女歌劇團」雖然只是「一個」歌仔戲班，但若從文化的角度來看，「歌仔戲」在經過漫長時間的浸潤、積澱後，已普遍被認為是台灣地方民俗文化的代表性藝術之一。[10]而因「所有的」

---

10 譬如在《失聲畫眉》裡，作者即藉著敘事者慕雲的心語，呈現出如此的文字：「歌仔戲這種和民間緊密結合在一起的民俗戲曲團體，生活雖然自成一格，命運卻是跳脫不出時代的巨輪。」凌煙：《失聲畫眉》，同註 5，頁 93。

歌仔戲班應該都會擁有這一共同的文化義涵。因此，《失聲畫眉》
中有關「這一個」「歌仔戲班」的特色與遭遇的描寫，會被讀者們
理解為「所有」的「台灣歌仔戲班」所共有的特色與遭遇，[11]或甚
至於被擴大理解為「整個台灣民俗藝術界」的共同情況，也應該是
非常自然而合理的。筆者認為正是這些原因，才會使雖然只是敘述
了「一個」台灣歌仔戲班的活動情況的《失聲畫眉》，能夠在它的
讀者心中引發出一種對「所有」的台灣的歌仔戲表演，甚至是對
「整個台灣民俗藝術界」的遭遇和改變情形，產生普遍的感傷與震
驚的心理。

　　從小說的佈局來看，《失聲畫眉》顯然是有計畫地想藉著描寫
「光明少女歌劇團」的遭遇，來隱喻台灣當時的「所有」歌仔戲團
都同樣處於社會急遽轉型的環境中；而這一種情勢，不僅帶給民俗
技藝表演團體非常強勁的衝擊力道，而且也對整個社會和文化都產
生了深遠的影響。換言之，《失聲畫眉》中所仔細描述的對象雖然
只是「光明少女歌劇團」，但因它具有歌仔戲的代表者的象徵意
涵，所以有關這一歌仔戲團為了能夠在這麼險惡的環境中繼續生存
下去，因而採取的各種因應方式，便應該可以被視為整個台灣風土

11　《失聲畫眉》的另一大特色，即在人物之間的對話上大量使用「台語」，
　　如：「有夠可怕」、「總講一句」、「查甫」、「查某」、「開查某」、
　　「怎樣講」、「講那個」、「講實在」、「半南洋仔」、「有夠現實」、
　　「幹恁娘」、「駛恁娘」、「幹恁祖媽」、「賺這條錢」、「賺外路
　　仔」、「罔賺，卡未窮」、……等等，不但使這部小說的人物，因講出這
　　些語言而栩栩如生的出現我們眼前，同時也使小說富有台灣本土色彩，而
　　強化了這部小說的寫實性。

民俗的情況和趨勢。

在時代腳步的推進下而不得不改變表演的方式和內容,雖然會使人感到無奈,但因這是一種必然的事情,所以尚不至於讓人產生過度的傷感──只要改變的內容可以獲得人們的理解和包容。只是,根據上段引文所呈現出來的,「歌仔戲」的改變方式和內容竟然是:原本以傳統故事為表演內容、以特定唱腔和動作為表演方法,而且含有酬敬天上各方神祇的庇護,教育和娛樂舞台下觀眾的演出方式,竟然被改為:演出者穿著亮麗而時髦的衣著,跟隨播放的錄音帶來唱煽情的流行歌曲,進而表演極具感官刺激的清涼秀和脫衣舞!看到這樣的改變,有那個讀者能夠不使自己的心情產生劇烈的波動?又有誰能夠全然壓抑下內心之中那種突然泡爆發的深深的痛?

當然,《失聲畫眉》的作者對此並沒有任何隻言片語的評論,但若從其已明示的:改變表演方式和內容是為了留住舞台下的觀眾來推斷,她所隱藏的用意至少有二:其一,這種民俗表演向來所寓含的禮敬神明與教育人民的深刻意義,早已消失殆盡。因為在這種新的表演活動中,「神明」已失去了應有的威嚴地位與慈愛形象,「祂(們)」已經不再是這種表演場所的主角了。舞台上的表演,已經成為提供觀眾感官上的刺激和娛樂的工具。在這種場合裡,「神明」的位置已被原本是來此向「祂(們)」表達感恩之意的「觀眾」所取代,而表演的內容與方式,也全都以討得觀眾的歡心為唯一的目的。換言之,歌仔戲原來所含有的敬謝神明和教導百姓的義涵,在這裡早被拋到九霄雲外去了!

其二,這種場地裡的真正主角,其實是觀眾(人民),而他們

的文化水準和心態,則可從「歌仔戲」為了討得他們的歡心而設計的新表演方式和內容來推知。據前文所述,觀眾(人民)喜歡看的是:女人穿著亮麗而暴露的服裝,做出撩人的肢體動作來唱挑逗性的歌曲,甚至於不必再唱歌,只要表演脫衣舞秀便可來判斷,他們的水準是低俗的。另外,從「班長」和「請主」所表現的:只要我有錢,想提出什麼要求都可以的觀念和行為來判斷,他們的心態顯然是:「我」就是老大,「我」可以主導一切!總之,人民的敬虔之心與樸實習性,已全然被只要能夠滿足身體感官上的慾望即可所取代了。

先以「一個」「歌仔戲班」的不堪遭遇來象徵「所有」「台灣歌仔戲班」的共同處境,進而藉著「歌仔戲」所具有的台灣藝術與文化義涵,技巧地使「整個台灣民俗藝術界」和「台灣本土文化」都成為同一個時代潮流壓力下的命運共同體!《失聲畫眉》這一題材上的選擇,確實成功的擴大了小說的感染力。

四、女同性戀者的無奈與悲哀

在「戲班內」方面,《失聲畫眉》主要是描述戲班裡的人物群像與活動。其中,最重要的兩項焦點問題為:㈠社會底層人民的困窘生活,㈡戲班內某些成員之間所發生的「女同性戀」,而尤以後者更具震憾力,並且已經成為近來文學研究者所熱衷探討的課題。

這個戲班的成員,除了真正的老闆(團主)添福外,包括老闆的姨太太(細姨)阿金在內,都是來自社會底層的窮苦家庭。他們的背景大致相同:貧窮的父母為了讓他們能夠免去挨餓,生存下來,所以在他們年紀還很小時就把他們賣給戲班(訂幾年合約)。此

後，一面學習歌仔戲的表演、妝扮，一面忙著戲班的工作，而開始了他們跟著戲班到處表演的生活。

這種為了表演所需而必須東奔西走的生活方式，不但讓戲班成員們產生漂泊不定的無根感，而且，除了練功、背誦劇本與實際演出之外，他們還須兼負搬運器材、搭建舞台，以及親自動手完成日常生活所需的工作，他們也是實質的勞動者。此外，如此辛勞所得的報酬，卻只能讓他們在糊口之餘，剩下一點餘錢來儲蓄，所以也無法讓他們為自己的將來預做準備。這些因素所帶來的影響，就是他們的心態是無奈與荒涼的，而他們的內心也是空虛與無助的。

這樣的生活境況與心裡狀態已足以令人同情，然而更讓人感到震撼的，則是由這種環境所引發的「女同性戀」問題。由於「女同性戀」者的身心狀態和言行表現，都被社會大眾視為「不正常」現象，所以她們的回應方式，或者是隱藏自己的真性情，以假面貌示人；或者把真的自己呈現出來，而被社會所排斥；而這類人物，正是《失聲畫眉》的重要角色，包括主角在內。

無論「歌仔戲」所演出的故事是屬於歷史劇、神怪劇或是愛情劇，劇中的角色必以兼括男、女兩性為最普遍的方式，而且男女主角多以成雙成對的關係出現。但在實際情況上，因「歌仔戲」的演出人員多屬女性，所以經常要由一些女性成員來演出男性的角色。換句話說，「女扮男裝」實為「歌仔戲」表演中非常普遍的現象。

因為「歌仔戲」班中的演出者有極高的比例為年輕女性，同時，「歌仔戲」班的成員不但實際上的生活圈子小，還必須隨著不同的表演地點而不斷遷移居住的處所，所以她們能和異性正常交往的機會實十分有限。在這種情況下，有人因為內心時常感到孤單而

渴望相知的伴侶，有人則因生活流離不定而期待能有穩定的依靠；
於是，某些女性團員乃在長期的親密相處之下，發展出性別錯置、
倒鳳顛鸞的「女同性戀」情事。只是，因這種情事不僅在道德和輿
論上不被允許，在法律上也被禁止，因此，這些「女同性戀」團員
的內心其實是一直處在壓抑、緊張、無奈與失落的黑暗中的。

在《失聲畫眉》中有兩對突出的「女同性戀」者，性質雖不完
全一樣，卻都值得我們提出來探討。先看第一對：

㈠「豆油哥」與「小春」

「豆油哥」是「光明少女歌劇團」的女管事，[12]她的工作，從
對新演員的照顧，演技的教導，戲路的安排，以及演出時全劇演員
的調配等等，都一手包辦，因此，不但是個非常能幹的女性，也是
「光明少女歌劇團」不可或缺的重要人物。她現在雖已 38 歲，但
身材卻像是個尚未發育完全的七、八歲小男生般（這顯然有些誇
張！）；若加上單眼皮，短鼻樑，且因時常皺眉而使眉心出現川
字，以及因時常口嚼檳榔，而使牙齒像是烤焦了的玉米一般，豆油
哥的外貌可說有些怪異。

「豆油哥」十四歲在戲劇學校時，不但與「秋燕」睡隔壁床，
連吃飯和洗澡也都在一起，所以兩人的關係就如同影子追隨著形體
般緊密。由於在個性上，「秋燕」處處顯得需要人照顧，而「豆油

12　凌煙《失聲畫眉》，同註 5，頁 25。此後，凡有對小說內容的摘要與勾
　　勒，都不再以註腳的方式來註明，而採取在摘要之後註明小說頁碼的方式
　　來表示。

哥」卻剛好相反,甚具男人性格,並且也真的時時保護她,因此,兩人實具有能夠相配的條件。至於在實際生活中,「豆油哥」每當月事來臨時,常會出現情緒焦躁不安,以及容易發脾氣的現象;此時,「秋燕」則會以體貼與耐心來安慰她,以至於兩人的關係越來越親近。後來,兩人的身體隨著年齡的成長而產生了變化,豆油哥因遺傳關係,胸部並沒有明顯的改變,但秋燕的胸部卻長得像成熟的瓜果般,致使兩人因好奇而一起撫摸它們,並因這一行為能讓彼此都感到快感,而使兩人逐漸沉迷於其中。

兩人這種幾已達甘苦與共的親密關係,竟然促使「豆油哥」為了秋燕,在畢業後,為了能與秋燕同待在一戲團,乃放棄了到有關係的劇團中擔任演「武生」,甚至還可以因此而比較順利地晉升「小生」的機會,而去陌生的劇團從小角色做起。然而不幸（或應該說「幸運」？）的是,到了二十八歲時,秋燕被她家裡強押回去嫁人,致使豆油哥只好把分手的痛苦深埋在心裡。後來,豆油哥也前前後後地再與一些「女朋友」交往,但有的是因為兩人的個性不合而分開,有的則是嫁了人,因而使她再也不抱與同性長相廝守的期望。（頁54-55）

「豆油哥」所待的戲班後來已不再於戲院裡演出,而改為野台戲的表演。她在戲班裡也與「小春」約可算是一對戀人。小春來自台灣南部的屏東,個性頗為穩重,並在豆油哥的傾力教授下,已逐漸能擔當大角色。後來,兩人同時轉到「光明少女歌劇團」。

今年,「豆油哥」已三十八歲,而「小春」也確實把豆油哥當做自己的「丈夫」般照料,豆油哥也是真心對待小春。不過,兩人都知道那只是在小春還沒結婚之前的日子;她們兩人是不會有未來

的。（頁 56）這種認知與心態，在小春的心理特別明顯。譬如有一次，她被父母召回去相親，雖然並無結果，但她當時心想：若有誰介入她和豆油哥之間的話，她雖然會感到很痛苦，但卻向「阿元」說出如下的話：[13]

> 「我和豆油哥只是暫時做朋友而已。」
>
> ……
>
> 「我是真正想結婚，過正常的日子，嫁一個忠厚老實的尪，生兩個活潑可愛的子，做一個賢妻良母是我最大的希望。」

據此，對小春來說，她和豆油哥兩人的關係其實還不能算是「戀人」，而只是「朋友」；而且還是「暫時性」的「做朋友」而已。事實上，小春自己也說得很清楚，她心中真正需要的，其實是「過正常的日子」，即嫁個忠厚老實的尪（丈夫），生兩個活潑可愛的孩子，做一個賢妻良母！換言之，她和豆油哥的關係——也就是當下的「女同性戀」人，在她心中並不能算是「正常的」！

在《失聲畫眉》中，作者凌煙雖然不曾說出小春會與豆油哥過著有些像戀人般的生活是什麼原因，但是，如果容許我們讀者依照作品中的描述來推測的話，或許，狹窄的生活圈子與漂泊不定的戲班生活，促使小春產生身理上的需要與心理上的安定感，因而渴望能擁有屬於自己的可靠依傍，乃是主要的原因吧！

從「豆油哥」與「秋燕」、「小春」三人的例子裡，我們似乎

13　凌煙《失聲畫眉》，同註 5，頁 188-192。

可以看出「女同性戀」的一些特色，譬如：雖能為彼此都帶來身心上的快感與慰藉，但並未曾抱著與對方長相廝守的期望；又如：她們的「戀情」並不穩定，對象常會隨著時間而改變。

□「家鳳」與「愛卿」

「家鳳」與「愛卿」兩人不僅創造了《失聲畫眉》裡最驚心動魄的故事，更是這本小說中有關「同性戀」議題的最重要角色。

「家鳳」是「光明少女歌劇團」的綜藝節目主持人武雄的「妹妹」。「她」年幼時，因父親好賭，致使母親與他離異；（頁 75）小學畢業後，「她就被送到歌仔戲班綁戲，而因個人條件佳，又認真學習，所以五年後便成為戲班的當家小生，在舞台上常扮演「風流倜儻的小生」角色。（頁 183）家鳳和愛卿認識時，已有在一起兩年的愛人「淑君」。但因淑君是一個幼稚、任性，且愛耍小姐脾氣的女孩，所以兩人之間的吵架與賭氣可說不曾間斷。（頁 78）

至於「愛卿」，則是個性溫柔，動作體貼的「女孩」，在舞台上多扮演「紅顏薄命的苦旦」。她因原先的戀人「小貞」違背了兩人的誓言而嫁人，所以傷心失望的離開原來的戲班，但也因此認識了家鳳。

這兩個感情上深受創傷的人在長時間的共事，而且是「演對手戲」的情況下，逐漸由相互了解、慰藉，進而產生感情。這一情況當然引起淑君的不滿與忌妒，而與家鳳產生了一連串的大吵。終於，家鳳與愛卿乃一起離開該戲班，（頁 78-79）加入「光明少女歌劇團」。目前，家鳳與愛卿兩人雖然隨著戲班到處表演，但卻睡同

一張床（籠）。小說中曾如此描寫她們的關係：[14]

> 愛卿問：「妳在想什麼？」
>
> 家鳳把她攬進懷裡，愛卿微抬起頭，等著她的回答。
>
> 她垂目注視著愛卿，這個她所深愛的女子，雖然有些嘮叨，卻永遠不敢違抗她的心意；在她發脾氣的時候，只會逆來順受，不敢多說一句。在她寂寞的時候，懂得如何來取悅她，令她忘卻一切不如意；她們在神前發誓，要長相廝守，如有一方違背，必遭天打雷劈，不得好死。
>
> 「妳在想什麼嘛！」愛卿搖著她道。
>
> 她翻了一個身，將愛卿壓在底下，充滿濃情蜜意的望著她，愛憐的道：
>
> 「我愛妳。」
>
> 愛卿的眼裡有似水柔情，抱著她的手移上她的脖子，緩緩的拉下她的頭，讓自己溫熱溼濕的嘴唇，緊緊的和她連貼在一起，蛇纏著舌，氣息急促的擁吻著。
>
> 她騰出一手，逐個解開愛卿胸前的衣扣，鬆開被內衣束縛的乳房，輕柔的撫摸著，她的嘴唇從愛卿的唇上移開，滑下脖子，在那兒來回吸吮著，間或輕咬著愛卿的耳朵，愛卿遂逐漸按不住蠕動著，需索更強烈的刺激。

對家鳳而言，愛卿是一個對她逆來順受，懂得取悅她，並發誓要和

14　凌煙《失聲畫眉》，同註5，頁76-77。

她長相廝守，更是她所深愛的女子。因此，她對愛卿的動作是：把她攬進懷裡，濃情蜜意的望著她，說：「我愛妳！」然後解開她胸前的衣扣，輕柔的撫摸她的乳房，吻她的嘴唇，吸吮她的乳房，輕咬她的耳朵，……等。在一般人的認知裡，這些豈非只有「男人對他的女人」才會有的動作？然而，「家鳳」可是一個貨真價實的「女人」哩！

同樣在這段文字中，愛卿回應家鳳的動作是：眼裡充滿似水柔情，緩緩拉下家鳳的頭，將自己的舌如蛇一般的和家鳳的舌纏在一起，氣息急促的擁吻著，……等。這些，難道不也是屬於「女人對她的男人」才會有的動作嗎？

根據這裡呈現出來的畫面，家鳳和愛卿兩人的關係根本上就是「一對戀人」！只是家鳳所擔任的是男人的角色，而愛卿則仍然是女人！其實，若以她們兩人當時還合買了房子，並且共同繳分期付款，準備將來永遠住在一起等情形來看，（頁 76-77）她們兩人的關係不但只是「戀人」，而是一般所謂的「夫妻」了！

如果，她們兩個人的關係可以一直如此的話，則這樣的關係雖然特殊，但其情況卻還算單純。或許，作者是為了使「女同性戀」問題能夠讓讀者們擁有更大的討論空間，故而在小說中將她們安排到更為複雜的情況中；而這一情況，就從愛卿的前女友「小貞」的突然出現開始。

前已述及，小貞是愛卿的前女友——但應該是扮演男性的角色。在家人的要求下，小貞結了婚，而與愛卿分手；後來，生了兩男一女。可是，由於丈夫不僅心中只有自我，還常常因喝醉酒而打人，所以在不久之前，小貞乃跟他離了婚，自己負責扶養女兒，而

將兩個兒子留給丈夫。（頁 138-143）由於小貞認為「女同性戀」這個圈子裡的分合太多，沒有定數，很少人能維持永久不變的關係，所以在離婚後的某一天，她突然到戲班來找愛卿，希望兩人能夠復合。可是因愛卿與家鳳的感情已經很深厚，所以兩人的見面只有彼此的怨懟與互相的指責。因此，我們應該可以用小貞這一動作來證明，在「女同性戀」的圈子裡，分合的情況實在頗為普遍，以至於使「不穩定性」乃成為一項「女同性戀」的戀愛觀特色。

　　由於愛卿與小貞在分手時，小貞忽然把寫有自己地址和電話的紙條遞給愛卿，而愛卿也突然心血來潮，心裡忽然產生自己當下雖和家鳳很好，但萬一以後出現第三者，就像她當初從家鳳的前女友「淑君」手裡搶走家鳳一樣，那自己將不知道要怎麼辦的心理，於是乃偷偷地收下小貞給她的紙條而藏了起來。（頁 142-143）然而不巧的是，愛卿偷藏的紙條被家鳳發現了，因而引發兩人之間一段長時期的冷戰。（頁 142-145，177-187）家鳳會有如此激烈的反應，我們可以從她回答阿琴的詢問來了解。她說：[15]

> 「我就是無法忍受她和過去的舊情人有任何的牽連，就算是保留一張地址也不行，為了她我放棄淑君，她要求我將所有和淑君有牽連的東西都丟掉，我完全都做到，她呢？竟然偷偷保留地址，準備要找機會回頭嗎？還是想要腳踏雙船？」

這段文字裡最讓人矚目的是，「家鳳」對她的「女同性戀者」有著

---

[15]　凌煙《失聲畫眉》，同註 5，頁 181。

非常「強悍的佔有慾」；由於她有這種無法忍受對方有一絲絲背叛的心理，所以終於明白地說出她所堅持和保護的戀愛觀：「不能腳踏兩條船」。

但是，「女同性戀者」的「戀愛觀」其實還有更令人驚心膽顫之處，我們可以舉以下兩個例子來看：㈠有一次，當家鳳假裝輕薄地問愛卿：「（若）我想念舊情人，妳會嫉妒嗎？」愛卿竟一臉認真的道：「妳若敢違背我，我會先殺掉妳，再自殺。」（頁 79）㈡家鳳和愛卿的冷戰，最後的結果竟然是「愛卿」採取了留下遺書給家鳳，然後自殺以表白心意的手段（頁 224-226）等。因此，「反應激烈」應該也可以說是「女同性戀」者非常鮮明的戀愛態度了。

除此之外，「阿琴」在介入家鳳和愛卿之間的冷戰時，（頁177-187）曾與家鳳之間有一段對會話；而該對話則突出了「女同性戀」者的另一項重要特色。其內容如下：[16]

> 阿琴肯定的道「我已經去愛到妳了。」
> 家鳳不正面回答，反而有些為難的勸著她道：
> 「別憨了，感情的事沒這麼簡單，妳還少歲（指年紀還小），不會明白，等妳長大以後，自然就會瞭解。」
> 阿琴不服氣的反駁：「瞭解什麼？我已經十七歲了，該瞭解的也都瞭解了，所以我才會選擇愛妳，這種感情才是真正的感情，是男女之間所無法相比的。」
> 家鳳痛苦的道：「做這種選擇，以後妳會後悔的，而且，我

16　凌煙《失聲畫眉》，同註 5，頁 212-213。

> 還有愛卿，我們只是暫時吵架，我不可能會拋棄她，妳叫我
> 如何再去愛妳？」
> 阿琴不顧一切的道：「愛妳我一世人不後悔，我甘願委屈自
> 己，像阿金姨嫁我姑丈一樣，做妳的細姨。」

上文清楚地呈現出，阿琴竟然可以為了達成自己心中所認知的愛情
而不計較自己在三人裡的身分，也就是她不會去干涉家鳳和愛卿兩
人現在的戀人（甚至是「夫妻」）關係，而願意當家鳳的「細姨」
——二太太。或許是因為她才只十七歲，年輕識淺，所以無法意識
到她所執著的這種愛情觀與行為正是造成家鳳與愛卿陷入這一場冷
戰的原因——也就是要求對方必須「絕對的專一」，不可以有任何
「背叛」的心理或行為。因此，她這種希望藉著委屈自己，去當家
鳳的「細姨」的想法，根本不可能被家鳳所接受。

　　另外，在這段文字中也含有一個不應被忽略的重點，就是阿琴
直接說出她想要模仿的例子「阿金」——帶著「光明少女歌劇團」
到處演出的女子，她嫁給了阿琴的姑丈，也就是戲班的老闆「添
福」，當他的「細姨」。她這一表現，雖然間接，卻很清楚地展現
了她的觀念和行為實在是「有樣學樣」的結果。我們甚至可以推
論，這一行為乃是生活環境對人所造成的影響，也就是戲班圈子對
戲班團員的影響。

五、結語

　　《失聲畫眉》因採取了「近距離的全知敘事觀點」，所以能在
擁有較為寬闊的視野中，讓情節的安排比較靈動。而在人物的刻畫

與描寫上，一方面因敘事者與故事的距離甚近而產生栩栩如生的效果，同時更因採用台灣話為他們說話的用語，人物也因此展現出鮮明而靈動的特色。此外，《失聲畫眉》也因選擇了「歌仔戲」這個深具本土傳統色彩的表演藝術為描寫對象，而使這部小說在自然而然中含有濃厚的傳統文化氣息，以及鮮明的寫實特性。若再加上通篇作品都以通行台灣的日常用語來稱呼小說作品中的所有名物，《失聲畫眉》確實可被視為一部兼具了本土寫實色彩與文化藝術氣息的小說。

不過，這部小說最能引人深思的應是作品中所寓含的深意：台灣本土文化隨著時間而墮落、位居社會底層的窮苦人民正遭遇著艱難的困境、處於這一階層的年輕女子不得不陷入同性戀的窘況、以及家庭倫理關係的蕩然無存、⋯⋯等等。這些發人深省的議題，都在作者充滿傷感的筆調與諷刺的手法中成功地撼動了讀者的內心，並引發出深刻的反省。因此，將《失聲畫眉》評定為二十世紀九○年代台灣文學中最能感動讀者的小說之一，應該可以獲得不少人的同意。

刊載於玄奘大學《第三屆東方人文思想國際學術研討會論文集》

西洋人眼中的現代中國文學
——以〈現代中國文學裡的 國家主義〉一文為例

　　一般人都同意，較佳的學術論著宜有下列長處：㈠立意新穎、㈡架構清晰、㈢推理流暢、㈣資料豐富。然而這四項中除第二項外，在珍妮特・法蘿特（Jeannette L. Faurot）的論文〈現代中國文學裡的國家主義〉（Nationalism in Modern Chinese Literature）中卻完全不見，拙文即想以該文為代表，將西洋人眼中的我國現代學之大致面呈現在國人眼前。

　　法蘿特在這篇論文收於美國德州大學奧斯汀校區的東方及非洲語言文學系（The Department of Oriental and African Languages and Literatures, The University of Texas at Austin）主編之「東、西方文學」（Literature-East and West）的一九八七年專號《國家主義和亞洲文學論文集》（*Essays on Nationalism and Asian Literatures*）頁 19-34。該論文集除拙文想討論的我國現代文學文學外，尚包括有：日本、印度及巴基斯坦、波斯、土耳其、以色列、阿拉伯等亞洲國家和地區；顯然的，這種選擇一個含有強烈政治意味的主題「國家主義」，而希望以「外國人」的立場來對某地區域或國家的文學、所透露的該主題做一概述，實有「因客觀、故可信」的推理含意。讀者們透過該論文集，確可對亞

洲上述地區內文學中的「國家主義」之起因、演變、現況等獲得輪廓性的了解；然而，在此必須強調的是，上述自所謂「客觀」的立場所作成的論述，絕不等於其觀點可毋庸置疑；相反的，若其準備工作並不完善，則問題將會更多。而拙文最終的目的，乃是想藉著論述該論文的過程，提醒國人底下一個事實：當國人不論是基於何種原因而捨棄研究我國現代文學之時，外國人正以其所謂「立場客觀」之便而「任意」在這塊國人讓出的園地上隨便地掏掘著，而今天，他們能以中國現代文學的權威形象出現，豈是無因？

現在，讓我們來逐步探討法蘿特的論文。法蘿特在其論文一開始，即說明了該文架構將依「時間」和「空間」的差別，把其題目中的「現代中國」之範圍區分為三個部分：時間上以一九四九年（民國三十八年）為界，前推至滿清滅後一年（1912 年）的大陸為第一部分；一九四九至一九八〇年（民國六十九年）的大陸為第二部分；台灣為第三部分；然後再以「國家主義」為貫串其間的主題。因為是由這種政治的分合為出發點，所以作者便順理成章地指出：要分別討論這樣劃分的三個部分之前，須先有一個「序」來簡要敘述「國家主義」在「現代中國」的形成過程和其面貌與內涵，以作為底下分別討論上列各部分文學作品的「國家主義」之基礎。

從架構上來看，這樣的佈局十分清楚，然而其中卻也有漏洞。以時間而言，該論文自辛亥革命成功的一年到民國六十九年的大陸均能包括在內，確能符合題目所示；然而在台灣方面卻只涵蓋了民國三十八年到六十九年而已，其意難道以為自一九一一到一九四九間的台灣沒有任何文學作品含有「國家主義」之內涵？抑或其分量毫不足觀？或者因台灣自一八九五至一九四五（民國三十四年）之間

已割讓給日本，故不屬中國版圖，因而只能從民國三十八年起才算？若然，又為何獨漏民國三十四年（台灣已光復而回歸中國懷抱）至民國三十八年間的台灣文學呢？這些問題，法蘿特均未有肯定的說明，因此，從架構的周延性而言，實在不能不算是一項疏失。而這一部分卻已算是該論文最穩當之處了。

在「序」中，法蘿特以為我國過去兩千年來均以「文化」大國自居，因此，人民間的聯絡也以「文化」為主線。因此，「現代國家主義」觀念要遲至十九世紀後半，在我國與西方帝國主義國家接觸，並處處被逼迫時才逐漸形成。當時，因我國屢屢戰敗，並簽訂了許多不平等條約，故有識之士乃起來呼籲保護偉大的「文化」，建立強大的「國家」。但民國成立後，我國仍和清末時一樣受到各國的不平等待遇，故自五四運動起，知識分子便開始將以往集中於政治、經濟上的注意力轉移到「文化」上。法蘿特敘述到此，忽然引用了查爾摩斯·強森在其書（*Chalmers Johnson: Peasant Nationalism and Communist Power: The Emergence of Revolutionary China, 1937-1945*）中所表示的觀點：抗戰前的中國，「國家主義」運動以知識分子為主導，故「文化」才是主要的考慮對象，而與一般百姓無關，因此是一項「有頭而無身體」（having a head and no body）的運動。對日抗戰開始，中國才算是「全民」一致地投入行動，而「現代國家主義」至此才算是在全中國普遍生根；也就在此時，共黨乃以解決人民（尤其是農民）問題的社會運動為口號，將其融入這一項全民的救國運動中；到抗戰勝利後，更以之與國民政府對抗，而自民國三十八年起便控制了整個大陸。然後，法蘿特再回到自己的論文主題，指出自民國三十八年起，共黨政府在大陸便以「政治」為中心，全盤否

定了中國過去的傳統文化，要求人民將全部的忠誠奉獻給國家，而形成了以「政治」為主導的「國家主義」；相反的，撤退到台灣的國民政府自三十八年起，即一直以保護中國傳統文化為號召，藉以將台灣維持於「文化中國」之內，而形成了以「文化」為主導的「國家主義」；同時，台灣之內也有一部分人自視為「台灣本土人」，而把國民政府視為入侵者，因而形成了以「種族」為中心的「國家主義」。

由於這一部分的「序」是法蘿特論文後面分析文學作品的基礎，因此值得我們做較深入的探討。首先，我們覺得法蘿特在「序」中對什麼是「國家主義」並無明確的說明，我們只能夠隱約而片段地讀到法蘿特把「國家」（Nation-state）視為一個「政治體」（political entity），而「國家主義」之含意則與我國傳統上的忠於君、忠於長上，甚至為民服務等觀念不同，和我國人向來自負的「文化」也有差別。因此，我們在這裡所能體會到的，只是法蘿特想在「序」中鋪敘我國現代「國家主義」在近百年來如此興盛的原因——列強的無情宰割和國人的斑斑血跡所交織成的「愛國」情感之來源——以做為其論文主題的基礎。

然而就在這「序」中，法蘿特及其引用的查爾摩斯・強森的觀點，不論從政治學或歷史事實來論，都有許多尚待爭辯之處，筆者在此尤願提出其與「文化」有關的兩點疑問：㈠抗日戰爭前，我國知識分子的所有救國運動之內涵難道僅限於「關心文化」？以至於農民對上述「文化運動」會毫不在意乃是自然的結論？㈡十九、二十世紀之交的列強帝國主義對我國的侵略，豈真對農民毫無影響？割地賠款只是政府之事？這兩個問題，任何人稍用頭腦多想，便可

知道這種觀點不但粗疏、武斷,且不合史實;如此,又豈能做為底下論述的根據?

不過,筆者以為法蘿特之「序」裡問題雖多,卻也提出了一項值得國人深思的看法:將我國民國三十八年後的「國家主義」分為三種:「政治的」、「文化的」和「種族」的型態。顯然地,這種劃分法將引起甚多的爭論,諸如:有多少人,尤其是中國人會認同這種分法?其理由為何?……等,因這些與拙文的主旨「文學」沒有直接的關係,故拙文乃置而不論,但我們似可由此而清楚地認識到「西方人」(至少是美國人)心中對我國現代文學狀況的了解模式──完全以「政治」現實為依歸的觀點。

以這種「外國人」的觀點為基,法蘿特乃逐次依前述用時間和空間來劃分三個「現代中國」之範圍為序,個別引述了該範圍內與「國家主義」有關的作品之部分文字,並說明其中所傳達的國家主義之特色如下:

㈠民國三十八年之前的大陸部分:法蘿特先引述了民國八年到十年間郁達夫的《沉淪》、魯迅的《藥》和《阿 Q 正傳》等小說,以及郭沫若、王廷照的詩等部分文字後,指出:抗戰以前作品中的「國家主義」之特色為「主人翁常把自己和國家的積弱與不幸視為同一,故其心態常是對國家、同胞的悲哀、失望甚至不滿;因此,作品大都是作者個人在表達其對國家的看法。」到三十年代,作家如茅盾、巴金、老舍等則轉而探討中國舊社會和政治結構對國人造成的種種不良影響,以此為作品之主題,希望藉以告訴人民應如何去「行動」(do)和「信任」(believe)。有部分甚而已成為政黨的代言者。

　　(二)三十八年至六十九年的大陸部分：由於整個範圍在共黨絕對權威的統治下，作品的主題幾乎以服務「政治」為宗旨，尤其是以民國三十一年毛氏的延安文藝講話為最高指導原則。法蘿特在這部分中，引了一九七二年（民國六十一年）二月份出版的《*Chinese Literature*》中，未列作者姓名的小說〈Honest Chung and His Family〉為例，說明了其中的「犧牲自我，奉獻給國家」乃是這一部分中絕大多數作品的典型；此時，作品已不准被視為一面「鏡子」，以反映現實為主；而是應該像一盞「燈」一般，從各種角度照亮國家未來的光明前途。

　　(三)三十八年至六十九年的台灣部分：法蘿特將這部分的作品分為兩類：

　　(1)鄉土文學：作家都是前曾述及的「台灣本土人」，作品則以農人、工人、清道夫、妓女、漁夫、小職員等小人物為主角，藉著描述這類小人物生活的困苦與無奈、心情的苦悶與悲哀，來強調台灣和大陸文化之區別；法蘿特在這一類的作品中，提到的有王禎和的《嫁妝一牛車》、黃春明的《莎喲那拉，再見》、《兒子的大玩偶》等。(2)由大陸到台灣的人士，依其年齡的大小又可分為兩種：一是親身經歷過大陸種種洗禮的人，以白先勇的《台北人》中所描述的人物為代表；這些人對自己和國家的前途感覺一片茫然，故而只能藉著回憶過去來消磨時間，譬如說〈冬夜〉中的兩位教授即是，他們心中充滿了對故國的眷念，卻無法身置其內。另一種是在台灣生長的年輕一代大陸人，如張系國等作品中所描述的，以希望將來台灣能與大陸再結合成一個強大而民主的國家為主題。

　　在預期中，法蘿特正式以上面之各部分之文學作品為對象，來

分析其中所含的「國家主義」，應該是全文的重點所在；但讀完這一部分之後，卻令人深覺其分量實不足以負荷其題目之主旨。今即以下列三點指出其不妥之處：

　　一、首先是關於民國三十八年前我國「國家主義」作品之選擇。如上所述，法蘿特顯然將自己的對象限定在「激進」作家的作品上，如此選擇五四時期的作家和作品，已使人覺得眼界不廣，更令人不解的是，我國對日抗戰時期以「抗戰」為主題的文學作品不僅非常豐富，（此可略參民國七十年《文訊》出版的《各地區抗戰文學選集》）而且成功之作亦著實不少，但卻完全被作者遺漏掉。我們時在無法了解作者此舉是有心？或是無力顧及？

　　二、其次是「序」中的部分，既然將民國三十八年後的中國「國家主義」分成「政治」（大陸）、「文化中國」（台灣）、「台灣種族」（台灣）三個型態，依理而言，這三種型態宜被等量討論才是；然而法蘿特文中卻除了在「政治」型態部分有引用作品文字，並加以長篇討論之外，對佔了以上三種型態中後兩種的台灣之文學，竟只提及作者的名字，即草草帶過，讓人覺得正是這種「分析」方式，造成了這篇論文的重心毫無「均衡」感的結果，也由於作者對各部分間有如此大的差別待遇，難免令讀者感到作者可能含有太多的主觀成見，而無法相信其內容。

　　三、在台灣地區的文學方面，法蘿特對於為何只提及「小說」，而未能像對三十八年後的大陸部分一樣也論及「詩」並無交待；就是在小說方面，竟也漏掉了被徐復觀先生譽為海峽兩岸第一人的陳映真，這不能不算是一項疏失；而也由此可見，作者對台灣地區的文學狀況並非十分熟稔。

　　筆者覺得，法蘿特論文的上述三項缺點，其原因或可自其「引述」的範圍窺知梗概。茲將其論文所引述的「現代中國文學」作品的來源明列如下：

1.　1964, K.Y. Hsu (許芥昱), Twentieth-Century Chinese Poetry: An Anthology (New York: Anchor Books)

2.　1971, C.T. Hsia (夏志清), Twentieth-Century Chinese Stories (New York: Columbia University Press)

3.　1972, Julia Lin, Modern Chinese Poetry: An Introduction (Seattle: University of Washington Press)

4.　1972, Selected Stories of Lu Hsun (Peking: Foreign Languages)

5.　1976, Chinese Literature (February Issue)

　　顯而易見的，上面所列全部是介紹性和選擇性的「英文」翻譯書籍，而與論文題目最直接有關的「中文」書全然無蹤；易言之，法蘿特這篇論文的研究基礎竟然完全建立在別人已篩選過的翻譯「作品」上，亦即所謂的第二手資料上。我們以為，想真正釐析出「中國文學」作品中所透露的確切資訊為何，但卻捨棄了最重要、可信的第一手原始資料之原文作品，而採錄翻譯選集中的樣品，這種態度，可說是不負責任。

　　引述範圍的狹窄既如上述，更令人詫異的是對與這方面有關的學術論著，尤其是與「文學」有關的著作（無論是中、英文）竟全不見稱引，這樣的研究豈可稱為嚴謹？而其「研究結果」又豈能採信？

　　總而言之，以如此單薄的基礎，想論述像「現代中國文學」這麼鋪雜且龐大的題目，若僅依據「客觀的立場」一項條件是絕對靠

不住的。而筆者在讀了這篇論文之後，對於其如此「偏差」地「概」述「現代中國文學」中的「國家主義」，深不以為然之餘，仍願不厭其煩地討論它，原因只有一個，即希望藉此提醒國人：加強研究我國的現代文學，不僅國人責無旁貸，而且可說是刻不容緩的重要工作。

刊載於《國文天地》，民國 78 年 4 月

戰後台灣文學界的第一波西方文藝思潮──現代主義與新批評

一

　　從宏觀的角度來觀察，在二十世紀的台灣文學界中，「多種文化的交互激盪」顯然是其極為鮮明的特色之一。例如：在一九二〇及三〇年代時，不但有張我軍（1902-1955）從大陸引進白話文文學觀念和新詩，也有水蔭萍（1908-1994）自日本引進超現實主義的文學技巧和觀點；而且兩者都在文學界造成了深遠的影響。這種情況到了二十世紀的下半葉之後，表現得更為明顯。我們甚至可以把近五十年來的台灣的文學界──尤其是在現代文學的創作和批評上，描述為多種西方文學理論的競技場。然而也正是這個原因，台灣的現代文學才會呈現出如此多彩多姿、絢爛奪目的景象。當然，這樣的重點式描述只是為了勾勒出與事實比較接近的大致面貌而已，絕不是立基於必須以嚴謹且細膩的論辯而提出的評價。換言之，上述這一色彩鮮明的現象可說是所有想深入了解台灣現代文學的人所無法忽略的關鍵問題。

　　促使台灣現代文學形成這種特色的背景和原因其實非常複雜；只是迄今為止，卻沒有對此一現象加以周延且深入探討的論述出現。於是，下面幾個想真正了解台灣現代文學的關鍵問題便一一浮

現了，例如：這種文學現象既是台灣現代文學的特色，那麼其深刻的意義和價值何在？又如：台灣現代文學所呈現的這種現象，其表象與其底下的原因之間有何種關聯？又如：促使台灣文學發生這種「交融」特色的因素，顯然包含了來自台灣內部和由外國引進的兩種，而這兩者之間在融合的過程中是以何種關係與方式來進行的？又如：自外引進來的有哪些文學理論？而且為何是它們，而非其他未被引進來的？又，這些被引進來的文學觀念是否仍保有其原貌、或核心部分？若否，其原因又何在？……等等。

台灣戰後迄今六十多年中的現代文學史，如果從「文學批評」的角度來觀察，在引進外國的文學思潮上大致可依時間的先後而劃分成三個階段：㈠五○－七○年代的「現代主義」與「新批評」；㈡七○－八○年代的西方多種文學批評的引進，如「結構主義」、「記號學」、「敘述學」、「解構主義」、「主題學」、「讀者反應理論」等。本文即是以試圖針對㈠五○－七○年代中有關前述在「交融」上所提到的問題進行較全面的論述，以整理出其深層的意涵。

二

因為「文學」的表達媒介是「語文」，所以不同的語文必定會形成其特有的文學。台灣在一八九五年因清廷戰敗而被割讓給日本之後，便成為日本的殖民地；尤其在一九四○年左右，日本因為戰爭的需要而在台灣強力推動「皇民化」政策，把原來尚稱溫和的「推廣」台灣人學習、使用日本語文的教育方針，改成「強迫」式的；同時更嚴禁台灣人繼續使用漢文、台語。這個政策推動到極

至,便是盡量破壞台灣原有的傳統文化和宗教信仰,並獎勵台灣人改為日本姓名,甚至徵調台灣人到各地去擔任日本的軍伕,而成為戰爭中被日本軍隊推到最前線的炮灰了。[1]於是在表達的語文上,台灣現代文學的創作,尤其在日據時代,便包括了中文和日文兩種。

一九四五年,第二次世界大戰結束,日本戰敗投降,台灣也光復了。光復之後,台灣的文學界也跟著發生了巨大的改變:一方面,在日本「皇民化」政策下,以「日文」為唯一的官方文字的時代終止了,中文也從禁梏中解脫出來;另一方面,由於隨後出現的各種文學園地絕大多數都是以中文為表達媒介,故而只有以中文來創作的作品才能刊登。這情形造成了除少數有能力運用中、日兩種語文來創作的作家之外,絕大多數的作家因習慣於以日文創作,所以便在突然之間都變成了「語言斷層的一代」而停筆了。[2]這一個台灣作家因無法隨心所欲地使用中文來創作的背景,不但成為促使四〇年代台灣現代文學的作家和作品大量萎縮的原因,也造成了此後的二十年間,台灣現代文壇由大陸來台作家所主導的結果。

三

在從「史」的角度論述台灣現代文學史時,有不少學者習慣用

1　有關「皇民化」和日本語文的推動,請參閱梁民雄《日據時期台灣新文學運動研究》(台北:文史哲出版社,1996 年),頁 22-25。許俊雅《台灣文學論——從現代到當代》(台北:南天書局,1997 年),頁 21-24。

2　葉石濤《台灣文學史綱》(高雄:文學界雜誌社,1996 年),頁 74-82。

「十年」——也就是所謂「一個世代」的方式來劃分它，並籠統地取一個名詞來指稱每一個世代。因此，「五〇年代的反共文學」、「六〇年代的現代主義文學」、「七〇年代的鄉土文學」……等標題也曾經頗為流行。[3]這種以概括性為考量的標題式用語固然有讓人一目了然的優點，但卻也不可避免地承受了以下兩個缺點：一是為了將某一個時段中文學領域裡的最大特色突顯出來，所以常選用「一個」「概括性」的名詞來代表它；於是便在無形中簡化了其內所擁有的豐富且複雜的內涵。二是因勉強把原本綿延不斷的文學流動現象硬行用某一年加以切割，以至於使文學歷史的真相無法完整地呈現出來。

某些學者即有見於此，所以採取了另外的方式來研究。他們以搜羅完備的資料為基，用細密而嚴謹的方法來論證，因而提出了不同的看法。楊照就是一例；他指出五〇、六〇年代的台灣現代文學固然確實是以「現代派」為主流，但是也有不少本省籍作家創作了「比較屬於鄉土，呈現地域性，而風格比較傾向樸拙」的作品。[4]柯慶明也是一例；他在楊照之前即已提出，所謂現代主義的作家們在創作時雖然強調「橫的移植」而刻意避免「縱的繼承」，但在實際創作時，不僅在縱貫式的時間繼承上常出現「將傳統溶於現代」的情形，而且在並時代的題材選擇和寫作手法上，也常出現「虛構

3　請參閱楊照〈神話的文學、文學的神話——五〇、六〇年代的台灣文學〉，收於《聯合文學》，第 10 卷第 7 期（1994），頁 100。

4　同前註，頁 102-104。

不能違背寫實」的情形。[5]

換言之，即使是以一個「世代」那麼短的時間為範圍，它所擁有的「內容」其實是遠比代表它的那個「標題」要豐富得多的；而只是為了方便指稱，便把無法截然切開的文學流動情形硬生生地劈斷，這種作法所達成的結果，也必然是與事實有差距的。

四

如前所述，台灣在一九四五年光復後，到一九四九年國民政府遷台止，又再次處於日本強力推動的「皇民化」結果與中華文化作為正統的兩種文化交互激盪之中。因此，整個社會，包括語言和文化等也自然都產生了巨大的變動。此一時期，文學界的活動雖然是以中文和日文並行的方式進行著，但在發表、刊行、以及是否受到鼓勵上，顯然本地作家比較熟悉的日文是處於劣勢的。因此，有表現的作家及作品並不多。不過令人慶幸的是，在這段期間裡仍出現了楊逵、龍瑛宗等人藉由刊物來推動文學，以及吳濁流、鍾理和等人嘔心瀝血的傑出創作，使這一段時間裡的台灣文學仍能擁有令人感佩的成果。

在這一時期中，如果從「文化交融」的角度來觀察，筆者認為最值得注意的，應是已經有人主張：文學應該和外國接軌，尤其是

5　請參閱柯慶明〈六十年代現代主義文學？〉，原發表於「四十年來中國文學會議」，1993 年。後收於《四十年來中國文學》（台北：聯合文學出版社，1995 年），頁 103-124。

應該了解世界文學思潮與英、美兩國的二十世紀文學了。[6]

　　從一九四九年開始，也就是國民政府遷台之後，由於台灣所面對的國際情勢極為險峻，所以政府在施政上，不論是政策的擬定或措施的推行幾乎都以政治為最重要的考量。因為國民政府的領導者認為大陸政權之所以丟掉的主要原因之一，乃是忽略了思想和文宣的重要性，所以到台灣主政後，不僅要求對人民實施思想上的管制，而且更經由強制的手段把所謂「正確的思想」灌輸給人民。而文學既然也被他們視為極重要的文宣工具，當然也就被納入施政的工作項目裡面了。當時的文學和政治的關係，我們可從政府自一九五〇年開始，便陸續成立「中華文藝獎金委員會」、「中華文藝學會」、「中國青年寫作協會」、「台灣婦女寫作協會」等組織，以及它們所宣揚的宗旨：團結全國文藝界人士，促進三民主義文化建設，建立全民反共抗俄的文學，並提倡「戰鬥文藝」等等，看出其密切性。而也正是從此開始，台灣文學不但在內容和題材上，甚至包括寫作手法等，便都緊緊地被限制住了。換言之，五〇年代台灣現代文學所處的環境，可說被一種絕大部分的文學發表與出版管道已被一切都必須符合政治上的要求才能通行的氣壓所籠罩；[7]那是

6　譬如何欣先生：他在 1947-1950 間，不論是在擔任「新生報」的「文藝」副刊主編，或擔任「公論報」的「文藝」周刊主編時，都曾提出這種觀點。

7　國民政府當時的「文藝政策」係由張道藩所主導。尤其以所謂「四項基本意識」為基而提出的「六不」、「五要」為代表。請參鄭明娳〈當代台灣文藝政策的發展、影響與檢討〉一文，收於鄭氏主編的《當代台灣政治文學論》（台北：時報文化公司，1994 年），頁 11-68。

一種既不可以真誠的面對現實，而只能空洞地呼喊口號的無奈和虛無的氣氛。在那種環境裡，不但重視反映現實，甚至批判現實的本土文學傳統無法繼續；由大陸來台的作家也和省籍作家一樣，不敢表露出任何懷念自己的家鄉和故國山河的心情，而只能把自己的創作侷限於「被扭曲的文學圭臬」之下，例如：把「人的文學」窄化為「民族的文學」，把「自由的文學」硬生生地解釋為「民權主義的文學」等。[8]

在這種氣氛中，倒是有兩類作品頗為風行。第一類是配合當時政策的「反共文學」與「戰爭文學」，更具體地說，屬於這一類的作品，不但其作家的身分有相當高的近似性，也就是若非從事與政治文宣有關的工作者，如：陳紀瀅、王藍等，便是職業軍人，如：朱西寧、司馬中原等。其中，以政治文宣為主的作家多以反共抗俄為創作的主題，而軍人作家則多以抗戰或國共戰爭為題材。由於配合政治走向的緣故，這類作品不但發表園地多，且刊行管道也甚夥，因此數量非常可觀；只是其流行的範圍其實並未能擴大到民間社會之中。第二類為充滿虛幻色彩的「通俗文學」。它與前者在流行的層面上剛好相反，可說是當時的基層民眾最喜愛的文類。而它的最大特色，便是與現實和理想都無關的虛幻內容，例如：郭良蕙、徐薏藍等以細膩的描寫吸引人、以濫情的方式感動人的言情小說，以及郎紅浣、臥龍生等以豐富的想像迷惑人、以精采的打鬥懾服人的武俠小說。這類作品雖然因為內容的不著邊際而減低了其文

8　前兩者是主張自由主義的大學者胡適提出的，而後兩者則是國民黨的主要文宣工作者任卓宣的解釋。請參閱葉石濤《台灣文學史綱》，頁86-87。

學價值，但若將它拿來與前一類作品相比，很顯然的，它才是真正是以作品本身所具有的魅力來吸引讀者的。[9]

五

　　這一種文學深受政治影響的情形，其實從一九五一年十一月葛賢寧、覃子豪、紀弦等人創立「新詩周刊」時，便出現了不以為然的聲音。接著，在一九五三年，紀弦更創辦了《現代詩》；一九五六年，他又成立了「現代派」，而明白主張：詩不但要具有「時代精神」，且其技巧也要「向世界詩壇看齊」。一九五六年，夏濟安創辦了《文學雜誌》，不僅提倡：文學需關心人生，反映社會現實，更要有系統的把許多西方現代主義的作家和作品介紹近來。於是，在這一以配合政策為創作宗旨的時代主流中，文學界裡也出現一股作品應該描寫社會真相與人們內心活動，同時也需要與世界接軌的伏流。事實上，後來的學界中確有不少人在描述五〇年代的台灣現代文學史時，即因為著眼於此，而把從五〇年代的後半到整個六〇年代合起來，並統稱之為「現代主義時期」。

　　不過，這樣的指稱卻顯然隱藏了若干必須深入探討的重要課題。譬如：這樣的指稱果真符合當時台灣現代文學的全貌嗎？又如：當時介紹進來的「台灣現代主義」是否與「西方現代主義」的原貌全同？若否，是因為只介紹其中的一部分？或是因扭曲了其原來之意？而若如此，那麼介紹者是否有特別的用意？又如：西方在

9　請參閱朱棟霖、丁帆、朱小進主編《二十世紀中國文學史》（台北：文史哲出版社，2000 年），下冊，頁 893-4、910-1。

二十世紀六〇年代末之前出現的文學思潮其實還有不少其他的文學
批評流派，而且各有其特定的背景、內容與功能。因此，何以當時
被介紹進來的是「現代主義」，而不是其他文學批評呢？換言之，
如果想要比較周延地了解有關台灣五〇到六〇年代現代文學的批評
狀況，能夠同時觀照到這三個關鍵點應該是頗為重要的條件。

<h2>六</h2>

　　「現代」（modern）一詞雖然只是一個「時間」的指稱，指某
一段特定的時間範圍，但卻因為帶有特殊的內涵，尤其是「與其過
去的時代已有不同」之類等價值判斷的意蘊，所以便產生了現實社
會中的各個領域都從其本身的立足點出發，先界定屬於其領域裡的
「現代」內涵與特質，然後再劃定自己領域裡的「現代」時段之現
象。因此，每個領域所指稱的「現代」其實都擁有其特定的內涵，
譬如，政治的領域便以：公民權的增長、國家與政府職能的規範、
法律規章的普及等等為其特色；文化的領域以：世俗化的價值觀、
教育的普及、大眾文化的流行等等為其特色；社會與經濟的領域
以：機器代替人力與畜力、生產中心由農村移往都市、資本中到少
數人之手等等為其特色。[10]因此，每個領域的「現代」在「時間範
圍」上也就與其他領域的「現代」有所不同。據此，「文學」領域
裡的「現代」當然也就有屬於自己的特定內涵、特質與時段了。

10　請參閱張法《文藝與中國現代性》（武漢：湖北教育出版社，2001
　　年），頁 4-7。筆者此處雖然引用張氏之說，但仍必須強調，有關「現
　　代」的論述並未曾稍歇。

　　所謂「現代的特質與內涵」，一般也稱之為「現代性」
（modernity）。「現代」從何時開始可說人言言殊；若以西方為例來
看，有人主張它係指：相對於中世紀的工業革命之後的資本主義社
會階段，也就是從一八三〇年前後開始；也有人以十七世紀英國的
資產階級革命為起點。[11]不過，我們似乎應該以更為宏闊的世界史
為觀照面，才能把東方世界也放進裡面去觀察。而若從這個角度切
入，則我們應該可以把「現代」定位在從西歐的靠海國家開始擴張
海權，藉著所謂的發現新大陸，仗恃其堅船利砲到歐洲之外的地區
與國家蠻橫地掠奪其資源，甚至演變為在該地強行殖民的時期。因
為，這一情況不但只包含了軍事、經濟和政治等的侵略，它在無意
間所挾帶而來的「不同文化的交互激盪」，其影響更是深遠。尤其
必須注意到的，是這一現象的世界性。它，促使世界出現了另一番
嶄新的面貌；而這個新世界，顯然與過去的世界是不同的。

　　由於造成西歐國家能夠成功地侵略別人、掠奪資源的原因係建
立在新興的工業和進步的科學，也就是它們的「現代性」之上，所
以被侵略、掠奪、以及殖民的國家，不論是在美洲、亞洲、或非洲
等地，都是在無法以自己既有的知識和技能來抵抗入侵者之下，一
方面不得不承認自己原來的傳統文化和社會結構都是落後的，因此
可以不必再繼續保存它們；另一方面也興起了必須向西方學習，也
就是讓自己的國家也能擁有西方式的「現代性」，好讓自己的國家
「現代化」（modernization），如此，才可能避免再受欺凌，而可與
西歐國家並駕齊驅，甚至超越它們的念頭。這種非西歐國家努力使

11　高宣揚《後現代論》（台北：五南圖書出版公司，1999 年），頁 29。

自己「現代化」──其實也可以稱為「西化」（westernization）──
的情形，在二十世紀的上半期可說風起雲湧，此起彼落。而它們的
「現代化」內容，當然包括「文學」在內。

　　因為「文學」無法離開「人」而獨自存在，「人」又無法避免
時代與環境的影響，所以不論是其內容或形式，「文學」當然也會
因外在時空的改變而產生變化。當西方在逐步演變成「現代」時，
它的「文學」當然不可能停滯不動，而會漸漸加入「現代性」的某
些特質。只不過「文學」的變動仍有其內在規律和自主性，並非完
全依附於外在的現實世界。因此，我們若把「現代」視為一段因與
「過去」的若干主要特徵產生了重大差異的時期，則在「文學」的
領域哩，我們也應該可以推論出相同的看法。換言之，所謂「文
學」具有「現代性」，進入了「現代」期，即是指「它」與「過
去」之間已呈現出顯著的不同現象。而也就在這種情形之下，文學
的「現代主義」（modernism）出現了。

　　這裡仍須說明的是，「現代主義」一詞本非專屬於「文學」領
域；若要更明確地說，它指的其實是一種從十九世紀下半期到二十
世紀上半期間，在範圍上包括了文學在內的思潮和精神。從「文
學」的角度來觀察，促使它出現的主要原因大致如下：從十九世紀
八○年代開始，歐洲因為久在機械文明的衝撞下，而引發了由於生
產方式的改變而造成的社會制度解體、原有的價值觀混淆、甚至於
「人」們開始疑惑並探尋「自己」的意義何在等情況。再加上二十
世紀初發生了歐洲的國際戰爭（即所謂的第一次世界大戰），引發了經
濟大恐慌，因此，出現了一股否定歷史（即「過去」）、拋棄傳統，
重視發揮「自我」，強調應「創造」出有別於「過去」的「新」面

貌──也就是合乎「現代」的觀念與行動的風潮，並在很短的時間之內成為當時文學界的主流。

說得更具體些，「現代主義」「文學」的核心特色就是其創作者都把自己定位為「創造者」。以這個認知為基，「現代主義」的「文學作家」們心中便只有「現在」，既無「過去」，也無「未來」。在這種任何作品均以「創新」為目標的情況之下，他們拒絕接受任何歷史的束縛，不願承擔承續傳統的責任，也反對當時流行的「寫實主義」和「新古典主義」。但更重要的是，他們為了能夠讓作品呈現出迥異於過去的「新」面貌，不但在語言、結構和形式等作品的外型上，經常選用「誇張」、「扭曲」、「零碎」、「跳躍」以及「紊亂」、「模糊」等特殊的表現手法；同時，在作品的題材上，也偏向喜好「疏離」、「病態」、「異化」、「頹廢」等異乎尋常的現象。換言之，「現代主義文學」乃是一種內在的自覺性強烈、而且以「前衛」（avant-garde）的方式來表現的文學現象。[12]它呈現出來的面貌既繁複，且多姿，所以很難用簡單的歸納方式來描述。如果勉強以羅列的方式來說明，則諸如：「象徵主義」、「印象主義」、「後印象主義」、「達達主義」、「表現主義」、「超現實主義」等等[13]，可說乃是其中數項比較為人熟悉者。

---

[12] 請參考 Joseph Childers & Gary Hentzi edit, *Columbia Dictionary of Modem Literary and Cultural Criticism*, pp.191-3. Columbia: Columbia University Press, 1995。

[13] 請見布雷德伯里、參克法蘭著，胡家巒譯《現代主義》（上海：上海外語教育出版社，1995 年），頁 174-5。以及吳全成〈現代文學〉，收於彭鏡禧《西洋文學大教室──經典選讀》（台北：九歌出版社，1999 年），

七

抗戰勝利之後，第一個被引進台灣的西方文學思潮即為「現代主義」。從實際層面來觀察，「現代主義」在當時所影響的係以「新詩」和「小說」兩個「文類」為主；而多以一九五三年二月紀弦創辦《現代詩》季刊為起點。底下的討論將以先「新詩」、後「小說」的次序來進行。

在「新詩」方面，一九五六年一月十五日，紀弦在台北舉行現代詩派詩人第一屆年會，宣告成立「現代派」，幾乎網羅了當時全台所有的現代詩詩人，並於二月出版的《現代詩》季刊第十三期發表「現代派的六大信條」。他在這些信條中，不但主張「新詩乃是橫的移植，而非縱的繼承。」（第二條）而且應該「包容了自波特萊爾以降一切新興詩派之精神與要素。」（第一條）此外，他也要求「詩」必須有「新的內容之表現，新的形式之創造，新的工具之發現，新的手法之發明。」（第三條）同時強調詩的「知性」（第四條），追求「詩的純粹性」（第五條）。但尤其值得我們注意的是，他在第六條中也明白地宣稱：「新詩」必須遵守「愛國、反共。」的國策。[14]

由於這些條文係屬宣示性質，所以文句非常簡短，表達的意思也因而不大清楚。紀弦因此乃在《現代詩》第十三期刊出這「六大信條」時，也同時在上面發表了「現代派信條釋義」，對各條文的

頁 332-3。

14 請見《現代詩》，13 期（1956 年 2 月 1 日），頁 4。

內涵做更進一步的解釋。他在第一條的「釋義」中即說：

> 世界新詩之出發點乃是法國的波特萊爾。象徵派導源於波
> 氏。其後，一切新興詩派無不直接間接蒙受象徵派的影響，
> 包括十九世紀的象徵派、二十世紀的後期象徵派、立體派、
> 達達派、超現實派、新感覺派、美國的意象派、以及今日歐
> 美各國的純粹詩運動，總稱為「現代主義」。我們有所揚棄
> 的是它那病的、世紀末的傾向；而其健康的、進步的、上相
> 的部分則為我們所企圖發揚光大的。

紀弦這樣的補充解釋的確已把他的意思說得更為具體一些。在這段
文字哩，特別值得注意的關鍵問題是：紀氏所論述的對象基本上係
以歐美為範圍。因為正是在這一點上，使我們不得不認為他對「西
方」「現代詩」的理解實在不甚周延，同時，所提出的闡釋也過於
主觀和武斷。首先是這一段文字包含了太多仍需釐清的問題，譬
如：所有的新興詩派到底有哪些？他們果真全部都受到象徵派的影
響？歐美各國的純粹詩運動指的確切對象又是什麼？以及「現代主
義」是否真能等同於上面所列出的各個詩派和運動的總稱？……等
等。除此之外，所謂「病的、世紀末的傾向」，以及「健康的、進
步的、向上的部分」等，也都是屬於抽象的形容詞，所以指的到底
是什麼便不十分明確。事實上，紀弦在這個解釋中唯一說明清楚
的，可能只是他的希望，亦即：「詩」應該以「現代主義」中的
「健康、進步、向上」等部分為追求的目標。然而，這樣的解釋卻
也只是觸及到「新詩」的性質而已，有關它的具體範圍與實際內容

是什麼也仍未述及。幸好，紀氏在其他地方對「現代詩」的特質曾
經具體地提過以下的論點。在有關詩的外型上，他曾說：

> 我們認為，新詩必須是自由詩，而且必須以散文的句子寫，
> 不押韻，無格律。[15]

首先必須指出的是，紀氏在他的論述中常常無視於「現代詩」與
「新詩」兩個名詞其實含有範圍上與性質上的差異性，因此，每每
輕易的將它們視為同一，以致於兩詞常常互用。在前述的引文中，
他使用的詞即是「新詩」。他直接從「詩的形式」入手，指出「新
詩」在語文上必須使用散文的句法；同時，句子也不可沿襲古典詩
那種必須講求押韻、遵守聲調格律的規定。因此，呈現出來的「新
詩」在外形上便是句子有長有短、整首詩的篇幅也沒有固定範圍限
制的「自由詩」。至於在立論的著眼點上，他所強調的顯然是「新
詩」在外形上必須與傳統的「古典詩」斷然切離。

另外，在有關「詩的本質」上，他說：

> 相對於舊詩之以「詩情」為詩的本質，新詩則以「詩想」為
> 詩的要素。……凡以「詩情」為詩的本質的，都是廣義上的
> 抒情主義，屬於浪漫主義的血統；凡以「詩想」為要素的，
> 都是廣義上的理智主義，以徹底反浪漫主義為其革命的出發
> 點。前者是十九世紀的，保守的，落伍的；後者是二十世紀

15　《現代詩》，11 期（1955 年，秋季），頁 89。

的，革新的，進步的。[16]

　　紀弦在這方面的立論，顯然是基於西方文學思潮的演變上，即：反對從十八世紀末到十九世紀中期頗盛行於歐洲（尤其以英國、法國與德國為主）的「浪漫主義」（Romanticism）。紀弦顯然認為，相對於二十世紀，十八與十九世紀當然已經過去了，所以是屬於「落伍」的時代。然而，矛盾的是，紀弦為了與「浪漫主義」對照而提出的「詩想」與「理智主義」，以及他在第四條條文中所強調的「知性」，不僅不一定能夠被稱為二十世紀詩歌思潮的主流，而且，竟然與歐洲更早的十七世紀「理性時代」（the Age of Reason）那種在哲學與思想上強調理智、重視秩序、推崇邏輯的內涵幾乎可說完全相同。更精確地說，以「浪漫主義」為主的「感性時代」（the Age of Sensibility）正是取代「理性時代」的文藝思潮！因此，我們若從這個觀點來看，紀氏對西洋近代文學思潮的變動情形如果不是未能全盤了解，便是立論有些偏頗。不然，我們也應該進一步地詢問紀弦：為何以如此決斷的態度反對曾在西方風行一時的「浪漫主義」？是因為對所謂的浪漫主義詩人，如：英國的布雷克（William Blake, 1757-1827），華茲華斯（William Wordsworth, 1770-1850），柯律芝（Samuel T. Coleridge, 1772-1834），拜倫（George B. Byron, 1788-1824），雪萊（Percy B. Shelley, 1792-1822），濟慈（John Keats, 1795-1822），丁尼生（Alfred Tennyson, 1807-1892）……等，以及他們所創作出來的無數為後代所傳頌、評價非常高的詩歌作品，如：《抒情歌謠集》

16　同前，18 期（1957 年 5 月 20 日），頁 2。

（*Lyrical Ballads*），《唐璜》（*Don Juan*），〈西風頌〉（Ode to the West），〈夜鶯頌〉（Ode to a Nightingale）等等非常不滿意？若是的話，是否應該提出足以說服人的具體理由？不然，只簡單地以「保守的」與「落伍的」兩個內容空泛、卻深具貶意的形容詞便將他們全然抹殺，不但立論無據，而且也難辭認知的過度主觀與態度的草率魯莽之譏。

事實上，西方的「現代主義」文學之所以出現，如前一節所述，有一大部分的原因是對當時頗具影響力的「寫實主義」與「新古典主義」的一種反彈，而非「浪漫主義」。事實上，「現代主義」不但沒有強力反對「浪漫主義」文學，相反的，他們兩者之間其實還有著藕斷絲連的關係——也就是兩者都以「創作者本人」為中心的觀念。更正確的說，「現代主義」文學的內涵實在是非常複雜與豐富，不但包括講究創作技巧與富有創新性等正面主張，更含有要與人群疏離和與歷史斷裂等前衛思想。因此，我們固然不宜將其簡單地化約為時代的反動，也不應該像紀氏一般，全然把它視為「絕對性」的「進步」象徵。

八

若據《現代詩》季刊第十三、十四、十五三期所公佈的名單來看，當時加入「現代派」的詩人共計一百十五人，可說幾乎已經網羅了那時期絕大多數的現代詩詩人。同時，《現代詩》從一九五三年創刊開始，到一九六四年結束時，總共出刊四十五期，歷時十一年。因此，說「現代主義」文藝思潮在「新詩」上的影響很大實不為過。當然，在這段時期中，台灣的現代詩壇還是有不少其他聲音

存在的；這一實況，我們從該時期裡至少出現了二十種以上的新詩「詩刊」，以及十數種新詩「評論集」可以輕易看出。[17]不過，在這為數眾多的不同聲音之中，能真正在詩壇上引起波瀾的，如果以擁有比較長期且固定的園地供其同仁發表創作和評論為判斷的依據，則除了《現代詩》季刊外，《藍星週刊》和《創世紀》季刊顯然是其中比較重要的兩種刊物。而它們兩者的主要「論述內容」，也正好都與「現代主義」有關。

　　《藍星週刊》的創辦者之一和最重要的詩論家為覃子豪。他在紀弦於一九五六年發表「現代派」的「六大信條」與「釋義」後，便在一九五七年的《藍星詩選》中發表了〈新詩往何處去？〉一文，針對其中最關鍵的幾個觀點提出批判。大致而言，覃氏一方面認為：因「新詩」的表現技巧本無時空的限制，也無流派的規範，所以當然可以向西洋詩借鏡。但在另一方面，他也慎重地提醒：「詩」的生命乃是「完整」的，不但需有「思想」和「知性」以提高「詩質」，也應該具有「詩人」與「讀者」能獲得「心靈共鳴」的「抒情」性。此外，更應該注意「詩」的「主體性」，包括「民族的」和「時代的」主體性。換言之，如果我們接受全部的「橫的移植」的話，則「中國」的新詩不但將成「西洋」詩歌的尾巴，失去自己的根，而且也絕對無法成為中國「新時代」的真實聲音。[18]

17　請參張默編《台灣現代詩編目──1949-1995 修訂篇》（台北：爾雅出版社，1995 年），頁 119、139-42。

18　該文原載於《藍星詩選》，獅子星座號（1957 年）。本文所參考者為收於覃氏《論現代詩》（台中：曾文出版社，1982 年），頁 126-138。

　　兩人的觀點相較之下，覃氏不但態度比較開放，同意「詩」在寫作技巧上可以向西洋學習，而且觀照面也比紀氏要周延得多，不僅照顧到詩的本質，也注意到詩其實有著空間和時間不可分割的關係，所以提到了「新詩」也有「民族」和「時代」的特色。尤其，他並沒有紀氏那種「新詩，……是來自歐美的『移植之花』。……它才格外應該向國外詩壇看齊，而展開現代化的革命。」[19]的錯誤偏狹觀念與崇洋心態。

　　從覃氏這一篇批判開始，便出現了紀、覃兩人，甚至是「現代詩社」與「藍星詩社」之間的論戰。不過，因紀弦與許多其他「現代派」詩人的詩作不但無法做到完全符合其「全盤西化」主張，也就是在他們創作的新詩中，不但有不少傑出的作品屬於「抒情」詩，還有為數甚多的作品裡含有中國「古典」詩歌的許多特質，如：詞彙、押韻、典故等，以至於他們的許多「現代詩」常含有中國古典詩歌的風格。[20]而這種「創作」和「理論」之間無法密合的情況，即曾讓紀弦在為他的「現代派」的主張提出論辯時，經常出現左支右絀的窘境。事實上，紀弦這場論戰的必然失敗，除了有筆者前述所指出的理論上並不夠周延之外，也肇因於他個人的態度和性格。譬如說，紀氏本人即曾說過下面這段令人詫異的話：

　　　我一向是創作與理論並重的。但我絕不根據理論來寫詩，作

19　紀弦〈現代詩宣言〉，同註 13。

20　請見陳啟祐：〈五十年代現代派中的古典〉，收於《台灣現代詩史論》
　　（台北：文訊出版社，1996 年），頁 123-47。

　　繭自縛的傻事我是不幹的，如果我的詩和我的理論發生衝
　　突，只要詩本身站得住，我就不顧理論了。[21]

這段文字所表現的輕率口氣和隨便的態度，顯然與他主觀、偏狹、
且不甚紮實的時論頗為吻合。另外，他也曾坦白的描述過自己的性
格與詩作的特色如下：

　　我自己的現代詩究竟走的是哪一條路子呢？回答是：多半為
　　抒情的自由詩，我是一個本質上的抒情詩人。[22]

當然，因為紀氏說的這兩段話的時間已與他過去極力主張「現代主
義」文學乃是最「進步」的二十世紀新詩時相距多年，所以他對自
己過去的省察才能如此的冷靜和坦白。只不過，這樣的表現相對於
他過去那種既主觀而又堅持的態度，著實讓人讀了之後不禁產生一
種滑稽與無奈之感。

　　在此尚要指出的是，當時列名於「現代派」的詩人雖多，但一
來，持續參加該派活動的詩人比例並不高；二來，有不少掛名於該
派的詩人在當時至少參加了兩種以上的詩社活動；再加上很多這一
派的詩人，包括紀弦本人在內，在創作上並不完全遵守紀氏的「六
大信條」，因此，所謂的「紀六條」精神其實並未持續多久。不

21　紀弦《第十詩集・題材決定手法》（台北：九歌出版社，1996 年），頁
　　3。
22　紀弦《半島之歌》（台北：現代詩季刊社，1993 年），頁 3。

過,「現代主義」對「新詩」的影響卻未因此而中輟。譬如,反對紀氏詩論最力的人物覃子豪其實也創作了不少屬於「現代主義」風格的詩作。[23]而最重要的是「現代主義」在不久之後,便由另一個詩社所繼承了;那就是「創世紀」詩社。

　　一九五四年,當時在左營服役的張默、洛夫、瘂弦等藉著辛亥革命四十三週年之日成立了「創世紀」詩社,並創辦《創世紀》詩刊。一開始,他們主張詩的本質是「戰鬥」的,是一種天生即具有反黑暗、主要目的在推展符合當時國家文藝政策的「戰鬥文藝」。接著,他們更因為反對當時氣勢甚旺的「現代派」西化論調,所以乃努力的鼓吹建立一種既含有時代特質,且可代表國家民族的「民族新詩」。[24]換言之,「創世紀」詩社的前五年可說是詩界中最能符合當時政府的文藝政策的社團。但是從一九五九年四月開始,《創世紀》先是擴版,接著再宣示改變創作的方向,從原先的「戰鬥文藝」轉為對「超現實主義」的追求,也就是走到紀弦的「現代派」所揭櫫的路線上。於是,「創世紀」詩社便在「現代詩」詩社以徒具詩派之名和「藍星」詩社已逐漸沒落之際,以探求現代人的感覺和精神,以及創造純真且富實驗精神的「現代詩派」詩風,吸引了大量的詩人加入。事實上,這一詩派不但擁有龐大的詩人群,如:瘂弦、張默、洛夫、白萩、林亨泰、商禽、葉珊、辛鬱、……

23　洛夫即在〈覃子豪的世界〉指出,覃氏後期的詩作已經有轉向象徵手法、甚至現代主義的精神的傾向,收於《洛夫詩論選集》(台北:開源出版公司,1977 年),頁 171-89。

24　請參張恆春〈風雨行程──論早期台灣「創世紀」詩社的發展〉,收於《創世紀詩雜誌》,105 期,頁 108-9。

等等，而且也有不少詩論家，如：葉維廉、李英豪、瘂弦等等，所以能成為此後十年台灣現代詩壇上最受矚目的詩派。

在有關詩的論述上，「創世紀」詩派在改變新的路線後所強調的主張，大致可見於《創世紀》詩刊第十三期（1959.10）中的〈五年之後〉和十四期（1960.2）中的〈第二階段〉。在這兩篇有若宣言式的文章裡，「創世紀」詩派一方面反對「傳統」詩觀所服膺的：文學作品乃是人類經驗的重複。因為「它」認為，這種詩觀往往只會把人類帶回到狹隘且醜陋的現實世界與傷痕累累的心裡去。另一方面，「創世紀」對五○年代「現代派」詩所具有的實驗精神似乎也頗為同意。因為「它」也認為，新詩應該以最新的表現技巧，穿透卑微而且膚淺的現實事物之表象，進入其內部，以探索隱藏於其中的獨特價值。大致說來，「創世紀」詩派的詩主張約可歸納為下列四個項目：「世界性」、「超現實性」、「純粹性」和「獨創性」等；因為「世界性」可超越狹隘的地域限制，「超現實性」可深入現實事物的表象之內，「純粹性」可避免被拘束在功利觀念之下，而「獨創性」則可突顯作者的「創造者」地位。換言之，「創世紀」所走的路線確實與「現代派」的路線頗為相近的。[25]

這種「現代詩」風到了六○年代的後半葉與七○年代的前半葉時，因突然產生一種文學必須面對現實而不能陷溺於虛幻的呼聲，而致也遭到嚴厲的批判。譬如在出版上，即有《文學季刊》、《台灣文藝》、《笠》、等鼓吹文學應該注重寫實的刊物一一出現；而

---

25 張默〈「創世紀」的發展路線及其檢討〉，請參張漢良、蕭蕭編《現代詩導讀》（一）（台北：長安出版社），頁419。

它們都是以批判「現代主義」文學,尤其是「現代詩」為共同職志。這種風尚從陳映真於一九六七年發表〈現代主義的再出發〉(《文學季刊》,1967.3)一文,批判它因不面對事實,而致使人生蒼白開始,到關傑明的〈中國現代詩的困境〉(《中國時報》,1972.2),批判「現代詩」是殖民地主義的作品,以及尉天驄的〈對現代主義的考察———幕掩飾不了的污垢·兼評歐陽子的《秋葉》〉(《文季》,1973.8),及唐文標的三篇文章〈什麼時代、什麼地方、什麼人〉(《龍族》,1973.1)、〈詩的沒落——台港新詩的批判〉(《文季》,1973.8)、與〈僵斃的現愛詩〉(《中外文學》,2卷3期,1973.8)等,到《龍族》詩刊於一九七三年八月的「評論專號」止,要求文學(含「現代詩」)應該回歸傳統,並重視寫實的浪潮終於淹沒「現代派」的詩歌風潮了。

當然,「台灣現代主義」的詩主張和詩創作,雖然和「西方現代主義」文學有一樣的名稱,也在內容、技巧和範圍上等因模仿後者而有某些程度上的相同之處,但兩者之間的差異處,尤其是在起源和所強調的重點上,卻也是顯然易見的。

至於西方「現代主義」文學對台灣現代「小說」方面的影響,應以夏濟安、吳魯芹等於一九五六年九月創辦《文學雜誌》,並宣示:文學不但應該繼承傳統,不可逃避現實,而且要說老實話,並反映時代精神等主張開始。從宏觀的方式來看,這顯然也是對當時文學必得服膺於國家的文藝政策才能有出路的一種反彈。這個雜誌雖然只維持了四年,於一九六〇年八月即停刊,但「它」對後來的台灣小說界卻產生了不小的影響:譬如,因為「它」強調文學應該反映「時代」精神,所以文學作品,尤其是小說,是否具有「現

代」的意涵，正好與紀弦的「現代派」在新詩上的主張相互呼應。
又如，因「它」主張文學必須繼承傳統，不能逃避「現實」，必須
說老實話，所以也使「寫實主義」的理念重新受到重視，不但繼承
了日據時代台灣本土文學的「寫實」精神，甚至於埋下了後來鄉土
文學的種子。另外，因「它」也花了不少篇幅在介紹西方的文學作
品和理論，所以更可說是用實際的範例來補足「現代詩派」的呼
籲，這對拓寬當時在台灣文學界的視野著實產生了具體而深遠的效
果。當然，「它」最大的貢獻是在當時那種封閉的風氣中，藉著提
供開放的發表園地，培養了許多對「時代」甚為敏感、且深具潛力
的年輕作家，如：白先勇、陳若曦、王文興、歐陽子、叢甦、葉維
廉等人。這些當時仍是學生的年輕作家不但都曾在上面發表過作
品，引發了對文學的興趣，也立下了對文學的抱負，尤其也都在後
來的台灣現代文學創作與批評上，扮演著舉足輕重的角色。

　　由於夏濟安於一九五九年離開《文學雜誌》，到美國任教，所
以他的學生白先勇、歐陽子、陳若曦、王文興等人便於一九六〇年
三月另行創辦《現代文學》，並於第一期的〈發刊詞〉上明白表示
他們對中國文學「前途」的關心，並認為當時的台灣文壇在「新文
學」上是落後的、荒涼的，所以他們希望有志者應該一起來創造
「新」的藝術形式和風格，表現出作為「現代人」的藝術情感。基
於這種認知，他們的重要作法之一即是有系統的翻譯介紹西方近代
藝術學派、潮流、批評、思想和作品；譬如：《現代文學》的前幾
期中便包括了卡夫卡（Franz Kafka）（第一期）、托瑪斯・曼（Thomas
Mann）（第二期）等西方作家的專號，喬艾斯（James Joyce）（第四
期）、波特（K. Ann Porter）（第七期）等的專欄，以及勞倫斯（D. H.

Lawrence）（第五期）、吳爾芙（Virginia Woolf）（第六期）等的專輯。可見《現代文學》上所呈現出來的這些論點與做法其實和《文學雜誌》所揭櫫的基本主張並沒有什麼差異。但是，如果從「它」所介紹的西方作家名單，如：喬埃斯、勞倫斯、吳爾芙、福克納（William Faulkner）、艾略特（T. S. Eliot）、亨利・詹姆斯（Henry James）等等來判斷，「它」的重心顯然是在「現代主義」的作家上。[26]而若再從發表於其上的作品來觀察，在這些作品裡的眾多令人印象深刻的寫作技巧中，諸如：意識流（如：白先勇〈遊園驚夢〉）、象徵手法（如：施叔青〈放倒的天梯〉）、超現實手法（如：水晶〈愛的凌遲〉）等等，也都是「現代主義」文學的重要標籤。換言之，《現代文學》與西方「現代主義」文學的關係可說非常密切。

　　《現代文學》因重要的負責人或到外國深造、或到外國定居，加上其經濟支援難以繼續，所以在一九七三年九月初第五十二期後停刊。對一個刊物來說，十三年的壽命雖然並不算長，但「它」的內容卻包羅甚廣。如自文類的角度來看，「它」除了以「現代小說」為主要的表現和探討的文類之外，也曾以「中國古典文學」（三十三期）和「現代詩」（四十六期）為出版專號。至於其影響力如何，我們只要以「現代小說」的創作來觀察，便可以從「它」至少提供了七十位以上的作家在其上發表了兩百多篇小說作品得到答案了。換言之，《現代文學》在這段時間其中的影響力實不可謂不大。然而如前所述，由於「它」在理念上頗為推崇西方的「現代主

26　請參李歐梵著、吳新發譯〈中國現代文學的現代主義〉，收於《現代文學》復刊・十四期（1981 年 6 月），頁 23-31。

義」文學，所以在作法上也難免以此為圭臬了。因此，「現代主
義」在當時的流行情形，實可從這裡略窺一二。

九

　　戰後台灣文學界裡出現的第一波西方文學思潮除了有前述的
「現代主義」文學之外，還有「新批評」（New Criticism）。「它」
與前者最大的差異，是以對文學作品的實際「批評」為範圍，而與
「創作」的關係不大。從「它」的發展過程而言，這一個文學批評
流派大約於二十世紀二○年代出現於英國和美國；27其後因為所提
倡的批評方法甚為具體，而且便於有效的操作，所以乃籠罩了英、
美的文學批評界，尤其是在大學裡的課堂上，長達四十年之久。雖
然有關它的起源言人人殊，但一般多認為係由艾略特於一九一七年
發表〈傳統與個人才具〉（Tradition and Individual Talent）開始。他在這
篇影響力巨大的文章裡先指出：詩人只有把自己的情感與性格融入
傳統之中，才能藉著這個大傳統顯現出自身的存在和特色。然後強
調：詩人所表現的並非個性（personality），而是把自己的感情
（emotion）、個性和經驗（experiences）等都融合在一起的「特殊媒
介」（particular medium）。28當然，這個「特殊媒介」也就是「語
言」；而若以文學的領域來說，便是我們所稱的「文學作品」了。

27　有關「新批評」流行於美國的時間，各家說法不一；其中，認為是自
　　1930 年代到 1960 年代的說法也頗流行。

28　T. S. Eliot "Tradition and the Individual Talent", collected in Hazard Adams
　　edited *Critical Theory Since Plato*（台北：雙葉書店，1979 年），頁 784-
　　7。

　　艾氏之後，連續出現了不少主張「文學作品」為文學的核心、或者是文學的唯一領域的批評家。而若將這些批評家的理論依照時間的先後排在一起，不但可以看出「新批評」理論的形成過程，也可以顯現出「新批評」理論的主要內容；當然，他們也都是新批評家的重要代表人物。底下，我們就以時間先後為基，藉著說明其中幾位代表人物的重要論點來顯現這個批評學派的特色和範圍。

　　在艾氏之後，瑞恰慈（I. A. Richards）把文學批評的重心放到「語言」（language）上，[29]而泰特（Allen Tate）也提出了詩的語彙應留意由其「本意」（intension）和「引申意」（extension）交融而成的「張力」（tension）。[30]換言之，是這兩位批評家的努力，才使文學批評的重心集中到作品裡的「語言」和「其意思」之間的關係上。這種「言－意」的關係到底如何，正是「新批評」最根本的基礎所在。

　　稍後的蘭色姆（John Crow Ransom）在「新批評」的發展上地位更為關鍵，主要原因有二。其一是他在一九四一年出版了《新批評》（*The New Criticism*）一書。他在這本書中分析了艾略特、瑞恰慈等批評家的觀點後，認為他們的見解與傳統的舊的批評已有很大的不同，所以應該將他們規劃為「新」的批評。於是，這一文學批評流派的名稱「新批評」自此便被確定下來。其二是他將文學批評的

29　請參朱剛《20 世紀西方文藝文化批評理論》（台北：揚智文化公司，2002 年），頁 45-6。

30　請參劉祥安〈形式批評與中國文學批評〉，收於朱棟霖、陳信元編《中國文學新思維》（下）（嘉義：南華大學，2000 年），頁 489。

範圍完全限定在「詩」的「本體」（ontology）上，因為他認為「詩
的本體」與「現實世界」（reality）並不相同，是「初始的世界」
（original world）。[31]因此，「新批評」的名稱和範圍可說是由蘭氏確
定下來的。

　　蘭氏之後，溫沙特（William K. Wimsatt）和比爾茲利（Monroe C.
Beardsley）的論述也很重要。他們一方面指出：認為「作者的意
圖」與「作品」之間含有緊密關係是一種「意圖謬誤」（intentional
fallacy），同時也指出：主張「讀者的情感」與「作品」之間應有
的關聯也是種「情感謬誤」（effective fallacy）。藉著這兩項主張，他
們使「作品」擁有了不受外界干擾的獨立性。[32]另外，布魯克斯
（Cleanth Brooks）也提出下面兩個重要的論點：㈠「詩」常利用「悖
論語言」（language of parodox），來營造出表面看似荒謬，實際上確
屬真實的效果。㈡「詩」也常用「反諷」（irony）的技巧，塑造出
字面的意義和隱藏其下的意涵對立情況。[33]於是，「詩」在充分發
揮語言的使用技巧下，便成為一個嶄新而獨特的語言世界了。

　　「新批評」理論的總結者是華倫（Austin Warren）和韋勒克（Rene
Wellek）兩人。他們在一九四九年出版了《文學理論》（Theory of
Literature），用全盤觀照的方式來討論有關文學的研究。他們先以
「文學作品」為「文學批評」的分界基礎，然後指出：將文學批評

31　John Crowe Ransom, *The New Criticism*, (Westport: Greenwood, 1979), p.280.

32　W. K. Wimsatt, Monroe C. Beardsley "The Intentional leal Fallacy", "The
　　Affective Fallacy"，同註 27，pp.1015-31。

33　趙毅衡《新批評──一種獨特的形式主義文論》（北京：中國社會出版
　　社，1986 年），頁 185-7。

的範圍限定在「作品」上的稱為文學的「內在研究」（intrinsic study），而把有關「作品」範圍之外的所有批評，包括其作者、讀者及歷史、社會等等，稱為文學的「外在研究」（extrinsic study）。[34]然而也應該注意的是，當「新批評」理論正在華氏和韋氏兩人的合作下達到最具有體系化的特質時，其影響力也正逐漸被「原型批評」（Archetypal Criticism）、「新馬克思主義文學批評」（Neo-Marxist Criticism）、以及「解構理論」（De-construction Theory）等或主張本體是開放的、或主張作品是無法孤立的文學論述所取代。

當然，「新批評」之所以會在英、美等地出現，其背景是頗為複雜的。但我們仍可從正、反兩面來了解。如果從順著整個文學趨勢的角度來說，它其實是一種不但接受了歐洲「象徵主義」（symbolism）的追求內心隱密世界的理念，同時也繼承了「表現主義」（expressionism）的以內心世界為唯一表現內容的觀點，以及「唯美主義」（aestheticism）的以創造藝術形式美為目的之價值觀等的結果。另外，如果自批判當時的文學思潮之觀點來論，則它也可說是一種對當時美國的文學研究過於偏重「文化歷史」面的一種反彈。[35]

對台灣的文學界來說，「新批評」（New Criticism）最早是由美國加州大學柏克萊校區的陳世驤教授於一九五八年介紹進來的。陳氏在台大客座時，於文學院的第三次演講中提出了〈中國詩之分析與鑑賞釋例〉一文。在篇幅上，這一篇分析全長只有二十字的唐朝

34　Rene Wellek & Austin Warren, *Theory of Literature*, Penguin Books, 1982.
35　同註 28，頁 3843。

詩人杜甫的五言絕句〈八陣圖〉的文章，全長竟達一萬兩千字，在當時的中國文學，尤其是古典文學的研究領域裡可說甚為少見。但最引人注意的，則是陳氏在這篇論文中所使用的方法。大致來說，陳氏在論述時，不但觀照面頗為周延，而且在分析作品上所引用的許多西方文學術語，如：「直覺智境」（Scientia intuitiva）、「有機結構」（organic structure）、「八音詩句」（Octosyllabics）、「雙重音句」（dipodics）、「活動的空間」（active space）、與「充實的空間」（substantial space）、……等，基本上都是偏重在詩歌作品的「字詞」與「結構」的觀念與技巧，也就是「新批評」的方法。換言之，陳氏在這篇論文中，因成功運用了「新批評」的方法，所以不但使全篇論文展現出深入且細密的特色，同時也因在論述過程中擁有理論作為分析和推論的依據，所以能夠展現出足以說服人的力量。[36]

陳氏之後，雖也有若干文章採用「新批評」的方法分析文學作品，但大抵只是偶發的現象。真正有系統地介紹「新批評」、並在文學界造成影響的是顏元叔教授。它在〈新批評學派的文學理論與方法〉中，總計介紹了七位新批評家：修莫、龐德、李查茲、艾略特、蘭森、泰特、以及布魯克斯等的批評觀點和方法。[37]以這些理論為基礎，顏氏便連續發表了數篇用「新批評」的方法分析中國古典詩的文章，如〈中國古典詩的多義性〉、〈析「江南曲」〉、〈細讀古典詩〉、〈分析「長恨歌」〉、〈析「自君之出矣」〉

36　《文學雜誌》，第 4 卷第 4 期（1958 年 6 月），頁 4-16。
37　《幼獅文藝》，1969 年，1-3 月。

等，[38]以及分析現代詩的文章，如：〈細讀洛夫的兩首詩〉。[39]由於顏氏這些文章不但具有經由新穎細膩的分析方法而提出向所未聞的新意與特色，再加上批判的對象明確，且破壞力十足，所以立即引來一連串的的強烈回應，而造成了在古、今文學領域裡的兩路論戰；後者如詩人洛夫的回應文章〈與顏元叔談詩的結構與批評——並自釋「手術檯上的男子」〉，[40]而前者如葉嘉瑩教授的批評長文〈漫談舊詩的傳統——為現代批評風氣下舊詩傳統所面臨的危機進一言〉。[41]

葉氏的長文強調批評家在評論「舊時」時，若未能瞭解舊詩的傳統，取得正確而厚實的分析基礎，那必然會產生許多錯誤的理解和詮釋；此外，在運用西方的方法來分析中國舊詩時，也應盡量避免喧賓奪主，也就是「方法至上」的傾向。因這篇長文旁徵博引，論據充分，甚具說服力，所以顏氏不久即以〈現代主義與歷史主義——兼答葉嘉瑩女士〉一文回應。他一方面藉著「新批評」理論中的「意圖謬誤」來強調作者的意圖無法從作品上推測，同時用內在研究來說明作品的分析只要限定在作品本身即可。顏氏並在該文的結尾部分說：

　　她（指葉教授）的方法大抵上仍是傳統的方法：歷史法、傳記

38　這些文章都收入在顏氏著的《談民族文學》（台北：台灣學生書局，1974年）中。

39　本文發表於《中外文學》，創刊號（1972年6月）。

40　請見《中外文學》，1972年5月。

41　同上，1973年9月。

> 法、前人見解之累積等。……這種方法不能算新。對於中國
> 舊詩研究的新方法，應該是從詩篇的內在因素和內在關係著
> 手，而以外圍之資料作為參證的格式。……這種研究方法會
> 為中國舊文學的研究帶來新成果。[42]

平心而論，葉、顏兩位教授的論述主張雖不同，卻都各有依據，也各有見地。不過，顯而易見的是兩人的論述都以「傳統」與「現代」，或「新」與「舊」之類的對比為主軸；只是葉氏以中國傳統為主，西洋現代為輔，而顏氏則相反。

　　雖然他們兩人的論辯並未繼續，但卻又因哥倫比亞大學夏志清教授的〈追念錢鍾書先生——兼談古典文學研究之新趨向〉一文，而引發夏、顏兩人的筆戰。夏文指出，當時不論是在美國或台灣，運用新觀點來批評中國古典文學的風氣的確頗為盛行；可是，這種過於科學化與系統化的文學批評，常會發生脫離文學而獨立的危險。[43]針對夏氏的新文學批評會脫離文學的說法，顏氏乃發表〈印象主義復辟〉加以反駁。他先表示，錢鍾書的文學批評仍屬於中國詩話、詞話的傳統，是印象式的，既不系統地陳述，也不求證解說。然後更說：

> 這好比說，中國文學批評已進入民國，他卻扮演起張勳的角

42　《中外文學》，2 卷 7 期（1973 年 12 月），頁 44。

43　本文收於夏氏《人的文學》（台北：純文學出版社，1977 年）中，請見頁 184。

色，要來一次復辟。張勳失敗了，他會成功嗎？[44]

顏氏在這篇文章的論述固然仍有見地，但字裡行間中所含的「過去」與「現代」的決然對立，且後者的價值遠高於前者觀念是顯而易見的。又因這篇文章的若干文字已涉及人身攻擊，所以乃引發了其後夏氏的〈勸學篇——專覆顏元叔教授〉，以及顏氏的〈親愛的夏教授〉等火氣十足，但卻已與文學批評的主題健行漸遠的筆戰文章。

至於在「現代詩」上，洛夫則針對顏氏將他的兩首詩〈手術檯上的男子〉、〈太陽手札〉評為「結構崩潰」提出說明。他以《滄浪詩話》的「不涉裡路，不落言詮」來形容詩的性質，然後進一步指出詩的結構係「感情結構」，並不是可靠「理」就能規範住的。另外，現代詩人羅門也以〈一個作者世界的自我開放——與顏元叔教授談三首我的死亡詩〉一文，對顏氏批評他的新詩〈都市之死〉的「意象結構」出了問題提出解釋。他先指出詩是「直覺」的，故需以傳統的「直觀」來面對。而且，結構在層次上也含有「表象性」和「內在性」的不同，詩即屬於內在性的層次，而非顏氏主張的「表象性」「結構」就可以全然涵蓋住的。[45]在這些辯論文章中，「中國古典」和「西方現代」的對比是隱隱可見的。

嚴格來說，「新批評」對台灣文學界曾引起若干影響，但重點並不在學者們如何忠誠的實際運用它的觀念和方法上，而是在激使

---

44 本文發表於《中國時報·副刊》，民 65 年 3 月 10、11 日。
45 此文收於《中外文學》，1 卷 7 期（1979 年 12 月）。

學界思考文學研究確實應擴大自己的視野，以及如何才能正確與有效的運用外國的文學批評到中國文學的研究上。譬如楊牧即說過它自己也曾信仰過形式主義批評，只是後來又覺得歷史、社會等因素也常會左右文學的創作。[46]事實上，顏元叔本人就曾根本性地動搖自己的立場。他說：

> 我以為一篇作品的偉大與渺小，與其主題的深廣成正比──
> 注重形式的新批評家一定不會同意我的觀點的。[47]

換言之，在顏氏的認知裡，原來他向來所強調的：經由「新批評」的方法，而不理會一切與作品無關的因素，只要專注分析作品的語言和結構便可挖掘出作品的新意等說法，其重要性竟然比不上作品的「主題」的。楊照即曾批評說：

> 顏元叔引進新批評，不過他其實不算是新批評的忠實教徒。
> 他把新批評當成工具，卻揭櫫與新批評精神很不同的民族文學作理想。[48]

---

[46] 楊牧〈傳統的與現代的──自序〉，收於《中外文學》，2 卷 4 期（1973年 9 月）。

[47] 顏氏〈朝向一個文學理論的建立〉，收於氏著《談民族文學》（台北：台灣學生書局，1984 年），頁 30。

[48] 楊照〈台灣戰後五十年文學批評小史〉，收於《聯合文學》（1995），頁179。

確實，這一說法可從顏氏將他所發表與文學批評理論有關的文章集結一本書，而將其書名題為《談民族文學》得到印證。

最後仍必須一提的是，「新批評」的分析對象以詩為主，但也有用它來分析小說的例子。譬如歐陽子的《王謝堂前的燕子──「台北人」的研析與索引》便可算是此類。由於從分析的對向是什麼可大致讓我們推斷其所採取的方法為何，而歐陽子在這本評論集中分析白先勇《台北人》裡的各篇小說時，她所選擇的分析對象多為作品的：語言與語調、對比技巧、意象、隱喻、象徵、寫實架構、主題意識、以及諷刺等等，所以，我們當然可以藉此判斷其方法是以作品的語言和結構為主的「新批評」。只不過這種運用新批評來分析小說作品的情形，在台灣六○、七○年代中並未達到足以稱為「風潮」的程度。

十

前述的現代主義文學與新批評不但在內容上迥不相同，即在功能上也有很大的差異。不過，對於當時把它們引進台灣文學界的人而言，卻具有一個共同的特色，那就是相對於台灣當時的文學，包括創作和批評在內，他們都是新的、是現代的，也就是「進步」的象徵；利用它們來批判自己的文學，甚至於融於它們的觀念與方法之中，也就等於甩開了舊有的包袱，並成為進步的一員。這一種認知，確實是可以從它們被引介進來之後果然各自在文學界激起一陣風潮得到印證。

這一波努力使台灣文學「現代化」、或是「西化」的過程與結果，當然曾引發許多不同的評價。極端的批判者認為那是一種失去

民族自信心的表現，而絕對的肯定者則嘉許它們豐富了台灣文學的內涵。然而，如果我們能開闊眼界、放寬胸懷，避免陷入極端而無謂的爭論，而從文學交融的角度來理解的話，台灣文學的根本特質——「不同文化交互激盪的結果」才會突顯出來。

發表於「戰後初期台灣文學與思潮國際學術研討會」，東海大學中文系主辦，2003 年 11 月。後刊載於《戰後初期台灣文學與思潮論文集》

台灣文學研究的傾向與展望

　　近年來，台灣文學的研究不論在古典或現代的領域裡都已獲得了值得喝采的成績；而其中更讓人振奮的是研究者的年輕化走向，因為它正是促使這一個尚稱年輕的學術領域能夠在近來呈現出一股蓬勃朝氣的基礎。不過，在這一個令人雀喜的現象中，卻也潛藏著一些值得有心者應該進一步思考的問題，而尤以下列幾項更為突出：

　　一、以「作家」為主要研究對象的論著比例甚高。這種情況固然與台灣文學的創作者原本不少，卻因以往甚少受到學界的青睞，故而有待開發的空間頗大所致。但在學者們努力填補這一個歷史所留下的缺口時，卻也出現了研究對象的選擇問題。一般而言，創作的數量和品質均有足夠分量，或者其創作在文學史上佔有關鍵地位的作家，如：張我軍、賴和、楊雲萍、呂赫若、鍾理和、余光中、楊牧、陳映真、黃春明、鄭清文、李喬、張曉風、李昂、平路、張大春、林燿德、簡媜、蘇偉貞、朱天心、朱天文……等，當然都是值得深入探討的對象，因為這類研究的成果既可使這些作家的成就和貢獻獲得真正的了解和肯定，同時也可厚實文學史的具體內涵。然而，我們也看到若干研究之所以選擇某些作家為研究對象，顯然只是因為該作家尚未曾被深入而有系統的研究，因此具有「新」的特色而已。這種研究由於一開始便忽略了該作家的創作成績和重要

性是否具足,所以乃造成了該研究的價值也因而降低的結果,換言之,研究者在決定選擇哪些作家為研究對象時,宜先做好應有的認識與評斷工夫,以提高研究的價值。

二、從文類的角度來觀察,戲劇類的研究數量遠遠少於小說、新詩和散文。事實上,除了少數古典戲曲,如:布袋戲和歌仔戲尚能獲得些許研究者的注意力之外,有關現代戲劇的研究成績可說十分有限。而當我們拿這一個情況來與近年來不但創造力旺盛、且表現成績也頗為卓著的劇團,如:雲門、當代、優劇場、屏風表演班……等的實際努力,和它們對社會、文藝界所造成的影響相對照的話,其結果實在不成比例。因此,它應該是一個非常值得研究者去開發的領域。此外,與現代社會息息相關的許多新文類,如:兒童文學、傳記文學、通俗文學、報導文學、自然寫作、旅行文學……等,不僅作品的量與質都有可觀之處,而且其產生的背景和作品的內容也都含有時代和社會的意義,因此實在很值得研究。但在事實上,有關這方面的論述成果卻遠不如其創作的成績。另外,近年來也出現了不少自「原文類」衍生出來的「跨文類」和「次文類」,如:散文詩、同志小說、都市詩……等。這些文類不但因其名稱的「新」而值得加以研究,它們與社會密不可分的關係,更是研究者必須深入探討的課題。

三、在有關作品的內緣研究上,通常包括了作品的題材、內容和其創作的技巧與形式的設計等。前二者的闡釋可以挖掘出作品的深意,而後二者的分析則能夠指出作品之所以不朽的價值所在;因此,兩者實應兼顧,不宜偏廢。惟近年來,有關這方面的研究似有過度重視作品的內容和主題的傾向,有些論述甚至於把作品的內容

與社會和歷史事實混同為一，並以寫實主義作為其評斷作品的價值高低和意義深淺的依據。然而，由於這類研究因一方面忽略文學本身原有的虛構性和應有的藝術性，同時又太過相信自己的聯想式判斷，所以乃造成其研究缺少嚴格論證和理性思辨的缺點。

四、台灣因數百年來曾幾度落入外國之手，所以不但在政治和歷史上起伏頻繁、變動甚大，而且人民的生活、思考和文化內涵也呈現出一種高度混合的現象。這一個特色表現到兼括縱深和廣度性質的文學上，便是多采多姿的創作成果了。然而，若從研究的角度來觀察，卻不難發現我們竟然缺少以「宏觀」為基而完成的綜合性文學史或各類文學史。或許這是因為能夠獨立完成這類工作的人難找，但是如果能組成工作團隊，以集體規畫和分工合作的方式來進行，應該可以達成這項工作才對。

五、近二十年來，由於電訊交通的無遠弗屆，地球村已隱然成形。因此，源自世界各地的諸多文藝思潮和文學批評也一波一波地湧入台灣。在文學上，不論是舊思潮或新理論，例如：現代主義、後現代主義、形式主義、新批評、原型批評、精神分析批評、結構主義、符號學、後結構主義、讀者反應理論、接受美學、詮釋學批評、現象學批評、馬克思主義、新馬克思主義、女性主義、後殖民主義、文化批評……等，已成為大家耳熟能詳的名詞了。然而，曾經被運用到作品的創作、分析和批評的卻也只有兩波風潮而已：一是早期的現代主義和新批評，前者揭示了文學創作和世界思潮的關係，後者則讓人了解到作品可如何去精讀細解；二是晚近的女性主義和後殖民主義，前者開創了文學中許多與性別有關的課題，如：情色、慾望、同性戀……等；後者則啟發了對身分、國族和文化認

同的思考。當然,並非來自世界各地的所有文學理論必然都會影響台灣的文壇,包括創作和批評,但若能夠運用它們來激發作者的創作,鞭策我們的批評,相信對台灣的文學界一定會有正面的效果。

刊載於《文訊雜誌》,民國 91 年 11 月

析論「天下為公」的境界——
以《禮記·禮運》篇中「大同」
與「小康」兩章為解釋基礎

一、問題的提出

自清末民初以來，有關「天下為公」的涵義，當屬孫中山先生所提出的說法最為有名。中山先生既是公認的推翻我國三千多年專制政體的主要推手，並且建立了亞洲第一個民主共和國，當然是偉大的革命行動家；他更提出了《建國方略》、《建國大綱》與《三民主義》等論述，以作為肇造新的民主共和國所需要的理論依據，因此也是傑出的政治理論家。而在他的政治理論論述中，「天下為公」可說是他經常標舉的新國家的理想境界。茲舉三段有關他對「天下為公」的說法如下：

> 兩千多年前的孔子……，便主張民權。孔子說：「大道之行也，天下為公。」便是主張民權的大同世界。[1]

---

[1] 孫文，《三民主義》（台北：中央文物供應社，1985 年），「民權主義」第五講，頁 173。

又說：

> 在專制皇帝沒有發達以前，中國堯、舜是很好的皇帝，他們
> 都是公天下，不是家天下。[2]

又說：

> 民有、民治、民享的意思，就是國家是人民所共有，政治是
> 人民所共管，利益是人民所共用。……就是孔子所希望之大
> 同世界。[3]

上列引文的特色有二，一是「天下為公」與「大同世界」常一起出
現，而且當我們以他的全部著述為觀照面來理解時，「天下為公」
與「大同世界」顯然就是他心目中的理想國，而且這個理想國度，
在我國的上古時代曾經出現過。二是他對「天下為公」（以及「大同
世界」）的解釋，其實都是以政治為立足點所提出的。

不論是「天下為公」或「大同世界」，都是出自我國古代的經
典《禮記》裡的〈禮運〉篇。根據《禮記·禮運》篇的記載，「大
同世界」乃是上古時期人類生活的理想境界，而它的根本特色即是
「天下為公」。到了後代，它不僅成為傳統儒家學說中有關人類生
活的最高理想，更是浩瀚的中華文化內涵中備受中外的文化、政治

與社會學界所矚目的學說。只是，因中山先生對它們的解釋系以政
治為立足點，所以他才會將在上列三段引文中「天下為公」裡的
「天下」一詞，直接解釋為「國家」。

中山先生對「天下為公」（以及「大同世界」）會有這樣的解釋
是很容易理解的，因為他在清朝末年時，親自目睹了自己祖國的統
治者清廷根本沒有能力抵抗來自外國強權的侵略，以至於使祖國淪
落為列強任意侵淩與宰割的物件，所以他一方面到處奔走，推動革
命，同時也著書立說，希望能藉其論述讓國人瞭解到國家已面臨了
亡國的危機。

他在其著述中深刻的指出，我國古代的文化中其實包含有一個
對當下的國家局勢很有幫助的「大同世界」傳統，也就是我國內部
各個種族（包括漢、滿、蒙、回、藏等）不應該再區分彼此，[4]而必須要
用「民族主義」之名，團結於這一個「大同世界」的文化傳統之
下，一起來對抗外國，否則，我國不但將因無法團結合作而不斷戰
敗、賠款，甚至於破產，更會在無數的精華地區割讓給各國而成為
他們的租界下，逐步走向滅亡。

他更具體的指出，滿清王朝之所以會淪落到幾近於次殖民地的
困境，正是因為執政者的「天下為家」思想與做法所致；也就是認
為天下乃是屬於皇帝家族所有；而這一思想與做法不僅違逆了當時
全世界的民主政治潮流，也違反了我國古代的「天下為公」傳統。
因此，他乃大聲向國人疾呼，如果我們想讓自己的國家也能成為一
個符合世界民主潮流的民主共和國，我們就絕不可以再有「國家只

4　同註1，「民族主義」第一講，頁6。

屬於滿清皇族或滿清一族所有」的觀念，因為中國乃是屬於我國內部各個種族所共有的。

　　然而，孫中山先生對「天下為公」的這一解釋，是否就是《禮記·禮運》篇中「大同」章的原意呢？

　　事實上，歷來的經書注疏家與經學研究者對此一名言的看法並不完全一致。茲舉近、現代兩位在禮學研究上甚有成就的學者為例，來作為本文論述的基石。首先是清朝的孫希旦；他在其《禮記集解》裡即說：

　　　　天下為公者，天子之位，傳賢不傳子也。[5]

在這一段文字裡，孫希旦顯然是把「天下為公」裡的「天下」解釋為「皇帝的位子」。另一位是現代學者王夢鷗，他在其《禮記今注今譯》對此的解釋卻如下：

　　　　大道實行的時代，是以天下為天下人所共有。[6]

王夢鷗的解釋與中山先生的說法雖然相同，都是把「天下」解釋為「國家」，但卻與孫希旦的解釋明顯不同。因此，到底「天下為

5　孫希旦，《禮記集解》（台北：台灣商務印書館，1965 年），中冊，頁587。

6　此文引自筆者的老師王夢鷗先生所譯注的《禮記今注今譯》（台北：台灣商務印書館，1975 年），上冊，頁363。

公」裡的「天下」是指「皇位」？或是「國家」？抑或者是另有別
的所指呢？

　　本文的提出，就是想以《禮記‧禮運》篇中「大同」與「小
康」兩章的文字為基，嘗試先理析出「天下為家」一詞（或句子？）
的真正意涵，然後再以之為基，進一步說明「天下為公」一詞（或
句子？）在該篇文字裡的真正意涵所在。

二、《禮記》的〈禮運〉篇與「禮」的本質

　　在我國的文化傳統中，《禮經》與《詩經》、《尚書》、《易
經》、《樂經》與《春秋》等六部經書自漢朝開始即被合稱為儒家
的「六經」。它們不僅是歷代儒者從政時藉以「經世濟民」的依據
與理想，更是源遠流長的中華文化的動脈。其中，《禮經》實包含
三部經書：一是記載上古禮俗和儀式的《儀禮》，二是勾勒一套建
國制度的《周禮》，三是描繪人們理想中的生活內涵與方式的《禮
記》。由於前兩部經書的內容是關於古代的典章制度與禮俗儀式的
記載，所以受重視的程度要比雜記人民生活規範與理想的《禮記》
高出許多。

　　不過，由於禮儀習俗與國家制度會隨著時代的遞嬗而改變，原
來佔有比較重要地位的《儀禮》與《周禮》兩部經書，也就在其所
記載的內容已隨著時代的遞嬗而逐漸屬於「過去」的情形下，與人
民的實際生活和認知產生了距離越來越遠的情況，以至於受重視的
程度也越來越低。但《禮記》卻剛好相反，由於它的內容中有一大
部分是屬於人們的「理想」，因此乃擁有擺脫受到因時間與地點的
變動而帶來限制的特性，而此一特性，則造成了它在時代的遞嬗

下，比其他兩部禮經的地位越來越高的情形。

依照東漢大學者鄭玄的注解，《禮記》的〈禮運〉篇所陳述的主要內容是：

> 禮運者，以其記五帝三王相變異，及陰陽轉旋之道。[7]

然而，既然說〈禮運〉篇所記載的是關於古代的漫長政治、社會與人民生活的「不停演變」，卻又說這些變革的方式是「旋轉往復」的，則前一說法實應屬於時間上直線式的往前走，而後一說法卻屬於不停的旋轉往復的方式，因此，這兩種解釋豈不相互矛盾？也許因有見於此，王夢鷗在注譯《禮記》的〈禮運〉篇時才會提出以下的看法：

> 「演變」為「禮的形式」，是屬於可改變的「數」，而「旋轉」則為「禮的內容」，是屬於可周轉的「義」。兩者一屬形式，一屬內容；〈禮運〉篇的內涵即兼括此兩者。[8]

這樣的解說雖不一定能完滿的調合鄭玄所提出的那兩種矛盾的觀點，但是一來，〈禮運〉篇的全篇文字極可能原來就不屬於一篇意思完整、結構嚴密的論說文章，因其內容實夾雜著儒家、道家與陰

7　《十三經注疏・六一禮記注疏》（台北：藝文印書館，1955 年），頁
　　412。
8　同註6，頁361。

陽五行等不同領域的學說，而且其中便有一些文字段落各有自己的
重心，同時某些文字段落之間也缺少緊密的接續關係。[9]二來，因
這一方面的問題與本論文的關係不大，所以本論文乃不擬在此深入
討論此一觀點。

不過，《禮記・禮運》篇全文的性質雖然如此，但本論文所要
析論的〈禮運〉篇中的「大同」與「小康」兩章卻都是屬於意涵完
整的文字，而且這兩章之間，也含有非常嚴密的邏輯關係。

從整體性來看，「大同」與「小康」兩章所述及的內涵實包括
了三種不同的政治、社會形態與人民的生活方式，而它們出現的時
間可依順序排列如下：

㈠上古時期的「大同」之世。

㈡緊接其後，大抵發生於夏朝、商朝、周朝等三個朝代的初期
的「小康」之世。

㈢夏、商、周三個朝代的初期之後，一直到孔子之時，各諸侯
國（或甚至全天下）之內已陷入混亂而可稱為「幽國」或「疵國」等
亂世。

更具體的說，〈禮運〉篇中「大同」與「小康」兩章的主要意
涵顯然是在說明：自從以「大道」為人民活動所遵循的規則之「大
同」時代過去了之後，接著其後的夏朝、商朝、周朝等「三代」時
期中，也只有這「三代」初期的禹、湯、文王、武王、成王、周公
等六位英明的君主仍然能夠保有「小康」的局面；而他們之所以能
夠使他們治理的時期達成「小康」之世，乃是因為他們能夠運用

9　王夢鷗，《禮記選注》（台北：正中書局，1968 年），頁 87。

「承天之道」的「禮」來治理人民的「情」所致。當然也就是在這「三代」裡，凡是君王沒有使用「禮」來治理國家的，他們的國家也都陷入了君危、臣叛、俗敝、法無常等問題叢生的景況。據此，有一件非常重要的事情已清楚的呈現我們眼前，那就是不論國家或人民，「禮」乃是必須要推動與遵行的最重要綱紀。

「禮」既然這麼重要，那麼將它的起源與效用說明清楚，當然也就是一件必須要做到的事情了。[10]

三、〈禮運〉篇中「大同」與「小康」的關係

近代以來，研究中國哲學或政治學的學者莫不推崇〈禮運〉篇中所提出的「天下為公」思想，因為他們都同意，「天下為公」正是一個「天下」屬於天下人所共有，故由大家所共同選舉出的有賢德、才能的人來共同治理的社會；而在這個社會中，大家都認為天下的資源應為天下人所共用，大家也都願意以自己的能力來為社會服務。

這些學者對〈禮運〉篇中「大同」章的這一解釋當然是前有所承的，因為不僅早在東漢時期即有大學者鄭玄對它提出同樣含意的「注」；[11]唐朝時，孔穎達更曾以官方代表的身分對它提出看法相同的「正義」疏解。[12]到了清末民初，也出現了康有為寫的〈大同

10　有關「禮」對古代國家、社會與人民的重要性，本文在討論〈禮運〉篇的「小康」之世時，會有比較深入的討論。

11　鄭玄注：「公猶共也，禪位授聖，不家之。」同註7，頁413。

12　孔穎達疏：「正義曰：天下為公謂天子位也為公；謂揖讓而授聖德，不私傳子孫。」同註7，頁413。

書〉，以及孫中山先生所發表的多篇「演說講詞」和許多後來的研究者對他的《三民主義》所提出的解釋。

筆者在此想指出的是，這些學者對「天下為公」這四個字的解釋，極可能與《禮記・禮運》篇中「大同」章的原意並不完全相符。[13]

在《禮記》的〈禮運〉篇裡，「大同」與「小康」兩章所占的篇幅其實比率甚小，篇中絕大部分的文字所描述的乃是「亂世」。《禮記》的〈禮運〉篇會有這種書寫方式其實並不難理解，因為它所要強調的主旨就是：當沒有了「禮」來作為一切事務的綱紀時，則國家必然會讓人民陷入痛苦之中。事實雖然如此，但《禮記・禮運》篇所採取的敘述主軸，卻是提醒與鼓勵的方式，這可從它提及如後的說明看出：人民心中仍可以有所期盼，因為在遠古時期，人民不僅曾經擁有過美好的生活，也就是「小康」之世，甚至於還可以擁有更早期的更完美的「大同」世界——只要人民（或統治者）能讓自己的社會再度擁有「禮」或「大道」。換言之，〈禮運〉篇的主要篇幅雖然詳細描述了現實世界所帶給人民的種種不幸，但更重要的是，因其作者深刻瞭解到「小康」與「大同」世界對人心所具有的巨大吸引力與影響力，所以才會特別在整篇文字的最前面，以精簡的文字來勾勒出這兩種人類過去曾經有過的美好生活方式。

由於筆者認為，只有先釐清「小康」之世的具體內涵，「大

---

13 這類著作甚多，譬如：李康五，《三民主義與禮運大同思想》（台北：幼獅書店，1967 年）。又如：任卓宣：《國父底大同思想》（台北：帕米爾書店，1969 年）……等等。

同」之世的境界——「天下為公」的原意才可能清楚的呈現出來，所以筆者底下的討論方式，將採取先析論「小康」之世的具體內涵，然後再分析「大同」境界的意涵之順序來進行。

為了讓本文底下的分析和討論能具有整體性的基礎，茲將〈禮運〉篇中「大同」與「小康」兩章的原文完整抄錄如下：

孔子曰：大道之行也，與三代之英，丘未之逮也，而有志焉。大道之行也，天下為公，選賢與能，講信修睦。故人不獨親其親，不獨子其子，使老有所終，壯有所用，幼有所長，矜寡孤獨廢疾者，皆有所養。男有分，女有歸。貨惡其棄於地也，不必藏於己；力惡其不出於身也，不必為己。是故謀閉而不興，盜竊亂賊而不作，故外戶而不閉，是謂大同。今大道既隱，天下為家，各親其親，各子其子，貨力為己。大人世及以為禮，城郭溝池以為固，禮義以為紀，以正君臣，以篤父子，以睦兄弟，以和夫婦，以設制度，以立田里，以賢勇知，以功為己。故謀用是作，而兵由此起。禹、湯、文、武、成王、周公，由此其選也。此六君子者，未有不謹於禮者也。以著其義，以考其信，著有過，刑仁講讓，示民有常。如有不由此者，在勢者去，眾以為殃，是謂小康。[14]

從內容上來看，這篇文字主要是在勾勒出「兩種」在人民的生

14　《十三經注疏・禮記注疏》，同註7，頁 412-414。

活方式上迥不相同的「境界」：「大同」與「小康」，也就是一般
所指稱的「大同」章與「小康」章。由於出現時間的遠古與其內容
的特殊性，這「兩種境界」的主要「內涵」是什麼，乃成為歷來的
研究者所關注與闡釋的重點；而從現有的資料來看，歷來的研究者
對這兩個課題所提出的解釋其實都非常類似，即分別在勾勒「天下
是屬於全天下人所共有的」以及「天子之位乃是世襲的」觀念。只
是，因為這類解釋與筆者個人的理解頗有差距，所以筆者心中常不
自覺的會浮現：「為何這些研究者所提出的解釋會是這樣的內
容？」「為何這些解釋會出現？」以及「它們是在何種情況下出現
的？」等疑問！而筆者淺見以為，如果想要解答這些問題，最好方
法應該就是從瞭解這「兩種境界」之間的關係入手。

　　從兩者的關係上來看，〈禮運〉篇中的「大同」與「小康」兩
種「境界」不僅是依照先後的順序出現，而且兩者之間更是屬於
「因果關係」。根據上面的引文來看，遠古時代乃是「大道」普遍
流行的時期；在該時期裡，整個社會的情形可用「大同」狀況來描
述。不過，到了「大道」隱沒、消失之後的時代裡，除了其中的少
數時期因有禹、湯、文、武、成王、周公等六位賢明的「君子」能
以「禮」為據來治理國政，而使國家的情況獲得安定，人民的生活
也得以平穩，因而被稱為「小康」之世外，[15]更長的時期便是或可
稱為「幽國」、或可稱為「亂國」的「亂世」了。[16]

　　換句話說，「小康」之世乃是因為「大道」已經隱沒，而使原

15　《十三經注疏‧禮記注疏》，同註7，頁414。
16　《十三經注疏‧禮記注疏》，同註7，頁421。

本的「大同」時代失去了「天下為公」這一主要特質才出現的。雖然在這篇文字中並未明白記載「大同」時期的確切年代，但若根據文中所明白指出的「小康」時期是指禹、湯、文、武、成王、周公等六位君子所統治的時代來作為推論的話，則「大同」時代應該就是指由大禹所開創的中國第一個世襲的王朝——「夏朝」之前的時代，包括前面所引的中山先生指出的唐堯、虞舜治理的時期。

四、「小康」時代的境界

從〈禮運〉篇的行文特色來看，篇中用來描述「大同」與「小康」這兩個「境界」的行文方式，可說具有甚高的雷同性。為了使底下的討論能夠更為清楚，我們先把有關「小康」境界的描述文字再次引述於下：

> 今大道既隱，天下為家，各親其親，各子其子，貨力為己。大人世及以為禮，城郭溝池以為固，禮義以為紀，以正君臣，以篤父子，以睦兄弟，以和夫婦，以設制度，以立田里，以賢勇知。以功為己，故謀用是作，而兵由此起。禹、湯、文、武、成王、周公，由此其選也。此六君子者，未有不謹於禮者也。以著其義，以考其信，著有過，刑仁講讓，示民有常。如有不由此者，在勢者去，眾以為殃，是謂小康。

底下便以這段文字為基，根據其描述重心的不同，將其依序分為下列五個部分來分析與討論：

（一）第一部分，筆者的讀法為下列五句：

今大道既隱，天下為家，各親其親，各子其子，貨力為己。

王夢鷗對這一部分的讀法，係在上列五句之後增加了「大人世及以
為禮」一句，而成為以下六句：

今大道既隱，天下為家，各親其親，各子其子，貨力為己，
大人世及以為禮。

接著根據這一讀法，將「大人世及以為禮」這一句解釋為：「（在
「天下為家」的時代，）所有權變作世襲的。」[17]王夢鷗如此的解釋，
重點應該就是想說明到了「大道」消失之後的時代，原來的「天下
乃是由天下人所共有」的制度便改變成「由君王之家所世襲」的制
度了。

孫希旦對這一部分也有自己的讀法，就是在筆者所列的五句之
後增加了「大人世及以為禮，城郭溝池以為固，禮義以為紀」等三
句，而成為以下八句：

今大道既隱，天下為家，各親其親，各子其子，貨力為己，
大人世及以為禮，城郭溝池以為固，禮義以為紀。

17　王夢鷗，《禮記今注今譯》，上冊，同註6，頁363。

然後，將「大人世及以為禮，城郭溝池以為固，禮義以為紀」這三句解釋為：「天下為家，傳子不傳賢也。大人，諸侯也。父子曰世，兄弟曰及，謂父傳國于子，無子則傳弟也。城郭溝池以為固，設險以守其國也。紀，條理也。」[18]如此的解釋，也是在強調「天下為公」的時代消失之後，君王和諸侯的身分和位子都改成由他們的家族所世襲，也就是傳位於子，而若他們沒有子嗣時，則傳位於弟。

很明顯的，從這兩位學者對這一小段文字在分段上的不同，可看出他們的解釋並不完全相同；不過把說明的重點放在由「公天下」到「家天下」的改變，也就是在君王和諸侯的產生和繼承上出現了制度上的變化這一點，卻是相同的。在這部分，類似這種前賢各有斷句方式與解釋內容的情形還有不少。筆者當然尊重他們的見解，但卻也想在此提出個人的淺見。

筆者會認為這一部分應該只包含「今大道既隱，天下為家，各親其親，各子其子，貨力為己。」等五句，所依據的理由有下：

首先，這五句話合起來的語意甚為完足。它們先說明「小康」境界的出現，乃是因為「大道」隱沒所致；而這一個遺失了「大道」的世界，與原先那個因內部有「大道」普遍流行而被稱為「天下為公」的「大同」境界的最大差別，就是在「天下為家」四個字上。

其次是「天下為家」的內涵。雖然歷來各家對它的解釋頗為一致，也就是將它解釋為「天子之位不再禪讓傳賢，而是私傳子孫的

18　孫希旦，《禮記集解》，中冊，同註5，頁587。

家天下」，但這一說法卻含有不少無法解釋的問題。

例如「天下為家」後面的「各親其親，各子其子，貨力為己」
三句，雖然從行文上來看，是在勾勒「天下為家」的世界裡，人民
的最普遍的生活方式與觀念是什麼，但是，當我們從這些句子的語
氣來體會時，將它們視為「天下為家」的解釋文句也是頗具說服力
的。只是，因這三句中並未曾明白指出「親其親，子其子，貨力為
己」的主詞是誰，以至於我們只能從一整段文字的語意來推測：它
們的「主詞」應該是指「同一個對象」。

歷來各家對這三句的解釋雖然頗為相近，多數認為是在「天下
為家」的時代裡，（某某人或所有的）人都親愛自己的親人，愛護自
己的子女，同時也不浪費資源與人力——但是，卻只為自己所使
用。不過，仍須解決的是，雖然迄今為止，這一個「物件」大都被
認為是「天子」之下的所有的人，也就是包括了其後出現的「大人
世及以為禮」的「大人」（孫希旦說是「諸侯」）以及「所有的百
姓」，然而仍須追問的是：這樣的解釋為何單獨將「天子」排除在
外呢？一般人或許會同意：〈禮運〉篇的作者既然在這三句的前面
加上「天下為家」一句，便已經說明了「天下」乃是屬於「天子」
一人一家所有了！只是，這樣的解釋真的可以算是周延嗎？將「天
子」與其下所有的人做如此的區分，難道是想說明：在「天下為
家」的時代裡，「天子」一人，和所有「親其親，子其子，貨力為
己」的人們，這兩方的「作為」是不一樣的？而即使這一問題的答
案為「是」，我們仍想進一步再提問：既然如此，那麼，與被其統
治的所有的人都不一樣的「天子」，應該要有什麼樣的作為呢？又
在這段文字中，為何對此竟然沒有任何的描述？以他貴為掌握天下

的「天子」之崇高地位，以及可以藉此來影響全天下的力量，「天子」那獨異於眾人的「作為」（以及觀念）是甚麼，又怎麼可能會沒有任何說明呢？

因此，筆者認為這一無法解釋的「疏漏」之所以會出現，先是因為傳統上的解釋都把「天下為家」解釋為「天子把天下視為自己一人一家的私產」，然後，再拿這樣的解釋來作為其後的論述之基礎所引起的。只不過，這樣的認知與解釋顯然仍未能解答前面所提的問題。而既然這樣的解釋無法對此一問題提出讓人滿意的答案，那麼，把「天下為家」解釋為「天子把天下視為自己一人一家的私產」也就有問題了。

對筆者而言，如果能以這部分的最後一句「貨力為己」為基礎來說明前述的問題，則這一部分的全盤意思是可以清楚顯現出來的。「貨力為己」的意思是：「凡是對人有用的貨物資源，都只藏在自己家裡；而可以替人服務的能力，也都只為自己所用。」由於「它」與整個「大同」章的最後結語「貨惡其棄於地也，不必藏於己；力惡其不出於身也，不必為己。」在句法上和在句中的位置上都相同，所以「它們」在各自所屬的部分中，其重要性也應該是一樣的。「貨力為己」既然是指不論貨物或力氣「都要為自己服務」，而「大同」章的「不必為己」，則是強調「不要只為自己才去作」，兩者的意思正好相反，而卻都是各章的最後結語，所以兩者的重心便在「為」字上。換言之，不論其意思是「為己」或「不為己」，它們的聲音都應該讀作「ㄨㄟ丶」，意思是「為……服務」的意思。據此，「天下為家」裡的「為」，其聲音也應該可以由此推論出讀作「ㄨㄟ丶」，而「天下為家」的意思，也就可以解

釋為：「普天之下的人，包括天子、諸侯、貴族與人民，都是在替
自己（及家族）設想」了。

(二)第二部分，筆者的讀法為下列十句：

> 大人世及以為禮，城郭溝池以為固，禮義以為紀，以正君
> 臣，以篤父子，以睦兄弟，以和夫婦，以設制度，以立田
> 里，以賢勇知。

從這段文字中所表達的含意來看，這一部分實可再區分為兩小節。
前一小節是「大人世及以為禮，城郭溝池以為固」兩句，而兩句的
共同主詞為「大人」。雖然傳統解釋中頗多將這個「大人」解釋為
因實行「世襲」制度而使「天下為家」的人，然而，這樣的解釋卻
也含有不少問題。

首先是，這個「把天下視為自己一人一家的私產」的人——也
就是「天子」，會容許他所統轄之下的所有人「各親其親，各子其
子」，甚至於「貨力為己」嗎？若答案為是，那屬於他一人一家的
這個「家天下」，豈不將因其內的人們都以守護自己的家庭（族）
為主，而使他的「家天下」遭到分崩離析的下場？因此，將這個
「大人」解釋為那一位「家天下」的人，應該很難讓人同意。

其次是「城郭溝池以為固」一句，如果我們依照整段文字的語
意來理解，它與前一句「大人世及以為禮」應該是屬於同一個主
詞，也就是「大人」。從這樣的角度來理解，則「城郭溝池以為
固」應該是在說明，此位「大人」在執行了他的首要之事，也就是
採用了世襲的方式來處理他自己的家業——「世及」之後，他的下

一步做法就是不僅要建築又高又厚的城郭，更要在城郭外面挖一條既深且寬的城池，用這兩者來抵抗外人的侵略，以保護自己統治範圍內的人民。這樣的解釋，應該比前面所引的王夢鷗與孫希旦兩位前輩學者所提出的解釋更為合乎邏輯。

至於接著這兩句之後的八個句子，便是在描述這個「大人」的作法了：他都是以「禮」作為施政的依據；也就是說，這個「大人」在完成了以城郭及其外的城池為兩大保護自己轄地的屏障後，又採用「禮義」作為他統治自己國家的最重要綱紀，也就是用「禮義」來達成兩類非常重要的政事：一是在「人與人之間的關係」上，用「禮義」來確定君與臣的名分與關係，用「禮義」來強化父親的慈愛與兒子的孝順，用「禮義」來敦睦兄弟之間的手足之情，用「禮義」來充滿夫婦間和諧的恩情等等。另一則是在「處理公共事務」上，用「禮義」來規劃與設置制度，用「禮義」來區隔與訂定土地，以及用「禮義」來肯定知識與能力的重要。

根據前面這兩段文字的分析，這個「大人」既然不應該是「天子」，那最可能的就是也擁有自己的統轄土地和人民的「諸侯」或「貴族」了。如此，這一整段文字的主要用意便應該有二；一是說明了「禮」對「大人」（即「諸侯」或「貴族」）及其國家、人民的重要性；二是指出「禮（有時與「義」字合稱「禮義」）」是唯一可以使「大人」的國家和社會獲得穩定，也可使人民能夠安居樂業的最重要綱紀。

(三)第三部分，筆者的讀法為以下三句：

　　以功為己，故謀用是作，而兵由此起。

歷來的解釋者多將這三句中的第一句「以功為己」讀為前一小段的
最後一句。但筆者淺見以為，若依全文之意，這三句應該要連起來
讀成一小段。

學者們會將「以功為己」讀為前一小段的最後一句的原因，乃
是因為這一句的句法與前面的「以正君臣，以篤父子，以睦兄弟，
以和夫婦，以設制度，以立田里，以賢勇知。」等七句的句法相同
所致。然而，即使是採用了他們這一讀法，「以功為己」這一句的
內涵卻仍沒有改變，依然是「把功績當作屬於自己個人所有的東
西」的意思。因此，筆者認為若只因這一句的句法與其前面那七句
的句法都相同，便率爾地主張它的主詞（或動詞片語「以……為」的賓
語）也應與它們一樣，都是「禮」字，那我們將會清楚的發覺到，
在前面那七個句子的內涵都具有共同的傾向，也就是全部都屬於有
助於社會、國家與人民的「正面」意義的同時，「以功為己」這一
句的含意卻剛好相反，是屬於「負面」的，因其意思是：「把所有
的功績全都歸於自己個人所有」。

據此，我們必須在此提出這樣的問題：「禮」既然被〈禮運〉
篇視為治理一切的規範，那麼，身為運用「禮」來統治國家的人，
難道會把「人人都將所有的功績視為自己個人所有」也當作能夠引
導他的國家、社會與人民的一種「禮」嗎？因此，這樣的讀法豈不
很難說是合理的？

因此之故，筆者認為「以功為己」四字應該與其後的「故謀用
是作，而兵由此起」兩句合讀，而且它的意思正是這兩句的總原
因。也就是說，國家在這種時代裡（即使是「小康」之世），也會有陰
謀詭詐產生，甚至於有時還會發生戰爭；而這正是因為人民有「以

功為己」的心態與行為所致。

(四)第四部分，筆者的讀法為以下九句：

> 禹、湯、文、武、成王、周公，由此其選也。此六君子者，
> 未有不謹於禮者也。以著其義，以考其信，著有過，刑仁講
> 讓，示民有常。

筆者在析論「第二部分」時，把文中的「大人」解釋為緊接著它的
後面的以「世及以為禮，城郭溝池以為固，禮義以為紀，以正君
臣，以篤父子，以睦兄弟，以和夫婦，以設制度，以立田里，以賢
勇知。」等作為的主角。在分析「第三部分」時，筆者則強調了在
人民心中都存有「以功為己」的觀念與行為的時代裡，雖然執政者
會以「禮」來治理國家，但整個社會與國家之內卻仍然會發生不合
於「禮」的許多情況。

　　筆者因此認為，就是在這樣的背景之下，〈禮運〉篇的作者才
會在這「第四部分」裡指出，歷史上也只有：禹、湯、文、武、成
王、周公等六位「君子」可以算是完全成功的以「禮」來治國而獲
得成功的執政者，因為他們在治理國家上，能夠謹守住「禮」，做
到：發揚「禮」的深刻意義，考驗「禮」的真實功能，正確的指出
什麼是錯誤，以仁愛為典範而推崇謙讓的行為，以及將何謂永恆的
常道也明白地昭示給人民等各種政務。

(五)第五部分，筆者的讀法為以下四句：

> 如有不由此者，在勢者去，眾以為殃，是謂小康。

這四句是本段文字的最後一部分。從整體來看,它們實具有兩項功能:其一是擔任「小康」章所有文字的結論,也就是清楚的指出:凡是未能遵循「禮」的執政者既無法像「六君子」一般,以「禮」為最高的綱紀來推動國政,那麼即使他擁有再高的權勢與地位,也要設法迫使他下台,甚至將他驅逐,而且也要讓人民明白他乃是罪魁禍首。其二,這四句也點明了:只有完全以「禮」為綱紀的國家,才能夠稱為「小康」。換言之,所謂「小康」,就是以「禮」為一切規範的世界。

因此,若以人民生活的境界為基來論的話,「小康」境界的最重要支柱顯然有二:一是「天下為家」,也就是所有的人民都必須愛自己的家,包括君王、諸侯和人民都一樣。二是以「禮」來作為維持國家平和有序的綱紀,這是為了避免因人人只愛自己的家而侵犯、傷害他人,甚至使國家陷入混亂之中,所以必須遵循「禮」,才能使君臣、父子、兄弟、夫婦,以及人與人之間等有清楚的分際,也才能使是非、善惡的觀念普及化,以及有效的運用獎賞、懲罰來導正國家、社會的風氣。

五、「大同」時代的境界

如上所論,是因為「大同」世界遺失了「大道」,才會出現其後以「禮」來作為最一切事務的規範與標準的「小康」世界。不過,細讀〈禮運〉篇全文,其內並沒有直接且明白地說出「大道」的具體內容,而是以間接的方式來點出:所謂「大道」,就是形成「大同」世界的主要因素。至於「大道」運行的結果,〈禮運〉篇裡倒是使用了下一段文字來描述:

> 大道之行也，天下為公，選賢與能，講信修睦。故人不獨親
> 其親，不獨子其子，使老有所終，壯有所用，幼有所長，矜
> 寡孤獨廢疾者，皆有所養；男有分，女有歸；貨惡其棄於地
> 也，不必藏於己；力惡其不出於身也，不必為己。是故謀閉
> 而不興，盜竊亂賊而不作，故外戶而不閉，是謂大同。

如果將這一章文字拿來與前述有關「小康」之世的描述文字相對
照，則此章中從第一句「大道之行也」到「不必為己」等十七句中
所勾勒出來的內涵，幾乎就是「小康」章中的前五句「今大道既
隱，天下為家，各親其親，各子其子，貨力為己。」的更高境界，
因此，兩種境界之間的關係實明顯可見。底下，筆者仍將採取與前
面討論「小康」章相同的方式，根據此篇文字在描述重點上的不
同，依序區分為以下三部分來討論：

(一)第一部分，筆者的讀法為下列四句：

> 大道之行也，天下為公，選賢與能，講信修睦。

有關「大同」章的第一部分，最普遍的讀法為只包括前面兩句，就
是「大道之行也，天下為公」，並且大都將它們解釋為：「在大道
運行的時代，天下乃是天底下所有的人所共有的。」這種讀法，顯
然是認為這兩句乃是「大同」章的總綱領，也就是在明白指出：在
大同世界裡，人民乃是天下的主人。

然而，這樣的解釋顯然是從「政治」的角度出發的；而也正因
為是以政治角度來解釋，「選賢與能，講信修睦」兩句便也與其後

數句一樣,只是在勾勒人民的一種活動而已。

但筆者淺見卻認為,這樣的解釋實有值得再斟酌之處。因為若依照這樣的讀法,將會導致:因為做到了「選賢與能,講信修睦」,所以才會有「故人不獨親其親,不獨子其子,使老有所終,壯有所用,幼有所長,矜寡孤獨廢疾者,皆有所養;男有分,女有歸;貨惡其棄於地也,不必藏於己;力惡其不出於身也,不必為己。」等結果。這是因為在文言文的句法中,凡是以「故」字起頭的句子(及其之後相同句型的句子),必定含有為了承繼前面的「因」才出現的「果」的含意。而「故人不獨親其親,不獨子其子,……不必為己。」等十三句本來就是一個完整體,而在它們的最前面,正是以「故」字來起頭。可是,「選賢與能,講信修睦」這兩句真的有這麼重要嗎?就文字的內容來看,這十三句可說等於是「大同」世界的全部內涵,而這一內涵的實現,難道只要做到「選賢與能,講信修睦」即可?

據此,筆者才會認為「天下為公,選賢與能,講信修睦」等三句,乃是從三個面向去描述它們前面的第一句「大道之行」的時代特色:㈠「選賢與能」:國家、社會要由人民選舉出來的賢能者來引導,才會邁向進步;㈡「講信修睦」:人與人之間須彼此信任,和睦相處,國家與社會才會安定;㈢強調㈠與㈡兩者都必須以「天下為公」,也就是以「人人都能替別人設想」為根本觀念。

更具體地說,筆者認為「天下為公」中的「天下」一詞,其實是指「普天之下的所有人民」,也就是「人人」的意思。而這四字裡的「公」字,則是指「排除一己之私」的「公家事務」——而當「它」被用來指稱人民時,就是指「他人」。當然,在這四個字之

中，最關鍵的字應該就是「為」字；而正如筆者在前面討論「小康」章的第一部分時所指出的，應該把這個「為」字讀成「ㄨㄟˋ」，也就是「為了他人而做」的意思。如此，「天下為公」這四個字的最恰當解釋，便是「人人為他人設想，人人替別人服務」──而不是「天下為天下人所共有」了。

　　由於「天下為公」四字與「大同」世界消失之後才出現的「天下為家」四字，兩者不但句法相同，而且在意涵上也屬於因果關係，所以「天下為家」的意思，既然可以如筆者前面在討論「小康」中所指出的：「普天之下的人，包括自天子至百姓，都只替自己（及家族）設想」，那麼「天下為公」的意思，也就可以解釋為「人人為他人設想，人人替別人服務」了。

(二)第二部分，筆者的讀法為下列十三句：

> 故人不獨親其親，不獨子其子，使老有所終，壯有所用，幼有所長，矜寡孤獨廢疾者，皆有所養；男有分，女有歸。貨惡其棄於地也，不必藏於己；力惡其不出於身也，不必為己。

接著前面四句之後，本部分共有十三句。如果我們從論述的方式來區分，則這一部分應該可以從其文句的表達方式為正向或負向，再區分為兩小節。第一小節為採取正向方式來表述的前九句：「故人不獨親其親，不獨子其子，使老有所終，壯有所用，幼有所長，矜寡孤獨廢疾者，皆有所養；男有分，女有歸。」而它們最大的共同特色，則是以「有」字為它們的主要動詞。在內涵上，它們都是從

正面出發，將「大道」運行的時代描述為：每個人不但都以親愛的
心來對待家中的長者，都用呵護的心來對待家裡的晚輩，也要做到
讓老年人都「有」終老的歸宿，讓所有的壯年人都「有」發揮才幹
的工作，讓年紀小的人都「有」安全的成長環境，以及使喪失配
偶、孤獨無依等失去家庭的人，和身體殘廢與患有疾病的人都
「有」可以讓他們贍養的地方。此外，也要使男的都「有」自己的
職務，女的都「有」自己的家庭。換言之，這九句的主要內容是以
「人」為描述中心，指出在「大道」運行的時代裡，「人」在安頓
自己和與他人相處上，到底是怎麼樣的一種情況。

　　至於緊接這九句之後的「貨惡其棄於地也，不必藏於己；力惡
其不出於身也，不必為己」等四句，則是屬於這部分的第二小節。
由於這一節包含了兩組各含有一個「不」字的兩句式複句，所以它
們所採用的表述方式與前九句相反，乃是負向的。也就是說，這兩
組複句是從負向的角度來描述出：在「大道」運行的時代，如果將
大好的貨物與資源捨棄於地上而不用，將被視為一件讓人嫌惡的行
為，因為凡是對人有用的物資，都「不」應只藏於自己家裡。同
時，如果有人懷有足以為他人服務的能力，但卻不願意奉獻出來，
那也是令一件令人嫌惡的事，因為凡是對人有用的能力，也都
「不」應該只有當自己需要時，才拿出來為自己所用。
(三)第三部分，筆者的讀法為以下四句：

　　　　是故謀閉而不興，盜竊亂賊而不作，故外戶而不閉，是謂大
　　　　同。

這四句是本章文字的最後一部分。從它以「是故」兩字起頭,我們可以明白這兩字之後所描述的,就是前面各種現象的「結果」。也就是說,因為有了前面那些原因,才會出現如後的結果。仔細來分析,這四句的前三句似乎在隱約間把這一「結果」大致分為三個步驟:首先是「人的內心」:在人民的內心之中,陰謀與詭詐等這些不好的心理已都被封閉而不會出現。其次是「人民的行為」:人民不會出現強盜、偷竊、作亂與害人等行為。其三是「人民的生活」:人民所居住的房子,連門戶都不必為了防範別人而關閉。至於最後一句,當然就是「大道」普遍運行之時的結果:以上的情況,就叫做「大同」世界。

因此,若我們也以人民生活的境界為基來析論的話,「大同」境界的最普遍特色應該是「天下為公」,也就是「人人都為他人設想,人人都替別人服務」的意思;而人人都如此的結果,當然也會造成人人都擁有幸福快樂的生活,而社會不但安定、富足,人間更是充滿了愛。

六、結語

根據以上所論,《禮記·禮運》篇裡的「大同」與「小康」兩章所勾勒出的,其實包含了三個境界。在時代先後上,首先出現的為夏朝以前的「大同」境界。由於在這個境界裡,到處都充滿了「大道」,所以在政治上,是由人民所選舉出來的賢能者來服務人民,而沒有世襲的帝王出來統治人民,也因此,當然不會有所謂的「皇位只屬於帝王一個人或其家(族)所有」,也不會有「天下是只屬於帝王一個人或其一家(族)所有」的事情。在這個境界裡,

最大特色是「天下為公」，也就是「天底下所有的人都為他人（或
『公家』）設想，天底下所有的人也都替別人（或『公家』）服務。」

接著其後出現的是夏、商、周等三個朝代的初期統治者，尤其
是在禹、湯、文、武、成王、周公等六位「君子」治理其國政的時
代，它們被稱為「小康」。這些時代的出現，是因為在它們之前的
「大同」境界因失去了「大道」，而使天下的人民也都失去了愛護
他人的心和幫助他人的行為。幸運的是，在這三個朝代的初期都出
現了賢明的統治者；他們成功的運用了「禮」，來作為處理一切事
務的綱紀，因而使他們的國家能夠達到「天下為家」的境界，也就
是使「他們治理之下的所有人民能與他們一樣，都能做到親愛自己
的親人，愛護自己的子女，而且不浪費資源與人力——雖然只將這
些用在自己的家（族）上」的意思。不過，在這些時期中，統治天
下的「天子」卻把他的「皇位」或他所統轄的「天下」變成了他一
個人（或是他的「家族」）的私產，而且是世襲的；它們可被稱為
「小康」之世。

最後的境界則是指沒有「六君子」之類的聖賢所統治的夏、
商、週三個朝代。由於在這些時期中，不但「大道」早就遺失了，
而且也沒有「禮」來維持國家秩序，因此，國家的狀況乃是紛亂
的，尤其是人與人之間不但沒有了愛，也失去了禮。這類情況紛亂
的時期，可以從各種不同的角度來指稱它們，例如稱它們為「幽
國」，或者稱它們為「亂國」等。

當然，本文的真正目的是想指出，若我們把《禮記·禮運》篇
裡的「天下為公」與「天下為家」都看做一種「對人民生活的境界
之描述」，則如下的解釋應該是比較合理的：

這兩個句子中的「天下」一詞，應該解釋為「人人」，也就是指「普天之下所有的人」。而其中的「為」字，聲音應該讀作「ㄨㄟˋ」，其意思是「為……設想，替……服務」。至於兩句中的「公」與「家」兩字，則分別是「自己之外的人或公家的事務」與「自己的家人或自己的家族」的意思。因此，「天下為公」的正確意涵，應該是指「人人都為他人設想，人人都替別人服務」；同時，「天下為家」的正確意涵，也應該是指「人人都為自己的家（族）設想，人人都替自己的家族效力」。

發表於「從孔夫子到孫中山──中華文化的傳承與弘揚兩岸學術研討會」，廣東，珠江，2010 年 6 月。後刊載於《從孔夫子到孫中山：中華文化的傳承與弘揚》，2011 年 6 月，孫中山基金會、中國孔子基金會編

西方人看中國——李約瑟與古拉翰 探求中國科學落後之因

　　我國人自滿清末葉被西洋各國以其堅船利礮徹底摧毀民族自信心以來，迄今近百年間，凡是關心我國前途及對此種情形有興趣者，莫不懷有「為何中國文明比西方落後？」或者「何以現代科學不能產生於中國？」等疑問。歷年來，中外學者對此類問題也曾嘗試以各種不同之角度提出解答，其中成就最大，所作研究最有系統者為英國之李約瑟（Joseph Needham）。

　　李約瑟傾其一生之力研究世界各國文化，而以科技思想為其重心。其對中國科學思想研究之成果，有自一九四四年至一九六四年間八篇論文合輯而成的《豐碩之論文集》（*Grand Titration*），以及一九五四年所完成的巨著《中國之科學與文明》（*Science and Civilization in China*）七大冊。後者乃李約瑟對中國科學思想研究較為成熟之結論，在國內已由陳立夫先生領導之翻譯組譯成中文，國人可不再囿於語文之隔閡而無法瞭解外國漢學家對中國文明之看法。前者則不僅代表李約瑟個人於二十多年間對中國科學思想的發生，演變及結果所作研究的心路歷程，依筆者看來，更可視為一般中外人士對中國文明的普遍認識。

　　古拉翰（A. C. Graham）氏不僅為今日外國漢學家中對我國語文卓有研究之學者，且對我國學術思想亦有高深之素養。其〈中國，

歐洲及現代科學之產生：李約瑟所著豐碩之論文集〉（China, Europe
and the Origins of Modern Science: Needham's Grand Titration）一文，不僅見解
深邃，觀察細密，且立場超然，持論正大，對李約瑟之「論文集」
亦每有切中肯綮之精彩評論。以下筆者約略摘出其中數點，使大家
一睹古氏對李約瑟研究中國科學思想及文明之結論所下的批評：

　　首先，李約瑟在其「科學與社會之變遷」（On Science and Social
Change）中，認為中國之所以沒有產生科學，乃是因為中國沒有中
產階級的出現；而歐洲中產階級的興起，不僅促使歐洲封建制度解
體，更提供了使科學順利發生、進展的極佳環境──自由、民主與
平等的競爭機會。中產階級之無法在中國產生乃是由於中國之知識
分子與官僚政治相混合，形成了壓過中產階級興起的力量。但古拉
翰以為，此種理論乃馬克斯主義之餘波。他同意歐洲中產階級之興
起為促使現代科學進步之原因，但也提出二個問題：㈠中產階級之
興起是否即可單獨促成現代科學之產生及發展？㈡基於民主、自由
與平等之競爭機會的資本主義是否和現代科學的產生兩者間有必然
的關係？而後，他更舉出歐洲中世紀時，對現代科學之產生影響最
大和最早之伽理略（Galileo）為例。伽氏在義大利一生中，並未逢
到自由、民主與平等之機會，然他仍提出了在科學史上最偉大之發
現與理論；同時，歐洲之科學革命，亦非等到十七世紀時，英國中
產階級取得政治權力之後才發生。最後，他又追問：有何事實證明
中國之封建體制為阻礙現代科學發生之唯一原因？

　　其次，李約瑟於「人為之法則與自然律」（Human Law and the
Laws of Nature）一文中，將現代科學無法產生於中國之故，歸於中國
人缺少「上帝」觀念。因西方人認為上帝富於理性，祂賜予人類理

性之天賦，並促使人類發揮此種天賦，以探求宇宙之奧密──自然律。但古拉翰不同意此種說法。他藉中國語文之創作及運用理論來證明中國人與西方人皆合乎理性，如：中國雖無「上帝」之名，然而卻有「造化」及「造物者」兩名詞。「造化」之義為「產生之過程」，而「造物者」乃「創造一切之主宰」。依語文之創作觀念而言，中國此兩者比西洋之「上帝」於理性程度上並未稍見遜色。同時，他又引列子：「人之巧可與造物者同工乎？」及晉書：「數術窮天地，制作體造化，高才偉藝與神合契。」兩句，以證明中國人亦合乎理性。最後，他更引張湛之言：「直謂物者無神主邪？」說明中國人具有「神」的觀念，而這種神的觀念，與西方之「上帝」希望人類能理性地探求宇宙之奧密，皆合乎科學之產生與發展。

至於科學發展的內在因素方面，李約瑟以為古代之中國與歐洲皆盛行實驗，雖然實驗方法並不精密，當時中國之代數更是世界最強者。然而現代科學除代數外，更需以幾何學為基礎，因由幾何學進入天文學，乃現代科學必經之路，而中國便缺少如西方一般自古希臘以來即非常發達之幾何理論。中國自漢代以後，天文學也一直停在「循環」之觀念上，使天文學不能以幾何學為基礎而作有系統的發展，始終停滯於代數之累積上。但古拉翰對這種解釋提出質詢：除非可證明現代科學僅可自天文學起步，否則不能遽下「因中國之天文學無幾何學為基礎，科學即無法產生於中國」之結論。

在中、西思想之比較上，李約翰引史全奇（H. O. H. Strange）之說法，認為希臘哲學家們每每於公平情況下，以合乎邏輯之辯論說服對方；中國古代之思想家，則往往於辯論結束前，引歷史上祖先之格言使對方信服。但古拉翰先將李約瑟之觀點澄清為：西洋之邏

輯辯論乃科學革命之先決條件，中國即缺少這種條件。而後他引用
中國古代思想家墨子於辯論人是否能兼愛天下時之語，以證明中國
古代之辯論，也有合乎邏輯的：「無窮不害兼，說在盈否。南者有
窮則可盡，無窮則不可盡；有窮無窮未可知，則可盡不可盡未可
知。人之盈否未可知，而人之不盡不可盡未可知。而必人之可盡愛
也誖。」此段文字之層層推論，即是邏輯辯論之典型標準。最後，
他提出自己之觀點：並非中國古代思想家缺乏邏輯觀念，而是他們
於辯論過程中，因忽略前提與結論之對稱，而改變了辯論之重心。

　　關於中國語文方面，李約瑟以為中國語言並不適宜抽象觀念之
表達，尤其於現代科學術語之進展上為甚。但古拉翰則為中國人思
想之精密與否，與中國語言之合不合於表達抽象觀念無關，因中國
語文中常含有特別之「同義詞」，其在句中位置之轉移，可使整句
之含義清楚地顯現出。如：墨子中之「盡，莫不然也」與「或，不
盡也」兩句，「盡」與「莫不」之意義相同；「或」與「不盡」之
含義亦無差異。另有一些虛字之使用，可避免句子之含義模糊不
清。如：「或者，遺乎其問也。」「心毋空乎內。」兩句，皆因
「乎」字之使用，而點明全句之重心所在乃句末之名詞，一點也不
覺其意義含混。因此，對一位善於運用中國語文的學者而言，中國
語文於表達抽象觀念上，並無困難。

　　李約瑟至其完成《中國之科學與文明》時，提出了一項嶄新的
見解，謂無論中國抑或歐洲，其中古時期之科學皆有文化地域之限
制，然而自以數學及實驗為基礎的現代科學發展之後，現代科學已
不僅是「西方文明」，而是「世界文明」了。古拉翰同意這種看法，
因促使現代科學產生與飛躍進步之基本知識，實包括了世界各地科

學之精華，如：希臘之哲學，邏輯觀念與幾何學等等。因此，若有人仍提出「為何中國科學比西方落後？」或者「何以現代科學無法產生於中國？」等問題時，我們應將此類問題轉成「為何現代科學產生於歐洲？」然後追溯其原因至：是因為歐洲有幸，薈萃了世界各地歷來的基本精華，進而融合，凝鍊，才產生出這麼輝煌燦爛的成果。這些促使現代科學產生及發展的基本因素，中國或者擁有其中之一、二項，然而想藉此即要求中國能產生現代科學，豈非是過分的苛求？

愛因斯坦於寫給史威責（J. E. Switzer）信上說：「西方科學之發展乃基於兩種重要之成就：㈠古代希臘哲學家所發明之邏輯系統㈡歐洲文藝復興時所發現之以系統實驗來求得引發事件間相互間係之可能性。依我之見，中國聖人之無能促使中國進展成現代科學之境界，並不足以令人詫異；令人驚訝者，乃所有促使現代科學進步之因素，竟能於同時合於一處──歐洲。」

由於我國科學的落後，五四運動前後曾有國人將一切舊有傳統視為累贅與包袱，甚而對自己的祖先極盡詆譭、諷刺之能事。今日，於瞭解這個由西方人以客觀立場所分析的結果後，希望國人不致再有這種苛求自己祖先及傳統之心態。近世祖先無能，造成我國科學落後之慘境，然而遠世祖先亦曾為他們自己創造出輝煌之歷史。我們現在所該迫切從事者，首要袪除委過於祖先之心理，憑藉自己這一代之努力，迎頭趕上西方之科學成就，恢復我國民族自信心，傾全力促使國家之再度強盛與壯大。

刊載於《文鋒》（美國威斯康辛大學麥迪遜校區中華民國留學生刊物），1979 年

從「意識」到「創造」
——談「人」的「創意」

　　「每個人都可以成為作家嗎？」或「文學創作只屬於天生便具有創意者的專利嗎？」這是兩個文學界的大問題，而思考點卻完全相反。問題是，如果擁有肯定答案的是後者，那麼，問題中所說的「創意」又是什麼呢？

　　當然，我們不必把這種問題硬扯到近年來正夯、而且已成為政府編列巨額預算來推動的「文化創意產業」上。但是，因西方這一百多年來有關「人文學」研究的主要結論之一，正是前述第一個問題的肯定答案，即：「創造能力是人類的一種天賦」，所以筆者乃希望將西方會得出這種答案的論述情形梳理出來，以與愛好文學的朋友們共享。

　　從宏觀的角度來看，西方這一百多年來的「文學理論」界所呈現的，可說如同百花齊放般多彩繽紛，燦爛奪目。而在諸多理論中，與前述問題關係最密的應該是如後的三種。茲將它們的論述中與此問題有關的部分勾勒如下：

一、心理分析文學理論
（psychoanalysis literary theory）

奧地利心理學家，也是精神科醫生的弗洛依德（Sigmund Freud,

1856-1939）是這一學說的創始人。他認為，人類在「了解」現實世界、表達自我，以及與他人互動上，主要是因為人的「內心」（即「運作思維的頭腦」）之中擁有心理學上稱為「意識」的「感知能力」；而這種「意識」則是由「從裡到外」的「潛意識」、「前意識」與「意識」等三個層次所組成。它們的特色大致如下：

㈠「意識」（conscious）

「意識」位於三層次的「最外層」，也是「人」對外在世界的實際感知。當「人」的心理由「意識」來管轄和指揮時，「人」的精神生活便可以正常進行；而當它表現到外在時，就是「人」的說話和行為都合乎正常的情況。此時，「人」不但能被他人所理解，也因他的表現符合時代與環境的道德和法律上的規範，所以既不會與他人衝突，也可以被他人所接受。換言之，「意識」是「人」在現實世界影響下所形成的知覺系統，一般稱之為「理智」與「常識」。

㈡「潛意識」（unconcious，又稱「下意識」或「無意識」）

「潛意識」位於三層次的「最裡層」，是人類的心理與精神中最原始、且不受控制的因素。由於不受控制，所以它經常企圖闖入「意識」領域中；幸好，它被外面的「前意識」層壓制著，所以並無法如願。不過，由於「潛意識」不僅容量龐大，能量也非常可觀，所以仍然常常藉著各種方法，企圖越過「前意識」的攔阻而進入「意識」層裡。

在內涵上，「潛意識」是由本能、慾望、衝動等心理因素所組

成，並以不受拘束、不合理、甚至荒唐等為其特色。它們為了滿足「人」的原始慾望與衝動，在力量強勁的「本能」（instinct）驅使下，常造成「人」出現「異常」的言語和行為，並因而使「人」遭到不良的後果。因此，「潛意識」一直被「人」的理性「意識」所壓抑著。

㈢「前意識」（preconcious）

「前意識」層位於「意識」層與「潛意識」層的中間。一方面，由於它屬於「意識」附近的觀念和想法，所以能輕易而快速地闖入「意識」中；但因與當時的生活沒有太大的關係，所以在完成一定的使命後，就會快速地退回自己的「前意識」領域裡。另一方面，它能將「潛意識」的衝動壓制在原地，使「意識」不受「潛意識」的干擾，讓「人」能夠保持正常的心理狀態而過著正常的生活。因此，它也被稱為「潛意識」要闖入「意識」的「過濾器」。[1]

由以上的描述可知，一個人只有在這「三層心理意識」維持平衡的關係時，才會有正常的心理，並表現出正常的言語和行為，否則，將會產生精神與言行上的異常情況。不過，這三層「意識」在「人」的生活中其實並非處於界線分明的關係，而是經常在互相重疊、跨越，甚至互相轉化中的。

---

[1] 弗洛依德這三種心理層次之說，首見於他和布洛伊爾（Josef Breuer, 1842-1925）合著，1895 年出版的《歇斯底里研究》。到了他在 1900 年出版的《夢的解析》中，更將這三層心理因素的實用功能發揮出來。請參高宣揚《弗洛依德傳》（台北：萬象圖書公司，1997 年），頁 121。

　　弗洛依德提出前述這一理論的主要目的，原是希望能用「潛意識」中的「本能」與「慾望」等來解釋「人」何以在語言和行為上會出現「異常」的現象。但最有意思的是，他正是利用這一理論來說明「人會創作文學作品」的原因。他認為，人的「潛意識」中累積了許多過去的經驗，其中，孩童時期心中對母親的愛的慾望因曾被「意識」強壓下來，以至於形成了「伊底帕斯情節」（Oedipus Complex），也就是「弒父戀母情結」的影響。因此，他在《夢的解析》一書中乃舉莎士比亞的悲劇《哈姆雷特》（Hamlet）為例，指出推動該劇情節的主要力量，就是潛藏於主角哈姆雷特王子心中的「弒父戀母情結」。而在另一本書《創造性作家與白日夢》中，他更主張「成人的藝術創作」與「孩童的玩耍」其實都倚賴著人的「想像」，只不過前者的方式公開而後者的方式隱微而已。換言之，「藝術創作」和「幻想」（fantasy）、「白日夢」（day-dreaming）等實具有非常密切的關係，因為「作品」乃是「作家」在孩童時期無法達成的性慾望，也是他長大之後的創作靈感，只不過是以「藝術」作為偽裝的方式，再次表達出這個慾望而已。

　　這一理論雖然肯定了「人人」都具有成為「作家」的條件，但它太過偏重「人的內心」，以至於忽略了「人」與「現實世界」的關係在創作上的重要性也是顯而易見的。一個想要「創作」的「作家」，若不接觸、了解現實世界裡的人、事、景、物等，又如何能夠完成這樣的事情呢？而這一點，奧地利的現象學者胡塞爾正好說得比較清楚。

二、現象學文學理論
（phenomenological literary theory）

胡塞爾（Edmund G. A. Husserl, 1895-1938）所提出的「現象學」主張，「意識」不但是促使「人」感知和思考外在世界的驅動力，而且「意識」本身也是可以被「人」感知和思考的對象，因為「它」並不是一種不存在的「假設」，而是人們的具體「經驗」。胡塞爾認為，「人」的「意識」之所以會發生活動，乃是由於「人」藉著不同的感官（如：眼、耳、口、鼻）與外在的「客體」（如：人、事、景、物）有了直接或間接的接觸後，「他」的內心因而產生了回應所致。因此，「人的意識」與它所接觸的「客體」乃是無法分開的共同體。

以這樣的觀點為基，胡塞爾進而指出，人的「意識」活動具有兩大特色，其一是含有「向對象投射」（object-oriented）的趨向性，其二是這種「意識」與「對象」的「對應關係」（corelation）不但是「一對一」的，而且每一次的投射必都含有特定的目的之「意向性」（intential）。換言之，人對外在世界的感知過程和結果，就是一種「意識的意向性活動」。

不過，對胡塞爾而言，人所感知的「現象」（即包含了許多「客體」的現實世界）既非單一的，更非靜止的狀態；因為當人在認識某「對象」時，該「對象」不僅不是孤立的，而且更是處於動態狀況。換言之，這一個接受「意識」投射的「對象」並不像「它」的表象那麼單純，而是頗為複雜的，因為它其實是一個「範圍」，或者可稱為一個「界域」（horizon）；這個「界域」從內到外則包括

了三部分：

㈠「核心對象」（object of conscious，或稱為「焦點」、「主軸」）

胡塞爾將「人」的「意識」所投射的「對象」稱為「意識對象」（noeme／noema，又譯為「意所」、「意識之對立者」等）。這個「意識對象」的內涵其實是一個「界域」，而位居這個「界域」的最裡面部分，就是「意識」所投射的「核心對象」（object of conscious，或稱為「焦點」、「主軸」）。

㈡「意識的對象群」（noemata）

不過，這一個「核心對象」其實是被一系列不停變動的「意識的對象群」所環繞著。而由於這個「意識的對象群」乃是變動不拘的，所以使得被它們圍繞的「核心對象」並不容易被人了解清楚。幸好，這個「核心對象」本身擁有一種不會改變的「自我認同」（self-identical）特質，因而也使得「核心對象」能夠穩定地保有原來的意涵；而「核心對象」也因而可被稱為「意識的意向性對象」（the intentional object of conscious）了。

㈢「界域」

在這一個「意識的對象群」外面，同樣也有一個更大的「界域」包圍著它。胡塞爾認為，這個「界域」的意涵至少可從「時間界域」、「空間界域」與「意義界域」等三個層面來了解：

1.「時間界域」（temporal horizon）

人們內心的「意識」在接觸到「對象」時,若以「時間」一直在流走的現實為據,則這個被接觸到的「對象」顯然並非處於完全靜止的狀態,而是在時間之流裡不停地變動著。因此,人們的內心在「意識」(即「感知」、「認識」、「了解」)這個「對象」的當下,不但仍然會感覺得到此一「對象」在稍前一刻所留下來的「殘影」,而且對「它」在下一刻可能會出現何種影像也會產生「預期」的心理。這兩者合起來看,就是「意識對象」的「時間界域」。

2.「空間界域」(spatial horizon)

從「空間」的角度來看,人們的內心所「意識的對象」其實只是所「意識範圍」的中心部分而已,因為在此「對象」的四周,仍有許多「事物」同時存在著。同樣的,在這些「許多事物」的外圍,隨時也都有許多「其他事物」圍繞著「它們」;而這情形乃是可以一直延伸到無窮盡的範圍的。這個以「核心對象」為焦點,而一直向外伸展的「範圍」,就是意識對象的「空間界域」。

3.「意義界域」(context of meaning)

人們想要對「核心對象」進行了解時,必然的方式就是將「它」放到某個意識的網羅──尤其是自己所熟悉的「意義系統」,或是自己用來判斷「它」的「意義系統」──之中,去進行理解的。這個「意義系統」,就是意識對象的「意義界域」。

胡塞爾的理論清楚地說明了:「人」的內心會有「感知」,絕非他內心之中的「意識」所能單獨決定,而是他的「意識」與「外在世界」兩者在特定的互動方式下所產生的結果。此外,不只因為這個「外在世界」的內涵非常複雜,而且還因為每個人的「意識」

內涵與他人有別,以及他每次對「外在世界」的「感知」也有不同的「意向」(即「目的」),所以他每一次的感知結果不只都不相同,也與別人的感知結果必有差別。[2]

三、「神話思維」:人是符號的動物

德國學者卡希爾(Ernst Cassier,或譯為卡西勒,1874-1945)是「文化哲學主義」的創始人。他的著作《人論》,就是以「人是什麼?」為論述的主要課題。他認為,「人類」與「動物」的根本差異,在於「動物」只能對「信號」(signs)做出直覺的反射動作,而「人類」卻能將「信號」改造成有意義的「象徵符號」(symbols)。而正因為「人類」能夠發明與運用各種「象徵符號」,所以才能夠創造出「人類」自己所需要的「理想世界」。這一「理想世界」的最大特色,就是使人類的「文化」(以「生活型式」為主)呈現出多樣性與豐富性。卡希爾因此宣稱,「理性」(reason)兩字並不足以用來充分描述「人類」的特色;相反的,既然所有的文化形式都是「符號形式」,所以把「人類」定義為「符號的動物」(animal symbolism)應該是比較適合的說法。

換言之,人類所有的「文化形式」都是以象徵意涵為基礎的「符號形式」。因它是人類所「創造」出來的,所以當然具有「創意」。卡希爾特別強調,上古時代的「神話」(myth)不但是一種「符號形式」,而且更是人類思維的起點;因此,若想了解「哲

2　本文所述的現象學理論,大抵參酌蔡美麗著《胡賽爾》一書(台北:東大圖書公司,1990 年),頁 63-77。

學」的最初概念和使命，便只有透過了解「神話思維」（mythical thought）的內涵才能達成。他在指出「神話」→「語言」→「科學」為從古代逐步向現代的三項進階性符號形式系統後，將「神話思維」的主要特點歸納為三點：

(一)「神話思維」是一種具有隱喻內涵的象徵性思維

人類世界除了有一種用來表達「概念」的語言符號系統之外，還有另外一種「直觀」、充滿「想像」和「情感」的語言符號系統；前者是屬於「邏輯性的推理語言」，而後者則屬於「抒情」、「隱喻」的「象徵語言」。這兩者是並存於人類世界中的；而「隱喻式語言」的最佳典範，就是「神話」與「詩歌」。

(二)「神話思維」是一種情感性的思維

不同於概念式的「理性」，「神話思維」的根基在「人的情感」上。在表達時，這種「感性思維」雖然不具備概念式的「邏輯性統一」，卻具有另外一種「情感性的統一」。換言之，「神話」裡的空間和時間都不是建立在邏輯思維和理性分析上，而是以「情感」的匯聚為依歸來進行與推展的。

(三)「神話思維」是一種將生命視為整體的「交感」性思維

上古時期，人類的心靈雖然處於渾沌不明的狀態，但人類為了理解和解決自己與現實世界的各種關係，也會依靠「想像」，將不同事物的共存關係（空間上）和它們在時間上的延續關係等，都解釋為某種「因果關係」，於是乃創造出與「科學的必然關係」截然

不同的「神話式因果關係」，例如：將「每個夏季」都會出現的
「燕子」解釋為「燕子創造了夏季」的神話等。

　　卡希爾這一理論說明了「人」對「外在世界」的理解與感受其
實含有兩大步驟。首先，就是將觀察的「事物」賦予「象徵」的含
意，使它們擁有超越自身的豐富「隱喻」。其次，就是運用自己的
「感性思維」將這些已含有「隱喻」的「事物」「連結」起來，
「創造」出一個自己所理解與感受的「象徵性世界」。因此，這個
「世界」雖以現實世界為基礎，它的內涵卻是「人」所創造出來
的。[3]

　　以上三種理論雖屬於不同的學術領域，但它們卻擁有一個共同
點，就是以「人的感知」為探討課題。如果我們以「人是如何感知
世界的？」為立足點來觀察，則這三種理論實可歸納出這三個步
驟：

　　第一，釐清「人的內心世界」之性質、內涵與特色。根據「心
理分析學說」的分析，「人」的「內心世界」不僅性質複雜，而且
內涵豐富；因「它」既包含「人」的先天「稟賦」，而且隨時在累
積後來的各種「經驗」。由於每個人的稟賦與經驗與他人不可能相
同，所以每個人的內心世界當然與他人有別。因此，「人的內心」
最大的特色，就是所謂的「主觀」性。

　　第二，分析「人的內心」所要感知的「外在世界」。人的日常
生活本來就與周遭的各種人、事、景、物等息息相關，也隨時以自
己的「主觀心理」去接觸它們，進而對它們產生「各種不同」的理

3　請參考卡希爾《人論》（上海：上海譯文出版社，1985 年），頁 34。

解與感受。在此,「現象學」提醒我們兩件事:其一,這些個別的「人、事、景、物」或是由它們所組成的「世界」,在接受了「人」的「意識」投射之後,已經成為「意識對象」。這時的它(們)因已被敷染上「人」的「主觀」色彩,所以已經不再是原來的面貌與內涵了。其二,這個「意識對象」其實包括了「核心意識對象」、「意識對象群」以及可從「時間」、「空間」與「文化」等不同面向去分析的「界域」等由內到外的三個層次,所以它的內涵並不容易完全掌握住。也因此,每個人每一次所感知的事物或世界,必然都是獨一無二的。只是,若從整體性的角度來看,「人所感知的事物或世界」當然以具有多種意涵為其特色。

第三,說明「人」如何「創造」出富有「象徵意涵的新世界」。「神話思維」告訴我們,「人」不但具有將觀察的對象符號化,賦予它們豐富的象徵性隱喻的能力,而且,還能以「滿足感情與想像的方式」將這些符號進行各種方式的組合,而「創造」出一個符合內心要求的「嶄新世界」。

事實上,我們在日常生活中確實常會因內心出現某種情緒或想像,而對面前的事物或環境產生與別人不同的了解、感覺與領悟。據此,我們當然無法否認「人是主觀的」這一顯得消極的說法。但如果我們能夠改採積極的態度,則「人的主觀」這一描述語,豈不正是使「每個人隨時都在運用自己的特性,創造出與眾不同的新世界」的基礎?而我們若同意這一說法,則「每個人都可以成為作家。」當然是一個肯定句,而不是疑問句了。

刊載於《國文天地》327 期,2012 年 6 月

談「論儒」者應有的嚴肅性
——由張系國的「論儒」說起

　　小說，承襲了戲劇嚴謹架構的優點，無疑的是今日文壇的寵兒。小說作家憑藉著豐富的想像力先擬好一個虛構的故事，而後仔細地經營故事的佈局，費心地安排故事的情節，再以其動人的文筆寫出好的小說作品。小說的題材是無所限制的，上窮碧落下黃泉，無所不包，任作者隨意挑選。一般而言，一個成功的小說作者除了具有豐富的想像力和精練的寫作技巧外，更要有一付悲天憫人的心腸，如此寫出來，作品才會動人。不過，筆者覺得作者的悲天憫人心腸若不再加上紮實的有關人文的學識以作為基礎的話，則其作品除了能動人、流行、有影響力外，常會因作者主觀的成見、認識的不夠深入而誤己誤人，這情形在我國近代最清楚、最血腥的例子，即為五·四時期的某些作家。他們具有精練的寫作技巧和悲天憫人、匡國救民的胸懷，然而其作品的影響力所造成的結果，卻是不折不扣的悲劇。如果我們冷靜地思索其原因，不難發現他們空具有一腔熱血，一顆愛心，可惜卻缺乏哲人的洞察力和學者豐富的學識。筆者這篇文章乃是在讀了張系國先生於「孔子之死」這本書——尤其是其中的「論儒」一文之後，所引發出來的感想。

　　張系國先生在國內小說界的知名度不低，他的作品在以技巧為主的新批評家眼中，評價也甚高。以一個有「一技之長」（套用張

系國自己的用語）的留美理工博士能在小說創作上有如此成就，實在
是令人讚賞的。可是當筆者讀到張系國先生以小說式想像力所寫的
「論儒」及短篇小說「孔子之死」後，不禁憂心忡忡。如果張系國
這些文章的觀點可代表我國現代知識界的話，則我國文化界的前途
實在令人擔心。張先生的看法，十足的是五·四時期那些狂熱知識
分子的迴光與反響。

　　五·四運動所涵蓋的範圍很廣，在我國近代文化史上也是一件
大事。在數十年後的今天，在我們能冷靜地、慎重地反省，在我們
有足夠的能力作詳密地、邏輯地考察其前因、內容及後果之後，我
們除了仍然感懷它所促成的白話文的運用——因它在許多方面的確
有功於我們及後代的炎黃子孫——之外，到目前為止，它所留給我
們的卻是「綿延不止地迷失中國人的自我」——即西洋「科技」的
代名詞。當時「打倒孔家店」、「丟掉舊包袱的傳統文化」喊得滿
天價響，以致形成了我國歷史上前所未有的思想真空，更使得變了
相的社會主義——共產主義趁虛而入。牟宗三先生對五·四的知識
分子批評說：「五·四的知識分子實在是落後的，他們（所要求的）
那樣的文明、進步（即西化），其實都是落後，這叫做趨時、紊
亂、淺薄。」[1]筆者深有同感。五·四運動的領導者們深深體會到
自己國家的不夠「現代化」，更接觸了與當時舊式中國文化迥然相
異的西洋科技，便以全中國百姓的代言人自居，將挽救中國的大使
命往自己肩上扛，要引導當時落後的、貧窮的、知識水準甚低的全

1　請參世界日報於民國六十八年七月十四及十五兩天所登牟宗三先生的〈三
　　十年來大陸上的知識分子在想什麼〉一文。

中國人民去尋求出路、走向光明。然而在六十年後的現代，我們看到的卻是他們所造成的「中國人的迷失自我，唯洋人馬首是瞻。」我們冷靜地分析造成這種結果的原因，發現他們的確具有救國救民悲天憫人心腸，可惜他們不知道自己的思想也早已因拋棄了傳統文化而成真空，對西洋文化的認識又不能覺察出其精華所在；嚴格地說，他們自己也迷失了方向，也和他們想領導的人民在思想上沒有不同。他們的缺點在於沒有貫通中西的學識，沒有沈穩的言行，更缺乏哲人的深邃智慧和洞察能力；以沒有根的思想、光憑著一腔熱血、一支禿筆去莽衝亂撞，到處破壞，終至造成了誤自己也誤人的結局。

在談到張系國先生的「論儒」之前，我們先來探討一下「儒」的內涵。

「儒」籠統一點地說，可代表我國兩千多年來傳統文化的主流。任何一種思想體系在經歷了數千年的時間而仍要保持絲毫沒有發生膨脹、收縮、歧出等情形是不可能的。「儒」被當作一種思想體系，它的內涵之變遷即是個例子。然而最值得注意的應不是那些隨時間流逝而同朽的部分，而該是那些歷久彌新的精華特質。有見於此，夏濟安在他的「舊文化與新小說」中仍不得不承認梁漱溟、錢賓四、唐君毅、徐復觀及牟宗三諸先生是「新儒家」。相反的，張系國則在其「論儒」一文中的註解十二上斷然的說：「入民國後，儒的階級消滅。」同樣是新文學的健將，兩人何以會有如此相異的看法呢？筆者認為夏先生的觀點是放在形而上的「精神特質」上面，而張系國先生則純粹以具體的「階級」為著眼點所致。然而具體的事物常是短暫的，隨時間而消失的；真正不朽的則在形而上

的精神特色方面。兩位先生相比，則夏先生顯然要高出一籌。

　　事實上，自五·四運動迄今，由胡適先生的「說儒」開始，據王爾敏先生所列，討論有關「儒」的起源問題的學者已非常多。[2]但誠如王先生所指出的，大部分學者都有輕疑、臆斷、附會、喜騖新奇，甚至故意反對傳統等弊病。

　　毫無疑問的，孔子被認為是儒家的開山祖師。因此，要想知道「儒」的真正特質，非由孔子本身之言論著手不可。筆者認為最能代表孔子的志向和抱負的一段話載於論語子罕篇上：

　　　孔子說：「文王既沒，文不在茲乎？天之將喪斯文也，後起
　　　者不得與於斯文也；匡人其如予何？」

顯而易見的，孔子將「斯文」的「文」當作是最重要的一件事。可是「文」是什麼呢？筆者業師周策縱先生曾由字源上去尋求這個答案。周先生認為古代的「文」字作「✕」，由字的結構上看，可能是古時的「五（×）」和「六（∧）」兩個數字組合而成的。同時，根據易經繫辭傳上的「天五地六」一句話，以為「文」字在古代可能代表「天地」。這種推測可由某些古書上找到佐證的材料，如：易周書上的諡法章上即將「文」字定義為「經天緯地」；國語上載有晉悼公就任王位時，單襄公評論他說：「其行也文：能文，則得

2　請參王爾敏先生收於其《中國近代思想史論》一書中的〈當代學者對於儒家起源之探討及其時代意義〉一文。民國六十六年，華世出版社出版。

天地。」³雖然這種說法並未成為定論，但是以它來解釋上引孔子的那段話，卻如中符節般恰到好處。因孔子一生周遊列國，無非在尋求一展其抱負的機會，以安定社會秩序，謀求百姓福利。由此，我們可以將「文」定義為「經緯天地」，而更進一步把它當作是孔子，乃至後代儒者世世相傳的不朽特質。

我們可再看看被後代儒家尊為繼孔子之後的「亞聖」孟子的志向為何？在孟子滕文公篇下：

> 孟子說：「昔者，禹抑洪水而天下平；周公兼夷狄、驅猛獸，而百姓寧；孔子成春秋而亂臣賊子懼；我欲正人心、息邪說、距詖行，放淫辭，以承三聖者。」

在這段話中，孟子的「欲」很明顯的乃是希望做到與禹的「天下平」、周公的「百姓寧」、及孔子的「亂臣賊子懼」相同的功績。而觀其一生，也是到處遊說諸侯，希望得到一展抱負的機會。

另一在戰國時期崇拜孔子，同樣也是對後代儒家影響鉅大的儒者荀子，其抱負和志向也是一樣。在荀子不苟篇中，他說：「君子……推禮義之統、分是非之分、總天下之要，治海天之眾，如使一人。」在王制篇中，他說：「王者之等賦政事、財萬物，所以養萬民也。」又說：「君者，善群也，則萬物皆得其宜。」

3　請參周策縱先生的 Ancient Chinese Views on Literature, the Tao, the Wen, and their Relationship 一文，收於 *Chinese Literature: Essays, Articles, Reviews* 雜誌中，由 CODA press 於一九七九年出版。

事實上，「儒」在春秋、戰國及秦朝之間，並未特指孔子、孟子、荀子等諸人，或其子弟。論語中即有「君子儒」與「小人儒」之分。荀子中更有：大儒、小儒、腐儒、散儒、雅儒、陋儒、賤儒、侏儒、偷儒、俗儒等類別。「儒」不但沒有被限於一人或一流派上，甚至其內容也包含了「好」儒與「壞」儒。

上面筆者所列出的有關孔子、孟子、荀子言論中的精神特質，我們在先秦諸子中也可發現。如墨子非命篇上，墨子說：「發以為刑政、觀其中國家百姓，人民之利。」又於兼愛篇下說：「仁人之事者，必務求天下之利，除天下之害。」他的抱負及理想，也不外天下、國家、百姓之利益。另外，在老子中，我們也可找到類似的句子，如：「我無為而民自化，我好靜而民自正，我無事而民自富，我無欲而民自樸。」他的目標也是希望人民能「化」、能「正」、能「富」及能「樸」。至於思想奔放無拘的莊子也於應帝王篇中說：「汝游心於淡，合氣於漠，順物自然而無從私焉，而天下治。」他也離不開「天下治」的理想。因此，我們如果以上列孔子、孟子、荀子的理想作為儒家的精神特質的話，則我們可合邏輯地說：在先秦時代，凡是具有這種悲天憫人、匡國濟民思想的人，都是「儒」者。唯一的不同是：墨子一派因後來與政治脫離而逐漸消失；老莊一派也因與政治背道而馳，致流為消極的玄學或迷信的宗教。只有與政治緊緊相聯的孔子、孟子、荀子一派在兩千多年來，流衍不息，而成思想的主流。

事實上，儒乃是自漢初董仲舒提出天人三策被武帝接受之後才成為孔子、孟子、荀子所代表的學術思想的專稱。不過，若我們更細密地來查究這個問題，不難發現也就在這段期間中，「儒」在大

體上已可被分為兩類：其一是窮畢生之心力去鑽研被朝廷定為「經書」的人，即東漢大思想家王充所謂的「儒生」；另一則為繼承先秦諸子那份悲天憫人心腸，欲以其學識匡世濟民的人。然而在當代，卻是儒生佔了絕對的多數，後者只能算是大海中偶然引起的微波、漣漪而已。

　　傳統上所謂的「漢學」即指「漢朝的學術」，而以「儒生」們的考章訓句為主。雖然他們研究的對象是「經世致用」的經書，但其極端卻演變成在故紙堆中打轉的結果，與「經世致用」名實完全不符。然而因其與政治的關係非常緊密，不但使這種風氣對歷代讀書人影響鉅大，且成為學術潮流的主脈。這情形持續到宋朝，才因了佛敎、道家的學說思想勢力轉盛，對這種風氣造成了威脅，促成了有識之士對「漢學」產生懷疑，甚而不滿的態度。於是另一種同屬於「儒家」，但卻是對「漢學」反動的學派因而產生。這些學者們反對讀書人窮其一生心力在故籍中尋求古人的真理，而提倡修養心性對當代人的重要性。這派學者因為不能在和「漢學」有關的政治上一展抱負，乃退而求其次地致力於社會風氣的改革而獻身於教育，這情況可在宋代書院、文社的蓬勃發展得到證明。他們被後世稱為「理學家」，他們提倡的學說則被稱為「理學」。可惜這一派的學說也漸漸與玄想虛無的佛、道相混，而變成純理論的探索、討論；演變到最後，終遭致明末、清初的儒者，如：顧炎武、黃宗羲、王夫之、顏元等指責其違反「經世致用」的理想。

　　從上述有關儒家思想演變情形的簡介，以儒家的精神特質為著眼點，我們可以將「儒」的理想定義為具有深厚修養的「內聖」功夫，以及匡世濟民的「外王」事功。

　　在五·四時期，由於激進的風氣和反傳統文化的潮流籠斷一切，是以當時的學者們對中國文化所作的反省，大抵上都失之偏頗。馮友蘭先生即是其中之一，然而張系國先生的「論儒」一文，卻有許多主要的看法與馮氏的觀點完全相侔。在數十年後的今天，這些看法都是不能令人滿意的。現在讓我們來考查張系國先生「論儒」中的主要立論及其與馮氏觀點的關係：

　　馮友蘭在他的中國哲學史上說：

> 儒家，惟其風氣如此，於是後來即有一種非農、非工、非商、非官僚之「士」，不治生產而專待人之養己……孔子即是此階級的創立者，至少亦是其發揚光大者。[4]

　　這段話不但對「士」的內涵定義模糊不清，即對「士」的起源也只是模稜兩可的推到孔子身上。張系國先生在「論儒」一文中的立論比馮氏更顯得激烈。他首先將「儒」的起源也追溯到「士」，而將「士」定義為「階級最低的貴族」，是「封建社會統治階級的主力」；張系國更強調因孔子是「沒落的貴族」，所以其理想也只是「恢復舊有的社會秩序；而且後來凡是受了孔子影響的「儒者」，都是「帝王所豢養的工具」。頭腦清醒的人不禁想問張系國先生：「士」的定義是否即為「階級最低的貴族」？其內涵是否即為「封建社會統治階級的主力」？其功用是否就是「帝王所豢養的工具」？孔子的希望恢復社會秩序是否因「舊有」的緣故而該被指

4　馮友蘭《中國哲學史》（上海：上海商務印書館，1935 年），頁 75。

責？這種毫無學術思想基礎，偏執階級觀念，忽略更深一層的精神特質，霸道而不合邏輯的武斷說法，真可與五・四時期激進、莽撞的知識分子相互輝映。

馮友蘭在他的中國哲學史上又說：

> 這種「士」的階級只能做兩件事情，即做官與講學。直到現在，各學校畢業生，無論其學校為農業學校或工業學校，仍只有當教員、做官兩條謀生之路；此所謂「仕而優則學，學而優則仕」。[5]

「士」是否像馮氏的結論：只能「做官」與「講學」？工、農學校畢業的學生是否只有「當教員」及「做官」兩條路？明眼人一見即知其荒謬。然而張系國不僅完全同意馮氏這種論斷，他更進一步將「儒」定義為「樣樣精通、樣樣鬆」的人物。他認為儒者唯一能做，唯一願做的事就是「做官」與「教書」；同時，孔子——儒家的創始者則是「無一技之長」的人。筆者實在不能了解張系國以何種邏輯將「樣樣精通、樣樣鬆」兩件完全不同內涵的事放在一起來形容一個人？筆者只能揣測教書、做官這兩種百年樹人的大業、為人民服務的大事在張先生心目中是如何的低賤。筆者也不知張系國所說孔子是無一技之長的「一技」是什麼？但他卻點明了「有一技之長的科學家才是國家所需要的人才。」由此，我們可猜測他的一技必與「科學」有關。只是我們仍不能明瞭張先生心目中的「科

5　同前。

學」與「科學家」又指的是什麼？筆者不知道張先生對於今日科學
最先進國家——美國中被政府從各個高級學府所羅致去當官的科學
家看法如何？按照他的定義，則這些「科學家」們因「做官」也該
變成「無一技之長」吧！我們不知道張先生對現代的教書者，如大
學教授及中、小學教員們的看法如何？但是依照他的定義，則這些
人都不是「中國所需要的人才」；要不然，也許在張先生的心目中
認為只有教授自然科學的人才是有「一技之長」吧！這種語義含
混、觀念不清的概念性說法，竟出自一位頗受讚賞的小說家之口，
實在令人遺憾。

　　馮友蘭在他的中國哲學史上又說：

> 孔子……不但他自己不治生產，他還不願叫弟子治生產。樊遲
> 「請學稼」，「請學為圃」，孔子說：「小人哉，樊須也。」[6]

張系國也承襲了這一點，他說：「儒是不事生產的。樊遲想學稼學
圃，反而被孔子罵一頓，認為這是小人（指平民）之事。一個統治
者及協助統治者的人，是不需學習生產的。孔子會有這種思想，主
要因為他是貴族，有這種階級意識在做祟，因此對那些小人之事，
不消說是看不起的。」筆者大費筆墨地將張氏這段話全部引出的目
的，乃是因為它比馮氏的說法更激烈，更清楚地將貴族和平民對立
成兩種互不相容的階級。我們不知道張先生是否反對二千多年前孟
子駁斥當時非常流行的農家許行的論點？更不知張先生到底是不

6　馮書，頁73。

知，或是故意忽略，或反對現代「科學」觀念之一的「分工合作」說法。這種完全忽略儒家思想之所以成為我國數千年來思想界主流的「內聖」、「外王」之道，而處處執著階級對立觀念來立論，誠然藐視我國數千年中的思想界。

張系國先生在論儒中惟一自創，也是筆者最不能苟同的是將「國人……認為讀理工的目的只是出路好，易出國」和「科學不是一種干祿的手段」硬拉在一起。無人會否認今日國內社會的形態已是工、商社會，是西化了的，毫無儒家氣息的資本社會。「現實利益」的觀念不僅在國內大行其道，即在今日「科學」發達的西方國家，情形也無不同。筆者實在奇怪張系國先生是如何產生這種巧妙地將今日國內年青人的「希望（讀書以出國）」等功利思想（其實出國未必皆為功利吧？）和過去儒者的「希望（讀書以做官）」等干祿思想（其實干祿未必是最高的目的吧？）」相結合，而且認定前者乃是後者的直接「繼承者」。今日世界各國都有不少人負笈到異國去留學，也有不少學有專長的人被其國家負以重任的情形。依張先生的看法，這些都是功利思想，干祿主義，而且是受了「儒家」的影響。這種奇怪的推論，真是滑天下之大稽。這種推論的產生，大概種因於張系國先生那種「科學至上」的觀念。這種情形和五·四時期激進分子盲目崇拜賽先生（Mr. Science），而對傳統文化不但不願認識、了解，而且恨之入骨，將它當作是一種礙手礙腳的包袱等情形完全一樣。所以一旦見到今日社會中有任何不滿意的情況，便一骨腦兒的將這些缺點的原因往傳統推，往祖先賴。筆者想不到在今日仍會見到這種觀念，實在令人慨歎。

張系國先生將這篇「論儒」收入他的文集之一裡，而將這本文

集題名為「孔子之死」。乍看這個題目，不禁令人心驚肉跳，以為張先生發現了有關孔子的某些精義。然而仔細一翻全書，原來卻是本包括小說、劇本及評論的雜集。全書二百二十二頁中，「孔子之死」只是一篇才佔有六頁之多的小故事，內容則是敘述六十年代台灣（依張先生書後語）有三個迷失了自我的大學生（由文中的「系裡」兩字推知）窮極無聊，到處遊蕩，而且滿嘴流語及行話。在結尾時，其中之一突然冒出「你知道孔子是誰？」及「你知道他死了嗎？」兩句頗有深意的話。基於「論儒」中張系國對孔子的評語和看法，筆者只能想出張氏在此的目的無非又想幽孔子一默，諷刺夫子思想的破產而已。這可由緊接著這兩句話之前的二個句子得到證明：「他不想看見天亮，不想看見一切新生的東西。」張系國在此顯然將這個三人之一的「他」影射孔子，而「他」心裡的空虛與恐懼未來的新東西，甚而張系國在前面所描繪的他的怪異言行，都影射為孔子的化身。這些情形，加上張氏將「孔子之死」當作文集的書名所含的深意，明眼人都可知道張系國是個十足的反對孔子，怨恨中國傳統文化者。

以這種偏激的思想為基礎所寫出來的東西，除了荒謬之外，筆者想不出其他可形容的字眼。然而小說畢竟是虛構的，幻想的。張先生最近所致力的科幻小說，倒是不僅合於張氏的本行，而更適於這種怪異風格的寫作題材。但是，若想將更深一層的意義投入小說作品中，則除非拋棄這種狹隘的觀點；若更想論述有關中華文化等大題目，則態度更非嚴謹不可。不知張先生以為然否？

刊載於《文鋒》（美國威斯康辛大學麥迪遜校區中華民國留學生刊物），1979年

生活豈能不「留白」？

時下的年青人常說：「青春豈能虛擲？歲月怎可留白？」他們所說的「留白」，大概是指「留下一片空白」吧！當然，人的青春何其短暫，人的歲月何其珍貴，因此，又怎能任其隨風飄逝，而對自己的生命繳了白卷呢！

不過，若從藝術層面來看，所謂的「留白」則尚有另外一番詮釋，即：「應該保留些許空白」。此時，它乃是一項藝術創作上不可或缺的設計。底下，我們就以屬於空間藝術的繪畫和屬於時間藝術的音樂為例，來談談它的含意。

在繪畫上，如果一張圖畫的整個畫面都被五顏六色所佔滿，它那濃麗鮮艷的外表，固然可以在剎那間就抓住觀賞者的眼光，但也正由於未在畫面上留下任何空白，乃造成了它無法讓自己的意境超越畫面的窘況。於是，它不但失去了向外延伸更為深廣含意的機會，同時，也強制性地剝奪了觀賞者的自由聯想空間。而相反的，如果一張畫面上保有了些許空白之處，那麼，它不僅可以藉著這種留白的設計，營造出使其內涵有無限伸展的空間，而且也能技巧地避免那可能會產生的凝重和板滯的缺點。

至於在音樂上，我們都知道，一首曲子的美妙旋律，是由一連串高低、長短、輕重和強弱不等的聲音巧妙地組合而成的。然而，不論是婉轉的、優雅的、或是激昂的、雄壯的曲調，如果它的音符

從頭到尾都一直在跳躍，不曾稍有間歇，那麼，它這一連串不停的音符，必將會形成一波波逼人窒息的聲浪，如排山倒海一般向聆聽者不斷衝撞，於是，原本美妙的音樂，頓時便轉化成聽者心中的沈重負擔了。因此，讓曲中稍有停頓的時間，對聽者而言，不僅可舒緩耳朵與心靈上的壓力，和開啟他的思考空間，同時，也能夠增加曲子本身的裊裊餘韻。

　　幾年前，曾有一首名叫「忙與盲」的流行歌曲，因其內容深刻而寫實地道出了我們實際生活的情況，乃廣泛地引起共鳴。是的，生活在台灣的現代人，有誰能掙脫「忙」的桎梏呢？環眼四顧，我們周遭的情形是：孩童忙於學習才藝、學生忙於考試補習、一般人士忙於如何致富、政客們忙於爭奪權位、……這些人為了各自的種種理由，在自己的生活中分秒必爭，捨不得虛擲任何寶貴的時光，不願讓生命中流下任何空白。於是，我們的社會上乃充斥著許多才藝出色、老氣橫秋的小天才；滿腦艱深試題、全身神經緊繃的小博士；橫眉豎目、怒氣難伸的社會中堅；以及言詞滔滔、卻自有盤算的政治菁英。另外，像我們的開車人逢隙就鑽、互不相讓，也是只想把握自己的時光；我們的行人人手一只大哥大、腰掛一只呼叫器，也只是生怕延誤任何稍縱即逝的時機。總之，我們的社會中，人人衝刺勇猛、個個表情冷漠——這種十足的機器人架勢，是否正呈現出我們已無時間去思索，什麼是「人」的真正意義和價值了？

　　一個人若終日無所事事、游手好閒，對他的寶貴生命而言，的確是一種瀆職的行為。但若只知整天忙碌，而不讓自己的腳步稍停、不使自己的生活稍留空白，難道那就表示他已成功地掌握住自己的生命了？為生存而忙乃人類無法逃離的無奈；但是為了生活而

忙得迷失了自己，卻並非難以避免的宿命！長期拉到極限的彈簧，終將失去其彈性；持續承受重壓的棟樑，也必有折斷的一天。而「人」，又怎能不停地奔忙呢？這不但將疲乏我們的身體、困倦我們的精神，也將讓我們失卻自我反思的機會。

忙碌的現代人，對自己的生活豈能忽略「留白」的設計？

刊載於《國文天地》，民國 85 年 3 月

讀好書做好人
──擬定有選擇性的讀書計畫

　　也許有人會認為，我們身為萬物的一種，既無法免除身體上的生老病死，又無能延伸有限的生命，因此，跟世界上的其他動物，其實並無不同。這些話雖然頗有一些符合事實之處，但如果我們從「歷史」的角度來觀察的話，數千年來，我們的祖先實早已清清楚楚的展現出一件人類史上極為重要的成果了，那就是「人乃萬物之靈」──藉著先天的卓越稟賦和後天的努力學習，他們透過高度的智慧、寬廣的心胸，以及精益求精的學識與技能，突破了個人的自我框框，並經由彼此相互尊重和團結一致，終於造成了人類素質不斷提升、同時持續開創新世界的人類文明史。人類當然是與其他動物有所不同的。

　　比起其他動物來，雖然人類的學習過程要複雜和艱辛得多，學習的時間也更為漫長。然而，由於懂得如何不停地累積經驗、充實知能，而且更以後出轉精的方式代代相傳，於是形成了人類文明乃地球文明的核心之結果。也正是基於這個原因，我們的祖先才敢豪氣干雲地說：「大地是我溫床」、「天空是我氈帳」；不過，同時也懂得以「殷鑑不遠」和「昨日乃今日之師」等話來自我惕勵。順著這一條人類文明的主線往下流走，到了今天，「天涯若比鄰」、

「天下一家」，以及「世界大同」等名詞，也早已成為我們耳熟能詳的目標和理想了。

當然，我們非常了解上述這些觀念和言行並未曾稍稍改變人生必有生老病死的遭遇，也未曾扭轉生命有限的現象。然而，毫無疑問的，人類已因了解它們之中所蘊含真義，並努力地去實踐它們，故而顯得比其他動物要高明、偉大多了。由於有了它們，人類不僅學會運用智慧和知能去創造精巧的科技，以提升人類物質生活的水準；更重要的是，它們已證明了人類「心靈」的偉大──不僅其範圍之廣，可說無邊無際，遠非我們渺小的身體軀殼所能限制，而且，它甚至可以說是我們身體的主宰了。我們的國父孫中山先生之所以會在《孫文學說‧自序》上說：「夫國者，人之積也；人者，心之器也；而國事者，一群人心理之現象也。」想必就是基於這種認識吧！

知識都藏在字裡行間裡

自古以來，人類的智慧、知識和理想，都是靠書籍來記錄的；人類的經驗、感受和學習過程，也都是以書本來記載的。因此，「書」可以說是人類學習前賢、充實自我，以求未來能在人類史上百尺竿頭更進一步的主要依據；而這也是古人為什麼會說：「書到用時方恨少了」。因為，他們早已深深感受到，人們若想獲得解決問題的能力，其主要的、甚至是惟一的來源，便是「書」了。

但在快要進入二十一世紀的今天，電訊傳媒已挾其儡人的聲光與誘人的影像效果，並經由無遠弗屆的第五牆力量，快速的進入絕大多數人們的家庭和心中了。它的吸引力和方便性，不但已使得

「書」不再是人們據以獲得各種知識和訊息的惟一管道;而且如果再加上閱讀「書」籍所必需的費時與費力因素,則「書」在人類文明史上所佔的地位,可說已逐漸被電訊傳媒取代了。

不過,前面所述雖屬事實,但嚴格說來,卻只是在粗淺的表相立論而已,其實,它們兩者的真正優、缺點到底如何?我們今天的閱、聽、觀者似可再對下列數點來仔細思考:

觀看和收聽電訊傳媒的特色,若以程序來描述,則大抵包括了:一、從開機起,觀聽者便只能選擇已被傳媒所設定的節目或訊息;二、在觀看和收聽之中,若有未能全然了解處、或想再次觀聽時,並無法將其停頓,加以細觀、聆聽,以及將其倒轉回去重複觀聽;三、觀聽節目或訊息必須一口氣完成;四、觀聽必須在一個固定的時間和地點;五、因播出之時間有限,故節目或訊息常有不夠詳贍、或者分量單薄、或者深度和廣度不足的缺陷。

至於「讀書」,則剛好可以免除上述觀聽電訊傳媒上的缺點:讀者可自由選擇自己想要閱讀的書,可隨時、隨地去讀,更能在需要時停下來,反覆去體會、咀嚼,也可以選擇分量雖重、篇幅雖長,卻擁有深度和廣度的經典名著等。

因此,對於一個想主動去充實知識、涵養心性、甚至於了解問題、解決困難的現代人來說,讀書所能獲得的效益,絕對不會稍遜於去觀聽電訊傳媒,而且更可能是有過之而無不及的。

由於科技的進步,我們今天可說是個知識爆炸的時代;但也因為出版業的發達,今天更說是各種報章、雜誌和書籍汗牛充棟的時代。這些書籍的內容,當然包括了各行各業和各種現象;但就其品質而論,優良者固然不少,但劣質者的數量卻更多。因此,對於一

個有興趣讀書、或希望有所收穫的現代人而言,他的讀書方式便需注意兩件前後息息相關的事了:一、如何選擇品質優良的,以及自己有需要的書籍;二、擬定逐步漸進的讀書計畫,層層而上,以達成最後的目標。

無涯的書海,自有追尋管道

我們台灣地區的書籍內容和數量到底如何,大致可從下列三條管道去了解:

一、各書局、出版社、圖書公司,之出版目錄,如三民書局、遠流出版社、東大圖書公司等,它們都會印有包括自己出版與代理銷售之書籍目錄。

二、各級政府和學校圖書館之編目,如國家圖書館、台北市立圖書館,各大學,中學和小學圖書館等,它們會將收購的所有圖書加以分類和編目。因此,讀者可從其編目卡或電腦網路上了解之。

三、各大型的報紙報導與廣告。當書局、出版社,或圖書公司出版了若干新書、或想推銷某些書時,都會登廣告,於報紙上有些報紙甚至會主動加以評介。

書籍如此之多,讀者固無法盡讀;再加上其中又有良莠之不同,所以讀者想閱讀時,應該先有篩選的過程,以汰劣擇優。然而,當讀者不知其優劣時,應如何選擇好書呢?此時,有公信力的評介便是非常理想的參考了。一般說來,政府機構出版、或頒予獎勵的,如獲新聞局所頒的「金鼎獎」之作品或文建會出版之《公共藝術系列叢書》品質必在水準之上。另外,如《中央日報》每週四的「讀書版」、《中國時報》每週三的「開卷」、《聯合報》每週

一的「讀書人」等，不但具有介紹新書的功用，更因有評介優劣的性質，所以對讀者也甚有助益。

　　不過，由於現代的知識和學問分工甚細，各行各業間幾乎已成了隔行如隔山的狀況，因此，在書籍上便也有「專業」和「一般」的差別了。「專業」的書，由於內容精深，範圍也較偏僻，而且只有對本行的人才有用，一般人不是看不懂、便是看了以後也沒什麼大用，所以我們在此可不予討論。至於「一般」的書，由於擁有太部分讀者都看得懂、或有興趣、或有需要的性質，所以頗值得我們稍加論述。

　　這些「一般」的書，不但數量多，內容包羅更廣，因此，想閱讀它們，首先便應依自己的性向和興趣、目的去加以分類，如「生活性」的「溝通」、「修養」、「愛情」、「命相」等書，「知識性」的「文化」、「哲學」、「學術思潮」、「宗教」等書，以及「勵志性」的「傳記」、「寓言」、「童話」等書……。然後以自己的需要去選擇其中的「類」，而將該類中的好書加以層次性的安排，由淺而深的去閱讀，使其成為屬於自己的一套有系統的知識、觀念，或將其融入自己的言行之中而成自己的風格。而讀者若每類皆能用如此的進程去閱讀，相信日久之後必會有具體而巨大的收穫的。

　　　　　　　　　刊載於《國魂》，民國 86 年 4 月

執兩用中
——談媒體呈現民意的方式

　　我們的社會在威權政治解體之後，真的已經多元化了，這可從「誰都有話要說」的眾聲喧擾、各陳己見已成風氣看出來。當然，這正是民主社會應有的現象——人人都有言論的自由。在這種社會裡，誰都不會受到白色恐怖的威脅，也不致發生心雖不滿，卻須表面順從的不得已景況。

　　不過，遭我們解體的「威權」中，似乎也包括了一些仍有深意的「舊價值觀」，如慈愛、孝順、敦厚、忠勇、大義等，以至於產生了以下的種種劣質現象：兩代之間的齟齬；人際之間的冷漠；只要我不喜歡，連國族也可否認；只要我有部分民意的支持，管他什麼全民大利等。因此，在這種浮燥的風氣中，能夠讓大家共同接受與奉行的觀念可說甚少，而「自我中心」的言行，或許即為其中之一吧！

　　這類「心無旁人」觀念的普及度如何，我們競爭激烈、報導詳盡的媒體便是最好的說明：只要我們打開電視，國會中一幕幕臉紅脖子粗的口角爭執，以及拳來腳往的肢體衝突絕對是新聞報導的核心；只要翻開報紙雜誌，一篇篇圖文並茂、令人怵目驚心的飆車砍人、綁架勒索、搶奪強暴和貪汙走私的社會消息也必然少不了。這些事實，不知已讓多少生活在其中的小老百姓整日憂心受怕？我們

有時不禁懷疑：這個寶島，如今似乎已成為只有背景夠硬、嗓門夠大、和敢拚好鬥的人方適合居住的環境了！

生活環境會變得如此不堪，原因固然甚多，但擁有巨大影響力的媒體，其實也脫不了關係：它在忠實的讓我們得知社會眾生相的同時，難道未曾引領社會風氣走向乖戾浮靡和澆薄冷漠？它有沒有善用輿論的力量來壓制不良的習俗？又是否曾在有意無意間暗示，甚而鼓勵某些錯誤的價值觀念？

我們可以用近來紛紛出現在報紙上的「民意論壇」版面，和電視上的「談話、扣應」節目為例來觀察。這些版面的開闢和節目之所以產生，固然是為了讓廣大的讀者和觀眾可獲得親身參與的機會，並希望能藉此來客觀、且具體的呈現社會的「多元」面貌；然而，當我們在享受這些版面和節目所提出的精闢見解，並感激媒體的用心時，卻也感到一些遺憾與憂慮，因為在編輯和製作者所刻意設計的「兩極對話架構」下，這些意見已在隱約間形成了一種「二元對立」的緊張態勢——它們，常是針對同一問題所提出的相反看法；譬如有關「安樂死」的問題，有人建議應考量事件的個別性來做決定，有人則主張一切依法行事；又如「兩位蔣故總統的移靈」問題，有人以為應尊重其家人的意見，但有人則強調茲事體大，此時不宜；又如「副總統兼任行政院長」的問題，有人表示只要依循前例即可，但有人則提醒此將有違憲之虞；又如「十八歲公民權」的問題，有人強調此舉可提高我們現實政治的理想性，但也有人以十八歲的年輕人思想尚未成熟而不表贊同。……

上列的「二元對立」設計，其實不但不足以表現出我們社會的真正「多元」面貌，相反的，倒增加了不少「對立」的緊張氣氛。

因鑑於媒體所特有的巨大影響力，我們願誠摯的呼籲媒體擁有者與工作者，不妨多思考一下「中庸之道」，也就是在兩個極端對立的看法中，採取「執兩用中」的穩健作法，另請學者專家對兩造加以評述：讓我們一方面了解到從自己角度出發的立論固然有其依據，也有道理；但從其他角度出發的立論又何嘗不然？同時，也能夠更進一步提出一個讓雙方「雖都不完全滿意，但卻仍可接受」的中庸看法。否則，任令論述兩方各持己見，不僅無法解決雙方的對立，更會產生誤導讀者和觀眾，以及增加社會的衝突氣氛之不良後果。

我們很高興能生活在「主權在民」、人人有言論自由的環境中；但我們的社會其實已沒有足夠的耐力，再繼續承受「兩極對立」所帶來的肅殺壓力。多元的真諦應是「彼此尊重、體諒和幫助」，絕非「你輸我贏」或「你死我活」。而我們以為，如果媒體能夠以其強大的影響力為基，帶頭表現出「執兩用中」的精神，那麼，我們的社會之趨向理智和祥和，一定是指日可待的。

刊載於《文訊雜誌》，1996 年 10 月

附　錄

上古中國人對
文、道和兩者之關係的看法

周策縱撰，張雙英、林慶彰合譯

一

　　「文以載道」不但在過去幾世紀中是支配中國人的重要指導原則，即在今日，其影響力也仍然佔有左右許多中國作家心理的分量。在中國文學思想中，除了「詩言志」這一觀念外，可說沒有其他文學批評的規則能受到與之同樣高的尊崇，或留下如此不可磨滅的榫影的。[1]

　　這種「文」和「道」之間關係的理論，在中國文學的理論和批評史上，常以不同的形式表達出來。最早提出這個觀點的學者之一

---

[1]　參橋本循的論文，〈文と道〉，立命館文學 100 期（1953 年 9 月），其涵蓋範圍從唐朝至清朝。另參朱自清的〈詩言志辨〉（上海：開明書店，1945 年），及本人之論文 The Early History of the Chinese World Shih (Poetry)，在周策縱編 *Wen-lin: Studies in the Chinese Humanities* (Madison: University of Wisconsin Press, 1968)，頁 151-209；林徐典在新加坡大學的博士論文《文以載道新論》，本人尚未見到。但他所發表有關這方面的論文，發表在《新社學報》、《中文學會會報》和《南洋商報》上。

是劉勰（約 465-520），他說「道沿聖以垂文，聖因文而明道。」[2]這個思想後來被儒者王通（584-618 或 586-617）和柳冕的（730-804）加以大力推廣。[3]到韓愈（768-824）倡導「古文運動」時，他說：「學所以為道，文所以為理耳。」[4]而這種思想更是普遍了。韓愈這種思想，被他的學生，同時也是他的女婿的李漢（約 847-860）更近一步簡化成下面宣言：「文者，貫道之器也。不深於斯道，有至焉者，不也。」[5]

不過，有關這種思想的最通行的名詞要到北宋的前驅理學家周敦頤（1017-1073）才被建立，他說：「文，所以載道也。輪轅飾而人弗庸，徒飾也，況虛車乎？文辭，藝也；道德，實也。篤其實而藝者，書之，美則愛，愛則傳焉。」周氏這段話中對於「道」的觀點，也許含有哲學性的及道德性的雙重內蘊。[6]

至於宋代的其他作家，也各有不同的意見。王安石（1021-

2　參范文瀾著《文心雕龍注》（上海：開明書店，1947 年）第 1 冊，第 1 卷，頁 2a。

3　參王通《中說》，第 1 冊，第 2 卷，頁 3b-4a。（四部叢刊本）。柳冕〈答楊中丞論文書〉，在《全唐文》（台北：華文書局，1961 年重印本），第 11 冊，第 527 卷，頁 18a，〈答荊南裴尚書論文書〉，同上，頁 13a-15a。

4　韓愈〈送陳秀才彤序〉，在朱文公校《昌黎先生集》（四部叢刊本），卷 21，頁 7a。

5　參〈昌黎先生集序〉，在朱文公校《昌黎先生集》之序，頁 66「貫乎道，立乎詞」王通「中說」（第 1 冊），卷 2，頁 2a）已用過，是根據孔子在論語中的「吾道一以貫之」（第 4 篇，第 15 章）而發。

6　《通書》（四部備要本），第 28 卷，頁 6a。

1068）及其擁護者認為「文」應該是為政治服務。蘇軾（1037-1101）則引歐陽修的話說：「我所謂文，必與道俱。」[7]如此，則「文」才稍稍具有獨立的性質。相反的，朱熹（1130-1200）雖承認「道」是根本而「文」是枝葉；但他卻說：「文便是道。」[8]這樣一來，則「文」與「道」便是一物了。

十七世紀之後，韓愈的這種觀點，在一些學者及詩人，如魏禧（1624-1680）、汪琬（1624-1690），朱彝尊（1629-1709）、姜辰英（1628-1699），以及桐城派古文家，特別是其領導方苞（1668-1749）等人的推動之下，較前更有影響力。

當這種「文」與「道」間的關係被人以相同或不同的意見提出時，它們的真正意義及其用法在那數世紀中所產生的問題，實在是非常複雜的。使這個問題複雜的原因之一，可能是由「文」與「道」以及兩者之間關係的觀念在中國產生得很早，而這些本身已有問題術語，其意思又隨著時間的遞移而發生改變的緣故。

這裡，我主要的重點將專注於有關這些觀念在古代中國，尤其是周朝或者可能是更早時期的情形。我的研究也許是純理論的；即希望去試驗性的探索這個複雜的問題。當然，大家都了解整個戰國時代很明顯的是不可能完全包含於這種研究之下的。

7　蘇軾〈祭歐陽文忠公文〉，在《蘇東坡集·後集》（國學基本叢書本），卷 16，頁 29。朱熹在其「朱子語類」（台北：正中書局，1962 年影印 1473 年本），卷 139，頁 19a。不過，蘇軾也採用歐陽的觀點。

8　同上。

二

一開始，我必須承認我們不能在周朝末期之前找到一個和 literature 這個字的現代意義完全相同的術語。但是一般而言，拉丁文的 literatura 也含有寫（writing）和學（learning）的內蘊。同時，廣義的來說，literature 這個字在現代也可表示所有各種作品及口語傳說（all kinds of writing as well as oral tradition）之義。因此，如果我們能將 literature 這個字的廣義意義放在心上，則為了比較中國古代各種不同的術語而使用它，也是沒有害處的。因為中國後來的文學批評觀念常常與這些術語有關，所以，對我來說，這些術語的內蘊隨著時代改變的現象，不應是促使我們否認它們的理由；相反的，它們更值得我們更加細心地去做徹頭徹尾的研究。

在這些術語當中，最重要的要算是「文」了，它是漸漸地發展入中國文學觀念中的。雖然這個字仍有許多不同的解釋，但它最早的意義可能是交錯的線、符號，或圖案的型類。許慎（約 30-124）在《說文解字》中說它是「錯畫也，象交文。」[9]很可能是對的。因這個解釋可由金文的 ⳑ 或 ⳑ [10]及甲骨文的 ⳑ 或 ⳑ [11]來證明。但是，

9　《說文解字》（詁林本，除非另有說明，以後之引證皆用此版本）。第 9 卷 A，頁 3983。Arthur Waley 在他的《論語》譯文 *The Analects of Confucius* (London: Georege Allen and Unwin, 1938) 中，在 Terms 部分有一段精彩的短文討論「文」字，見頁 39-41。

10　前者採自「鼏苟（或羌）鐘」，在郭沫若《兩周金文辭大系圖錄》（北京：科學出版社，1957 年新版）。第 5 冊，頁 278，第 4 圖。郭氏相相這個鐘作成於西元前 380 年，參第八冊，頁 234-239。後者採自「王孫鐘」，同上，第 5 冊，頁 168。郭氏認為作成西元前 572-542 年，見頁

由這些線條所構成的形狀之原始意義是什麼？以及它們所指稱的事物是什麼？我們都無法有確實的答案。

　　不過，如果我們看看周末及漢初的一些解釋，我們仍然能得到一些嘗試性的答案。許慎為了解釋「文」的淵源及其早期的發展，在他的說文解字敘裡引用了一長段《易經繫辭傳》（傳統上以為是孔子所作，但更可能是完成於戰國時期）的文章，將易爻發明的神話和早期中國書寫語言的發源結合起來。他說：

　　　　古者庖犧氏（約2852 B.C. 左右）之王天下也，仰則觀象於天，俯則觀法於地，視鳥獸之文，與地之宜，近取諸身，遠取諸物，於是始作《易》、八卦，以垂憲象。及神農氏（約2737 B.C.）結繩為治，而統其事，庶業其繁，飾偽萌生，黃帝（約2697 B.C.）之史倉頡，見鳥獸題蹄迒之跡，知分理之可相別異也，初造書契。百工以乂，萬品以察，蓋取諸夬。夬，揚於王庭。言文者宣教明化於王者朝廷。君子所以施祿及下，居德則忌也。倉頡之初作書，蓋依類象形，故謂之文。其後形聲相益，即謂之字。文者，物象之本；[12]字者，言孳乳而

　　1616。另參容庚《金文編》（北京：科學出版社，1959 年），表 9，頁 5A-6A。

[11]　羅振玉《殷虛書契前編》（1913 年），卷 1，頁 18a，第 1 圖；《後編》（1916 年），卷 1，頁 19，第 7 圖。

[12]　這句不見於所有的版本，段玉裁（1735-1815）在他的《說文解字注》（1815 年初版），卷 15，頁 2a 中補入。他根據的是唐人注《左傳》宣公十五年（西元前 594 年）的引文。

　　浸多也。著於竹帛，故謂之書。[13]

在這裡，這些傳說是否反映了真正的歷史事實並非我的論題所在。使我覺得有趣的是許慎在組合這些傳說時，將一個特殊的字「文」──它的表象顯示出是鳥及獸的圖樣或符號，連結了「卦爻」外，並連結了代表教育和啟蒙的「文」，以及代表書寫形象的「文」。

　　認為「文」象徵了鳥及獸的圖樣是有證據支持的。在詩經中，有種裝飾馬車的虎皮簾墊稱為「文茵」或駟（小戎篇）[14]，《逸周書・王會篇》載有「文馬」[15]；《左傳》也有「文馬」或「駁馬」的記載[16]，這些也許都是指斑馬；山海經也載有「文馬」（另一名為吉黃），另有「文魚」、「文貝」，及「文虎」；〈王會篇〉也提到「文蜃」、「文犀」，及「文翰」；「文貝」也見載於今文尚書。當然，其他帶有圖樣或符號物品也被用「文」字來描述，但用於描繪跟鳥及獸有關的仍是我們現今擁有的最早記載之一；然後，它才被用於彩色的布及刺繡上。左傳中有一段文字記載了畫有火龍的彩布是用來彰明「文」的；同時，這些五彩顏色的形式之模倣，

13　英文翻譯是取自 Kenneth L. Tnern 的 "Postface of the Shou-Wen Chieh-tzu: The First Comprehensive Chinese Dictionary", *Wisconsin China Series*, No.1 (Madison: Department of East Asian Languages and Literature, University of Wisconsin, 1966)，頁 8-9。

14　〈小戎〉，見《詩經》第 128 首。

15　雖然朱熹和某些學者認為〈王會篇〉是周初後很久之作品，但我較相信它是周初的作品，或許作成於西元前十一世紀。

16　宣公二年（西元前 607 年）。

是用來彰明「物」的。它並繼續描述這些「文」、「物」是為了規
範並記錄道德力量的質與量：「火龍黼黻，昭其文也；五彩比象，
昭其物也。……夫德儉而有度，登降有數，文物以紀之。」[17]當我
們知道「物」的早期意義在《詩經》、《周禮》及甲骨文上是「雜
色牛」（王國維說：物，本雜色牛之名）時，我們對於是否「文物」這
個名詞——在後代，其意義被拓展成文化的物品或制度——能顯示
出「文」在早期是代表動物的符號或圖樣，實有些動心。

此外，一方面因為這種較早的動物圖樣（文）和雜色牛（物）相
結合的含蘊，另一方面，因為「文」在後來引申成為「文學作
品」，而「物」則衍生為「所有物品」，於是作家們很容易地產生
了「文學」該是具有充實而具體的內容的觀念，並非是不可能的。
因而，《易經》的〈繫辭傳〉說：「物相雜故曰：文。」同書的另
一傳也提出了在後代文學批評上非常普遍的「言有物」的觀念。
《鶡冠子·泰錄章》（一般認為可能成於戰國時期）說：「文者，所以
分物也。」董仲舒（176-104 B.C.）在他的《春秋繁露·玉杯篇》討
論禮時，主張「物為文」。鍾嶸（469-518）於他的《詩品·序》前
面，從「物」的觀點來討論有關詩的靈感。在《文心雕龍》及《文
選》中，「物色」被用為篇章及類別的名稱，而其內涵則為景色、
季節和環境。李善（約689）在文選注上說：「有物有文曰：色。」

不過，前面這些論證，並非在斷定文字的起源是代表一個特殊
的動物圖樣。因為一開始，它即可能含有抽象的意義在內。有些現
代學者否定了卦爻是中國最早的書寫文字的傳統說法；但即使在沒

---

17 桓公二年（西元前710年）。

有充分的證據之下，仍有學者相信它，如：章炳麟（1868-1936）於一九二五年，及歐格斯特‧康拉第（August Conrady）於一九三二年都曾就此問題發表論文。[18]無論如何，我們都該承認一些簡單的中國書寫文字是由直線所組成的可能性。近來，中國大陸上的考古發現，顯示出一部分書寫及圖樣主要是由直線組成的。但古文字學家們仍然無法了解它們的真正意思。在半坡縣發現的新石器時代仰韶文化的彩陶上，有二十一種不同的直線圖樣，如：丨、乙、亻、丶、↑、𠂇、彡、K、∀、╳，它們很可能是被拿來記錄用的。我們知道在甲骨文中十個主要數目中的大部分是直線：一、二、三、亖、𝕏（或╳）、个（或亼、或∧）、十、八、乀、丨。雖然「五」字大都被寫成前面的「𝕏」，但在甲骨文的末期，它有時也被寫成╳的形象，而同於說文解字上的「╳，古文五如此。」這情形在早期的金文上也一樣，在山東城子崖發現的黑陶上，「五」也常被寫成「╳」，而後者（黑陶上的╳）比甲骨文還要早好幾世紀。[19]至於「六」的早期形象，也有被寫成「∧」的。[20]

　　因為「仌」這個字非常像「∧」和「╳」的連合，我猜想它原先是由「五」和「六」兩個數字合成的。〈繫解傳〉上說：「天五

<hr>

18　章炳麟，〈疏證古文八事〉，《華國》2 卷 10 期（1925 年 11 月），在「八卦為未具體之古文」下。Conrady, "Yin-Kin Studien", *Asia Major*, 8 (1932)，頁 409-468。

19　參于省吾《殷契駢枝三編》（1943 年），頁 31b-32a。

20　同上，頁 32b，同時參李孝定《甲骨文字集釋》（台北：中央研究院，1965 年），卷 14，頁 4173-4181。

地六」。[21]雖然這句是連同其他十以內的數字一起被提到，但至少可以說，這兩個數字可以視為一對。[22]〈易大傳〉在後面段文章裡的話，給予這兩個數字非常特殊的地位：

> 三與五同功而異位，三多凶，五多功，貴賤之等也。其柔危，其剛勝邪。易之為書也，廣大悉備，有天道焉，有人道焉，有地道焉。兼三材而兩之，故六；六者非它，三材之道也。道有變動，故曰：爻；爻有等，故曰：物。物相雜（一無雜字），故曰：文。文不當，故吉凶先焉。[23]

雖然這段文字可能只代表周朝末期的部分意見，然而它突然地連合了「五」、「六」兩個數字，及其與「爻」、「物」和「文」的關係，是非常明顯的。

　　「文」與「爻」的關係可用它們的外形來解釋。後者在甲骨文上的形象是「✕」，這和它今日的形象仍然相同；[24]在金文中，則

21　《周易正義》，十三經注疏本（上海：世界書局，1935 年影印本），卷7，頁 69。Legge 和 Wilhelm 的譯本都沒這段。

22　坤卦象傳六五說：「黃裳元吉，文在中也。」「文」在這裡只是指爻解本身的一般意義，但是我們難道不能也將它看作解決「六五」這一特殊數目字的關鍵嗎？

23　《周易正義》，卷8，頁 78。

24　參羅振玉《殷虛書契前編》，卷 6，頁 50，第 4 圖；李孝定《甲骨文字集釋》，卷 3，頁 1129。

除了「✕」的形象之外，另也作三個✕的「𡬾」。[25]說文將「爻」定義為：「交也，象易六爻頭交也。」顯然在易經中，它的六條線是相交的；這種解釋，仍可由金文的形象來證明。早在清朝時，爻字的最主要元素「交錯」是「五」的說法，已有某些學者提出了。[26]這個字可能像已被解釋的「文」一樣，可用「駁」字（斑駁色的馬）來證明其是用以表示動物的圖樣。文和爻之間的關係，更可由「辬駁」一詞（稍後也被寫成辯駁或斑駁）來證明。它有「雜色」、「不同顏色」或「辯論」、「辯駁」的意思。說文載：「辬，駁文也。」這個字由字根的「文」及表聲的「辡」組合而成。釋玄應（約 649）以為「辬」與「斑」同，並引索斯（約 208 B.C.）〈倉頡篇〉說：「辬，文貌也。」[27]

　　另外，易經的「爻」常含有「效」之義。據此，章炳麟指出

25　見〈爻父乙敦〉，在羅振玉《三代吉金文存》（1937 年），卷 6，頁 11。也見容庚《金文編》，卷 3 頁 41a。

26　見桂馥《說文解字義證》；朱駿聲《說文通訓定聲》；孔廣居《說文疑義》。

27　玄應《一切經音義》：「斑駁，又作辬，同。補顏反。蒼頡篇：斑，文貌也。雜色為斑也。駁，不絕色也。」參周法高重印韓國本（中央研究院，1962 年），卷 17，頁 70。參玉裁和其他學者的討論，見《詁林》本，卷 9A，頁 3985b-3986b。事實上，「文」也有「變」的意義。易經第四十九華卦爻辭有「大人虎變」和「君子豹變，小人革面」之句，漢熹平石經殘字將「變」寫成「辬」。另外，石經的繫辭傳均用「辬」替代「變」。其他經書則以「辬」代替「變」。見高言《周易古經今注》（香港：中華書局，1963 年），頁 171。秦朝之前的碑銘中，今存最早有「變」字的是「詛楚文」，它作成於西元前 328-311 年。筆者相信在「變」字出現前，「辬」和「辯」也可用作變的意義。

「爻」可表示「明見」之義，而使此字含有「教」及「學」（或斆）的引申義了。28

現在，讓我們再回到這些字的起源和其基本的意義上。甲骨文的「教」字作「𢼄」、「𢻫」或「𢽅」29，這些形象和金文的「𢻹」或「𢻭」30非常像。我們可將此解釋為：一個老師手持教鞭或指示尺（𢼄）以引導小孩（𠀉）學習「ㄨ」或「爻」。至於「學」字，甲骨文作「𡦹」、「𤕝」、「𤕢」、「𤕟」或「𤕞」。31金文作「𢲚」、「𤑒」或「斆」。32這些字的形象，大都顯示出兩隻手握著一件東西去學習。從這些不同的形象中，我們發現有個很重要符號，第一個是「爻」，它有時也作「ㄨ」，而和我們前面討論過的「五」，字一樣，一個是「𠆢」，則跟「六」字一樣；最後一個則是上面

28　見章炳麟《文始》，原稿影印本（杭州：浙江圖書館，1913年），卷9，頁2a-b。章認為最後兩字是一樣的，但斆也可唸成教，參註32。

29　各參見羅振玉《殷墟書契前編》，卷5，頁8，圖1；卷5，頁20，圖2；和郭沫若《殷墟萃編》（北京：科學出版社，1937年新版），第1162圖。參見李孝定《甲骨文字集釋》，卷3，頁1089。

30　〈散盤〉，在羅振玉《三代吉金文存》，卷17，頁20；和〈鄘侯敦〉，在吳式芬《攈古錄金文》（1895年），卷2，頁3，第66圖。也見容庚《金文編》卷3，頁38a。

31　分別採自羅振玉《前編》，卷6，頁64，第6圖；郭沫若《卜辭通轉纂》（1933年），別；《前編》，卷5，頁20，第1圖；同上，卷1，頁44，第5圖。劉鶚《鐵雲藏龜》（1904年），頁157，第4圖。最後一字也在《前編》，卷1，頁44，第4圖。朱芳圃《甲骨學：文字編》（1933年）；孫海波《甲骨文編》（1965）；島邦男《殷墟卜辭綜類》（1967年）；和李孝定《甲骨文字集釋》，各本都將此字寫作𤕞。

32　容庚《金文編》，卷3，頁38a；另參註28。

兩者的結合，如：「𣥚」或「𣥐」上列後面的組合字，使我們立即
想到「文」（𣦵）字。因在古代的中國，組合字的字根和各個要素
之位置是有選擇性的，故「𣥐」和「文」可能是同一個字。事實
上，在漢代的石鼓中，如史晨後碑有「學」字，曹全碑有「學」
字。桂馥（1723-1805）在他的《說文解字義證》中（48/176）也注意到
漢石鼓文中的這種字形和北齊時一般字形。其實，唐、明兩朝和現
代的手寫文字，有時也將「學」字寫「孝」；因此，我願做出下面
的假定：在「學」字的原始形象中，那個被學的對象即是「文」；
或者，在最低限度上，我們可以說這個字暗示了那個被教、被學的
事物是「數字或算術」。這個推論是可用其他記錄來證明的。事實
上，在古代中國的傳統上，據說教小孩的第一件事即為數字；同
時，卦爻也常被用於數字的解釋。[33]

在前面，我已經提到過「五」、「六」這二個字在易經中有其
特殊意義；但仍有一個關鍵問題尚未解決，即：為什麼它們需要這

---

33 《禮記·內則篇》（十三經注疏本），卷 28，第 12 篇，頁 243。在有關
小孩教育的過程上說：「六年，教之數與方名。九年，教之數日。十年，
出就外傳，居宿於外，學書計。」周禮卷 14 保氏，也有保氏教國子算數
的話。這些記載的時代並不很早，但是，可看出一些古代的風俗和制度。
另外，象數派的解卦在周代末年即有，並影響到漢代的緯書。這種解釋釋
法後來稱為「象數之學」，而在宋代的理學有較大的發展。萊布尼茲
（Gottfired Wilhelm Leibnita, 1646-1716），也根據他那幾 1 和 0 為代表的
二元運算（binary arithmetic）重新安排八卦和六十四卦，所得的結果跟邵
雍（1011-1077）完全相同。萊氏有關卦之研究當然對他想創造以數字為
基礎的「世界語言」之企圖有鼓舞的作用。我相信如果那些數字學們知道
八卦的形象，在起源上與數字有關，一定會非常興奮。

個意義？如甲骨文所顯示的，最原始的四個數字是由與其數目同樣
多的直線平行排列而成；但從第五個字開始，數字的形象已不再是
由與其數目相同的直線來組成，而被一個與其所代表的數目毫無關
聯的符號所取代。雖然在甲骨文中仍有一些「五」字被寫成
「三」[34]，但這可能只是「五」字的最早面貌；其後演變成
「Ⅹ」，最後則變成「ⅹ」。由符號象徵的觀點來看，這個現象應
該被認為是一個大轉變，同時，可先用來解釋為什麼像「文」、
「爻」、「學」，及「教」等這麼重要的字中都包含了「Ⅹ」，以
及為什麼「爻」字在易經中被視為變（爻者，言乎變者也）。[35]這種說
法也可使一些術語，如：「學文」，「文學」和「文教」等在《論
語》、《左傳》及《尚書》中的結合顯得比我們想像中還要自然。
另外，我們可比較「文」和希臘的 paideia——此字的意義先是
「養、教小孩」，而後的「教育」，最後則成為「文化」、「學
習」和「成就」之義。Paideia 這個字對古希臘人而言，可能和
「文」對古代中國人一樣，具有特別的含義；不過這個古希臘字在
後代並沒有演變成「文學」，而「文」在中國則有。

在假設卦爻和這兩個主要數目字之間的可能連接關係時，我也
考慮到傳說，並比較了「文」、「爻」和這兩個數字的形象。除此
之外，如果我們分析「爻」的基本元素，我們可發現在它們之間有

---

34 林泰輔《龜甲獸骨文字》（1917 年），卷 1，頁 18，第 13 圖。
35 《繫辭上傳》，第三章；也見于省吾《殷契駢枝三編》，頁 31b-32a。
   「五」當然也代表了一隻手的五個指頭。西方史學家在解釋算數如何開始
   時，相信是為了幫助計算，古人曾經用五或十來當作計算的單位。這事實
   也可說明為何古中國人將五視為特別有意義的數字。

著更進一步的關係存在。在「文」字裡的兩種不同線條：直線的「一」和成角度的線「ㄟ」，似乎也都是那最基本的十個數目字的主要元素；而且，卦爻也可能由這兩種線條組成。例如我們都知道第一卦「乾」是被畫成「☰」，這個圖形可能在更早期只作「ㄥ」，而由三條線的符號演變而成。甲骨文的「乞」（即气）字之形象是「☰」，為「氣」之義。[36] 我想直線可能象徵天空，故雲的早期形象也作「ㄥ」。第二卦是「坤」，現在被畫成☷，但有充分的資料證明在漢代及漢代之前，「坤」常被畫成「巛」，這個字可能即為甲骨文中的某些複合字，如：≈、≋，其意義為「流水」、「洪水」，甚至「土地」的意思。[37] 這些明顯的表示出這兩個最早、最有意義，也可能是最基本的卦和「文」字一樣，也是由「一」及「ㄟ」所組成。我想斷的直線（--）之所以被選上，大概是因為有角度的線（ㄟ）很難與直線（一）相配合的緣故。

因為這兩個原始而基本的符號本來就含有氣（或天）與地（或

---

36 參本人有關詩的論文，在 *Wen-lin*（參註 1），頁 170-172。

37 見甲骨文 苔 字（今昔字），在李孝定《甲骨文字集釋》，卷七，頁 2209。我想 ≈ 可能描繪已犁過的或不平坦的土地，或切割過而成脊狀的石頭；而且，那也是何以此字後來成為「耤」（耕地）和「錆」（早期作晉）兩字偏旁的原因。但大多數學者以為它是聲符。古代坤的字形有作 臾 和 臾 的。這很像「六」字的不同字形「兴」。（陸，現在仍為六或陸地的意思。）我想這些可能源自早期的字形介。如果是真的，那也可用來證明卦爻的原始符號可能與「六」有關。參丁山〈數名古誼〉（《歷史語言研究所集刊》1 本 1 分，北京：中央研究院，1928 年）；于省吾《易經新證》（海域于氏，1937 年），卷 2，頁 1；周法高《中國古代語法、稱代篇》（台北：中央研究院，1959 年），卷 6，頁 261。

河）的內蘊，所以在易經的傳上常有「乾為天」、「坤為地」[38]的解釋。這種說法確實在周朝的後半期非常普遍（我們不但可用國語及左傳上的記載來證明），同時，在《逸周書》的〈諡法章〉上，即將「文」定義為「經緯天地」；《左傳》於 514 B.C. 上有與其相同的「經緯天地曰文」的記載；漢代的注家也常用此語。[39]如此看來，「爻」字的兩個基本元素也被視為「天」和「地」的象徵，這和我們前面從易經上引用的「天是五、地是六」相同。而且，根據《國語》，在晉悼公（572-558 B.C.）就其王位之前，單襄公詳述他說：「其行也文，能文則得天地。」接著，他更費心地解釋「文」說：「天六地五，數之常也；經之以天，緯之以地，經緯不爽，文之象也。文王質文，故天祚之以天下。」[40]在這裡，雖然數字的位置恰好顛倒（我相信這是基於早期對易經〔歸藏——傳統上為它是商朝的易經〕的看法。在它裡面，坤卦排於乾卦之前，[41]這也可顯示出早期中國的女家長制度時期，陰也常在陽之前。）這兩者之間，以及文和天、地的關係是沒有錯的。如果這些看法有事實根據的話，則「文」和這兩個數字在字源及字義上和卦爻是有密切的關係的。而這種內含的關係，也

---

38 分見《說卦》第 10 和 11 章，也見第 9 章。

39 朱右曾《逸周書集訓校釋》（序文日期為 1846 年，藝文印書館重印本），卷 6，第 54 篇，頁 7a；也見阮元《經籍纂詁》，上平，十二文。

40 分見《國語》（藝文印書館重印 1800 年覆 1032-1033 年明道刊本），卷 3，頁 3a 和 3b。

41 于省吾《易經新證》，卷 2，頁 1。很多學者懷疑歸藏殘卷的真實性，但五省吾發現宋代李過所保存的很可靠。我這裡僅引用李書中保存的坤、乾的順序。且孔子在《禮記·禮運》篇說過的為證。

許正是推動了後代文學為何必須闡明「道」或「真理」的這種思想。

　　前面認為「文」是由兩個主要數目字連合的這種解釋，並不意味著「∧」和「╳」這兩個基本的線形形象不是鳥、獸及其他物品上圖樣的早期模倣。同樣的，這種解釋是基於╳是字中可分離之元素的假設。這似乎也可由漢代的石鼓文及金文來證明：在石鼓文中，「文」常寫成「𠔻」，金文中則作「𠁱」。[42]

　　前面頂上有心（𐃀）的金文的形象，並非是單獨存在的。除上面已討論過的之外，「文」在金文中另有一些不同的形象，約可分為四種：「𡥀」、「𠁱」、「𠁱」和「𠁱」；[43]甲骨文也與此非常相像：「𠁱」、「𠁱」、「𠁱」和「𠁱」。[44]我認為這些字是稍後精鍊而成的或是已改良的形象，並猜測它們可能在描繪人體、器皿、或其他物品。心（𐃀）和口或言（ㅂ、ㅂ）在中間是很奇怪的。口（或言）這個符號常被加於古字上，有時具有很好的理由，有時則毫無道理可循。在我的另一篇論文中，我已指出當心和口（後來的言）在

<hr>

42　〈伯家父殷〉，在羅振玉《三代吉金文存》，卷8，頁43。

43　分別採自〈大豐殷〉，在郭沫若《兩周金文辭大系》，第 1 冊，頁 1。
　　（英文翻譯和研究，請參 W. A. C. H. Dobson, Early Archaic Chinese
　　[Toronto: University of Town to Press, 1962], 頁 175-179）；〈利鼎〉，在
　　羅振玉《三代吉金文存》，卷 4 頁 27；〈旗作文戊鼎〉，同上，卷 3，頁
　　34；〈同殷〉，同上，卷 9，頁 17。參見容庚的《金文編》，卷 9，頁
　　5a-6a，另有一字形似乎由樹的形象而來，但這是形象的起源令人懷疑。

44　分別採自胡厚宣編《戰後京津新獲早骨集》（1954 年），第 2837 圖；董
　　作賓編《殷虛文字甲編》，第 3940 圖；《乙編》，第 6820 圖；和羅振玉
　　《殷虛書契前編》，卷 1，頁 18 第 1 圖。

文字中被用來指示類別時，有時是可改變的、含混的，或被用來對
比的。[45]因此，對這兩個符號加入「文」字裡，是表示對「人心」
或「人言」在文化及文學創作上扮有重要角色的了解，而後文字上
反映出一種抽象的觀念，並非是不可能的。

　　古代碑文中也載有一些由「文」字和「心」及「文」字和
「口」所組成的字。在這種情形下，無論「文」是作為聲符或義
符，它常是學者爭論的焦點。「峇」即出現於甲骨文上，[46]說文將
它解釋為「恨惜」；但有些學者則認為它表示了一種文飾。[47]在金
文中則有「𧮫」字，由「文」和「言」合成；[48]在我看來，這個字
可能就是詹（諺）字，其義為俗語。它使我們想起一個術語「文
言」而且很可能被孔子用過，並影響到後代的作家。稍後，我再回
到這一點上。

　　至於「文」和「心」的連合，說文上有「忞」字，而將其解釋

45　參本人在 *Wen-lin* 中「詩」的論文，頁 205。例如高亨以為「文」的字形
　　是在描繪文身。參《周易古經今注》，第二十二卦賁，頁 79。如果這是
　　對的，它在寫法上的精練反映了新的習俗。賁的上部是可能是炎的異文，
　　亦即用於文。賁字即「文貝」之義。陸德明（556-627）在「經典釋文」
　　指出，有一早期的注釋家認為賁是古時的「斑」字，其意為「文章貌」，
　　此時賁字可能唸成「勹勹」或「分」與「文」相對稱。雖然「賁」字早期
　　的音符是乂。

46　羅振玉《殷虛書契前編》，卷 2，頁 13，第 15 圖；李孝定《甲骨文字集
　　釋》，卷 2，頁 397。

47　見《說文》，卷 2A，頁 636b。

48　見容庚《金文編》，卷 9，頁 6b。

為「自勉彊也。」並引《尚書·立正篇》「在德受忞」[49]之句來支持其說。因在現今版本的《尚書》裡,「忞」字作「瞥」,且任何其他文字記載上,都找不到和說文同樣的「忞」字,所以這個字很少被注意到。但在《論語》裡,有一段孔子被引用的話:「文莫吾猶人也;躬行君子,則吾未之有得。」此段文字中的「文莫」兩字常困擾著許多學者及注家。有些學者注意到在說文中有「慔」字,其義為「勉」,所以他們猜想「文莫」可能是「忞慔」。在思索過金文中有「心」在中間的「文」字後,我認為這個最後的碑文形體在隸書體文字被創造的秦、漢之際,可能有時被寫為「忞」,有時則被寫成「文」。但如果「忞慔」是一個雙聲的複合詞,則「文」在這個字裡很可能是表聲之部;然而在碑文中,當他包含了「心」這個符號時,就不應是這個情形了。總之,在自我影響或人為努力下,因為「文」與「心」的並列,這個字很自然的有助於形成「文心」——這個我們後代很熟悉,但顯然已帶有和前面所提到的不同意義的觀念。

三

當我們將「文」解釋成象徵性的動物圖形或含有數目內蘊的其他自然之線條組合時,我們也須注意到另一個相當的字「理」——在後代,它常代表理性、真理,以及它和「文」與「道」的關係。雖然我在先秦的碑文中未能找到此字,但它卻常出現於周朝的經典

49　《說文》(詁林版),卷 10B,頁 4700b-4701b。〈立正篇〉在今文尚書的周書裡。

中。《管子》及《韓非子》都載有此字的定義；後者上有：「理者，成物之文也。」一段話。[50]《爾雅》中並沒有此字，但說文卻有：「理者，治玉也。」之句。如此，這個字原本的意義大約為「玉的紋理、或模型、形象」，而相當於「文」字。在前面引過的說文敘中，許慎提到倉頡創造書寫文字的同時，提到了「分理」。段玉裁（1735-1815）認為這個術語跟「文理」相當；[51]「文理」是周朝末期常用的詞。在本文一開始，這兩個字也被韓愈合用過。相對的，「道」字在周朝時，則習慣地被人用來與「學」和「教」相結合。思考過這最後的兩字（理與道）和「文」在字源學上可能的關係後，我們也許可假定「道」與「文」的關係是可以間接性的方式的來了解的。

「理」字在很早的時期，或許已含有「理性」的內蘊，如段玉裁和戴震（1723-1777）所解釋的，古代的中國人相信「玉」擁有高尚的品質與內涵；但若要將其品質顯現出來，工匠們則必須依其自己的紋理去修治它。由此推論，所有一切事跟物都有其「理」，因此，「理」的意義被推展成「次序」、「有次序地思考或理性地思考」、「理性」、「規則」或原則等。[52]這些繁衍成的意義也許在

50　陳奇猷《韓非子集釋》（北京：中華書局，1958 年），卷 20，頁 365。

51　《說文解字注》，卷 15A，頁 1b。

52　同上，卷 1A，頁 30b-31a。如果我們知道古中國人如何將「玉」當作一種飾品，我們將更了解為何為何「理」在過去代表了理性或秩序的永恒品質。《逸周書》載當西元前 1111 年殷紂王戰敗時，他用五種「天智玉琰」和四千塊普通的玉繞著自己而自焚。以後戰勝者周武王派一千人去找那些玉。他也從商朝獲得一萬四千塊古玉和十八萬塊玉飾。見《逸周

西元前十二世紀時早已存在。《逸周書》中載有武王（156-116
B.C.）三年時，他提到十姦。其中的前三者為：㈠窮口干靜，㈡酒
行干理，㈢辯惠干智。[53]《周書》更有一段被稱是周公（約 1105
B.C.）告誡成王（1115-1079 B.C.）的話：「有隱于智理者，有隱于文
藝者。」認為人民常以各種不同的方式隱藏了自己的真正性格。但
是人民是如何做到的呢？他更解釋說：「前總唱功，慮誠弗及，佯
為不言。內誠不足，色亦有餘。自順而不讓，措辭而不遂，如此，
隱于智理者也。動人以言，竭而弗終。問則不對，佯為不窮。貌而
有餘，假道自順，因之初窮記深，如此，隱于文藝者也。」[54]這段

書》，卷 4，第 37 篇，頁 7b。參見顧頡剛在《文史》第 2 冊（北京：中
　　華書局，1964 年 4 月），頁 1-31 有關本篇的研究；以及屈萬里在《慶祝
　　李濟先生七十歲紀念論文集》（台北：清華學報，1965 年 9 月），頁
　　317-331 的論文。也參考本人的〈卷阿考〉，《清華學報》新 7 卷 2 期
　　《漢學研究專號》（1969 年 8 月），頁 176-205。

53　《逸周書集訓校釋》，卷 3，第 29 篇，頁 11b。「窮」後面的字印作
　　「□」，有許多字被提議用來填補哪空圍，但我認為那空圍並非佚字而是
　　「口」字。

54　《逸周書》，卷 7，第 58 篇，頁 3b-4a。這篇在兩周初年早已完成。大戴
　　禮也收錄篇，名〈文王官人〉（第 71 篇）。據說是文王（約西元前
　　1161-1122）告誡他的宰相呂望。大戴本似乎是以後的一種修訂本，或是
　　取自別的版本。但有時對檢查《逸周書》內文的錯誤有些許用處。大戴禮
　　所引用的這段文字如下：「推前惡，忠府（思附？）知物焉。首成功，少
　　其所不足。慮誠不及，詳為不言。內誠不足，色示有餘，故知以動人，自
　　順而不讓。措辭而不遂，真知其情。如是者，隱於知理者也。素動人以
　　言，涉動而不終，問則不對，詳而不窮，色自有餘，有道而自順之，物
　　窮則為深。如此者，隱於文藝者也。」見盧辯和孔廣森著《大戴禮補注》
　　（國學基本叢書本，1941 年），卷 10，第 71 篇，頁 121。

話中的「智理」一詞，在後代常被顛倒地組成「理智」，而為「思維能力」之謂。至於此處所用的「文藝」一詞，看起來非常現代化，但它在古代的內涵卻更廣泛，它的模糊定義可能只是「文辭外表的技術」而已。然而它的基本含義仍然在的，這種柏拉圖式的反對文學、藝術，或潤飾等卻非常引人注意。

雖然「理」這個字很早便含有「智識」、「次序」等抽象意義，但在周朝初期並未被普遍使用。《今文尚書》、《論語》、《老子》中皆無此字；在《詩經》中，這個字則非上列的意思；《易經》中也只在翼的部分中有此字。《逸周書》中的二段禱神文字中有之；其中之一可能完成於商朝的吟唱者，另一則可能完成於周代。在兩段文字中，「理」字常與「道」合用於同一段落中。商的禱神文引商湯之語：「天下者，惟有道者理之。」周代的禱神文則為：「用彼大道……。舉其修（據王念孫所釋，同於條字），則有理。」兩段文字皆提及陰和陽，因此，其年代很難確定。但我相信陰陽觀念發生得非常早，可能在商末、周初，而非其他學者所認為的晚周。陽字在甲骨文中已有。管子中常提到「理」，但同樣的，那些記載也被現代某些學者認為不可能早於西元前三世紀。[55]

《墨子》一書可能是引用「理」最多，且含有「順序」、「層次」等內涵的最早哲學經典。孟子了解這種觀念的重要性而創造了「條理」一詞，但他只提到幾次而已。他們都未把理和文結合。

給予「理」最高地位的是荀子。依照他的觀念，宇宙間的任何

---

[55] 見 W. Allyn Rickett, Kuan-tzu, *A Ropository of Early Chinese Thought* (Hong Kong: University Press, 1965)，頁 119、122。

事物都有他們的模型、層次、順序和原則。尤其因為他非常重視用
人為的努力去條理化人類事物，以滿足他們的慾望，並認為「文
理」是這種文化成就的一部分，他堅持「文理」是人類必須全力去
達成的一種素養。[56]因此他說：「文理繁，情用省，是禮之隆
也。」又說：「故至備，情文俱盡。」荀子此處所說的當然是與一
般的禮或文化有關；但「文理」和「情文」兩詞在後代中國文學批
評史上的特殊推動力，也引起了相同的影響。事實上，他在賦篇所
用的術語「文理成章」也在後代被認為是文學評鑑的一種標準。此
外，他常提到的「骨體膚理」也可能促使後代形成某些文評思想的
因素。

　　對荀子而言，語必當理應是很自然的事。不過，荀子以為除非
這種觀念被完全地了解，僅是這種要求並不能保證一個作者的完美
性。因此，當他在批評其他思想家時，他也同意他們是「言之成
理」。荀子甚至於將「理」合於「道」而成為「道理」。他也許將
「理」和「道」同列並重，事實上，當他說：「辭順而後可與言道
之理」與「凡人之患，蔽於一曲，而闇於大理」時，他可能認為理
是道的基本條件。

　　然而，甚至荀子本身也常以「道」為他的中心辯題，這是我想
探討的。除了上面所討論過的「理」外，古代中心想可說完全被
「道」所籠罩。這種發展可顯現出中國思維方式的一些特性，以及
其對於中國文學理論的演進之影響。和早期的「文」與「理」間語

56　王先謙著《荀子集解》（台北：世界書局，1965 年重印本），第 7、9、
　　10、11、19 和 23 篇。

義的關係不同，從語言上去探討「文」和「道」的關係是比較困難的。

　　我們不能確切地說明「道」的起源是什麼，也不能指明何時「道」才有「方向」的抽象內涵。雖然在甲骨文找不到這個字，但從所有的記載資料來看，我們應可相信這種含義在商末之前早已存在。在《詩經·大雅》的〈生民章〉中，這個字的含義即是「方向」或「方法」。朱熹和姚際恆（1647-1715?）兩人都相信此詩乃周公作。雖然我們不能找到確鑿的證據來支持這種說法，但毫無疑問的，此詩應屬於周朝初期的作品。這個字在《逸周書》的許多篇章中都含有這種內涵，而我相信此書基本上是完成於西元前九世紀之前的。[57]《逸周書》第三十二章所提到的天道、地道和人道三個複合詞之成立，也許更暗示了在西周時期，某些宇宙中的基本原則早被認為已經存在。更因為此書第二章的「通道通天」和第二十八章的「道極」等詞的出現，使「道」成為一種獨立性的抽象本質，使這種觀念更顯清楚。

　　這種對「道」的崇敬，可能自商代末期即已持續下來，然而，

57　我特別提出 2、4、10、21、27、28、29、32、33、38、39、43、50、51、54、57、58、61 和 63 等篇。在〈芮良夫〉第六十三，有屬王時人芮良夫對這觀念的看法。我相信這篇前的所有各篇基本上作成於西元前九世紀。墨子、左傳和戰國策全引用《逸周書》。在 38 篇（譯者按：應作 37）有一關於「明堂」的句子，實際上在西元前 625 年左傳中狼瞫已明確地引用。在時間上又比孔子早了一個世紀。這篇中提到西元前 1109 年的武宣王。即使這些篇目在後來有可能被竄改，但我不認為所有關於「道」的參考資料全被竄改過。

如果我們將這種「道」的思相與其他並行的思想比較一下，我們可能會懷疑是否在西元前六世紀之前的某一段時期，「道」的重要性比其在更早或更晚的中國思想中要低落？至少其被提及的次數要少得多。我們知道，常和「道」合用的術語之一是「德」字。《逸周書》第二十一章將此兩字平行使用：「無道棄德」。據其本文，這一章的年代是西元前一一四九年。董作賓即曾以它來支持他對甲骨文殷周曆的重建。被認為是周公所作的第五十四章中，更每每提到「道德」；至於後代的記載，僅提《道德經》（我個人仍不相信一些近代學者所主張的此書晚於論語之說法）便已足夠了。但如果我們將此兩字個別考慮看看，除了「天命」之外，周室的統治者似乎在評論商亡周興的事件上，比較重視「德」而非「道」。這情形可能暗示了至少在觀念領域中，從迷信式的了解進入到人文觀點的一種轉變。甚至在周朝建立之後，它的統治階級所主要考慮的，也是人類能力、文化、文學及道德、品性。在主要的文字記載上，某些關鍵字所出現的次數，據後面所作的統計簡表，顯示出在西周或春秋時期之前，隨著其他術語如：禮、義等的出現，「德」字被提到的次數要比「道」字多。但自春秋時期之後，「道」漸漸成為非官方作者們的中心課題。後面的簡表也可顯示出在不同作品中，「文」和其他術語的相當關係：

理 (有次序的內涵)	術 (述)	德	道 (抽象的內涵)	文 (不含其他相當的詞)	所查的資料
0	0	117	0	15	今文尚書
(0)	(0)	(107)	(24)	(12)	(偽)古文尚書

0	0	71	1	12	詩經
0	1	125	39	33	逸周書
0	0	43	75	29	老子
0	0	38	83	29	論語
12	33	32	99	44	墨子
7	5	38	137	4	孟子
102	48	108	355	119	荀子
38	18	109	251	22	莊子

現在，再回來考慮前面已大致提過的「道」在發展成抽象內涵之早期意義。依我看，「道」的原始意義並不含有「道路」或「指引」等「行」的引申義。我認為有些字的形成，和人類對其生命與其日常經驗，尤其是社會、經濟等有關的外面世界所了解之基本觀念是可推定的。[58]因此，對於如商朝時代的人來說，因打獵及活動乃是他們日常生活中的主要部分，所以有關於活動的觀念是很容易發展成的。「道」這字是由「行」和一個「頭」或「眼」、或有領

---

[58] 例如，「是」字（有正、時、實之意）可能真正在反映一個時間或天氣的深切關懷。（我想「是」字的表面意思也可能從「正確時刻」發展而來）居於這字的最後意思（即實），尤其是它在墨子中所顯示的，我有時懷疑是否我們應立即完全地否認它與夏朝的任何關連——那是與洪水有關，同時因在治水及日曆上的功效而被大眾讚賞。我對這一點在我的論文〈墨家主義起源的一個新看法〉（1967 年 8 月 7 日密西根 Ann Arbor 第 17 屆國際東方學會議）有簡略的論述。孔子似乎有一些具體的根據：當他勸人治理國政時，應「行夏之時，乘殷之輅，服周之冕。」（《論語》15 篇 11 章）。我願用「是」、「值」與「文」來分別象徵這三個朝代的學術與文化特色。

導、停止、前行、移動等含義的符號所組成；而後來更代替了「行」，而有道路、要道、或正確路線的意思。我想這也許就是說文何以將「道」定義為「所行道也」的原因。[59]因此，我想「天行」與「天道」兩詞，可能在不同的時代有相同的含義。

雖然前面已經說過甲骨文未能發現「道」字，但卻有一個符號「𢔟」，一般認為是「德」、「循」、「省」或「直」。[60]這個符號在甲骨文中常與攻擊、伐等軍事行動相連，但有時也有「種植」之義。據它的形象看，它應是「值」或「直」，而與「征」（正）有類似的含義。說文中將直與正相連，如：「直，正見也。」爾雅中則有「道，直也」的解釋。[61]我想𢔟這個形象中，在眼（罒）上的直線（丨）並非許慎於《說文》上所解釋的代表「十」或「眉毛」，而是代表一根箭、或矛、或是指向前面某個目標的指示符號；也就是說，以眼睛順著拇指所指出的與眼睛高度水平的方向，

59　見《說文》，卷2b，頁800a-802b；不同的定義，請考見朱駿聲《說文通訓定聲》，重印本頁801a。

60　見李孝定《甲骨文字集釋》，卷2，頁563-569。在《簠鼎》中「𢔟徵」這個詞，應譯作「循導」。《荀子》第32篇〈堯問〉有「循道正行」（頁364）；《莊子》第6篇〈大宗師〉有「以德為循」（郭慶藩著《莊子集釋》，北京：中華書局，1961年重印本，頁234）。這些並不證明道、德和循三個字，不是出自循這個字。因為這三個不同的字成立於前引的三個字句之前。事實上，這種字句的存在表示它們間有很接近的關係。郭沫若把它譯為「直」，而且認為「德」字即源於「直」。這是非常正確的，且這相同的字形也延伸為「道」和「循」。

61　《釋詁》，卷1b，頁40（哈佛燕京學社引得本）；《爾雅注疏》，卷2，頁7a（十三經注疏本）。

直線逼視到一個目標。當「道」字在金文中常和與「頭」有關之元素合組成字時，漢代的石鼓文中卻有時顯示其字根是「眼」。[62]就我們所知，這兩個元素在甲骨文上是可互換的。

在《周禮》與《禮記》內，特（公牛或牡馬）有時作牼或直。《禮記》從「牛」上著眼，甚至將直與首相合，如：「首也者，直也。」[63]直、首（現代的頭字）、道、德在古代的聲音上似乎很相近。一隻眼睛或一個頭與「道路」的元素組成的新字，由「探測」的含意上看，可用「徼循」（漢書百官公卿表）一詞來證明。我認為甲骨文的𢔣是徼，而非唐蘭等學者們所認為的還字。甲骨文中的此字常與攻擊相連；《逸周書》在下列句子中則將「道」與「伐」緊緊相連，如：「昌道開蓄伐」、「伐道咸布」等。在周朝，當道與德與武和文相連時，「文道」與「文德」似乎是很普遍的術語。[64]我願相信這是文明進步的結果。德字在金文上作𢛳、�或𢛳，稍後，則變成悳或惪。當字素「心」被加上而成為德時，其內含的潛能及力量便被強調了。

還有當農業越來越形重要時，一些與此有關的字，如：穀、稻米、種子等漸漸變成哲學性的術語。在前面簡表上，我列出了

---

62 「道」這字見〈華山廟碑〉，作於西元 165 年，和〈高彪碑〉這字形也見於很多璽印中。有些學者以為是「遒」字，但因為「延」、「延」和「征」字意義相同，它們在結果上的差異並不重要。

63 見《禮記正義・郊特牲》，卷 26，第 11 篇，頁 229。

64 在《國語・齊語》，卷 6，頁 10b 和《國語・周語》，卷 3，頁 18b。「文德」也出現在《國語・魯語》，卷 16，頁 1。且《左傳》中出現很多次。

「術」字；而在古代，這字作述。[65]《呂氏春秋·下賢篇》說：
「桃李之垂於行者，莫之援也。」《初學記》引此句時，行變成了
術；〈倉頡篇〉及《說文》皆將術定義為：「邑中道也。」而為道
路之義；《廣韻》及另外某些作品也將術與道相合。鄭玄認為術字
的早期意義是培養。[66]由上所發現的證據，我想「術」字的意義必
是從一條穿過稻田或果樹區的道路所引申成，而成為後來一般種植
粟稷或稻米的方法和技術。因此，「朮」在這個字中不僅是音符，
也且也是意義的根源所在。說文將秫字定義為：「稷之黏者」，它
指出了一個應是早期形象的「朮」（稷在後代被視為周朝王室的祖先——
后稷。根據傳說和古史，他是帝舜之農官，也是後來的農神。同時，周人也是以
精於農業而出名的）。

　　含有稻穀類元素的字常是與含有頭或眼等元素的字相混。有學
者將德字的字根 屮 解釋為發芽的種子。除了前面所提過的將「術」
定義為道之外，我們發現《說文》將其定義為「循」。前面我也提
有些學者建議將甲骨文上的 彳屮 當作循，而為順路而行之義。而且
《說文》也給直字一個古文 象，這個古文很可能是稻穀植物的象
形。由現存之組合字，如：植、殖、植來看，這個古文象形是很合
邏輯的。當《玉篇》將另一個字 矗 解釋為「草木盛也」的時候，這
種觀點更可確立；在說文中也有一個 稟 字，其義為「禾」，朱駿聲

65　見潘奕雋，《說文解字通正》，重印本；在《說文解字詁林》本，卷
　　2b，頁837b。

66　《禮記注》，卷61，第45篇，頁1683。

將此字解釋成「稻」可能是正確的。[67]《春秋公羊傳》和《穀梁傳》於西元前五六八年時，皆載有一地，名為「善稻」；但《左傳》所載的，卻是「善道」。

當然，所有這些差異可能都是由於聲音的相似所引起；不過，因書寫的符號也被用來代表口語，所以聲音相似的字之意義也相通是可能的。章炳麟基於朮、術、儒等的聲音相似，而試著去解釋何以說文將「儒」定義，以及為何司馬遷在其《史記》的〈儒林列傳〉中也用「術士」一詞。章更將這些字與遂字的古形遞，與藍色的魚狗鷸並列。這種鳥被認為具有預測下雨的能力，而其羽毛在古代中國被用來裝飾術士的冠帽，因此，孔子之前的儒者是一群具有天文、技藝、幻術等知識能力的人，也是儒家、墨家、法家的先驅。[68]不過章卻堅持儒家與法家是源於道家，道家並非源於儒家的看法。[69]除此之外，章與胡適都注意到儒的語源與稬（即稬，後來作糯，是黏稷成稻穀）的關係。胡更由此推論早期的儒者乃是提出柔弱即強壯之理論的殷民族後裔。[70]除了胡氏這個有關殷民族後裔的理論外，前面的觀點是很合理的。

不過，我在此要強調的乃是因農業進步所促成在理想、語文方面的影響力，和稍後在文學作品觀點上的影響力。在關鍵字上，植物或種子等元素和行動、方向等符號之混合並非是突然的事件。在

67　《說文通訓定聲》（台北：世界書局，重印本），孚部，卷6，頁222。

68　《文始》，卷2，4a-b。也見〈原儒〉，〈周故論衡〉下，在《章氏叢書》（台北：世界書局，重印本），頁478-480。

69　〈原道〉，同上書，頁480-485。

70　〈說儒〉（作於1930年），在《胡適文存》，冊4，卷1，頁1-103。

我的另一篇文章中，我曾討論過生（生長、生命）字的基本要素如何與之（腳、足印或方向、行動）字結合的某些細部問題，而認為其中包含了「志」和「詩」等內涵。[71]

　　從主要是軍事性，但也含有農業性內涵的「直」字，一方面發展成含有重視道（改變、行動）或方法，或早期的攻擊觀念的「道」字；另一方面發展成含有強調攻擊力量之內涵的德字，如果我們注意到一件奇怪的事實，即：《道德經》以很大的篇幅去注意軍事問題；《管子·兵法篇》中每每論及道和德；《孫子》將道列為兵法的原則之一；《荀子·議兵篇》也討論德學等等，我們實在懷疑思想的早期關連性是否仍然存在著？在初周時期，道與德可能常被用來證明軍事上的征服；後來，大部分的哲學派別則用此兩字來反對，壓制或感化那些提倡這種原始霸力的人。

　　在嘗試去重建春秋時期之前古代中國思想的主流上，我願相信在更早期的某段時代中，知識乃是被戰士——巫師階級所壟斷，如：士、史、祝、巫等。幾乎所有對上古中國思想史有興趣的古代思想家，如：反應於《易經·繫辭傳》上的、《莊子·天下篇》上的、及司馬談的論述等，都認為神乃是最早或最具有無上神力知識之源。[72]我們可以將這些具有知識、技能的人分為兩類：㈠可被冠

71　見本人的論文，在 *Wen-lin*，註 1 所引。

72　Helmut Hoffmann 認為西藏文中的 gsĕn 意指「最高的精神權威」，可能是中文和西藏文「神」的原形。這點更可由中國字「坤」有相同的字形和喉音聲母得到印證。見他的論文 "Gsen: Eine Lexikographischreligion wissenschaftliche Untersuchung", *Zeitschrift der Deutschen Morgenländischen Gesellschaft*, 98 (1944), pp.340-358。這些資料受惠於 Herbert Franke。我懷

上「道者」之名者，這類人提升了道與德的自然及人文內涵；㈡可被稱為「術士」的人，這類人具有特殊技能及使人迷信的力量。但在古代，這種分野可能並不如此清楚；因此這兩個字組合而成的「道術」等名詞，可能即代表了所有知識的領域。《荀子》上有一段記載：當有人問孔子何謂士時，他回答說：「所謂士者，雖盡道術，必有率也。」同樣的，《墨子》也常用此術語於同樣的意義上；《禮記・鄉飲酒義》上則稱此為「術道」。《莊子・天下篇》一開始，即載某人問：「古之所謂術者，果惡乎在？」然後作者即將所有一切知識之種類皆附於這個術語之下。在他分別討論僅能算是「道術」一部分的各個不同派別之前，他說：「悲乎！百家往而不返，必不合矣！後世之學者，不幸不見天地之純，古人之大體，道術將為天下裂。」[73]

「道術」一詞在這裡可能代表了已由「術道」所證明了的二個平行觀念；但，「道」字至少在春秋時期之後，便已成為中國哲學的中心思想。每個學派皆認為它們自己是唯一真正了解道的，但事實上，他們僅僅是偏重於知識、學問的某一部分而已。老子之後的道家可能只承受了較早期「道者」有關道的自然與和平思想；儒家則承受了較早期「道者」有關於德的人文思想和「術士」有關禮的內涵；墨家可能主要是承受了早期「術士」有關天文和技藝的傳

疑「神」字可能晚於「禔」、「祇」兩字。

[73] 這條翻譯採自 Burton Watson, *The Complete Works of Chuang Tzu* (New York: Columbia University Press, 1968)，頁 364。他認為道術如同「道的藝術」。

統；名家則接近於道家和墨家。在其晚年，孔子可能真正潛心於
《易經》的研究，這方面的家與陰陽家都注意到變易、行動及持續
等觀念，很可能也受到「道者」及「術士」的某些傳說。

四

上面有關古代中國思想進化的兩種假設，也許可簡化成：㈠
《列子・說符篇》中所說的「道化」；㈡《說苑・指武篇》中所載
的「文化」。在這過程中，許多中國古代思想家似乎嘗試著盡力去
使用「道」與「文」思想來促使權力的合理化。

在我們開始探討「文」與「道」的關係之前，有一個特殊的事
實值得注意，即道術（述）二詞皆有從「口傳」與「轉化」等詞衍
生的內涵。只不過術字在後來因有一個不顯著的不同形象被選出以
區別其原先的意義；而道字則無此情形。道由「方向」、「要道」
等義引申到「引導」、「指標」、「教導」等義，並由此更衍生出
一個特殊的「談話」之義是很合邏輯的。含有最後（即談話）這個
意義的用法可在《周禮》〈土訓〉、〈誦訓〉及《道德經》上找
到。

這情形立即提醒我們古希臘的 logos 一字，它確實可用來譯成
「道」或「非道」。《聖經》（The Bible）〈約翰福音〉的第一句
話：In the beginning was the Word (logos) 於一八一九年被羅勃・莫
里生（Robert Morrison）譯成中文「太初有道」。他的譯文可能是太
古了，於是為改換這情形，有些西方學者便把道德經的「道」字譯
成 logos。法蘭西學院（College de France）的第一位中文教授阿貝・雷
慕薩（Abel Remusat）於一九二三年寫出：「在至高的生、理、言

"supreme being, reason and word" 三種含義上，想將道字譯為 logos 及其衍生義以外的字是不可能的。」這句話。[74]不過，我們必得記住，中國的「道」字是先有「行動」之義，而後才有「言談」的引申義的。但希臘文的 logos 則是先有「語言、說話、言辭」或者「表達內在思想的工具」等含義，而後才發展成「內在思想本身」及「理性」等內涵的。而且在「言談」的含義上，「道」字一開始即被用成動詞，且從未單獨成為名詞。[75]就此而言，「道」字在與一般學問、知識，及文學作品上的關係，可能比不上 logos 來的緊密。

這種不同，至少反應出三種事實。第一，在文學理論上，「道者」們比起古希臘的主要思想家，如柏拉圖（Plato）、亞里斯多德（Aristotle），較不信任語言及及文學作品。第二，中國哲學將活動、變易、行為等看成與思想同等重要。第三，雖然在周期末期，道與理已被認為相同（前面，我們已討論過荀子的觀點，同時，莊子也說過：道，理也的話），中國思想家在文學及知識的理論上，習慣於將「道」與「德」和「言」與「名」相對立，而非與「文」對立。

74　可參考謝扶雅〈道與邏各斯〉，《嶺南學報》，1 卷 4 期（1930 年 9 月 25 日），頁 1-55。〈太初有道〉，《崇基學報》，4 卷 1 期（香港：1964 年 11 月），頁 27-32。H. G. Creel "The Great Clod: A Taoist Conception of the University"，在周策縱編 *Wen-lin*，頁 257-268。Abel-Remusat 的章節，Crell 的論文有引用。

75　下列的章節在墨子中是經籍中唯一的例子。我知道「道」用為名詞，可能與說話或寫作有關，且一直意指方法，墨子說：「翟以為不若誦先王之道，通聖人之言而察其辭。」見孫詒讓著《墨子閒詁》（台北：藝文印書館，影印 1907 年本），卷 8，第 49 篇，頁 6b。

在周朝初期，文字很受尊敬，且常被用來讚頌其統治者之祖先。一般而言，「文」在文化美飾的意義上，並未被指責其掩蓋了真理或本質，尤其是從統治階級的立場更如此。然而，太多的美飾則被認為是一種危險。《逸周書》中載有文王於西元前一一二二年告誡其王位繼承人的話，說他自己的美德之一即是「不淫於美」。太多的美飾對自然現象產生的危險，更可輕易地從《逸周書》上的「文之美也，而以身剝。」來推知。前面，我曾引過周公對「文義」的看法；在《逸周書》的另外一篇中，有一段周公進諫武王注意「淫文破典」的話。武王則將道與真理同列，而答：「何畏非是？何謂非道？」在另一有關武事的篇章中，有「淫言破義，武之毀也。」的記載，這當然是關於言談對軍事防禦方面的。同時，在另一也是與武事有關的篇章中，「德」字被用為判斷言語之標竿：「危言不干德，曰：正。」不論它的引申含義是什麼，這個句子看起來像是中國文學批評的一個不朽原則。

另一在西周時候發展成的有關美飾及文化的觀點，常被用來對立兩種關係：美化、修飾和本質真理。《逸周書》中引有周公的話：「其言工巧飾」可被稱為「無質者」；「不文而辯」則為「有慮者也」。同時，「易移以言」的人是「志不能固」的。在此，言與志的對立，由眾所皆知的術語「詩言志」之觀點來看，使人懷疑是否周公在防止「詩」的影響力過大。

當東周時，「道者」們對文化及美飾的不信任態度達於最高峰，這可由他們喊出的「返于道」看出。《道德經》中主張把三件事：智慧、仁愛、術拋棄，因這些都是「為文不是」的；所以人民

應被導向簡單、自我與愛好原則。[76]此書作者更進一步責備說，當有人「服文綵」，而其他人也好修飾時，便會引起搶奪及揮霍等惡習，此即「非道也哉」。[77]雖然這種廣泛性地非難並不是特別指責作品之修飾，但毫無疑問的，它也涉及了文學。

《道德經》可能不是真的反對修辭與雄辯，它所爭的是要比修辭更好，比雄辯更有效，所以它說：「大巧若拙」（第四十五章）。經濟（五、十七、二十三、四十一章）、細心謹慎（十七章）、簡單樸實（七十章）、無嗜欲（三十五章）、言語上之似非而是（七十八章）、及無瑕疵（二十七章）都較重歡迎，因為這些都是屬於自然的方式，且較真，較美。當然它也說：「信言不美，美言不信；善者不辯，辯者不善；知者不博，博者不知。」（第八十一章）但這似乎只在反對傳統有關美、雄辯及智慧的看法而已，否則絕不會標示出「大巧」及「大辯」的。事實上，在這段敘述本身，美，辯，博三者，不論其內涵為何，都與信、善、知三者同樣被欣賞的。

不過，如果哲學性的爭論達到頂點（甚至少數的好處可因其而引出），在最後的分析上，對於《老子》，以及文學批評上真正的關鍵仍是最主要的基本問題，即：「真理，或者是道的內涵，能被語言完全表達出嗎？」《老子》的作者在此書的第一章提出其回答。根據他的觀點，無論我們以何種方式去看「道可道，非常道；名可

76　《道德經》，19 章，我解釋「此三者，（以）為文不足，故令有所屬」，不同於先前的註釋或翻譯。我想這話在這裡曾被誤解。

77　同上，53 章，看 D. C. Lau、陳榮捷（Wing-tsit Chan）和 Arthur Waley 的翻譯。

名，非常名。」這段話，當「道」被指出、包含、甚至只涉及時，這個道即不是「永恆的道」是很明顯的。將這理論推到文學批評上，我們便能了解任何作品都是極度的幻覺，以及為何《莊子》中有輪匠說作品是廢物及糟粕之語了。

但莊子並未使人陷入認識論的深淵中。如果「道」是人類所不能接觸的怪物，則他能與之同住，因他自己即為此怪物的一部分。因此，《莊子》的作者（們）讓孔子替他們說：「魚相造乎水，人相造乎道。相造乎水者，穿池養給；相造乎道者，無事而生定（足）。故曰：魚相忘乎江湖，人相忘乎道術。」[78]換句話說，即「化其道」的意思。

這種對於「道」的態度，亦即《莊子》對文學理論的觀點，而且可能是從《老子》的第二十三章衍生的：「從事於道者，同於道；德者，同於德；失（天？）者，同於失（天？）同於道者，道亦得之；同於德者，德亦得之；同於失（天？）者，失（天？）亦得之。」根據《莊子》的說法，作家所應做的是忘卻自己而與主題，藝術相合，忘卻自己而與道和自然合一。《莊子》中，更近一步地發展出「忘形、忘心、忘我及忘言」等思想。[79]我認為「忘」這個字在此，就某個程度上說，應可從無意識、潛意識、或微弱的意識」上去了解。它暗示了一種極端的、自我忘懷的集中，如同表現

---

78 《莊子》，卷3，第6篇，頁272。我自己的翻譯從 Watson 的書改編而來（在頁87）。我接受俞樾的觀點，讀是為「定」。

79 分見《莊子》第26篇，頁977；第14篇，頁498-499；和第26篇，頁944。最後一句見於著名的章節：「筌者所以在魚，得魚而忘筌，……言者所以在意，得意而忘言，吾得夫忘言之人而與之言哉！」（〈外物〉）

於第十九章中有關捕蟬者及木工的故事一般。這是《莊子》所要求的一種心靈或神性的目標；簡言之，即為道與人的合一，甚至連藝術性的技巧也失卻其地位。因此，庖丁說：「臣之所好者，道也，進乎技矣。」

與「大道不稱」的思想將「道」提升到受尊重的地位一般，「大言不辯」的思想也將文學技巧提到一個新的高水平。由這個觀點，《莊子》明示給後代的中國文學批評家及作家們一理想的作家所必須具有的最高標準。

除此之外，在「文」的最廣泛意義與「道」之間的關係被考慮到時，《莊子》中含有一種思想，即認為「文」若被認為是一種表達的方式，它是無法完全表達出「道」的。這種寓言之一如下：列子有次回去報告他的老師壺子，說他遇到一位能知人生死、存亡、禍福、夭壽的神巫，並抱怨他的老師在方面可能無法如此完美；壺子回答說：「吾與汝既其文，未既其實，而固得道與？眾雌而無雄，而又奚卵？」而後，壺子於不同時間中，幻化作各種不同的形象給神巫看，使神巫完全迷惑而敗逃。這裡的含義是很明顯的，即不朽的實體的道，是能夠不停地變化、活動的。因此，沒有任何一個人能完全了解，也沒有任何一件事物可被完全的了解。在這種含蘊之下，「道者」很接近希臘「啜泣的哲學家希拉克里德（Weeping philosopher Heraclitus，約 535-475）」；但對莊子而言，真人必定精於道，他的神祕性即在於他能了解他是道的一部分，且他寧願與道相合，也不願因信任文而奮力去區別道的各種不同形象。

不過，幾乎沒有一個晚周的思想家採這種立場，雖然他們知道物體的形象或模型不停地變化，他們仍相信永遠不變的「道」是其

顯現而被把握住的。因此，孔子趨向「正名」。墨子則「立儀」，法家則「立法」。[80]他們的問題不在拋棄「言」與「文」，而是使「言」與「文」能正反地反應出「道」的本質。

孔子似乎並未直接提到「文」與「道」的關係，但可能有過間接的涉及。《左傳》於襄公二十五年（548 B.C.）時，引他的話說：「志有之：言以足志，文以足言。不言，誰知其志？言之無文，行而不遠。」這裡，毫無疑問的，孔子承認了文學修飾的意義，這個結論可由其他證據來支持。[81]孔子在這句話中所涉及的修飾，當然只及於個人意志的表達，但在孔子的理想中，一個人的「志」是合於「道」的。在《論語》中，他說：「志於道，據於德，依於仁，遊於藝。」我們有足夠的證據來證明孔子判斷人的意志是本於道的。因此，我想斷定孔子的觀點即是以修飾為有效地表達出個人意志中所了解的道之必需品乃是合理的。簡言之，了解「道」本身應以「修飾」為助手。

然而，孔子大部分所講的道，並非玄學性的。他最關心的是「人」；對他而言，修辭與文學表達等的價值，必以其每個人的行為與品德來衡量。他最出名的評語之一是「有德者必有言，有言者不必有德。」（我懷疑這句話，出自老子第三十五章的「道出言」。）在傳

---

80 例如《墨子》，第 35 篇，頁 1b；《韓非子》，卷 1，第 5 篇，頁 67。和《莊子》第 26 篇，頁 491。

81 《論語》說：「子以四教：文，行，忠，信。」（第 7 篇 25 章）他的學派有一群學生擅長於文學研究或寫作的研究（第 11 篇 3 章）。他認為君子應博學於文（第 12 篇 15 章）。從這觀點，他了解文飾的重要性是很自然的事。

統上被認為是他著的，且在後代中國文學理論上產生很大影響的《易經·文言》上，也引他的話：「修辭立其誠」。

我不願在這個題目上充分討論孔子觀點，也不想更詳細地討論《墨子》或《荀子》有關「文」與「道」的看法。[82]不過，我在此要指出一點，即荀子和亞里斯多德在柏拉圖之後發展出一套有關詩學的理論相似，他將「道」與「詩言志」，「名」和「文」的混合，似乎促使了一個後代儒家對文學觀點的新的理論性發展。

雖然荀子說過「墨子蔽於用而不知文」，[83]但他們兩位哲學家都全力強調「名」應與「實」相應。墨子並未將「文」與「道」合一，因對他而言，前者並無任何意義，所以他說：「言無務為多，而務為智；無務為文，而務為察。」因此，「凡出言談，由文學之為道也；則不可以不先立義法。若言而無義，譬猶立朝夕於員鈞之上也。」這裡，「義法」一詞在後代被方苞用來表示文章的一種原理，即是後來最出名的桐城派基本原則之一。一般人都相信這原則乃是由司馬遷對孔子的評論所衍生，[84]然而因司馬遷在其自傳上曾提及他研究過墨子，所以這個觀點也可能從墨子得來的。

除此之外，墨家的學者們可能或多或少地注意到「文」的觀念。在《墨子》中有「文名」與「文實」兩詞；可惜與他們有關的

82　孟子和荀子的兩個主要段落，在我的文章中有簡要的解釋，見 *Wen-lin*，頁 156。

83　《荀子》，卷 15，第 21 篇，頁 32a。採用 Watson 的翻譯。他把「文」解釋為「美的形式」，見 Hsun Tzu, *Basic Writing* (New York: Columbia University Press, 1963)，頁 125。

84　《史記》，〈十二諸侯年表〉，第 14 篇，頁 2a（百衲本）。

內容都含有因原文被修補過所產生的矛盾，我在此不能仔細地討論它。不過，其中有一段文字有助於我們了解；在《墨經》的第一部分，「舉」字被定義為「擬實」也，它更進一步解釋說：「告以文名，舉彼實也。」[85]在這裡，「文名」一詞可能具有美學的內涵，而同於《荀子‧正名篇》中的「名聞而實喻，名之用也；累而成文，名之麗也。用、麗俱得，謂之知名。」[86]《墨經》上的「文名」一詞，如高亨所解釋的，可能與荀子說：「期命也者，說辨之用也；說辨也者，必之象道也。」[87]因此，荀子所使用的文字實含有美學的功能，這似乎也是在中國歷史上最先含有現代西方文學內涵的一段文字。

至於墨子對「文」字的用法是否指出了相同的義蘊，仍得靠某些內容上及語義上的研究結果來斷定。墨家學者以「舉」字來表示「擬實」是不尋常的。其書的第四十章也有「言，出舉也」這句話（我嘗試將這句話解釋成：言乃為模倣事實而發者也）。第四十五章的〈小取篇〉中也認為一個邏輯家應該「以名舉實，以辭抒意，以說出故。」這便明白地指出了「舉」乃被用為一種象徵性實體的意義。《墨經》也將譽（金文中作舉）定義為「明美也。」事實上，說文中「舉」字的定義也和稱（偁）有關，而《爾雅》又將「偁」與

85　《墨子》，第 1 篇，頁 47-48，第 31 條（高亨本）。

86　《荀子》，卷 16，第 22 篇，頁 281。採用 Watson 的翻譯；又見頁 147。翻譯「文」時，我已用 literature 代替 pleasing forms，表示口頭文學和寫作文學的意義。

87　同上。

「舉」相連。因此「舉」實含有「舉起」和「稱讚」兩種意義。[88]
這情形和「與」字很像。「與」字的原始意義為四隻手扛著一個盤
子或某種物體來表示舉起：🙌；後來有一元素「口」加入而形成一
種歌吟，一種詩體或文類。它也與「詩」字相類，因「詩」字的早
期意義也是於慶典上帶著一件物品（寺或言），而後來也因加上
「口或言」等元素而成詩（在較低的層次上，從由身體，表情，動作等交流
到語言。抽象的溝通，它也可與「道」和「術」相比較）。如果舉字和譽字
能比得上興字，則它們可能含有一種美學的行為；而《墨經》中的
「文」、「與」，在文學（包括書寫和口語）基點上，可能非常接近
荀子的看法。

我在此指出這點的另一理由，乃因我想將這種比較拿來解釋
「文以載道」中的「載道」一詞。顯而易見的，「載道」詞在周朝
初期即含有「負載」及「紀錄」兩種含義。這種含義和英文的
convey 非常相似。[89]一般人也許會奇怪何以周敦頤在創作這個名句
時強調了這個字的「負載」含義，而非紀錄。

我們已經知道「詩言志」這句話可能含有雙關義。當「詩」字

88　「舉」的較早形體是「與」。銅器的銘文是🙌（漢銅：虎符，在求古錄
　　中），表示四隻手握住東西。當中的形體有時寫作 ٩、٩、٩ 或 ٩。這一定
　　是一種工具或一頂轎子的圖像。伯與是一位專案工藝官員的名字，在《尚
　　書・堯典》中和父斨一起被提及。我認為後者的名字意表一隻槍，或一帶
　　鉤的矛。同樣地，「與」也表示有關某一工作的工具，可能是轎。見本人
　　的論文〈破斧新詁〉，《新社學報》第 2 期（1968 年 2 月），頁 1-20。

89　除了其他古籍外，《尚書》中的「載」或用作「行動」義（〈堯典〉），
　　或用作「記錄」義（〈禹貢〉）。此外，有「一年」的意義。有一次管子
　　用作戰車的意義（〈問篇〉，Rickett 本，頁 113）。

形成時，「言志」的觀念早已存在；但「文」與「道」就沒有這種語源上的關係了，它與道路、街道毫無關係。不過我前面提到在詩經中馬車的皮簾或墊稱為「文茵（鞇）」，周時的高級馬車常以文和彩色布、繡皮或畫等來裝飾，所以《墨子》說當時的統治者們為「飾車以文彩」。同書中常提到「文軒」，事實上，《易經》常將這兩者相連：「坤……為大輿，為文。」90（其實，當此書說坤是地時，便含有載之義）而且在《國語》中，有關單襄公對「文」的不同解釋中，有：「智，文與輿也。」一句話。韋昭注說：「智所以載行文德。」因此，「輿」、「載」、「文」和「德」全被連在一起。「輿」在《墨經》中作「轝」，這應和前面討論過的「舉」、「譽」等相互比較，以了解中國語言中相似思想之如何形成。

另一方面，韋昭將「載」與「德」相連，可能是一種例外；然而，由事實上看，道與德兩者原先便由在道路上的行為、活動發展而來，它們與馬車、溝通等連接是很自然的。事實上，道與馬車的緊密相連可由《周禮》中有一稱為「載車」的馬車看出。《國語》中也引了一段穆王（約 1023-1983 B.C.）的話：「奕世載德」，其中也有「載德」一詞。

至於「道」是否可被載，《莊子》由兩件事上討論它。其一說：「道，物之極，言默不足以載；非言非默，議其有極。」《周書》的另外一章中提到黃帝。在黃帝解釋他如何演奏「無言」、「天樂」和使聽者迷惑與愚笨時，他說：「愚，故道；道可載而與之俱也。」雖然這段敘述與上個觀點似乎有些矛盾，但明朝的一個

---

90 《說卦》，第 11 章。

註釋家宣穎解釋說：道之被人擁有，乃因其人「順之而已」。[91]在這裡，他可能是對的。但「俱」這個思想可能仍然與前面我們提過的人應全力使自己與道相合的觀點不同。

無論如何，深受道家哲學影響，並精於《易經》的周敦頤在形成這個文學理論時，他心中可能已有「坤卦乃是一個大的裝載工具，以及等於文」的觀點和《莊子》上的「道可以工具傳播，且可於任何時、地與人同在」的思想。我認為歐陽修的說法「文必與道相合」也是受了《莊子》的影響。[92]

從上面這個研究，我想提出一些試驗性的結論：

一、基於原始的字形，「文」字的早期意義似乎既是一種自然界基本現象的象徵，也是去追求和體認它的關鍵。模倣及數字上或算數上的象徵主義可能都含有這種觀點。然而，這個字常被用為文明與文化等廣泛意義，而非文學，雖然後者可被包含於前者之中。當「道」與「德」起來代表具體（如軍事、農業）的力量時，被認為是文化的「文」則被視為強化這種力量的方法之一。不過，在另一方面，被認為是自然物體形象的符號之「文」，從西元前十二世紀之後便常被用來和「理」、「質」、「實」等詞相對比。「道」字在西元前十二到第九世紀之間漸漸由引導、要道等義發展成主要原則之義時，它常與「文」合用，而後者在當時也含有美化、裝飾等義。可能自西元前六世紀以降，這種關係變成中國思想家與作者所關心的焦點；同時「文」也發展成書寫的含義；而且，可能在西元

91　《南華經解》，第 14 篇。

92　見註 7 的相關引文；《莊子》，第 25 篇，頁 917，和第 14 篇 510。

前五世紀，或者至少可說在紀元前四世時，它已含有美學作品及文學主義，而和我們今日的用法相同。這種演進，似乎表示了「文」的觀念在不停地縮小、集中。

　　二、在晚周時期，大部分的中國思想家，如：儒家、道家及法家們，都相信文學是傳道的一種工具。在強調「文」的模倣功能上即自然界的形象，他們中有部分人（尤其是儒家）承認文飾對於「道」的有效表達是必需的；但也常警告大家不可過分地使用；這是人文主義者。另一方面，道家們則採取了否認它及虛無的態度，是為自然主義者；不過，也因了他們的拒絕相信文學能傳道，而使文學脫離了道德與教條的束縛，而能有絕美的作品。同時，他們的反對贅言與相信作家們願與自然合一，也許可在不同的形式上反應了早期強調與實體合一的文的數字傳統。

　　三、若我們承認一個事實，即有關中國文學觀念及批評的成語及用詞，如文、道、理、物、詩言志、文以載道等皆有字源上和字形的早期意義之緊密關係，我們相信許多中國文學上的基本原理、原則乃是經由一個長遠而複雜的語文進化發展而成的。新的文學內涵和新的文學理論也常自字源的結合及意義的改變上產生，而與這些情形一般糾纏、複雜。

　　原名〈Ancient Chinese View on Literature, the Tao, and Their Relationship〉，刊於《*Chinese Literature: Essays, Articles, Reviews*》, Vol.1 (January 1979)

國家圖書館出版品預行編目資料

西方視域下的——字源語文與文學文化

張雙英著. – 初版. – 臺北市：臺灣學生，2013.03
面；公分
ISBN 978-957-15-1584-7 (平裝)

1. 漢語 2. 詞源學

802.18   102002903

西方視域下的——字源語文與文學文化

著　作　者：張　　　　雙　　　　英
出　版　者：臺 灣 學 生 書 局 有 限 公 司
發　行　人：楊　　　　雲　　　　龍
發　行　所：臺 灣 學 生 書 局 有 限 公 司
　　　　　　臺北市和平東路一段七十五巷十一號
　　　　　　郵 政 劃 撥 帳 號：00024668
　　　　　　電　話：(02)23928185
　　　　　　傳　眞：(02)23928105
　　　　　　E-mail：student.book@msa.hinet.net
　　　　　　http://www.studentbook.com.tw
本 書 局 登
記 證 字 號：行政院新聞局局版北市業字第玖捌壹號

印　刷　所：長 欣 印 刷 企 業 社
　　　　　　新北市中和區永和路三六三巷四二號
　　　　　　電　話：(02)22268853

定價：新臺幣六六○元

西 元 二 ○ 一 三 年 三 月 初 版

臺灣 學生書局 出版
現當代文學叢刊